La face pailletée de la vie

ALEXANDRA POTTER

La face pailletée de la vie

ROMAN

Traduit de l'anglais
par Emmanuelle Urien

J'AI LU

Ce texte est originellement paru en français sous le titre
Confessions d'une quadra à la ramasse aux éditions Eyrolles.

TITRE ORIGINAL
Confessions of a Forty-Something F##k Up

ÉDITEUR ORIGINAL
Macmillan, une marque de Pan Macmillan,
division de Macmillan Publishers International Limited, 2020

Prologue

Bonjour à toutes ! Vous vous demandez comment vous en êtes arrivée là ? Pourquoi votre vie ne ressemble pas du tout à ce que vous aviez imaginé au départ ? Si vous en êtes encore à vous démener comme une tarée pour essayer de mettre de l'ordre dans votre vie, alors qu'autour de vous toutes vos copines préparent des brownies sans gluten, rassurez-vous : vous êtes au bon endroit. Bienvenue dans les Confessions d'une quadra complètement fucked-up, *le podcast qui s'adresse à toutes les quarantenaires paumées qui, comme moi, ont l'impression de ne pas avoir coché toutes les bonnes cases dans la vie.*

Que ce soit bien clair : je ne prétends pas être une experte en quoi que ce soit. Je ne suis pas une gourou du développement personnel ni une influenceuse, et je ne suis pas là non plus pour représenter une marque, fourguer un produit ou vous dicter votre conduite. Je suis juste une pauvre quadra égarée dans une vie qui ne ressemble en rien au beautiful world *lissé d'Instagram. #fandemavie ? #jobderêve ? Mon style actuel, c'est plutôt #cestquoiceplandemerde et #quadracélibauchômage. Bref, je suis complètement* fucked-up, *comme on dit chez nous.*

Alors, pourquoi un podcast ? Pour raconter les choses telles qu'elles sont – de mon point de vue, en tout cas. Dans ces confessions, je reviendrai sur les péripéties et tribulations quotidiennes de ma vie bien foireuse depuis le jour où tout a dérapé et où j'ai dû repartir de zéro alors même que je pensais avoir touché le jackpot. Je parlerai de mes plantages, de mes foirages et de comment j'ai conservé envers et contre tout mon sens de l'humour. Je parlerai d'honnêteté, de vérité. D'amitié, d'amour et de déception. Je poserai de grandes questions sans me soucier des réponses.

Au fil des épisodes, vous vivrez des moments dramatiques et des moments hilarants. Je vous raconterai toutes les fois où je me suis sentie paumée, désorientée, seule et terrifiée, mais aussi celles où j'ai trouvé l'espoir et la joie alors que je m'y attendais le moins. Et croyez-moi, ce n'est pas un livre de recettes concocté par une star ou une purée d'avocat qui m'ont sauvée du précipice.

Dans ce long parcours, j'ai découvert qu'avoir l'impression de rater sa vie, ça ne veut pas dire qu'on est une ratée, mais qu'on en a le sentiment pour de multiples raisons. La pression sociale, la panique à l'idée de devoir cocher toutes les bonnes cases, et remplir les critères d'une existence réussie… et la crainte du jugement si l'on se retrouve du mauvais côté de la barrière. Parce que c'est tellement facile d'avoir l'impression de tout foirer quand, autour de soi, tout le monde semble réussir.

Alors, si vous éprouvez la même chose, j'espère que ce podcast vous aidera à vous sentir moins seule.

Car si vous m'écoutez, ça veut dire que nous sommes déjà deux. Et à deux, on forme une tribu.

Janvier
#mavieneressembleàrien

Jour de l'An

Bon sang, comment j'en suis arrivée là ?

Quand je dis *là*, je ne parle pas du fait qu'on est en janvier, un mois gris, morose et interminable, ponctué de *blue mondays* déprimants et de bonnes résolutions jamais tenues. Pendant ce temps, mon fil Instagram déborde de stars clamant avec fierté : « Nouvelle année ! Nouveaux projets super excitants ! » Ce genre d'annonces ne me rend pas du tout #inspirée et prête à me plonger dans leur tuto de gym. Ça me donnerait plutôt envie de retourner me vautrer sur mon canapé, #complètementavachie, en compagnie d'un paquet de chips au fromage format familial.

Non, quand je dis *là*, j'entends « C'est bientôt mon anniversaire » : je suis sur le point d'avoir quarante ans et des bananes, et ça ne ressemble pas du tout à ce que j'avais imaginé. On dirait que j'ai loupé un tournant quelque part. Comme s'il y avait une destination estampillée « La quarantaine enchantée » et que mes amis et moi, on partait tous ensemble dans cette direction, notre jeunesse dans une main et nos rêves dans l'autre, enthousiastes et pleins d'espoirs. Un peu comme quand on descend de l'avion au début des vacances et qu'on a hâte de découvrir ce qui se trouve derrière les portes coulissantes de l'aéroport.

Sauf que, derrière la vitre, il n'y a ni Bahamas ni palmiers : le forfait comprend un mari aimant, d'adorables enfants et une belle maison ; une carrière brillante, des portes de cuisine pliantes et une garde-robe Net-à-Porter ; un sentiment de bonheur et d'accomplissement, parce que notre vie est un succès, qu'on a tout compris et qu'on est exactement là où on l'avait prévu, avec un compte Insta qui déborde de #love et de #beautiful.

Rien à voir, donc, avec #cestquoiceplandemerde et #jairatélasortie.

Assise en tailleur sur mon lit, je balaie la chambre du regard, notant la présence de caisses dans un coin et de deux grandes valises fermées. Je n'ai toujours pas fini de défaire mes cartons. Je les fixe en essayant de me motiver, puis je m'affale de nouveau contre mes oreillers. Ça attendra.

C'est alors que je remarque le nouveau carnet posé sur la table de chevet. Je l'ai acheté aujourd'hui même. Si j'en crois l'article que je suis en train de lire, le secret du bonheur, c'est d'établir chaque jour une liste de remerciements.

En notant tout ce qui vous inspire de la reconnaissance, vous vous sentirez plus positive, vous refoulerez les schémas négatifs et transformerez votre vie.

J'attrape un stylo et le carnet que j'ouvre à la première page. Je contemple la feuille de papier vierge, l'esprit vide.

Si rien ne vous vient, voici de quoi vous aider à vous lancer :

Je respire.

Sérieux ? « Je respire » ? Si je dois me montrer reconnaissante pour ça, c'est que je ne suis pas loin d'être morte.

Je ne me sens pas inspirée.

Si vous ne savez pas quoi écrire, ne vous en faites pas. Commencez par un seul élément et continuez jusqu'à en noter cinq par jour.

Bon, d'accord. Je vais juste écrire le premier truc qui me vient.

1. Mes miles

OK, ce n'est peut-être pas *exactement* le genre de pensées spirituelles et encourageantes que l'auteure de cet article avait en tête mais, croyez-moi, quand j'ai pris l'avion pour rentrer à Londres la semaine dernière, je me sentais sacrément #comblée d'avoir tous ces points de fidélité.

J'ai vécu aux États-Unis ces dix dernières années, dont cinq en Californie avec mon Fiancé Américain. J'adorais la Californie. Le soleil permanent. Porter des tongs en janvier. Le petit bibliocafé dans lequel nous avions injecté toutes nos économies, avec ses brunchs délicieux et ses murs couverts de bouquins. J'étais heureuse, amoureuse, fiancée et bientôt mariée. L'avenir était là, couleur rose bonbon. Tout allait se goupiller comme je l'avais toujours espéré.

Jusqu'au moment où notre entreprise s'est cassé la figure, et notre couple avec – *badaboum*. Le rêve est devenu citrouille. Je n'allais pas épouser le prince, vivre heureuse, avoir beaucoup d'enfants ainsi qu'un adorable chien adopté dans un refuge. À la place, j'allais remballer ce qui restait de ma vie, dépenser tous mes miles pour être surclassée, et sangloter pendant des heures au-dessus de l'Atlantique. Ben quoi ? Tant qu'à avoir le portefeuille vide et le cœur brisé, autant que ce soit sur un siège inclinable à 180°, avec plateau de fromages et alcool à volonté !

Dans mon cerveau imbibé de gin et de biscuits au fromage, je me voyais revenir à Londres, louer mon propre appartement, le remplir de bougies parfumées et reprendre ma vie en main. Mon visa d'immigration était sur le point d'expirer et j'avais besoin d'un nouveau départ qui ne soit pas un rappel constant de ce que j'avais perdu. En outre, mon père m'avait généreusement prêté de quoi me remettre sur pied. Mon rêve américain était mort : il était temps de rentrer à la maison.

Mais, depuis mon départ, les choses avaient changé, et j'ai vite découvert que les loyers avaient doublé – ou plutôt, quadruplé. Quant à ma tribu de copines célibataires, elle avait disparu. *Exit* les chambres d'amis et les bouteilles de vin bon marché qu'on vidait jusqu'à l'aube en beuglant que *franchement, c'était un con fini, t'es vraiment mieux sans lui* et, *pas de panique, tu as tout le temps du monde !* Tout ça en égrenant la longue liste des *people* bien plus âgées que nous qui avaient réussi à rencontrer l'homme idéal, pondre un gamin et parler dans *Voici* de cette naissance miracle avant « l'Âge Fatal ». (Entre nous, on l'appelle : l'AF[1] !)

À présent, toutes mes copines sont mariées, et leurs chambres d'amis sont pleines de bébés, de

1. Avant, l'AF, c'était trente-neuf ans. Puis c'est passé à quarante-deux. Aujourd'hui, ça peut être n'importe quel âge, pourvu que les lumières soient tamisées (note de l'autrice).

lits superposés et de *stickers* de comptines collés aux murs. Elles boivent des tisanes et se couchent à vingt et une heures trente. Autant dire que j'avais deux options : faire du *couch-surfing* en compagnie d'une tasse de camomille, ou retourner chez mes parents.

Ne vous méprenez pas : j'adore mes parents, mais retourner vivre avec eux, ça n'a jamais fait partie du Plan. À vingt ans, puis à trente, ma vision de l'avenir n'a jamais englobé la possibilité qu'à quarante piges passées, je serais célibataire et occuperais encore ma chambre de gamine – et ce, même si ma mère a remplacé le lit une place par un double et redécoré la pièce avec une paire de lampes Laura Ashley.

Mon ancienne chambre était réservée aux séjours en compagnie du Fiancé Américain, celui qui ne tarderait pas à devenir mon Beau Mari. Elle servirait à me faire revivre les Noëls de mon enfance, à la campagne, au milieu de notre progéniture aux joues roses. Aux week-ends où mes parents garderaient leurs petits-enfants chéris pendant que nous nous échapperions dans l'un de ces petits hôtels de charme hors de prix où le bar est surplombé d'ampoules à filament, où la viande du menu bio a été élevée au grand air, et où les massages ne sont jamais assez énergiques.

2. *Chambrealouer.com*

C'est Fiona, ma meilleure amie, qui m'en a parlé.

— Tu devrais aller regarder, Nell ! Ça a l'air super sympa ! a-t-elle lancé, exaltée, dans sa cuisine ouverte rénovée depuis peu.

Elle se tenait en face de moi, de l'autre côté du plan de travail en marbre de Carrare où j'étais accoudée, déprimée et en plein *jet-lag*, devant une tasse de tisane insipide – et pourtant infecte. Très gentiment, Fiona avait proposé de m'héberger pendant quelques jours juste après mon retour à Londres.

Fiona trouve toujours ma vie *super sympa*. Vue depuis son paisible cocon familial, elle en a peut-être l'air, en effet. C'est comme sauter à l'élastique, vivre dans 18 m² ou se teindre les cheveux en violet : quand ce sont les autres qui le font, ça paraît toujours *super sympa*.

Là encore, ne vous méprenez pas. J'ai effectivement vécu des moments très sympas. Mais ceux que je traverse actuellement n'en font pas partie.

— C'est une façon de présenter les choses, ai-je ironisé tout en décochant un sourire à ma filleule Izzy, cinq ans, qui attaquait son porridge bio.

Personnellement, j'avais pas mal d'autres adjectifs en tête, mais tatie Nell ne dit jamais de gros mots.

— Ta filleule trouve ça sympa, n'est-ce pas, ma chérie ? a renchéri Fiona.

Elle a attrapé un bol où elle a jeté quelques myrtilles fraîches et des graines de chia puis versé une bonne cuillerée de miel de manuka.

J'adore Fiona – nous sommes amies depuis la fac – mais elle évolue désormais dans un univers radicalement différent du mien. Elle vit un mariage épanoui avec David, un avocat prospère, et elle est confortablement installée dans sa vie bourgeoise au sud-ouest de Londres, avec deux charmants enfants qui fréquentent l'enseignement privé. Sa maison d'architecte est d'un goût exquis, et ses boucles blondes possèdent une souplesse et une brillance impossibles à obtenir sans faire appel à un grand coloriste.

Avant d'avoir des enfants, son travail de conservatrice de musée l'a conduite partout dans le monde, mais elle a tout laissé tomber à la naissance de Lucas, son aîné. À présent, elle passe ses journées à participer à une foule d'activités scolaires, à rénover sa maison, à réserver de magnifiques vacances familiales dans des gîtes de luxe, et à pratiquer le Pilates.

— Ça te permettrait peut-être de croiser des gens intéressants, a-t-elle ajouté.

Retour sur la planète Putain-qu'est-ce-que-je-vais-faire-de-ma-vie… Elle était tellement gentille et positive que je n'ai pas eu le cœur de lui avouer que l'idée de croiser des gens intéressants affublée de mon pyjama me filait de l'urticaire. Je ne voulais pas partager un frigo avec des inconnus. Ou, pire encore, une salle de bains. C'était marrant quand on était jeunes, mais plus maintenant. Là, c'était déprimant et un poil terrifiant. Qui disait que je n'allais pas me faire zigouiller par un coloc psychopathe pour finir découpée en petits morceaux et éparpillée dans les géraniums ?

« UNE QUADRA DÉMORALISÉE TROUVE UNE FIN SORDIDE DANS UNE COLOCATION.

Sa vie semblait si prometteuse, déclarent ses parents, sous le choc ; ils espéraient au moins un petit-fils. »

J'ai verbalisé mes craintes, mais Fiona les a balayées avec vigueur. Sa nounou affirmait que les colocations, c'était génial, on rencontrait des tas de nouveaux amis. J'ai omis de lui faire remarquer que la nounou en question était une Brésilienne d'une vingtaine d'années, alors évidemment que c'était génial. À cet âge, tout est génial. Surtout quand on a le physique de la nounou de Fiona.

— Allez, je vais t'aider à chercher, a-t-elle annoncé en attrapant son iPad.

Elle a fermé la page d'accueil des ventes privées John Lewis[1] et, quelques secondes plus tard, les photos défilaient sous son index enthousiaste, comme pour du shopping en ligne. Techniquement, c'était le cas. Sauf qu'elle ne cherchait pas une jolie lampe de table ou un plaid en cachemire, mais une maison pour sa bonne à rien de copine.

— Oooh, regarde ! J'ai trouvé ! Cet endroit est parfait !

3. Arthur

La chambre à louer se trouvait dans une maisonnette edwardienne à Richmond, un faubourg arboré de Londres connu pour son esprit village et son ambiance familiale. J'aurais préféré quelque chose de plus central et qui grouille moins de couples mariés avec enfants, mais cette chambre était disponible et dans mes moyens. En outre, quand je suis allée la visiter, elle semblait encore plus grande que sur les photos, et elle était pourvue d'un petit balcon. Il n'y avait qu'un hic.

— Et là, c'est la salle de bains commune.

Après m'avoir montré la chambre, Edward, propriétaire de l'appartement et colocataire potentiel, s'est arrêté près d'une porte.

— *Commune* ?

1. Chaîne de grands magasins britanniques haut de gamme (note de la traductrice).

— Ne t'inquiète pas, je rabats toujours la lunette des toilettes – c'est l'une des règles de la maison, a-t-il plaisanté.

Du moins, je croyais qu'il plaisantait. Jusqu'à ce que j'aperçoive sa brosse à dents dans un verre près du lavabo.

Ça m'a fait un coup au moral.

— OK, super.

Ça va être super sympa, me suis-je répété. Comme dans *Friends*. Sauf que, malgré ma quarantaine bien sonnée, je ne ressemblais pas du tout à Jennifer Aniston. Je me suis fendue d'un large sourire. Ça allait le faire.

— Bon, des questions ?

Avec ses cheveux noirs ondulés qui grisonnaient aux tempes et ses lunettes à monture carrée, Edward paraissait plus vieux que moi, mais je soupçonnais qu'il avait à peu près mon âge. Ça m'arrive tout le temps, maintenant. C'est l'un des trucs les plus bizarres quand on a passé les quarante ans. Je lis des articles sur des gens d'âge moyen en ayant l'impression qu'ils sont de la génération de mes parents et, tout à coup, j'ai une révélation – attends, on a le même âge ! Mais comment est-ce possible ? Je ne ressemble pas du tout à ça !

— Euh... Il y a d'autres règles ? ai-je ironisé en le suivant dans la cuisine.

— Oui, je les ai imprimées pour que tu puisses y jeter un coup d'œil.

Il a fouillé dans un tiroir et en a extrait un classeur qu'il m'a tendu.

— Oh.

Il y avait une bonne vingtaine de pages, toutes dans des pochettes plastique.

— La vache, ça en fait, des règles !

— J'aime autant que tout soit clair, non ? Comme ça, on évite les problèmes de communication.

J'en ai parcouru quelques-unes. Les trucs habituels : pas de musique trop forte, ranger derrière soi, respecter l'autre, bien fermer les portes à clé…

— Il y a aussi une rubrique sur le respect de l'environnement et les économies d'énergie.

— Oui, oui, bien sûr.

Sur ce point au moins, nous étions d'accord. J'avais passé ces cinq dernières années en Californie. Je conduisais une Prius. J'achetais bio (quand j'en avais les moyens). Je disposais d'un bel assortiment de sacs réutilisables en bambou pour faire mes courses.

— Je suis à fond pour préserver l'environnement, ai-je commenté.

— Dans ce cas, éteins les lumières quand tu quittes une pièce, prends des douches plutôt que des bains…

— Pas de bain ?

D'un coup, je me suis mise à manquer d'air.

— Une douche de cinq minutes consomme trois fois moins d'eau qu'un bain, c'est beaucoup plus écologique.

— Oui, bien sûr.

J'ai acquiescé parce qu'il avait raison, évidemment, sauf qu'on n'était plus en Californie où la sécheresse fait rage, mais en Angleterre, où il pleut sans discontinuer. L'année dernière, la maison de mes parents a été inondée deux fois.

— Et je préférerais que tu ne touches pas au thermostat du chauffage central.

Instinctivement, j'ai resserré les pans de mon manteau. Il régnait un froid de canard, même dans la maison. Discrètement, j'ai effleuré un radiateur. Il était gelé.

— Même en janvier ? ai-je demandé.

C'est du délire. Qui n'allume pas le chauffage en janvier ?

— Il est programmé sur 12,5 °C. C'est le réglage le plus efficace.

C'est à ce moment que j'ai pensé « Et puis *fuck* » ! Depuis que j'ai rompu avec mon Fiancé Américain, « Et puis *fuck* ! » est devenu mon nouveau mantra dans la vie. C'est tout de même plus élégant que le bon vieux classique « Allez tous vous faire foutre ! », et ça demande moins d'efforts.

— Eh bien, merci beaucoup. J'ai encore quelques chambres à visiter…

Il ne faut pas charrier, quand même. D'accord, ma vie était un fiasco. Rien n'avait marché. Le temps filait à toute vitesse et je n'avais pas touché le jackpot. J'étais toujours sur le banc de touche à attendre le bonheur, pour autant qu'il existe. Je n'étais pas mariée, je n'avais pas d'enfants. Je n'avais pas non plus fait *carrière*, ce qui semble pourtant être la seule raison valable pour une femme *d'un certain âge* de se retrouver célibataire et nullipare. J'étais juste une éditrice au chômage qui avait investi toutes ses économies dans une entreprise qui avait coulé en même temps que son couple.

Je ne préparais pas de jus de fruits, de gâteaux ou de petits plats sains et équilibrés dans ma superbe cuisine, probablement parce que je n'avais *pas* de cuisine, ni de maison d'ailleurs. De toute façon, je n'ai aucun talent dans ce domaine. Je n'avais pas la moindre idée de ce que le Brexit signifiait mais, surtout, je m'en fichais. Je ne pratiquais pas la pleine conscience. Ni le yoga. Sans rire, je n'étais même pas capable de toucher mes orteils sans plier les jambes.

— Ravie de t'avoir rencontré.

J'ai fait un pas en direction de la porte.

— En fait, il y a encore une chose…

Mentalement, je me suis préparée au pire.

— Je ne suis pas là le week-end.

— Pardon ? ai-je demandé en faisant marche arrière.

C'est là qu'Edward a entrepris de me raconter qu'il était marié et avait des jumeaux. Marié ? Il a dû remarquer que mon regard se posait sur son annulaire sans bague, parce qu'il a ajouté un truc du genre « Je l'ai oubliée près du lavabo à la maison ». La maison étant un coin de campagne où ils avaient déménagé « à cause des écoles » mais, en semaine, il restait à Londres pour éviter d'avoir à faire la navette.

— Je pars le vendredi matin et je ne reviens pas avant le lundi soir, alors tu aurais l'appartement pour toi toute seule.

Une seconde… j'ai opéré un rapide calcul : ça voudrait dire que je n'avais à cohabiter avec lui que trois jours par semaine ? Je disposerais des lieux pendant quatre jours pleins ?

— Enfin, il y a Arthur.

— *Arthur ?*

En entendant son nom, un énorme animal poilu a déboulé dans la cuisine, manquant me renverser avec son énorme queue qui battait frénétiquement.

— Arthur, assis. *Assis !*

Ignorant résolument l'ordre de son maître, Arthur a continué de bondir avec enthousiasme et à me baver dessus pendant qu'Edward se démenait pour lui faire adopter une position plus ou moins assise.

— Sophie, ma femme, est allergique aux chiens, alors je le garde ici, a-t-il expliqué, essoufflé. Mais le week-end, il resterait avec toi… C'est pour ça que le loyer est aussi bas.

J'ai dévisagé Edward. Ses lunettes étaient de travers, l'un de ses bras avait à moitié disparu dans la gueule d'Arthur, et son sweat-shirt était couvert d'une fine couche de duvet blanc ; les poils volaient dans toute la pièce, la transformant en boule à neige géante.

— OK, parfait. Je peux emménager quand ?

4. Je ne suis pas morte de froid

Dans mon malheur, j'ai de la chance : mon propriétaire est parti skier. Il est venu du Kent ce week-end pour me remettre les clés et Arthur, puis il a filé à Heathrow pour fêter le Nouvel An en famille à Verbier. Sitôt la porte refermée, j'ai monté le thermostat à 24 °C. À présent, il fait bien chaud, et je suis allongée en sous-vêtements sur mon lit. Je pourrais presque me croire de retour en Californie.

À peine cette pensée formulée, mes yeux s'emplissent de larmes. Non, je refuse de penser à ça. Je n'ai pas pleuré depuis plusieurs jours et je n'ai pas l'intention de m'y remettre.

En reniflant, je regarde Arthur, endormi sur le tapis près de la fenêtre, puis je reporte mon attention sur mon carnet. Il me manque encore un élément à noter sur ma liste de remerciements pour arriver à cinq, mais je suis fatiguée – toujours le décalage horaire. Rien ne me vient à l'esprit. Je repose le carnet sur la table de nuit. C'est pour ça qu'on appelle ce truc un exercice « quotidien ». Demain, je me sentirai plus #positive et #inspirée, j'en suis sûre.

Oui, cette année, ma vie va prendre un nouveau tournant. Nouvelle année, nouveau départ, comme on dit. En fait, l'année prochaine à cette date, ma liste de remerciements ressemblera à ça :

Ce qui m'inspire de la reconnaissance :

1. *Mon merveilleux mari qui me montre chaque jour combien il m'aime avec des fleurs et de fabuleuses parties de jambes en l'air.*
2. *Les câlins avec notre petit miracle qui a prouvé à ses grands-parents comblés que maman n'était pas une quadra complètement* f**ked-up *que l'AF avait fini par rattraper.*
3. *Une carrière brillante qui m'offre à la fois l'épanouissement et un salaire à six chiffres que je dépense en magnifiques vêtements repérés dans des magazines au lieu de passer des heures à farfouiller sur eBay pour dénicher des versions bon marché.*
4. *Une maison digne de figurer sur Pinterest, dans laquelle j'organise de fabuleuses soirées avec tous mes amis qui sont éblouis par mon talent pour la décoration et ma capacité à concocter de délicieux plats équilibrés, et qui me taquinent en m'appelant la Déesse d'intérieur.*

5. *Ce sentiment de force et de calme qui m'envahit quand je fais du yoga dans ma nouvelle tenue de chez Lululemon ou quand je me dis qu'enfin, je sais où est ma place, et que je ne mourrai pas seule, les pieds chaussés de papier journal.*

Le vendredi suivant

Oh non, c'est mon anniversaire !

Vous vous rappelez l'époque où vous aviez *hâte* que votre anniversaire arrive ? Quand vous vous réveilliez toute contente et surexcitée, en pensant à la robe super sexy que vous alliez porter ? C'étaient le genre de fêtes qui finissaient à deux heures du matin, en boîte, à enchaîner les vodkas avec tous vos potes pendant que, bourrée comme un coing, vous hurliez à qui voulait bien l'entendre : « Putain, j'ai vingt-six ans, je suis vieille ! »

À présent, je suis *vraiment* vieille.

Aujourd'hui, en me réveillant, j'ai déjà l'impression d'avoir la gueule de bois. Et en attrapant mon portable qui sonne, j'aperçois mon bras dans le miroir en pied près de mon lit, et j'ai une révélation : voilà, on y est. C'est arrivé ! Fini les épaules nues : à partir d'aujourd'hui, je vais être obligée de porter des manches.

Les gens font tout un plat du passage à la quarantaine mais, en réalité, avoir quarante ans, c'est de la rigolade. Quarante ans, ça veut dire *big fiesta* et nouvelle robe. À quarante ans, on est encore à portée de main de la trentaine, et rien ne change vraiment. C'est après que ça se corse : du jour au lendemain, il se passe un truc qui fait que, d'un coup, on a quarante *et quelques*, et les choses commencent à... Comment vous expliquer ?

Pendouiller est un des mots qui me viennent à l'esprit. *Plisser* en est un autre. Les choses commencent à *pendouiller* et à *plisser*. On dirait le titre d'un tuto d'origamis, mais pas du tout. Je fais référence à certaines découvertes particulièrement traumatisantes qui accompagnent la quarantaine. Comme ce jour où on sort son bikini favori pour les vacances d'été, et où on se demande soudainement s'il n'est pas temps de passer au maillot une pièce. Comme ce jour aussi où l'on découvre que des cheveux blancs nous poussent... ailleurs que sur la tête.

On a l'impression que le temps s'accélère. Et qu'il nous file entre les doigts. On commence à faire le bilan de sa vie en essayant de comprendre comment on a pu en arriver là, au lieu de regarder vers l'avenir qui, franchement, nous flanque une trouille bleue. On a dépassé la moitié de notre existence – avec un peu de chance – mais rien ne ressemble à ce qu'on avait imaginé à l'époque où on dansait comme des folles avec des inconnus dans des boîtes un peu louches.

Peut-être que toutes les quarantenaires ressentent la même chose, le jour de leur anniversaire ? Sauf que leurs photos sur Insta semblent dire tout le contraire en étalant leurs week-ends passés dans des cottages douillets du Cotswolds[1], leurs selfies en famille où tout le monde arbore un sourire radieux

1. Chaîne de collines au sud-ouest de l'Angleterre *(N.d.T.)*.

et les mêmes bottes en caoutchouc – y compris le labrador. On croirait des images du dernier catalogue J. Crew.

Comme toujours, mes parents sont les premiers à me téléphoner pour me souhaiter un joyeux anniversaire.

— Alors, quelqu'un d'autre t'a appelée ? demande ma mère une fois que mon père, qui a fini de chanter, est retourné dans son jardin.

Elle vient à la pêche aux infos. Je n'ai encore donné aucun détail sur ce qui s'était passé avec le Fiancé Américain. J'ai juste annoncé que le mariage était annulé et que je rentrais vivre à Londres.

— Euh… Il est sept heures trente du matin, c'est encore un peu tôt.

— Quelle heure il est en Californie ?

Je le savais.

— Onze heures et demie du soir d'avant.

— C'est vrai ? s'étonne-t-elle.

Pendant toutes les années où j'ai vécu en Amérique, mes parents n'ont jamais rien compris au décalage horaire. Toutes nos conversations commençaient par : « Quelle heure il est, chez toi ? » Ma réponse les stupéfiait toujours, et je me faisais réveiller en permanence par leurs appels FaceTime au milieu de la nuit. Parce que, bien sûr, je ne pouvais pas éteindre mon portable, AU CAS OÙ IL ARRIVERAIT QUELQUE CHOSE. Encore un truc qui vous tombe dessus quand on atteint un certain âge, du genre inversion des champs magnétiques : pendant des décennies, les parents s'inquiètent pour nous et, soudain, c'est nous qui commençons à nous inquiéter pour eux. C'est comme avoir des enfants en accéléré : les miens ont déjà soixante-dix et soixante-douze ans.

— Donc, là-bas, ce n'est pas encore ton anniversaire, alors ?

Pauvre maman. Je crois qu'elle espère encore que cette rupture est provisoire et que le mariage reviendra bientôt sur le tapis.

— Non, pas encore.

— Bon, très bien, souffle-t-elle, l'air soulagé. Alors, comment tu vas fêter ça ?

— Je vais aller boire un coup avec des amis.

— Quelle bonne idée !

— Oui, ça me fera du bien de revoir tout le monde et de rattraper le temps perdu.

— Parce que, tu sais, ton père et moi, on se fait un peu de souci pour toi...

— Maman, je vais bien. Franchement, tu n'as pas besoin de t'inquiéter. Dès que j'aurai réglé deux ou trois détails, je viendrai passer quelques jours à la maison.

— Ce serait merveilleux.

— OK, maman, au revoir...

— Oh, ça y est, je sais ce que je voulais te dire !

Certains mots prennent parfois un sens différent en fonction des gens qui les prononcent, si vous voyez ce que je veux dire. En tout cas, pour ma mère, « Au revoir » ne signale pas la fin de la conversation. Au contraire, il la pousse à embrayer sur un nouveau sujet qui implique en général l'évocation d'une personne que je ne connais pas qui habite juste à côté de quelqu'un dont je n'ai jamais entendu parler et qui vient de décéder.

Je me prépare mentalement.

— Si tu veux venir nous voir, préviens juste un peu avant, maintenant qu'on fait du Airbnb.

Je fixe mon téléphone, comme si j'avais mal entendu.

— *Du Airbnb ?*

— Oui, je ne t'ai pas dit ? Avec ton père, on a regardé une émission là-dessus et on a décidé de se lancer. On loue ton ancienne chambre, et on est submergés de réservations.

Alors c'était ça, les lampes Laura Ashley !

— On a un gentil couple qui vient passer le week-end. Pour leur lune de miel, rien que ça !

Et voilà. Juste au moment où vous vous dites que votre vie ne peut pas être plus pourrie, vous découvrez qu'un couple de jeunes mariés va s'envoyer en l'air dans votre ancienne chambre, et vous tombez encore plus bas.

— Et l'ancienne chambre de Richard, alors ?

— C'est-à-dire que lui, il vient nous rendre visite plus souvent…

Je serre les dents tandis qu'elle retourne le couteau dans la plaie. Richard est mon petit frère, et tout ce qu'il fait est bien. Il vit à Manchester où il a créé une brasserie artisanale avec des copains. Toutes les deux semaines, il vient voir mes parents, accompagné de son linge sale et de sa petite amie – une nouvelle à chaque fois. Rich a trente-neuf ans et il n'est pas encore prêt à se caser, mais ça n'inquiète personne, et surtout pas Rich lui-même. C'est un homme. C'est différent. Pour lui, il n'y a pas d'AF.

— Bon, il faut vraiment que je raccroche.

— Bien sûr, tu dois être très occupée. À plus tard. Et passe une bonne journée !

En raccrochant, je me sens un peu coupable. Rien d'urgent ne m'attend, je n'ai aucun engagement pressant, comme préparer les enfants pour l'école ou partir au boulot. Je pense à ma carrière, ce qui est une très mauvaise idée. Il y a dix ans que j'ai quitté Londres et mon emploi d'éditrice à plein temps pour rejoindre le bureau new-yorkais de la maison où je bossais. C'était une belle opportunité et le timing était parfait : je sortais d'une relation et j'avais besoin d'un changement de décor. Je me suis jetée à corps perdu dans mon nouveau travail et les lieux de rencontres.

Mais voilà : cinq ans plus tard, j'étais toujours célibataire et je désespérais de trouver le prince charmant. Alors quand, dans un bar, je suis tombé sur ce beau chef cuisinier au regard ténébreux et aux origines italiennes, je les ai suivis, lui et mon cœur, sur la côte ouest où nous nous sommes fiancés. Nous avons démissionné de nos boulots respectifs avant de nous installer à Ojai, une petite ville au nord-ouest de Los Angeles, pour ouvrir *The Little Library Cafe*, un bibliocafé. Mes parents étaient enchantés mais inquiets : je gagnais un fiancé, mais je perdais un bon travail. Mon père m'a enjoint la prudence.

La prudence ? Pour quoi faire ? Je n'avais pas encore quarante ans. J'avais rencontré l'homme de ma vie. Nous allions nous marier, faire des bébés et passer le reste de notre vie ensemble. Cerise sur le gâteau, nous avions monté notre propre affaire, qui alliait mon amour des livres à celui qu'il portait à la cuisine. Nous travaillions jour et nuit pour que ça marche. Et tant pis si la moitié des entreprises coulait dans les douze mois suivant leur création : nous, nous ferions partie de l'autre moitié.

C'est ce qui s'est passé pendant quelques années. Sauf que, pour finir, la hausse des loyers, les horaires à rallonge, les économies qui fondaient et tout un tas d'autres misères ont eu raison de l'entreprise et de notre couple. Et voilà le résultat :

#oùestpasséemavie #putaindemerde #quadracélibauchômage

Mon téléphone bipe. C'est ma copine Holly. Holly est mariée à Adam et ils ont une fille de trois ans, Olivia.

> Pas possible pour nous ce soir. Baby-sitter malade ! ☹☹ Désolée ! T'appelle plus tard. Joyeux anniversaire et amuse-toi bien ce soir ! Xxxx

Nouveau bip. Cette fois, c'est Max, que j'ai connu dans une auberge de jeunesse à Rome quand j'avais dix-huit ans. On a passé l'été à parcourir l'Europe ensemble avec nos sacs à dos. Aujourd'hui, il est marié avec Michelle. Ils ont trois enfants et un quatrième en route, mais nous sommes restés bons amis. Je suis même la marraine de son aîné, Freddy.

> Bon anniversaire, Stevens ! J'ai complètement oublié que j'avais une réunion parents-profs, ce soir. Si je la loupe, Michelle va m'arracher les couilles. Viens dîner la semaine prochaine pour rattraper ça. M.

Deux de moins. Plus qu'une.

Fiona m'appelle une heure plus tard.

— Tu vas me tuer, mais…

Finalement, tout le monde a annulé. Pas de problème. Je comprenais parfaitement. Ça arrive. La vie de famille, tout ça… C'est juste que, bon, pour être honnête, j'étais un peu déçue.

Oh, et puis pas la peine de se voiler la face : j'étais complètement cafardeuse. Pas à cause de mes amis, mais de la situation elle-même.

Alors j'ai fait une séance de thérapie.

Chez Zara.

Et là j'ai senti mon moral remonter d'un coup. Pas besoin d'un amoureux qui vous invite à un dîner romantique quand on peut se payer une combi pantalon rose vif avec de mignonnes petites manches. Ni d'enfants pour me fabriquer des cartes d'anniversaire que je garderai toute ma vie aimantées sur le frigo alors que j'ai trouvé un jean blanc skinny qui ne me fera pas de grosses fesses. Et qu'est-ce que ça peut faire si je n'ai pas de boulot ou de maison puisqu'il y a cette magnifique paire de sandales rayées à talons aiguilles que je peux m'offrir avec l'argent que mes parents m'ont envoyé pour mon anniversaire ?

Où, exactement, vais-je pouvoir porter un jean skinny blanc, une combi pantalon rose vif et des sandales à talons aiguilles avec le temps glacial qu'il fait à Londres en janvier ? Aucune idée. Sans compter que, comme il y avait la queue aux cabines, je n'ai rien essayé. *Ce sont des détails*, me dis-je plus tard dans le bus qui me ramène chez moi tandis que je regarde par la vitre en sirotant gaiement une canette de gin tonic. Et puis *fuck* ! C'est mon anniversaire, j'ai le droit de me faire plaisir.

Une pensée me traverse fugacement l'esprit : *et si c'était le début de la fin ?* Tu fêtes tes quarante et quelques en achetant chez Zara un petit truc à manches et en t'enfilant un cocktail dans les transports en commun et, l'instant d'après, sans que tu comprennes comment, te voilà en train de descendre une bouteille de whisky planquée dans un sac en papier, et là…

Je pense au Fiancé Américain et j'attrape mon téléphone. *Rien*.

Ça suffit pour que ma bonne humeur s'évanouisse d'un coup. Des larmes me picotent les yeux. Battant furieusement des cils, je range mon portable dans ma poche et fouille dans mon sac de courses.

Et puis *fuck*. Je sors une autre canette.

Ce qui m'inspire de la reconnaissance :

1. *Ma mère et tout ce qu'elle fait pour moi. J'ai hâte que mon ancienne chambre soit disponible pour pouvoir y aller.*
2. *Zara, même si je n'arrive pas à rentrer dans le jean et que la combi rose est hideuse.*
3. *Le génie qui a eu l'idée de prémélanger du gin et du tonic et de le mettre dans une chouette petite canette.*
4. *L'inconnu sur l'épaule duquel je me suis endormie en bavant, et qui m'a réveillée avant que je loupe mon arrêt.*

Le lendemain

C'est décidé : je ne boirai plus jamais. Je vais faire un *dry January*. C'est peut-être un peu tard, vu qu'on est déjà le 7, mais mieux vaut tard que jamais, non ?

À vrai dire, mon plan, hier soir, c'était de rester à la maison pour essayer de cuisiner mon propre dîner d'anniversaire. Sauf que, le temps que je rentre, tout désir de me transformer en déesse d'intérieur m'avait fuie. Trop d'efforts pour une seule personne. Sans compter que, les effets du gin tonic s'étant estompés, cette perspective me paraissait un peu triste.

À la place, je suis allée promener Arthur. Je n'avais pas encore eu l'occasion d'explorer mon nouveau quartier, et nous avons zigzagué dans des rues inconnues sous les réverbères. Ça me faisait bizarre d'être de retour à Londres, même si cet endroit ne ressemblait pas du tout au Londres de mes souvenirs. Avant de partir à New York, je louais un appartement au-dessus d'une boutique, pile au milieu de la ville, avec de la circulation, du bruit et de la pollution dans tous les sens. Ici, c'était beaucoup plus calme et excentré, avec des rangées bien nettes de cottages et de jolies maisons victoriennes bordées d'allées en damiers.

Tout en marchant, je balayais les fenêtres du regard, comme si je feuilletais un livre d'images, en quête de bribes de vie familiale. Une mère, à l'étage, qui brossait les cheveux de sa petite fille après le bain ; un homme et une femme blottis l'un contre l'autre sur le canapé devant l'écran de télé ; un homme sac à l'épaule refermant la porte derrière lui aux cris de « Papa est rentré ! ».

Je me suis arrêtée. S'il existait une métaphore de ma vie, je venais de la trouver. Eux, dedans, au chaud, et moi, dehors, dans le froid, à contempler ces scènes de bonheur domestique. Prise d'un frisson, j'ai tiré mon bonnet de laine sur mes oreilles. Je me sentais seule, exclue.

Et pourtant…

Bon, puisque j'ai décidé de tout dire, il faut que je vous avoue quelque chose.

Une partie de moi rêve de cette vie, mais une autre en a peur. Celle qui a juré, dans son journal intime, qu'elle ne finirait pas comme ses parents. Celle qui lisait des livres sous ses couvertures à la lueur d'une lampe torche et aspirait à vivre des histoires d'amour passionnées et à voyager dans des pays lointains. Celle qui était déterminée à mener une vie qui sortirait de l'ordinaire, empreinte de liberté, d'enthousiasme et d'aventure, *une vie différente…*

Tirée en arrière par la laisse rétractable d'Arthur, je me retourne d'un coup, juste au moment où il s'accroupit dans l'allée d'une grande maison pour poser un énorme étron.

Voilà où j'en étais de ma vie : à ramasser de la merde de chien.

J'ai essayé de refouler de nouvelles métaphores tout en fourrant ma main gantée dans un sachet pour rassembler les crottes. J'utilise le mot « rassembler » à dessein, car Arthur a toujours les intestins plus ou moins dérangés, et il ne s'agit pas simplement de ramasser ses besoins, mais de les racler sur le trottoir. Tout en accomplissant ma tâche, j'ai réprimé un haut-le-cœur. Entre-temps, l'occupant de la maison d'en face était apparu à la fenêtre, et il me regardait – tout comme Arthur qui s'était relevé. Je vous jure, il y a quelque chose de tordu dans cet aspect de la relation homme-chien. Si des extraterrestres débarquaient et se demandaient qui commande sur cette planète, quelles seraient leurs conclusions, à votre avis ?

J'ai continué de gratter... Voilà, j'avais tout ramassé... J'ai éclairé l'allée avec la lampe de mon iPhone pour vérifier. Regardez, monsieur le Propriétaire de la Grande Maison : j'ai peut-être l'air d'une minable, mais je suis quelqu'un de très responsable ! J'ai éprouvé un sentiment de triomphe.

Suivi d'un sentiment d'horreur quand le rayon de la lampe a éclairé le sachet.

Bon Dieu. Il s'était déchiré ! Mes doigts étaient passés au travers ! J'avais du caca de chien partout sur l'un des gants pailletés en cachemire qu'on m'avait offerts pour Noël ! Je l'ai retiré en agitant frénétiquement la main. Merde ! *Merde !* MERDE !

J'étais au bord des larmes. Prête à m'effondrer et à éclater en sanglots. D'ailleurs, ça m'a traversé l'esprit. J'imaginais le propriétaire appeler son épouse dans la cuisine : « Chérie, il y a une drôle de femme couverte de caca de chien allongée dans l'allée, elle est en pleine crise d'hystérie. Je n'entends pas très bien, à cause du double vitrage, mais je crois qu'elle a dit que c'était son anniversaire. On devrait peut-être appeler la police. Elle va faire peur aux enfants. »

Mais Arthur a contrecarré mes plans. Repérant un écureuil, il a poussé un long gémissement avant de bondir, m'entraînant derrière lui sur le trottoir, accrochée à sa laisse. Bien entendu, il ne l'a pas attrapé : l'écureuil a disparu en haut d'un arbre et Arthur est resté au pied du tronc en aboyant à tue-tête. Pauvre Arthur, il me faisait de la peine. On aurait pu croire qu'à force il finirait par comprendre. Cela dit, combien d'années m'a-t-il fallu pour intégrer l'idée que, quand un homme disparaît sans plus donner signe de vie, lui aboyer dessus – autrement dit, le harceler de textos – ne fonctionne pas non plus ?

C'est un peu pareil. Je crois.

Nous avons fait demi-tour pour rentrer. Dans ma tête, j'étais en train de me faire couler un bain, d'aller au lit avec mon iPhone et de faire défiler des photos de couchers de soleil et des plats que les gens avaient mangés au dîner, quand j'ai senti une odeur de *fish and chips* émanant d'un pub au coin de la rue.

C'était mon anniversaire, après tout.

À l'intérieur, il y avait quelques clients, sans doute des gens du quartier, qui buvaient tranquillement un verre. J'ai attaché Arthur au pied d'une table, puis je suis allée me laver les mains et commander un verre de vin et une assiette de *fish and chips* au bar.

À mon retour, cinq minutes plus tard, je m'attendais presque à ce que le chien ait traîné la table au milieu du pub. Mais pas du tout : il était assis sagement à sa place, et il se faisait gratouiller les oreilles par un petit garçon coiffé d'un bonnet.

— Ça lui plaît, ai-je dit en souriant.

Le gamin a levé la tête avec l'air d'avoir été pris en faute.

— C'est votre chien ?

J'allais le détromper, répondre qu'il appartenait à mon propriétaire, mais au dernier moment, j'ai changé d'avis :

— Oui, c'est mon chien.

— Comment il s'appelle ?

— Arthur.

Le sourire du petit garçon s'est élargi, révélant une brèche dans sa dentition.

— Comme le roi Arthur ?

— Exactement, ai-je confirmé en jetant un coup d'œil à l'intéressé qui, effectivement, se laissait caresser d'un air assez souverain. Le roi Arthur.

C'était une dénomination plutôt appropriée compte tenu de la répartition des rôles – s'il y en avait un qui avait l'ascendant sur l'autre, ce n'était sûrement pas moi.

Le regard brillant, le gamin a enfoui ses mains dans la fourrure d'Arthur.

— Je veux un chien mais maman n'est pas d'accord. Elle dit que je peux avoir un hamster, c'est tout.

— C'est sympa, les hamsters.

Il m'a dévisagée, l'air peu convaincu.

— Mais ce n'est pas pareil que le roi Arthur, a-t-il répliqué.

— Non, en effet, ai-je reconnu.

— Oliver, tu es là !

Une voix masculine nous a fait relever la tête.

— Je me demandais où tu étais passé...

Un homme est apparu de l'autre côté du pub, habillé comme s'il venait de dehors – doudoune, grosse écharpe et gants. Les cheveux bruns, il était le portrait craché du petit garçon. Son père, sans nul doute.

Oliver a tiré sur sa manche, tout excité.

— Devine comment il s'appelle ! C'est le roi Arthur. Comme dans le film qu'on a vu.

— Il ne vous embête pas, j'espère ? m'a demandé l'homme.

— Non, non... Pas du tout.

Il avait vraiment de beaux yeux. Bleu pâle, de la couleur d'un jean délavé.

— Très bien, a-t-il approuvé, souriant, en adressant un clin d'œil à son fils. Allez, viens, on est en retard.

Il était séduisant, pour un père de famille.

— Gratte-lui les oreilles ! s'est exclamé Oliver. Il adore ça !

Consciencieusement, l'homme s'est agenouillé, a retiré l'un de ses gants et gratouillé les oreilles d'Arthur.

— Tu crois qu'il pourrait chatouiller les miennes ? a-t-il demandé d'un air sérieux, la tête inclinée sur le côté.

Oliver a éclaté de rire.

— Bon, il faut vraiment qu'on y aille, sinon ta mère va me tuer. Elle nous attend au cinéma.

— Au revoir, roi Arthur… Au revoir ! a fait Oliver en nous adressant un signe de la main.

— Au revoir, ai-je répondu en imitant son geste. Bon film.

— Merci, a lancé le père en prenant son fils par la main.

Je les ai regardés sortir du pub et, pendant un instant, j'ai envié la veinarde qui les attendait au cinéma. Pas seulement parce qu'ils étaient trop mignons, le père et le fils, marchant main dans la main. Mais parce que je n'ai pas pu m'empêcher de remarquer comme il était bien moulé dans ce jean…

Dis donc, Nell !

Ça, pour une surprise… C'était le premier homme qui me tapait dans l'œil depuis le Fiancé Américain. Juste après, un sentiment de résignation m'a envahie : ce type était marié. Rien de surprenant à ça, en revanche : à mon âge, tous les hommes valables sont pris.

Pourtant, quelque part, tout au fond de mon âme blessée, j'ai senti naître une étincelle d'espoir. Peut-être qu'il n'était pas encore trop tard pour moi. Peut-être.

Ce qui m'inspire de la reconnaissance :

1. *Mon choix de vin, qui était tellement délicieux que j'ai été obligée d'en commander deux verres de plus.*
2. *Arthur, qui connaît le chemin pour rentrer.*
3. *L'ibuprofène.*
4. *Ce flash-back d'hier soir : sans lui, j'aurais oublié que, traumatisée par l'affaire de l'étron maudit, j'ai abandonné sur place l'infâme sachet et mon*

gant que je vais devoir aller récupérer en m'excusant platement.

5. *Le fait qu'il n'y ait pas encore d'avis de recherche me concernant affichés dans tout le quartier*[1].

1. Mais bon, juste au cas où, je vais mettre une cagoule *(N.d.A.)*.

Déjeuner dominical

Ce matin, je suis réveillée par un message posté sur le groupe WhatsApp de ma bande d'amis : ils m'invitent à déjeuner en ville dans un restaurant italien, histoire de fêter mon anniversaire avec un peu de retard.

Moi : Génial ! Quelle heure ?
Holly : 11 h 30 ? Olivia fait la sieste à 14 heures.
Max : Freddy doit aller au foot ce matin. On ne sera pas là avant 13 heures.
Fiona : On a natation de 12 à 14 mais après, c'est bon pour nous.

Je suis tentée d'ajouter que, moi, j'ai sieste à quinze heures (vu que je n'ai toujours pas rattrapé ce foutu décalage horaire, ce n'est pas entièrement faux), mais je préfère m'abstenir et les laisser se dépatouiller entre les dodos, la natation et le foot. Si j'en crois le nombre de messages échangés, les négociations du Brexit, à côté, c'est du pipi de chat.

Pour finir, ils trouvent un terrain d'entente. Ravie, je bondis sous la douche. J'ai vraiment hâte de voir tout le monde mais, alors que je me prépare sous le regard attentif d'Arthur, je me sens soudain coupable de l'abandonner.

— Ne t'inquiète pas, je n'en ai pas pour longtemps, je promets en lui flattant les oreilles, attendrie par ses grands yeux marron.

Je fonce en ville. Comme c'est ma première vraie sortie depuis mon retour à Londres, je me suis mise sur mon trente-et-un. Je porte même des talons. Même si on le fête en retard, c'est mon anniversaire. Du coup, en arrivant devant le restaurant, j'ai un petit mouvement de recul en découvrant les poussettes doubles entassées près de la porte, ainsi qu'une pancarte annonçant qu'il y a une aire de jeux pour les enfants au rez-de-chaussée. Ne vous méprenez pas : j'adore les enfants, mais j'espérais quelque chose de plus… Comment dire…

J'ouvre la porte, le bruit m'assaille et je me fige.

Un serveur vole à mon secours et me conduit à notre table. Je commande un pichet de vin et m'en sers un grand verre.

— Bon anniversaire, beauté !

Je lève la tête : Fiona est en train de traverser la salle au pas de charge, ses enfants sur les talons. Elle fond sur moi, m'enlace, me serre fort contre elle.

— Je suis vraiment désolée d'avoir annulé hier, j'ai honte…

— Ne t'en fais pas, je comprends, je sais que tu es très occupée, je réponds en lui rendant son étreinte.

— J'avais juste complètement oublié que je devais aider Annabel à préparer ses invitations…

— Annabel ?

— C'est une des mamans de la nouvelle école d'Izzy. Elle est en train d'organiser un grand gala de charité.

— Ça m'a l'air beaucoup plus important que mon anniversaire, dis-je en riant. En tout cas, je suis contente que tu aies pu venir aujourd'hui.

— Moi aussi. Bon, comment tu te sens ?

— Vieille.

— N'importe quoi ! s'exclame mon amie en me donnant une petite tape. Tu n'as pas changé depuis tes vingt-cinq ans.

Fiona est adorable, mais elle aussi, elle commence à tendre les bras et à plisser les yeux quand elle veut lire un truc. Elle me voit sans doute un peu floue. Ce qui n'est pas une mauvaise chose. J'ai une théorie là-dessus : si on perd la vue en vieillissant, c'est pour nous éviter de voir clairement les ravages que le temps exerce sur nous.

— Izzy, donne notre carte à tatie Nell.

Affublée d'ailes de fée, Izzy bondit sur mes genoux en brandissant une enveloppe entre ses doigts potelés.

— Merci, jolie fée, fais-je en la déchirant pour l'ouvrir. Dis donc, quelle belle écriture !

— Je peux voir ?

Elle repousse les boucles blondes qui lui tombent sur le front, révélant ses grands yeux bleus aux cils interminables. Izzy a une peau de pêche – aucune trace des ravages du temps. Il faut dire qu'elle n'a que cinq ans.

— Merci, Izzy.

— Lucas, intervient de nouveau Fiona, tu as le cadeau ?

Lucas, sept ans, serre ses petites voitures contre lui comme si tous les clients du restaurant voulaient les lui voler. Il secoue la tête.

— Oh, non, il doit être resté sur la table de la cuisine, grogne Fiona. Tu as oublié de le prendre, mon chéri ?

Lucas acquiesce. Comme son père, il est peu loquace.

Heureusement, David, qui vient de garer la voiture, apparaît au même moment en brandissant un magnifique paquet trouvé sur la banquette arrière. Fiona fait toujours des cadeaux formidables. Au début de notre amitié, on était aussi fauchées l'une que l'autre, et on était convenues de ne s'offrir que des bougies parfumées, mais les choses ont changé quand elle a épousé David. Sous bien des aspects, elle est restée la même, sauf que maintenant, ses cadeaux proviennent de magasins hors de prix où je n'ose même pas mettre les pieds parce que les vêtements tombent spontanément des cintres quand j'approche et que les vendeuses me jettent des regards noirs – elles savent pertinemment que je ne peux rien acheter.

— Oh, elle est sublime ! je m'exclame en déballant une étole en cachemire d'une douceur incroyable. Tu n'aurais pas dû...

— Elle te plaît ?

— Si elle me plaît ? Mais je la trouve géniale !

Je pousse de petits cris ravis et serre tout le monde dans mes bras.

Fiona a l'air enchantée.

— Elle vient de la boutique d'Annabel, explique-t-elle. Elle m'a aidée à la choisir. Elle a un goût fabuleux. J'ai trop hâte que tu fasses sa connaissance : tu vas l'adorer !

— Moi aussi, j'ai hâte.

Je souris mais, en entendant de nouveau ce prénom, je sens que ça picote un peu. Je me ressaisis. L'étole est magnifique. Je suis ridicule.

— Regarde, tout le monde arrive !

Les portes viennent de s'ouvrir sur Holly, Adam et Olivia, suivis de près par Max, Michelle et leurs trois enfants. Les cinq minutes qui suivent sont consacrées à échanger baisers et étreintes, à remarquer combien les enfants ont grandi, et à s'extasier à l'idée de pouvoir se retrouver enfin.

C'est vrai que c'est fabuleux. Franchement, il n'y a rien de mieux au monde que de passer du temps entre vieux potes. On a l'impression de s'être quittés la veille, et on reprend pratiquement la conversation au point où on l'avait laissée la fois d'avant. Sauf qu'on ne s'est pas vus depuis l'été dernier et qu'on a beaucoup de choses à se raconter. Les nouvelles maisons, les nouvelles promotions, les nouveaux bébés...

— C'est le quatrième, on est fous, non ? s'écrient Max et Michelle en échangeant un sourire au-dessus de leur *penne all'arrabbiata*.

Pendant ce temps, Adam, qui envisage d'acheter une maison de vacances en France, tente d'extorquer des conseils juridiques gratuits à David en lui offrant le salami de sa pizza. Quant à Fiona et Holly, elles déballent des monceaux de boîtes Tupperware remplies de gâteaux de riz et de myrtilles qui volent dans tous les coins.

Je commande un autre pichet de vin.

— Bon, et toi, Nell ?

Les serveurs ont débarrassé la table et les enfants sont descendus jouer sous la surveillance de Freddy, soudoyé grâce au nouvel iPhone de son père. Le silence est retombé.

— Oui, quoi de neuf ? s'enquiert Holly.

Je l'ai rencontrée à l'époque où nous faisions de l'intérim à Londres. Nous avons tout de suite sympathisé entre deux plats de patates au micro-ondes et trois tableaux Excel. Tout en replaçant les mèches brunes de son carré bien net derrière ses oreilles, elle me fixe d'un air attentif.

Je marque un temps d'hésitation. Tout ce que j'ai de neuf à leur raconter, ce sont des fiançailles rompues, une colocation et mon nouveau statut de chômeuse. Rien à voir avec leurs promotions et leurs bébés.

— Je veux tout savoir au sujet de ce bibliocafé…

— Et tes projets de mariage, ça avance ?

— Tu repars quand en Californie ?

Mes amis me bombardent de questions et je me prépare mentalement à leur asséner mes réponses. Quand j'ai expliqué ma situation à Fiona, je lui ai fait promettre de garder le secret. Je me sentais tellement nulle… Mais ce sont mes plus vieux potes, ils ne me jugeront pas.

Ça, je m'en charge toute seule.

— En fait, je voulais vous dire… Quand je vous ai annoncé que j'avais oublié de mettre ma bague dans mes bagages, ce n'était pas une plaisanterie.

J'hésite un instant en me demandant comment leur présenter les choses. Et puis je me lance :

— On a rompu, et je suis revenue habiter à Londres.

Autour de la table, mes amis marquent le coup.

— Tu étais au courant ? interroge Holly d'un ton accusateur en se tournant vers Fiona qui rougit et enfouit son nez dans son verre de vin. Nell, pourquoi tu ne m'as rien dit ?

— Je suis en train de le faire, non ?

Inutile de rappeler à Holly que, chaque fois que j'essaie de la joindre, elle est occupée. C'est une sorte de Wonder Woman. Quand elle n'accompagne pas Olivia à ses activités, elle s'entraîne pour un triathlon ou court rejoindre une réunion cruciale à l'hôpital où, en tant qu'administratrice, elle gère quotidiennement des questions de vie ou de mort. Elle est tellement brillante, posée et *compétente* que je n'ai pas voulu lui casser les pieds avec mes pathétiques histoires.

— Je parie que c'est à cause d'une autre femme, lance Max.

— Max ! s'exclame Michelle, outrée, en lui flanquant un coup de coude.

— Et pourquoi pas un autre homme ? je contre.

— Merde. Il se tape un mec ?

— MAX ! hurle le reste de la tablée.

David lui jette une serviette au visage.

Côté finesse, Max n'est jamais en reste.

— Nell n'est pas obligée d'entrer dans les détails, déclare Michelle en adressant une grimace menaçante à son mari.

Elle ne mesure peut-être qu'un mètre soixante, mais elle a hérité du caractère latin bien trempé de sa minuscule grand-mère sicilienne, et elle peut être terrifiante. Sagement, Max décide de se tenir à carreau.

— Ça va, il n'y a pas de grand mystère, je murmure en m'efforçant de prendre tout ça à la légère. Notre relation s'est refroidie, c'est tout.

— Refroidie ? répète Holly. En Californie ?

Sa réflexion me fait sourire – même si, intérieurement, je suis dévastée.

— En tout cas, c'est un beau crétin de t'avoir laissée partir, maugrée Max.

— Tant pis pour lui, tant mieux pour nous, ajoute Fiona en étreignant ma main. Tout ce que je sais, c'est qu'Izzy va être ravie de voir sa marraine plus souvent.

— Freddy aussi, renchérit Michelle. J'espère que tu aimes te geler les fesses au bord d'un terrain de foot. Il est complètement obsédé par ce sport.

— J'adore, dis-je avec un sourire.

— Il n'est pas obsédé, il est doué, corrige Max. Comme son père. Vous savez que j'aurais pu passer professionnel, sans cette blessure au genou…

— Non, Max, pas encore le coup du genou ! proteste la tablée dans un bel ensemble.

La conversation dévie aussitôt et chacun se moque de Max qui soutient mordicus qu'il aurait pu surpasser Beckham, n'était-ce cette faiblesse au genou. Franchement, c'est beaucoup plus intéressant que ma désastreuse vie de couple.

Les enfants sont de retour, un gâteau au chocolat orné d'une bougie fait son apparition, et tout le monde chante « Joyeux anniversaire » avant de s'attaquer au dessert, vraiment délicieux. Ensuite, David paie généreusement l'addition avant qu'on s'en aperçoive, et nous prenons congé les uns des autres. Chacun rentre dans sa voiture. Fiona et Max s'excusent de ne pas pouvoir me ramener à cause des sièges auto.

— On part dans l'autre sens, mais tu veux qu'on te dépose au métro ? propose Holly.

— Non, ça va aller... Je vais marcher, il faut que je digère cette pizza.

J'agite la main tandis qu'ils s'éloignent, le chauffage à fond.

Restée seule sur le trottoir, j'ai l'impression que le silence retombe d'un coup. L'un des inconvénients d'être seule, c'est qu'on n'a personne avec qui papoter sur le chemin du retour. Personne avec qui se moquer du nouveau bouc d'Adam, personne avec qui rire des réflexions hilarantes d'Izzy au serveur, personne avec qui se perdre en conjectures sur le montant exact du bonus perçu par David l'année dernière.

Personne pour vous regarder en coin quand on rit, avec dans le regard une expression qui dit « Je t'aime » juste parce que vous êtes là.

Machinalement, je consulte mon téléphone. Aucun message.

Bon, inutile de rester ici à me geler.

Je noue mon écharpe, enfile mon gant orphelin, et je me mets en marche vers la station de métro.

Ce qui m'inspire de la reconnaissance :

1. *Mes merveilleux amis.*
2. *Ce restaurant où j'ai pu fêter mon anniversaire en compagnie des enfants, dont deux sont mes filleuls et que je ne vois pas assez ; c'était vraiment rigolo.*
3. *L'aire de jeux au rez-de-chaussée (pour les moments où ça devenait un peu TROP rigolo).*

4. *Les bonbons Ricola, parce que j'ai mal à la gorge à force d'avoir crié.*
5. *Arthur, qui m'attendait derrière la porte quand je suis rentrée.*

La bataille du thermostat

Oh mon Dieu, il est de retour. Mon proprio. Le Gardien du thermostat.

Il GÈLE dans l'appartement.

C'est comme ça depuis qu'Edward est rentré lundi. Je suis sûre que c'est une manière pour lui de compenser la grosse empreinte carbone qu'il a laissée en prenant l'avion pour se rendre à Verbier, dans les Alpes suisses, avec sa famille. Il est arrivé tard lundi soir, mais je ne l'ai pas vu parce que j'étais déjà au lit en train de regarder *The Crown* sur Netflix avec mon ordinateur portable.

Je suis amoureuse de cette série. Petite, j'étais obsédée par la princesse Diana et ses chemisiers à col froncé, mais aujourd'hui, je suis fan de la princesse Margaret. Elle fait son show, elle boit, elle fume et elle sort avec des hommes qui ne sont pas de son rang… Ça me rappelle moi, à son âge. Maintenant, j'ai bien peur de ressembler plutôt à la reine. Plantée là, les bras croisés et la mine réprobatrice, dans mon cardigan et mes chaussures confort.

Bravant la température polaire, je m'aventure dans la cuisine pour me préparer à manger. À part regarder *The Crown*, j'ai passé les deux dernières semaines à arroser d'e-mails mes anciens contacts pour leur demander (leur mendier) du travail. Je n'arrive pas à croire qu'on est déjà le 15 janvier et que je n'ai toujours pas fini de déballer mes cartons, ni trouvé de boulot ou réussi à transformer ma Vie de Looseuse en Succès Absolu. Il va vraiment falloir que je me bouge.

Au moment où j'enfonce des tartines dans le grille-pain, j'entends la clé qui tourne dans la serrure. Arthur se précipite vers la porte d'entrée. Je n'ai guère vu Edward depuis son retour, à part pour échanger quelques salutations rapides quand il part bosser en trombe le matin. Toute la semaine, il est rentré tard et j'étais au lit mais, ce soir, il arrive tôt.

— Bonsoir, Pénélope, lance-t-il gaiement en pénétrant dans la cuisine avec son vélo pliable sous le bras, Arthur sur ses talons.

Edward insiste pour utiliser mon prénom complet.

— Bonsoir, Edward !

J'ai essayé de l'appeler Eddie, mais il n'a rien voulu entendre.

— Ça va, tu es bien installée ?

— Très bien, réponds-je poliment. Il me reste encore quelques cartons à vider, mais je suis sur le coup… Alors, ces vacances ?

— Excellentes. Les conditions étaient optimales.

Sous son casque, son visage est bronzé, à part deux grands cercles blancs autour des yeux – la marque de ses lunettes, sans doute. Si c'était un copain, je le chambrerais à ce sujet. Mais comme ce n'est pas le cas, je m'abstiens.

— Super.

Je me décale maladroitement de l'autre côté de l'îlot central.

— Tu skies ? demande-t-il.

— Pas vraiment, non. Une seule fois. Pendant un voyage scolaire.

— Oh. Dommage.

Il y a un blanc, et je me retourne vers le grille-pain. C'est très bizarre de partager un appartement à quarante ans passés. Nous sommes deux étrangers, chacun avec sa vie, et nous n'avons rien en commun, hormis le fait que nous vivons maintenant sous le même toit. Cela dit, maintenant que j'y pense, c'est à ça que ressemblait mon couple, vers la fin.

— On se croirait dans un sauna, ici ! Tu as monté le chauffage ?

Je lève la tête. Edward a retiré son casque de vélo et son gilet réfléchissant. Son regard se pose sur le thermostat.

— Je n'y ai pas touché ! je proteste.

Soudain, j'ai l'impression d'être redevenue ado et de vivre avec mes parents. Le rouge me monte aux joues. Je ne sais pas mentir.

Mais Edward se détend en constatant que le thermostat est toujours en position Arctique, et il continue de retirer des couches de vêtements jusqu'à se retrouver en tee-shirt. Et moi, pendant ce temps, j'ai l'air d'une resquilleuse au comptoir d'EasyJet – de celles qui essaient d'échapper aux frais de bagage en portant sur elles l'intégralité du contenu de leur valise.

Quelqu'un pourrait m'expliquer cette éternelle bataille entre hommes et femmes autour du thermostat ? Pendant toute mon enfance, chaque hiver, mon père se transformait en Inspecteur Principal de la Police du Chauffage, toujours à surveiller le thermostat et à le baisser d'un cran. Dès qu'il partait travailler, ma mère le remontait de deux.

— Je crois que tes tartines brûlent…

La voix d'Edward me coupe dans mes pensées. Un filet de fumée noire s'échappe du grille-pain.

— Oh, merde !

Vivement, j'appuie sur le bouton Stop. Trop tard : le détecteur de fumée se met à brailler.

— Ne t'en fais pas, je m'en occupe.

J'achève de retirer le pain cramé de l'appareil tandis que mon propriétaire évente l'alarme avec un torchon et ouvre une fenêtre.

— Merci.

Avec un sourire d'excuse, je m'apprête à jeter mes toasts, mais Edward m'arrête :

— Je vais les manger, j'adore les tartines brûlées.

— Vraiment ?

— Sophie y était accro quand on vivait en France et qu'elle était enceinte des jumeaux. Je lui en préparais tout le temps.

Je me radoucis d'un coup. En fait, cet homme est gentil. Il n'a pas réellement l'intention de me faire mourir de froid.

— Tu as vécu en France ?

— Oui. Sophie est française, on s'est rencontrés là-bas. On est revenus en Angleterre quand les enfants sont entrés à l'école.

— Et les jumeaux ont quel âge, maintenant ?

— Quinze ans… et vingt-cinq dans leur tête, déclare-t-il entre deux bouchées, les dents noircies par le pain carbonisé. Ce ne sont plus mes petits garçons…

— Ils doivent te manquer, en semaine.

— Oui.

Il hoche la tête puis hausse les épaules avant d'ajouter :

— Mais moi, je ne suis pas sûr que je leur manque. À mon avis, ils sont trop absorbés par leurs écrans pour s'apercevoir que je suis parti.

Pendant un instant, j'ai de la peine pour lui. Je le regarde, assis sur son tabouret de bar, qui mastique mes tartines cramées. Il est rentré à vélo après une longue journée au bureau pour se retrouver face à une inconnue qui s'amuse à déclencher le détecteur de fumée...

Un courant d'air glacé entre par la fenêtre, m'arrachant un frisson.

Tant pis pour les toasts, j'ai trop froid.

— Allez, bonsoir...

Je remets le pain au frigo, attrape deux canettes de gin tonic – j'en ai acheté tout un stock – et remonte vivement dans ma chambre. Je vais passer le reste de la soirée au chaud sous ma couette, à siroter du gin en imaginant que je suis la princesse Margaret.

Ce qui m'inspire de la reconnaissance :

1. *Les commandes en un clic sur Amazon, si pratiques quand on a les doigts gelés.*
2. *Ma nouvelle couverture électrique.*
3. *Le gin et la princesse Margaret (pas forcément dans cet ordre).*

À : Caroline Robinson – Starpoint Publications
Objet : Projets d'édition

Chère Caroline,
J'espère que tu vas bien ! Nous n'avons pas échangé depuis un bon moment car j'habitais et

travaillais en Amérique, mais je suis de retour à Londres et à la recherche de nouveaux projets passionnants. Tu dois te rappeler, de l'époque où nous étions collègues, que j'ai une foule de compétences et une solide expérience d'éditrice, et j'adorerais les mettre au service de tes publications. J'ai aussi quelques belles idées que j'aimerais te soumettre. Dis-moi à quel moment je peux t'appeler, à moins que tu préfères en parler autour d'un café ?
J'attends ta réponse avec impatience.

Bien à toi,
Pénélope Stevens

À : Pénélope Stevens
Réponse automatique : Projets d'édition

Caroline Fletcher-Robinson est actuellement en congé maternité.

Foutu dimanche

Depuis ma rupture avec le Fiancé Américain, je me suis mise à redouter les week-ends.

Quand j'étais en couple, c'était différent : j'avais hâte de voir arriver le vendredi soir pour qu'on se blottisse sur le canapé avec une bouteille de vin en regardant un film. J'adorais les samedis où on retrouvait nos amis après la fermeture du café. Quant aux dimanches, c'est ce que je préférais. On se levait tôt et on allait à vélo jusqu'au marché du coin. Au retour, nos sacs étaient remplis de produits frais qui lui serviraient à élaborer de nouvelles recettes dans la cuisine pendant que je paresserais dans le jardin, un livre à la main, tout en jouant mon rôle de goûteuse officielle.

À présent, quand le vendredi soir se profile, je vois juste surgir un nouveau week-end que je dois traverser seule. C'est marrant : avant, je pensais que la solitude, c'était pour les personnes âgées. Que ça ne touchait que les vieilles dames frêles assises dans leur fauteuil. Certainement pas les quadras accomplies comme moi qui affichent 147 amis sur Facebook.

J'ai tenté de rallier les troupes mais, comme d'habitude, tout le monde était déjà pris. Michelle et sa famille allaient chez les parents de Max. Holly et Adam lançaient leur grand plan de rapprochement avec le pasteur de leur église à l'occasion d'une kermesse locale. Depuis qu'il avait découvert les tarifs des écoles privées, Adam, grand athée devant l'Éternel, avait soudain « trouvé la foi ». Rien à voir avec le fait que l'école primaire confessionnelle de leur quartier était « classée exceptionnelle par l'Ofsted[1] ». Une phrase que toutes mes amies prononcent aujourd'hui avec la même avidité que celle qu'elles réservaient auparavant à « Il conduit une décapotable ».

Quant à Fiona, elle est invitée avec David à une soirée dans la nouvelle maison d'Annabel et de son mari Clive. Non contente d'organiser des galas de charité et d'avoir un goût exquis en matière d'étoles en cachemire, Annabel est manifestement une hôtesse exceptionnelle. Non, je ne suis pas jalouse. Ou alors, juste un peu, mais seulement parce que cette femme peut ajouter, sur la longue liste de ses succès, celui de m'avoir volé ma meilleure amie.

— Il faut que tu fasses de nouvelles connaissances.

Je discute sur FaceTime avec mon amie Liza de Los Angeles. Il est huit heures du soir et je suis déjà en pyjama. Assise sur mon lit, je contemple l'écran de mon téléphone. Son visage apparaît en gros plan sur fond de ciel bleu et de soleil. La pluie

---

1. Office for Standards in Education, organisme britannique chargé d'évaluer le système d'éducation nationale *(N.d.T.)*.

tambourine sur la vitre de ma chambre et, soudain, j'ai la nostalgie de mon ancienne vie.

— Fais-toi de nouveaux amis, ajoute-t-elle.

Je me ressaisis. Pas besoin de soleil, de plages et de pieds bronzés en sandales quand on a une couverture électrique, pas vrai ?

D'un geste ferme, je monte de deux crans le curseur de la couverture.

— Ils sont tous mariés, ils ont des enfants, poursuit-elle. Il te faut des amis célibataires. Et une activité...

— Genre, un travail ?

Liza balaie ma réflexion d'une main désinvolte, comme on éloigne un moucheron.

— Tu fais juste un *break*. Il faut que tu t'exerces à la patience.

Je sais qu'elle a raison, mais mon retour à Londres m'a coûté cher, et la somme que m'a prêtée mon père, bien que généreuse, ne durera pas éternellement. C'est à la panique, que je m'exerce, pas à la patience.

— Non, ce qu'il te faut, ce sont des gens ouverts d'esprit...

Je l'arrête tout de suite :

— Pas question que je me mette au yoga !

Liza est une super-prof de yoga, et elle revient tout juste d'une retraite au Costa Rica. Je l'ai rencontrée quand nous nous sommes installés à L.A. et, désireuse d'embrasser les coutumes locales, je me suis inscrite à l'un de ses cours. Heureusement, elle ne m'en a pas voulu, et nous sommes devenues amies. Ce soir, c'est la première fois qu'on a l'occasion de discuter depuis mon retour à Londres.

Elle éclate de rire.

— Aucune personne sensée ne voudra devenir pote avec toi si elle te voit pratiquer le yoga, ma chérie !

— *Namasté* à toi aussi.

— Pourquoi pas un cercle de lecture ? suggère-t-elle avec conviction.

Ça me met un coup au moral : les clubs de lecture, c'est typiquement un truc de femmes d'âge mûr. C'est alors qu'une pensée me frappe : *je suis une femme d'âge mûr*.

Je décide de changer de sujet :

— Comment ça se passe, avec Brad ?

Brad enseigne le yoga avec elle, et ils sortent ensemble, plus ou moins. Ces temps-ci, plutôt moins que plus, apparemment.

Elle hausse les épaules.

— Il dit qu'il est un peu perdu.

— À propos de quoi ?

— Du fait de vouloir s'engager dans une relation.

Je ne comprends vraiment pas ce que Liza trouve à Brad. Elle est drôle, gentille et intelligente. Elle a un corps de yogi à vous tirer des larmes. En plus, c'est une milléniale : elle vient d'avoir trente ans ! Autant dire que, dans le jeu des chaises musicales amoureuses, ce ne sont pas les places qui lui manquent. Elle n'a donc absolument pas besoin de sortir avec un petit crétin paumé qui essaie de la bousculer et de la manipuler tout en portant des chapelets bouddhistes et en jouant aux grands maîtres spirituels.

Namasté.

— Notre thérapeute de couple dit qu'il a des problèmes de stabilité, avoue Liza d'un air gêné. Je sais ce que tu penses.

— Et je pense quoi ?

— Que je suis une idiote et que je devrais le quitter.

— Tu n'es pas une idiote. C'est lui, l'idiot.

Elle me décoche un sourire reconnaissant.

— Eh, j'ai une idée ! Si tu essayais les bains sonores ? Tu pourrais rencontrer des tas de gens fabuleux.

— Tu crois ? je demande, dubitative.

— Il doit y en avoir à Londres...

Mais, avant qu'elle ait pu fouiller sur Google, un bip m'avertit de l'arrivée d'un texto. Il provient de Sadiq, un vieil ami journaliste. Je l'ouvre.

> Stevens, ton e-mail a atterri dans mes spams !
> Appelle-moi. J'ai un boulot pour toi.

Tête de panda

— Tu veux que j'écrive des articles sur des morts ?

Nous nous sommes retrouvés ce matin non loin de son bureau, dans un café de hispters – tables en bois brut, tableaux noirs et brownies frais posés à portée de main et de postillons.

Sadiq avale une bouchée de sa galette à l'halloumi grillé avant de répondre :

— C'est un peu le principe des notices nécrologiques, Nell. Il faut que les gens soient morts.

Je connais Sadiq depuis vingt ans. Quand je me suis installée à Londres, nous avons été colocataires. À l'époque, il était stagiaire dans un journal à scandale. Aujourd'hui, il est rédacteur dans un grand journal du dimanche.

— Notre pigiste habituel vient de passer à la rubrique voyages, alors j'ai tout de suite pensé à toi.

J'ai souri. Même si je n'étais pas sûre de pouvoir prendre ça comme un compliment.

La serveuse a posé deux cafés *latte* sur la table. Sur celui de Sadiq, il y avait un petit cœur dessiné dans la mousse. Rien sur le mien.

— Je n'ai pas de cœur.

— Hein ? s'est étonné Sadiq qui, ayant achevé sa galette, venait d'avaler une gorgée de café.

J'ai senti une chape de plomb s'abattre sur moi. C'était un signe. Voilà : pour moi, c'était fini. Fini l'amour. Tout ce qui m'attendait désormais, c'était la mort.

Je l'ai regardé faire disparaître le petit cœur dont il n'avait même pas noté la présence. Pourquoi l'aurait-il remarqué, de toute façon ? Contrairement à moi, Sadiq n'est pas à l'affût du moindre signe de l'univers. Il est marié, heureux en ménage, il a deux superbes enfants et une carrière impressionnante. Sa vie est une réussite à tous les niveaux. Je parie qu'il ne lit même pas son horoscope.

— Non, rien, ai-je répondu vivement en secouant la tête, embarrassée. J'apprécie sincèrement que tu aies pensé à moi.

— Alors, ça t'intéresse ou pas ?

— À fond, ai-je lancé. Mais tu es sûr que j'ai l'expérience qu'il faut ? Je suis éditrice, pas journaliste.

Sadiq a écarté mes inquiétudes d'un geste.

— En gros, ça consiste à résumer la vie d'une personne en mille mots. Tu seras parfaite. Et puis, le bon côté des avis de décès, c'est qu'on ne manque jamais de matière, a-t-il conclu avec bonne humeur.

— Maintenant, je me souviens pourquoi on s'entendait si bien.

— De toute façon, je te devais un service.

— Ah bon ?

— Sans toi, je ne serais pas avec Patrick. Tu ne te souviens pas ? C'est toi qui m'as dit qu'il était ce qui pouvait m'arriver de mieux à l'époque où j'avais des œillères.

En esprit, je suis retournée vingt ans en arrière. Je nous ai revus, Sadiq et moi, assis sur le futon ; on discutait des nuits entières autour d'une bouteille de mauvais vin et d'un paquet de Marlboro Light. C'est au cours d'une de ces conversations que Sadiq m'a fait son coming out. Sauf que, bien sûr, je le savais déjà : il était amoureux de l'Irlandais timide aux yeux bleus qui bossait comme barman au pub du coin.

J'ai souri.

— Il te fallait juste un coup de pouce.

Sadiq a tendu sa carte bancaire à la serveuse pour payer l'addition, puis il a attrapé sa veste sur le dossier de la chaise.

— Eh bien, maintenant, c'est à mon tour de te rendre service.

Nous convenons du tarif. Il n'est pas très élevé mais, entre ça, le prêt de mon père et mon loyer très bas, j'arriverai à m'en sortir. Je suis dans le métro, en route pour ma première interview avec la veuve d'un auteur de théâtre renommé. À l'origine, sa nécrologie devait paraître la semaine prochaine mais le journal a décidé de sortir un article complet pour le numéro de février, et j'espère donc obtenir quelque chose de « vivant », selon les termes de Sadiq. Un terme plutôt bizarre, vu le sujet mais, apparemment, le risque avec les notices de décès, c'est qu'elles prennent vite la forme de CV post mortem.

Voilà au moins une chose dont, personnellement, je n'aurai pas à me soucier : au train où vont les choses, ma notice nécrologique tiendra sur un Post-it.

L'adresse où je dois me rendre se situe du côté de Portobello. La maison est haute et étroite, peinte couleur lilas. Tout en montant les marches, je me répète les phrases de présentation que j'ai préparées : « Toutes mes condoléances… Je vous remercie sincèrement de prendre le temps de me recevoir… » J'ai passé le trajet en métro à éplucher les éléments fournis par Sadiq. Monty Williamson était un sacré personnage, à tous points de vue. Avec son épouse, il a sillonné le monde et rencontré des tas de gens célèbres. J'éprouve une excitation mêlée de nervosité. Je suis sûre que la veuve doit avoir une foule d'anecdotes fascinantes à raconter. Cela dit, il faut que je fasse attention : cette femme a plus de quatre-vingts ans, et elle vient de perdre son mari. Elle doit être très fragile.

Et sourde comme un pot, la pauvre. Ça fait deux minutes que je suis pendue à la sonnette, et personne ne se manifeste. Je frappe de grands coups à la porte. J'entends un bruit de pas et, soudain, la porte s'ouvre en grand.

— Bonjour, je suis Nell Stevens, je viens pour l'interview…

— Désolée, ça fait longtemps que vous frappez ? J'étais en train de peindre avec mon podcast dans les oreilles.

Je m'attendais à une frêle veuve écrasée de chagrin, mais j'avais tort sur toute la ligne : devant moi se tient une grande femme vive aux épais cheveux gris coiffés en un carré court qui lui sied à merveille. Elle porte du rouge à lèvres, une salopette tachée de peinture et des baskets pailletées à lacets.

— Ne me dites rien… Vous m'imaginiez en robe noire avec une mise en plis mauve, c'est ça ?

Devant mon expression ébahie, elle éclate de rire.

— Personnellement, je préfère quand ça pétille, pas vous ?

Je l'aime déjà.

— Désolée, reprend-elle, j'en oublie les bonnes manières. Entrez, je vous en prie.

Écartant le battant pour me céder le passage, elle me tend une main osseuse couverte de bagues et m'offre une poignée de main vigoureuse.

— Enchantée de faire votre connaissance.

Je souris, charmée.

— Tout le plaisir est pour moi.

Ce qui m'inspire de la reconnaissance :

1. *Sadiq qui, en m'offrant un travail, m'a aussi sauvée d'un enfer consistant à écouter un gong me résonner dans les oreilles pendant une heure, allongée sous une couverture.*
2. *La fabuleuse veuve de Monty Williamson.*
3. *Le barman de Starbucks qui m'a préparé le* latte *que j'ai bu en rentrant chez moi. Pourquoi rêver d'un cœur quand on peut avoir une tête de panda ?*

Février

#jehaislesréseauxsociaux

La mort par mise en plis

« Quand je serai grande, je veux écrire sur les gens morts. » Qui a déjà dit ça ? J'avoue, nécrologue, ce n'est pas exactement le boulot de mes rêves. Cela dit, il n'y a pas photo : entre les gens fascinants qui sont morts, et les gens barbants qui sont encore vivants, je sais sur qui je veux écrire.

Nous sommes vendredi soir et, au lieu de sortir, je suis rivée à mon bureau, occupée à mettre la touche finale à ma première notice nécrologique. Ça m'a pris un peu plus longtemps que prévu parce que je me suis fait aspirer dans le vortex Google. Je faisais des recherches sur les pièces de Monty Williamson, et je me suis retrouvée à taper « symptômes de sepsis » parce que j'ai une démangeaison au coude, et « les chiens peuvent-ils manger des pommes » parce qu'Arthur a chapardé un trognon dans ma corbeille à papier pendant que j'avais le dos tourné.

Quoi qu'il en soit, j'ai presque fini. Sur mon iPhone, je lance l'enregistrement de l'interview que j'ai réalisée il y a quelques jours, et la voix de la veuve s'élève dans ma chambre :

— Je vous en prie, appelez-moi Cricket.

— Comme le sport ?

— Comme l'insecte, me corrige-t-elle. En fait, mon prénom est Catherine, mais on m'a donné ce sobriquet toute gamine, et c'est resté. Mon mari me disait toujours que ça m'allait comme un gant.

Cricket habite une maison qui correspond parfaitement à l'idée qu'on se fait de l'endroit où vivrait un dramaturge. Du sol au plafond, les murs sont couverts de bibliothèques regorgeant de bouquins qui vont se nicher dans la moindre fente disponible, ou de photos et d'affiches de théâtre encadrées, d'objets et d'éléments de décors rapportés de lointains voyages – un masque tribal, des assiettes peintes, des tapis exotiques. Il y règne cette atmosphère un peu chaotique propre aux vies atypiques.

Notre entretien était tout à fait raccord avec cette ambiance.

— Je vous en prie, asseyez-vous et mettez-vous à l'aise, a lancé Cricket en me précédant dans le salon.

Du regard, j'ai cherché une chaise, mais tous les meubles étaient couverts de draps éclaboussés de peinture.

— Il doit y avoir un canapé quelque part là-dessous…

— Vous refaites la déco ? ai-je demandé en remarquant les escabeaux et les pots éparpillés dans la pièce. Quand vous m'avez dit que vous peigniez, je pensais que vous parliez d'aquarelle ou d'huile.

— Grand Dieu, non ! s'est-elle exclamée en riant de bon cœur. La maison avait besoin d'un coup de peinture, alors je me suis dit, c'est le moment ou jamais.

J'ignore ce qui m'a le plus surprise : le fait qu'une femme de quatre-vingts ans bien tassés monte sur un escabeau un rouleau à la main, ou qu'elle se montre de si bonne humeur en dépit du récent décès de son mari.

— J'ai toujours imaginé cette pièce en jaune mais Monty n'a jamais rien voulu savoir. Lequel vous préférez ?

Elle a désigné deux échantillons de peinture sur un mur.

— À gauche, c'est *Bouton d'or* et à droite, *Soleil toscan*.

— Euh... Je crois que je préfère *Bouton d'or*.

— Les grands esprits se rencontrent ! s'est-elle écriée, l'air ravie.

Elle a disparu quelques instants dans la cuisine pour aller y chercher du thé et des biscuits au chocolat.

— Ils sont délicieux et, donc, très mauvais pour nous !

Cricket m'a plu dès le départ. Vive et irrévérencieuse. Au fur et à mesure de notre interview, elle a sorti de vieux albums photo en me régalant de scandales et d'intrigues qui avaient émaillé la captivante carrière de son mari. Elle parsemait son récit de noms de stars comme on répand de la poudre magique. À côté de cela, elle se montrait d'une franchise sans faille. Une fois le rideau retombé, les paillettes et le glamour disparaissaient. Il y avait eu des critiques venimeuses. Des difficultés financières. Le cancer. La souffrance de Monty vers la fin, le soulagement et le sentiment de culpabilité de Cricket à sa mort. Les vraies choses de la vie, quoi. Celles qu'on ne met pas dans les albums photo.

— J'ai fait la connaissance de Monty à une époque où j'avais renoncé à tomber amoureuse. C'était totalement inattendu. J'avais presque cinquante ans et je pensais que la passion, ce n'était plus pour moi. J'avais fait une croix sur le mariage, les enfants… À moins que ce soient eux qui aient fait une croix sur moi ?

Elle a souri, une lueur malicieuse dans le regard, et je me suis dit qu'en fait Cricket m'intéressait bien davantage que son défunt époux.

— Comment vous êtes-vous rencontrés ?

— J'étais actrice – pas très douée, à vrai dire – et j'avais eu mon lot d'histoires d'amour aussi passionnées que maudites. J'avais été fiancée à plusieurs reprises. Une fois, j'ai même acheté ma robe de mariage, une affreuse chose en mailles transparente, si je me souviens bien…

Un frisson l'a secouée tandis qu'elle déroulait ses souvenirs.

— Par chance, l'heureux élu m'a épargné l'humiliation de porter cette horreur en m'avouant, quelques jours avant la cérémonie, qu'il était déjà marié. À l'époque, ça a fait un de ces foins !

Elle a secoué la tête en riant avant de reprendre :

— C'est un des avantages de l'âge : avec le temps, les événements les plus tragiques sont souvent les plus amusants à raconter.

Ça m'a fait penser à mes propres fiançailles avortées : est-ce que dans dix ou vingt ans, j'en rirai, moi aussi ?

— Ensuite, j'ai décidé de tirer un trait sur tout ça. L'amour, ce n'était pas pour moi. J'allais prendre un chat et me mettre à l'alto…

— Pourquoi l'alto ?

— Pourquoi pas ?

J'ai souri. « Pourquoi pas ? » me paraissait une bonne philosophie de vie.

— J'étais plutôt heureuse. Et puis, quelques mois plus tard, j'ai passé une audition lors de laquelle j'ai rencontré Monty, et toutes mes bonnes résolutions ont volé en éclats. Dans un sens, c'était une chance vu que, plus tard, j'ai découvert que j'étais affreusement allergique aux chats et incapable de tenir une note. Encore un peu de thé ?

Nous avons donc repris du thé et, alors que le soleil pâle de février laissait place au crépuscule, Cricket m'a expliqué que, bien qu'ils aient vécu ensemble pendant plus de trente ans, ils ne s'étaient mariés qu'à soixante-dix ans passés.

— Et seulement parce qu'il commençait à avoir des problèmes de santé, et pour des histoires d'impôts. Le mariage a eu lieu à New York. Une cérémonie toute simple, rien que nous deux. Je me rappelle avoir pensé, en montant les marches de l'hôtel de ville, qu'on devait avoir l'air de deux gentils petits vieux, moi avec mes cheveux gris et Monty avec sa canne, mais j'avais l'impression d'avoir de nouveau vingt ans. Vous savez, j'étais folle de lui…

Elle s'est interrompue, comme si, en pensée, elle était revenue sur les marches de la mairie.

— Vous avez déjà été folle de quelqu'un, Nell ?

J'ai hésité, surprise par sa question.

— Oui, ai-je fini par acquiescer.

— Et ?

— Et lui n'était pas fou de moi.

— Ma chère enfant, a-t-elle murmuré en plongeant son regard dans le mien.

Il y avait une telle gentillesse dans ces mots que j'ai failli fondre en larmes. Depuis des semaines, je refoulais mon chagrin et faisais bonne figure. Je jouais la désinvolture et prenais les choses à la légère parce que c'était la seule façon pour moi de gérer la situation. Je ne parlais pas de ce qui m'était arrivé de peur de craquer. Heureusement, Cricket ne m'a pas réclamé de détails, et je me suis contentée d'ajouter que j'avais récemment rompu avec mon fiancé en Amérique et que j'étais rentrée à Londres pour prendre un nouveau départ.

— Et en plus, je commence à avoir quarante ans bien tassés, ai-je soupiré en manière de conclusion.

— Et alors ? Moi, j'en affiche plus de quatre-vingts au compteur.

Je n'ai pu m'empêcher de sourire.

— Vieillir, ce n'est pas grave, a-t-elle repris. Ce qui est grave, c'est de devenir rasoir.

Cricket était tout sauf rasoir.

— Le seul problème, avec l'âge, c'est qu'on perd ses amis et ses proches, a-t-elle enchaîné. Ils tombent comme des mouches, les uns après les autres. Perdre Monty a été très dur mais j'avais déjà beaucoup vécu avant de le rencontrer. Et puis, il travaillait énormément et il n'était pas souvent là. Je me suis habituée à son absence... En revanche, perdre mes amies, ça a été particulièrement difficile...

Elle s'est levée pour attraper une photo posée parmi d'autres sur une console. Elle représentait quatre femmes souriantes allongées sur des transats. J'ai reconnu Cricket, beaucoup plus jeune, les cheveux très noirs.

— C'étaient mes sœurs de cœur.

Elle a contemplé l'image un long moment avant de les désigner une par une :

— Là, c'est Sue. C'était ma meilleure amie. On partageait une chambre à Londres et on se parlait tous les jours, parfois plusieurs fois par jour. Veronica, je l'ai rencontrée dans une pièce qu'on jouait ensemble... Tous les mercredis, on allait assister à une représentation en matinée. Et Cissy travaillait à la bibliothèque du quartier où Monty aimait aller écrire. Au début, j'étais terriblement jalouse, vous savez. J'étais sûre qu'il allait s'enticher d'elle. Elle était tellement jolie... Mais ensuite, nous sommes devenues les meilleures amies du monde. Elle me prêtait des tas de bouquins qu'elle avait aimés...

Elle a marqué une pause, perdue dans ses souvenirs.

— Elles ont toujours été là pour moi. Elles me manquent horriblement.

En l'écoutant parler, je me suis aperçue que, d'une certaine façon, nous avions quelque chose en commun. Mes amies n'étaient pas mortes, elles s'étaient juste mariées et avaient eu des enfants, pourtant elles me manquaient aussi.

— Mais trêve de jérémiades, a-t-elle repris d'une voix plus ferme. Je pense que j'ai assez abusé de votre temps.

— Pas du tout, ai-je protesté.

À vrai dire, il était tard. J'ai remercié Cricket pour l'interview et, au moment où je sortais, elle m'a rappelée :

— Au fait, c'est mon amie Sue qui m'a dit de ne jamais rallier la Brigade des mises en plis, a-t-elle lancé en agitant gaiement la main. D'après elle, c'est mortel.

Ce qui m'inspire de la reconnaissance :

1. *Les 52,5 millions de résultats sur Google à la requête : « Quelles questions poser à une veuve ? »*
2. *Ce n'est pas un sepsis.*
3. *Fuir les mises en plis comme la peste.*

Une rencontre inattendue

Après mon entretien avec Cricket, je suis plus décidée que jamais à passer du temps avec mes amis. Je rejoins donc Fiona au parc. David a emmené Lucas au judo, et c'est l'occasion rêvée d'échanger des nouvelles et de discuter un peu entre deux glissades sur le toboggan et un ensevelissement dans le bac à sable – en bonne marraine, je me prête à tous les caprices d'Izzy.

Comme il fait froid et qu'il pleut, j'enfile plusieurs pulls les uns sur les autres et un imperméable bon marché que j'ai récemment acheté dans un accès de désespoir après m'être fait faucher un énième parapluie par le vent. Il est en plastique vert, et on dirait que j'ai enfilé l'un de ces gros sacs-poubelle où l'on entasse les déchets végétaux.

Je déniche aussi une paire de bottes en caoutchouc appartenant à Edward dans le placard sous l'escalier. Elles sont un peu grandes et maculées de créosote datant de l'époque où il a repeint la clôture, mais elles sont beaucoup plus adaptées que mes baskets. Ou que mes tongs, qui sont à peu près tout ce que j'ai ramené de Californie en termes de chaussures.

En sortant de la maison dans un crissement de plastique, j'aperçois mon reflet dans le miroir et je me lance un regard critique. Bof, de toute façon, le style, c'est complètement surfait. Je vais au parc voir ma meilleure amie et jouer dans le bac à sable avec mon adorable filleule. Personne ne va me voir, non ?

J'enfonce un bonnet sur ma tête et rejoins le métro en hâte. Tant que je suis au sec, le reste importe peu.

— Oh, regarde, c'est Annabel !

Quoi ? Telle une déesse, elle émerge de la brume du parc. Parfaite et bronzée dans sa veste Monclerc, son jean skinny et ses bottes Le Chameau. Je la regarde flotter vers nous au ralenti. Devant elle, les enfants s'écartent comme la mer Rouge face à Moïse. Elle est accompagnée d'une version miniature d'elle-même – certainement sa fille – et d'un bouledogue français vêtu d'un manteau Barbour, qui trottine sagement à côté d'elle.

Elle embrasse chaleureusement Fiona sur les deux joues puis se tourne pour me dévisager avec la même curiosité dégoûtée que si elle venait de découvrir une limace dans sa salade.

Quelque part, en silence, je sens se tracer d'invisibles lignes de bataille.

— Je te présente mon amie Nell, lance Fiona avec empressement.

Depuis le bac à sable où Izzy m'a enterrée, je lève la tête et agite la main.

— Salut !

— J'ai tellement entendu parler de toi, déclare-t-elle avec un sourire aussi parfait que le reste de sa personne.

— Pareillement, je réponds en me relevant.

Pendant que j'époussette le sable mouillé dont je suis couverte, sa fille se précipite pour saluer Izzy.

— Clémentine, ma chérie, pas dans le bac à sable ! ordonne Annabel d'un ton sec.

Puis, d'une voix plus douce :

— Maman ne veut pas que tu te salisses. Et si vous jouiez à la marelle ? Vous allez bien vous amuser !

Izzy me décoche un regard dubitatif. Je sais ce qu'elle pense : non, la marelle, ce n'est pas amusant. Enfouir tatie Nell dans le bac à sable, ça, oui, c'est drôle.

— Vas-y, tu m'enterreras plus tard, je murmure en lui adressant un clin d'œil.

— Même la tête ?

— Même la tête, promis.

Izzy sourit avec satisfaction et les deux gamines traversent l'aire de jeux en courant.

— Je suis tellement contente que vous vous rencontriez enfin ! s'exclame Fiona quand je les rejoins. J'ai parlé à Annabel du café fabuleux que tu avais à L.A. !

— Euh, « fabuleux » n'est peut-être pas le mot, je rétorque avec une grimace, un peu gênée par l'enthousiasme de mon amie.

— Oh, c'est celui qui a fait faillite ? intervient Annabel d'un air compatissant. Quel dommage...

— C'est vrai.

Intérieurement, je bous.

— Je sais combien il est difficile de gérer un commerce, enchaîne-t-elle. Il y a beaucoup d'échecs.

Bon, je suis peut-être un peu trop susceptible. Elle est gentille, en fait.

— Avant d'ouvrir sa boutique, Annabel avait une entreprise de décoration d'intérieur qui marchait très bien, commente Fiona. Elle pourrait peut-être te donner des conseils pour te remettre sur les rails.

— Merci mais... Non, je ne pense pas.

Je souris poliment.

— C'est très sage de ta part, approuve Annabel. Comme je le dis toujours à mon mari Clive, le succès, c'est ce qui sépare le bon grain de l'ivraie.

Mon sourire se fige tandis que ses paroles se fraient un chemin jusqu'à mon cerveau. Une seconde : je rêve ou elle vient de me traiter d'*ivraie* ?

— Mais si tu as besoin de conseils en matière de style, je serais ravie de t'aider, poursuit-elle en balayant ma tenue du regard.

— Annabel a un goût incroyable, renchérit Fiona, manifestement inconsciente de la tension croissante.

— Tu ne me trouves pas assez stylée ? je réplique.

Ignorant la mine dédaigneuse d'Annabel, j'esquisse une grimace qui fait rire Fiona.

— Tu te souviens de ce sac-poubelle que j'avais mis au festival de Glastonbury[1] ?

— Comment je pourrais oublier ça ? s'esclaffe-t-elle. Moi aussi, j'en avais un !

— On en a utilisé un rouleau entier !

---

1. Le festival annuel de musique et d'art du spectacle de Glastonbury, en Angleterre, est l'une des plus grandes manifestations culturelles au monde *(N.d.T.)*.

— J'ai passé le week-end couverte de boue. Quand j'ai ramené mon linge à ma mère, elle a dû le laver au moins dix fois !

— La mienne a carrément tout jeté.

À ce souvenir, nous éclatons de rire.

— Et donc, Fiona, il faut absolument que tu viennes nager dans notre nouvelle piscine, coupe Annabel. Izzy va adorer.

Reprenant son sérieux, Fiona m'explique :

— Annabel vient d'emménager dans une maison avec une piscine extérieure.

— Vous n'allez pas vous geler ?

Annabel me regarde comme si j'étais la dernière des imbéciles.

— Elle est chauffée.

— Ah, oui, bien sûr.

Comme ma couverture électrique.

— Mais carrément ! reprend Fiona. Izzy va adorer, elle nage de mieux en mieux.

— Apporte ton bikini, on se fera une journée entre filles.

— Oh oui ! s'extasie Fiona en se tournant vers moi. Ça va être génial, Nell !

Je jette un regard en coin à Annabel qui semble mal à l'aise. Fiona ne l'a peut-être pas remarqué, mais il est évident que l'invitation ne s'adressait pas à moi.

— Mais oui, Nell, tu peux venir aussi, ajoute-t-elle alors avec un sourire forcé.

— Super, j'ai hâte !

Je mens, évidemment. Je ne vois pas ce qu'il peut y avoir de génial ou de super à se retrouver en bikini à côté de la parfaite Annabel, mais je sais combien Fiona tient à ce que nous nous entendions, moi et sa nouvelle copine.

— Ah, je savais que vous deviendriez vite les meilleures amies du monde, approuve Fiona tandis qu'Annabel et moi échangeons des œillades cinglantes.

Alors, écartant les bras, elle nous attire dans un câlin groupé.

Ce qui m'inspire de la reconnaissance :

1. *Arriver à un âge où je me fiche de ressembler aux ordures que les éboueurs ramassent le mardi.*
2. *Avoir gardé mon sang-froid au lieu de dire à Annabel de se carrer sa piscine là où je pense.*
3. *Ma filleule : a) elle m'a fait sourire quand je la poussais sur la balançoire : « Plus haut, tatie Nell, PLUS HAUT ! » Ça me fait totalement flipper, mais elle, elle se marre comme une baleine en fonçant vers le bitume à 200 km/h.*
   b) Grâce à elle et son énergie si communicative, j'aborde plus sereinement cette terrifiante aventure de la quarantaine. Moi aussi, je me bidonne comme une baleine à la vue des maillots de bain une pièce et des bouffées de chaleur qui me font de grands signes enthousiastes de la main. Je fonce, les cheveux (bientôt gris) au vent, célibataire, fauchée et sans enfants, vers le bitume… où je m'écrase, pile à l'endroit où est marqué « cette pauvre quadra est passée complètement à côté de sa vie ».

La bataille du lave-vaisselle

Depuis quand les choses sont-elles devenues aussi compliquées ?

Achevant de rincer les assiettes, je les insère avec précaution dans le lave-vaisselle avant de m'attaquer aux couverts. Les couteaux devant, lames vers le bas, les fourchettes derrière, dents vers le haut, les cuillères à droite… Non, attendez, elles vont devant ? J'essaie de me souvenir, hésite, finis par les changer de place. Avant, je fourrais tout comme ça venait. Pêle-mêle. Bols contre assiettes, les couverts enfournés par poignées.

Mais c'est fini, tout ça.

C'était dans mon ancienne vie. Quand j'avais une vie. Avec une maison, un fiancé, et mon propre lave-vaisselle que je pouvais charger comme ça me chantait.

J'attrape un grand couteau de chef, en quête d'un endroit où le déposer.

— Ces couteaux ne passent pas au lave-vaisselle, Pénélope.

Je lève la tête. Edward est dans l'entrée de la cuisine. Il revient de la séance de yoga matinal qu'il pratique avant de partir au travail, et il porte sa tenue de sport. Ainsi qu'une expression de reproche sur le visage. Encore en robe de chambre, j'ai l'impression d'être une souillon.

— Ça émousse la lame. Il faut les laver séparément, à la main.

S'approchant, il commence à inspecter le contenu du lave-vaisselle.

— Non, les verres à vin vont de ce côté.

Il entreprend de réagencer les ustensiles en fonction de règles très strictes tout en émettant des sons désapprobateurs.

— Et les petits verres vont là, tu vois ?

Je fixe le couteau que j'ai toujours en main, avec sa lame de quinze centimètres. Croyez-moi, je suis tentée. Au cours du dernier mois, j'ai déjà failli assassiner plusieurs fois mon proprio.

— Et n'oublie pas de le mettre en programme économique pour dépenser moins d'énergie, ordonne-t-il avant de monter prendre une douche tiède de vingt secondes.

— Pigé, fais-je avec un sourire crispé.

Honnêtement, vu comme il me harcèle, j'appellerais plutôt ça un homicide involontaire. Avec circonstances atténuantes.

Nécrologie

Monty Williamson, célèbre auteur de théâtre londonien,

qui a inspiré toute une génération et l'amour de son épouse.

Ma première notice nécrologique vient de paraître ! J'appelle ma mère, tout excitée.

— Tu te souviens de Monty Williamson, le grand dramaturge et metteur en scène ?

— Non, ça ne me dit rien.

— Celui qui a écrit *Personne n'écoute* ?

— Pour être honnête, on ne va pas beaucoup au théâtre, avec ton père. Pas depuis la fois où il s'est endormi devant *Le Roi lion* et qu'il s'est mis à ronfler…

J'insiste :

— Tu le connais forcément. C'était un peu un play-boy, il est sorti avec des tas de mannequins célèbres dans les années soixante. Ensuite, il a épousé une actrice, Catherine Farrah.

— Ah oui, vraiment ? Tu sais, j'ai la mémoire comme une passoire, ces temps-ci. Attends, je vais demander à ton père… Philip ! PHI-LIP !

Je l'entends s'époumoner un moment, expliquer longuement à mon père de quoi il retourne pendant que je poireaute au bout du fil puis, après une éternité :

— Non, il ne le connaît pas non plus. Pourquoi ?

C'est seulement à ce stade que je réalise que je viens de passer cinq minutes à lui parler de quelqu'un qu'elle ne connaît pas, n'a jamais vu et ne rencontrera jamais, qui est sorti avec une femme qu'elle ne connaît pas non plus, qui a écrit des pièces dont elle n'a jamais entendu parler, et qui est mort. C'est vrai ce qu'on dit : je suis devenue ma mère.

Heureusement, elle ne m'en tient pas rigueur. À la place, elle fonce au village acheter plusieurs exemplaires du journal pour les montrer fièrement à tout le voisinage. Quant à moi, je me sens soudain coupable. C'est immoral de frétiller de joie parce qu'on a écrit un article consacré à la mort d'un homme, non ? Se faire de l'argent sur le chagrin des autres, quand on y pense, c'est un peu tordu.

C'est alors que je reçois un e-mail de Cricket qui me dit qu'elle a adoré ma notice : j'ai magnifiquement restitué la personnalité de son cher Monty, et je lui ai offert un merveilleux hommage. D'un coup, je me sens beaucoup mieux. Si j'osais, je dirais même que j'éprouve un soupçon de fierté.

Plongée dans le passé

Au début, quand j'ai décidé de quitter la Californie pour rentrer à Londres, je craignais de regretter ma décision. Je m'imaginais pleurant toutes les larmes de mon corps et harcelant mon ex sur Facebook. Eh bien, pas du tout : je n'ai pas pleuré une seule fois, et je regarde rarement Facebook.

Bon, ce n'est pas tout à fait vrai. J'ai pleurniché une fois ou deux et consulté sa page, mais comme il ne la met jamais à jour, je ne vois pas ce que j'aurais à gagner en contemplant une vieille photo de 2009 où il fait de la plongée sous-marine en Thaïlande. À part me réjouir en constatant une fois de plus qu'il est ridicule en combinaison, et qu'avec le temps, il a perdu beaucoup de cheveux.

Comme on peut le constater, je ne fais pas encore partie de ceux qui ont clairement fait une croix sur leur couple. Je ne sais pas comment font les stars hollywoodiennes. Vous y croyez vraiment, vous, à leurs déclarations sur les réseaux sociaux ? Ceux qui se vantent de rester les meilleurs amis du monde, de continuer à s'aimer, se chérir et s'adorer (mais de loin) ? Alors qu'il faudrait lire entre les lignes : *Il s'est tapé la nounou* ou encore *Aucune recette à base d'avocat ne pourra jamais sauver notre couple*.

Il serait si simple d'avouer : *Il a cessé de m'aimer alors je suis partie.* Voilà à quoi aurait ressemblé notre déclaration dans la presse. Triste et déprimante. On rêve tous d'une fin heureuse, même en cas de séparation. Personne ne veut reconnaître qu'il est triste, en colère et malheureux, que la vie est compliquée.

Il est tard. Allongée dans mon lit, je me connecte sur Facebook et contemple sa photo.

Malgré cette combinaison ridicule qui lui donne l'air d'une otarie enceinte, une part de moi l'aime encore.

Sniff.

La mort par pancake

Février n'est pas un mois très gai. Il bruine tout le temps, le vent souffle, il fait gris. Tout en me réfugiant sous les abribus, je fais défiler des selfies de stars qui posent en bikini sur des plages de sable blanc.

— Cette nana a plus de cinquante ans ! Comment elle fait ? je demande un jour à Michelle.

Elle vient de m'appeler pour savoir si je veux bien garder les enfants le mois prochain, pendant l'anniversaire de Max.

— Je ne sais pas, répond-elle, mais ça fait envie ! Peut-être qu'elle mange beaucoup de salade ?

— Comment on peut grignoter des feuilles de laitue par ce froid glacial ? Moi, je ne rêve que de fritures et de gras !

C'est sûrement pour ça que je ne prends pas de selfie en bikini, et que je n'en prendrai jamais.

— Moi aussi ! Ce soir, je vais avaler un maximum de pancakes.

— Des pancakes ?

— C'est Mardi gras, aujourd'hui. Tu avais oublié ?

Oui, complètement. Mais maintenant, j'éprouve un accès de joie en pensant à la pâte chaude et au sucre citronné. S'il y a une chose que j'adore, en février et en Angleterre, c'est bien Mardi gras.

— Merci de me le rappeler. Je me demande si mon propriétaire a une poêle à frire.

— Il est comment, ce nouveau proprio ? Gentil ?

— On n'arrête pas de se disputer à cause du thermostat et du lave-vaisselle.

— On dirait un vieux couple, commente-t-elle avec un petit rire avant de se reprendre. Pardon, je suis lourde…

— Mais non, tout va bien, j'assure sans grande conviction.

Derrière elle, j'entends des voix d'enfants.

— Ils sont surexcités à l'idée de faire sauter les pancakes, me confie Michelle. Ils tirent à la courte paille pour savoir qui commencera. Bien sûr, Freddy a décidé qu'il serait le premier de toute façon. J'espère juste que j'ai fait assez de pâte. L'année dernière, il a englouti cinq pancakes…

— SIX ! hurle Freddy derrière elle.

— Je pense que cette année, je vais le battre, reprend-elle. C'est un des avantages à être enceinte : on peut manger autant de pancakes qu'on veut.

— C'est quoi, mon excuse, alors ?

Je plaisante mais, intérieurement, je suis mal. Nos vies sont on ne peut plus différentes. D'un côté, Michelle et ses scènes de bonheur domestique. Heureuse en ménage et enceinte jusqu'aux yeux dans sa jolie maison. De l'autre, moi. *No future*. Soudain, je me sens plus seule que jamais.

— Alors, tu es sûre que ça ne te dérange pas de garder les enfants ?

— Pas du tout. Comme ça, je vais pouvoir passer du temps avec mon filleul.

— Merci encore, Nell. À très vite.

Après avoir raccroché, je me mets en quête d'une poêle. Qu'est-ce que ça peut faire si je suis toute seule ? Ça me fera plus de pancakes. Je finis par dénicher l'objet tant convoité au fond du buffet, et je fonce jusqu'à l'épicerie du coin pour acheter les ingrédients.

Quand j'étais gamine, Mardi gras était mon jour préféré de l'année. Ma mère mettait la poêle sur le feu et, tour à tour, nous faisions sauter les pancakes. Mon frère Rich pratiquait des doubles saltos parfaits. Mes pancakes à moi atterrissaient partout, sauf dans la poêle. C'était devenu une légende familiale.

— Alors, t'as prévu de les balancer où tes pancakes, cette année, Nell ? me taquinait mon père.

Je les faisais voltiger un peu partout dans la cuisine. Ma meilleure performance, c'est celui qui est resté collé à l'ampoule du plafond pendant que ma mère hurlait que ça allait mettre le feu. Imaginez ça, tous cramés. La mort par pancake.

Un Mardi gras, toute seule avec Arthur, c'est évidemment moins excitant. Scrutant le moindre de mes gestes, il attend que je rate mon coup pour gober tout ce qui retombe sur le sol de la cuisine. Mais je persévère, et je m'apprête à avaler un quatrième pancake, quand j'entends la clé tourner dans la serrure – Edward rentre du travail.

Panique à bord : mon jean est déboutonné, la cuisine ressemble à un champ de bataille. Je me prépare au pire en le regardant entrer, vêtu de son gilet fluo, son vélo pliable sous le bras. Ses narines frémissent comme celles d'un chien de chasse.

— Qu'est-ce que tu cuisines ?

— Des pancakes, je murmure avec un geste en direction de la poêle.

— Bien sûr. C'est Mardi gras.

Il pose son vélo et retire son casque.

— Mmmh… Je n'en ai pas mangé depuis des années.

Moi qui m'attendais à être réprimandée, je reste sur mes gardes.

— Les Français le fêtent aussi, je crois ? je demande poliment en pensant à Sophie, sa femme.

— Oui, confirme-t-il. C'est *la Chandeleur*[1]. Mais ils appellent ça des crêpes.

Je comprends mieux pourquoi les Françaises restent minces : elles mangent des pancakes taille skinny.

— Mais Sophie n'en mange pas, elle tient à sa ligne, précise Edward.

Je renonce au quatrième pancake.

— Ça t'embête si je…, commence-t-il en désignant le grand bol de pâte. Ça sent très bon.

— Oh… Non, bien sûr, vas-y. Je t'en ferais bien un, mais je suis vraiment nulle pour les retourner.

— Eh bien, moi, ça a toujours été mon point fort. Toutes ces années de tennis, ça affûte les réflexes.

Retroussant ses manches, il dépose une louche de pâte dans la poêle, l'étale soigneusement jusqu'à ce

1. En français dans le texte *(N.d.T.)*.

qu'elle couvre le fond puis, quand elle a bien doré, il la fait virevolter dans l'air d'un mouvement expert du poignet. Atterrissage parfait.

— Ta-da !

Il me décoche un grand sourire qui illumine tout son visage et me laisse stupéfaite.

— Bravo ! Impressionnant !

Il esquisse une courbette sous mes applaudissements.

— Tiens, à ton tour…

— Non, je t'assure. Je ne crois pas que tu apprécierais d'avoir un pancake collé au plafond.

— J'ai un peu enseigné le tennis. Regarde, je vais te montrer…

Il remet de la pâte dans la poêle et, avant que j'aie pu protester, me donne une leçon de pancake. Après quelques figures de haute volée – il y en a même un qui réussit à s'enrouler autour de la bouilloire –, je crie victoire : j'arrive à en faire retomber un dans la poêle. Je crois bien que c'est ma première fois !

Ce qui m'inspire de la reconnaissance :

1. *Jésus, sans qui les pancakes n'existeraient pas.*
2. *Mon propriétaire Edward qui, non content d'avoir été mon partenaire pour Mardi gras, a aussi proposé d'agrémenter nos pancakes de Nutella et de marshmallows. C'est TELLEMENT meilleur que tous ces machins sans gluten avec des myrtilles, du yaourt 0 % et des graines de chia qui envahissent mon fil Insta.*
3. *Ne pas avoir eu à nettoyer la cuisine de Michelle qui, à en croire la photo qu'elle m'a envoyée,*

ressemblait moins à une scène de bonheur domestique qu'à un film d'horreur.

4. *N'être pas obligée de prendre des selfies en bikini : en bonne grosse truie, j'ai englouti sept pancakes.*
5. *Les bas de pyjama élastiques.*

Saint-Valentin

Cette année, vu les circonstances, je crois que je vais passer mon tour. Faire comme si ça n'existait pas.

BOYCOTT TOTAL DES RÉSEAUX SOCIAUX.

De toute façon, la Saint-Valentin, ça n'a jamais trop été mon truc. À l'école, j'étais un peu à la traîne côté puberté, ce qui fait que je n'ai jamais eu beaucoup d'admirateurs, secrets ou non. En revanche, j'avais mon père : chaque année, je recevais une carte signée de sa main portant la mention « S.W.A.L.K.[1] » et à chaque fois, je faisais semblant de ne pas savoir qui me l'avait envoyée.

Au fil des années, j'ai reçu mon lot de cartes et de bouquets, mais ça m'a toujours paru artificiel. L'amour, ce n'est pas juste une histoire de fleurs et de restaurants hors de prix, pas vrai ?

Heureusement, le Fiancé Américain partageait mon avis. Aussi, une année, nous avons décidé d'un commun accord de ne pas fêter la Saint-Valentin.

---

1. Acronyme de « Sealed with a loving kiss » : scellé avec un tendre baiser *(N.d.T.)*.

Nous nous aimions, pas besoin de nous le prouver lors d'une occasion spécifique. Sauf que, pour finir, il l'a vraiment zappée.

— Qu'est-ce qui te met dans cet état ? Tu as dit que c'étaient des conneries commerciales !

— C'est vrai, mais je n'arrive pas à croire que tu ne m'aies même pas offert une carte.

— Mais tu m'as demandé d'ignorer cette coutume !

— Oui, mais tu n'étais pas *vraiment* censé l'ignorer.

— Alors pourquoi tu ne me l'as pas dit ?

— Parce que je pensais que tu savais !

— Que je savais quoi ? Que ma copine parle par énigmes ?

— Arrête de crier !

— Je ne crie pas, c'est toi qui cries !

Pas étonnant que les hommes et les femmes aient des problèmes de communication. Ce n'est pas parce qu'une femme *dit* quelque chose qu'elle le *pense* vraiment. Par exemple, quand un homme demande à une femme ce qui ne va pas et qu'elle répond « Rien » : en réalité, elle est en colère contre lui pour des tas de raisons, et il ferait bien de trouver vite fait lesquelles, sinon ça va chauffer et il va y avoir de gros bruits de casseroles dans la cuisine.

Mais comme je l'ai dit, cette année, j'ai décidé d'ignorer la Saint-Valentin. C'est relativement facile, vu que je ne croise aucun collègue en journée. Mais ma bonne résolution s'effondre en faisant la queue à la banque. Avez-vous déjà essayé de boycotter Instagram dans une file d'attente ? Je tente de pratiquer la pleine conscience pendant deux bonnes minutes, et puis je craque et je me mets à faire défiler d'innombrables photos de sublimes bouquets, de tweets « énigmatiques » de stars et de messages d'amour tracés dans le sable.

Je finis complètement abattue. Je sais bien que c'est ridicule : peu importe que personne ne m'ait envoyé de fleurs, je suis une femme forte et indépendante ! Répétant mon mantra du moment – et puis *fuck* –, je pars au pub. Nul doute qu'il sera rempli d'amoureux alors que je serai seule, mais je refuse de me cloîtrer comme une héroïne maudite. Je vais emmener Arthur avec moi.

Et un livre. Tout va toujours mieux avec un livre.

Le pub est relativement calme. Apparemment, la plupart des couples ont opté pour des restaurants classieux, et il n'y a que quelques paires d'amoureux attablés çà et là. À l'exception de deux ballons en forme de cœur et d'un cocktail au champagne spécial Saint-Valentin, le terrain ne semble pas hostile. M'enhardissant, je commande même le cocktail en question, par pure défiance. Puis je me mets en quête d'une table.

Je viens juste de m'asseoir quand je repère un visage familier dans un coin du pub. C'est le papa sexy que j'ai croisé ici l'autre soir. Je ressens à la fois un frisson d'excitation et une vague de soulagement : pour une fois, je me suis un peu maquillée et je me suis même passé un coup de peigne. Certes, cet homme est pris, mais on a sa fierté. Je sens une certaine gêne refaire surface à l'idée d'être seule un soir de Saint-Valentin, mais je la refoule avec détermination. Je n'ai pas à avoir honte.

Je reporte mon attention sur mon livre et commence à lire, mais pas facile de se concentrer avec Papa Sexy dans les parages. Il est assis à une table, en face de quelqu'un que je ne vois pas. Sûrement sa femme. Discrètement, je tords le cou dans sa direction, curieuse de savoir à quoi elle ressemble. Je suis sûre qu'elle est parfaite à tous points de vue. Cet homme a une tête à avoir une femme magnifique, et leur petit garçon est adorable. Il tourne les yeux vers moi – oh, merde – et je replonge direct la tête dans mon livre.

— Votre cocktail de la Saint-Valentin, annonce le barman en déposant le verre devant moi.

— Merci.

Dans la boisson, il y a un bâtonnet orné d'une fraise taillée en forme de cœur.

D'un coup, j'ai l'impression de passer pour une vieille dingo, loin de l'image de la quadra libérée. J'enfourne la fraise et me penche en avant pour essayer de me cacher. Mon portable bipe, annonçant l'arrivée d'un texto : *S.W.A.L.K.* Je souris. Comme d'habitude, mon père me souhaite une bonne Saint-Valentin.

Je repense à l'année dernière. Après la fameuse affaire « fêter-ou-pas-la-Saint-Valentin », le Fiancé Américain m'a préparé des pâtes *alla puttanesca*. À moins d'en avoir goûté de très bonnes, ça ne signifie peut-être rien pour vous. Là, c'étaient les meilleures qu'il ait jamais faites. Sa grand-mère italienne lui a donné sa recette, c'était aussi salé que sucré, et les pâtes étaient parfaitement *al dente*. En me remémorant la scène, j'esquisse un sourire.

Bon sang, il me manque. Cette réflexion me fait l'effet d'un coup de poing au creux de l'estomac. Je me demande s'il pense à moi. Si, dans la journée, je m'impose dans son esprit au hasard des circonstances, comme il le fait dans le mien. Mais peut-être qu'il a déjà tourné la page, que je ne suis plus qu'un souvenir lointain ?

Trêve de jérémiades.

La voix de Cricket résonne dans ma tête. Je me demande si, aujourd'hui, c'est difficile pour elle aussi. Depuis l'interview, nous avons échangé plusieurs e-mails. Je décide de lui envoyer un petit mot dès que je rentrerai. D'ailleurs... J'avale d'un coup mon cocktail de la Saint-Valentin. Il est temps de rentrer. Je n'ai pas besoin de prouver quoi que ce soit à qui que ce soit. Et surtout pas à moi-même. Je me lève, tire sur la laisse d'Arthur et me tourne vers la porte...

— Excusez-moi...

J'ai foncé droit sur Papa Sexy.

— Oh, pardon !

Ou alors c'est lui qui m'est rentré dedans ?

— Pardon, je ne vous ai pas tachée ?

Il a une pinte de bière et un verre de vin dans les mains, et il en a renversé un peu.

— Pas du tout, ça va, pas de souci, c'est un vieux machin de toute façon...

Je jacasse. Il n'y a pas d'autre mot.

— Le roi Arthur, c'est ça ?

— Non, Nell.

Oh, zut, ce cocktail était vraiment fort. Il m'est monté directement à la tête.

— Désolée, je pensais que vous parliez de...

Je referme la bouche, c'est plus sûr.

— Eh bien, enchanté de vous connaître, Nell. Je ferais mieux d'y aller, dit-il avec un geste en direction de sa table.

— Oui, moi aussi.

— On se recroisera peut-être.

— Oui, peut-être.

— Au revoir, roi Arthur.

Quand il sourit, ça fait des petits plis au coin de ses yeux. Il a vraiment des yeux magnifiques.

Je lui rends son sourire et, en me retournant pour partir, je remarque pour la première fois sa main autour de la pinte. Il ne porte pas de gants.

Et pas d'alliance non plus.

Ce qui m'inspire de la reconnaissance :

J'ai vraiment besoin de le préciser ??? Papa Sexy doit être célibataire !

Le lendemain

Ou B) Il a une liaison.

Merde. Et si c'est vraiment le cas ? C'est peut-être pour ça qu'il était assis dans un coin discret, là où personne ne pouvait le voir. Non, ce n'est pas possible. Pas avec des yeux pareils.

Ou C) Peut-être que, comme les membres de la famille royale, il ne porte pas d'alliance (sauf Harry, bien sûr).

Ou D) Comme j'étais complètement bourrée, je n'ai pas regardé la bonne main.

Un moment de vérité

— Il peut être divorcé et dîner avec son ex.

Liza m'appelle deux jours plus tard alors que je promène Arthur.

— C'était la Saint-Valentin.

— Ils sont peut-être restés en très bons termes.

Liza n'est pas du genre à se laisser abattre par de menus détails.

— À ce point-là, ce serait carrément bizarre.

Tout en parlant, je tourne autour d'un arbre dans le parc pour essayer de mieux capter le réseau.

— Tu n'as pas l'esprit assez large.

— Ce n'est pas la Californie, ici.

— Alors, il te plaît ? demande-t-elle, ignorant ma réflexion.

— Je ne le connais pas mais… En fait, c'est le premier homme que je remarque depuis…

Je n'achève pas ma phrase. C'est inutile, Liza connaît mon histoire par cœur.

— Il faut que tu te remettes à sortir. Avec des mecs.

Je n'arrive pas à croire qu'on parle de ça. Il y a quelques mois, ma vie était toute tracée. À présent, elle est sens dessus dessous et je me retrouve au point de départ. En sentant une goutte de pluie sur mon visage, je lève la tête. Des nuages noirs se sont formés dans le ciel.

— C'est trop tôt, je soupire.

— C'est mieux que trop tard, répond-elle du tac au tac.

Cherche partenaire

J'ai décidé que Liza avait raison : je dois sortir davantage. Aussi, il y a quelques jours, j'ai pris les choses en main.

— Un concert ? s'est exclamée Fiona quand j'ai débarqué chez elle en lui annonçant que j'avais une surprise.

Un peu sur la défensive, elle me regardait derrière le plan de travail de la cuisine.

— C'est un revival des années quatre-vingt !

Adolescentes, Fiona et moi étions des fans absolues des groupes de cette époque. Nous avons percé cette passion commune à l'occasion d'une soirée costumée pendant la semaine d'intégration où nous arborions toutes les deux des cheveux coiffés en pétard, une salopette et un bandana. Elle, c'était Siobhan de Bananarama ; moi, j'étais Kevin des Dexys Midnight Runners. En découvrant qu'une bonne partie de nos artistes favoris s'étaient réunis à l'occasion d'une tournée, j'étais super excitée.

— C'est quand ? s'enquiert-elle.

— Samedi prochain. Et devine quoi ? J'ai réussi à avoir deux places !

Avec tout ce qu'elle m'avait offert comme livres et bougies au fil des années, je lui devais bien ça. Fiona *voue un culte* à ces groupes. Il y aura certaines des plus grandes stars des années quatre-vingt. Elle va être aux anges.

Elle n'a pas réagi tout de suite et, soudain, je me suis demandé si je ne m'étais pas montrée trop impulsive. J'aurais dû tâter le terrain avant.

— Oh, Nell, j'aurais adoré, mais je suis déjà prise !

— Même si Robert de Niro attend[1] ? ai-je plaisanté en tentant de masquer ma déception.

— Désolée, mais je suis invitée au Savoy.

— Mazette ! C'est génial !

— Je sais. C'est le gala de charité dont je t'ai parlé, celui qu'organise Annabel.

D'un coup, mon enthousiasme est retombé comme un soufflé.

— Annabel ?

— Oui, l'entreprise de son mari a acheté une table, mais il sera retenu pour affaires, alors elle m'a demandé d'être sa partenaire...

— Oui. Je comprends. Bien sûr.

— Désolée.

— Oh, ne t'en fais pas, je m'y suis prise à la dernière minute, alors forcément... Mais je pensais...

Ma phrase est restée en suspens. Quelle idiote ! Qu'est-ce que je croyais ? Qu'on allait enfiler une salopette et rabattre nos cheveux en arrière comme quand on avait dix-huit ans ? Que Fiona allait accompagner au pied levé sa vieille schnoque de

---

1. Référence à une chanson de Bananarama, *Robert de Niro's Waiting (N.d.T.)*.

copine à un concert alors qu'elle pouvait assister à un gala huppé au Savoy ? *Avec Annabel ?*

— Tu pourrais le proposer à Holly, a-t-elle suggéré.

— Elle aime la musique des années quatre-vingt ?

— Comme tout le monde, non ?

— Ne t'inquiète pas. Je suis sûre que je trouverai quelqu'un.

Sauf que je n'ai pas réussi. Tous mes amis étaient déjà pris, ou alors ils n'avaient pas de baby-sitter. J'ai pensé y aller seule. Quand je vivais à New York, j'adorais aller au cinéma en matinée, en solitaire. Mais je ne me voyais pas débarquer à un concert et chanter seule les plus grands tubes de ma jeunesse. La mort dans l'âme, je me suis résolue à revendre les billets, quitte à y perdre cent balles.

Et puis j'ai eu une idée.

— Je ne suis pas allée à un concert pop depuis des années ! lance Cricket, excitée comme une puce, tandis que nous nous frayons un chemin dans la salle.

— J'espère que la musique te plaira.

— Elle me plaît déjà ! Dans l'Uber, j'ai téléchargé la compilation *Now That's What I Call the 80s* et je l'ai écoutée en chemin à la place de mon podcast.

— Super ! je commente, impressionnée.

J'ai invité Cricket au dernier moment. Quelques heures avant le concert, j'étais prête à revendre mes billets sur eBay quand je me suis souvenu qu'elle n'avait plus personne avec qui sortir, maintenant que ses amies étaient mortes. Impulsivement, je lui ai envoyé un e-mail. Elle y a répondu aussitôt en disant qu'elle serait ravie de m'accompagner, et elle a sauté dans un taxi pour me rejoindre.

— Celle qui parle de Vienne[1] est ma préférée. Avec Monty, on adorait aller à l'opéra...

Voilà qui me donne envie de lui poser un millier de questions, mais elle est déjà postée au bar. Elle nous commande deux verres et nous gagnons nos places. Je craignais que Cricket ait du mal à monter les escaliers, mais c'est mal la connaître : elle grimpe les marches quatre à quatre. La cerise sur le gâteau, c'est qu'elle porte encore sa salopette tachée, comme si mon e-mail l'avait interrompue en pleine séance de peinture et qu'elle n'avait pas eu le temps de se changer. Elle se fond parfaitement dans le décor.

— C'est l'éclate, non ?

— Si, j'approuve en pressant le pas pour ne pas me faire distancer.

Je ne me suis effectivement pas autant amusée depuis des lustres. Je contemple le public fébrile, mélange de jeunes et de vieux – personne n'est aussi vieux que Cricket, mais cela semble la laisser de marbre. À vrai dire, je ne suis même pas certaine qu'elle l'ait remarqué.

— Tu assistais à des concerts avec ton fiancé ?

— Non. Ethan n'aimait pas la musique *live.*

En prononçant ces mots, je m'aperçois que, pour la première fois, j'arrive à prononcer son prénom.

— Il se plaignait toujours que les groupes n'y sont pas aussi bons que sur leurs disques, il préférait écouter les albums à la maison.

1. Référence à la chanson *Vienna* du groupe Ultravox *(N.d.T.).*

— Voilà une raison suffisante pour ne pas l'épouser, ma chérie, rétorque-t-elle en souriant.

Malgré le chagrin que sa réflexion éveille en moi, je lui rends son sourire.

— Nous avions pas mal d'incompatibilités, lui et moi.

— Les incompatibilités, c'est ce qui fait ou défait un mariage. Souvent, les différences qu'on aime au début deviennent des motifs de meurtre quelques années plus tard.

J'éclate de rire. Pour la première fois, j'arrive sincèrement à rire de tout ça.

Cricket tapote son genou avec impatience.

— Quand est-ce qu'ils arrivent ?

— Je ne sais pas. Bientôt, je suppose.

— Oh, c'est fabuleux…

Les yeux écarquillés, elle s'empare de son téléphone et prend une série de photos avant de se pencher vers moi :

— Et si on faisait un selfie ?

— Un *selfie* ?

— C'est quand on prend une photo de soi comme ça, explique-t-elle avec candeur en tendant son portable devant nous. *Cheese !*

Pour finir, nous en prenons une bonne dizaine en attendant le début du concert, tout en bavardant de tout et de rien. De Monty, et de la fois où on leur a offert des billets pour aller écouter un nouveau groupe mais, comme ils n'en avaient jamais entendu parler, ils ont préféré aller au cinéma – « Et tu ne vas pas me croire, mais le groupe en question, c'étaient les Beatles ! » –, du nouveau podcast que Cricket écoute – « Mes préférés, ce sont les documentaires criminels » – ou d'une exposition qu'elle veut voir au V & A[1] – « Je ne sais pas si ça t'intéresse, mais comme je suis membre du musée, je peux t'inviter… »

Tout cela me fait beaucoup de bien. J'adore mes amies, mais j'ai du mal à me joindre aux conversations qui tournent autour de leurs enfants, de leur mari ou des travaux de décoration de leur maison. Pour mon déjeuner d'anniversaire, il en a tellement été question que ça m'a fait l'impression d'un trou noir qui aurait aspiré tous les convives – jusqu'à ce qu'un serveur arrive à la rescousse armé de parmesan râpé et d'un grand moulin à poivre.

Enfin, les lumières baissent et les stroboscopes s'allument : l'un de mes groupes favoris entre en scène. Aussitôt, Cricket se lève. Derrière elle, quelques personnes lui demandent de se rasseoir mais elle se contente de répondre poliment :

— Si je me rassois, mon cher, je ne me relèverai peut-être jamais.

Et elle continue de se trémousser avec ravissement.

Elle a bien raison : à quatre-vingts et des poussières, elle a bien gagné le droit de danser durant un concert.

Pour ma part, je n'ai pas sa bravoure et je reste clouée à mon siège par les regards furieux des gens assis dans la rangée derrière nous. Franchement, comment peut-on aller à un concert et *ne pas avoir envie de danser* ? Je resonge à l'adolescente que j'étais, avec ses posters sur les murs de sa chambre et ses cheveux coiffés en pétard. Que penserait-elle en me voyant assise comme ça ?

---

1. Victoria and Albert Museum *(N.d.T.)*.

Et puis *fuck*.

Au moment où le groupe entonne son plus grand tube, j'imite Cricket et je me mets à sauter sur place. Les quadragénaires aussi ont gagné le droit de danser.

Ce qui m'inspire de la reconnaissance :

1. *Cette fabuleuse soirée.*
2. *Cricket, qui s'en est tirée sans dommage après avoir renversé en dansant son vin rouge sur la grincheuse derrière nous – évidemment que c'était un accident, et qu'elle ne l'a pas du tout fait exprès. Je ne vois pas du tout ce que cette femme insinuait.*
3. *Kevin, le chauffeur Uber qui m'a ramenée chez moi parce que, même si ce concert m'a fait l'effet d'avoir de nouveau vingt ans, ce n'est pas vraiment le cas, et je me suis fait mal au dos en dansant.*
4. *Les années quatre-vingt.*

Erase

Aujourd'hui, j'ai effacé Ethan de mon téléphone. En parcourant la liste de mes contacts pour appeler quelqu'un au sujet du boulot, je suis tombée sur lui : *Ethan DeLuca*. Mon Fiancé Américain. Mon ex. L'homme qui m'a brisé le cœur.

Bien sûr, sa fiche ne disait rien de tout ça. Il y avait juste son nom et son numéro. Je me rappelle le jour où j'ai enregistré ses coordonnées dans mon portable. Je me trouvais dans un bar pour fêter l'anniversaire d'un collègue, mais j'avais l'intention de partir sous peu – j'étais fatiguée et j'avais envie de rentrer chez moi. Jusqu'à ce que quelqu'un me persuade de prendre un verre de plus.

Un coup de pouce du destin – c'est bien comme ça qu'on dit, quand une décision de dernier moment modifie le cours de votre vie ?

Si je n'étais pas restée pour boire ce verre, on ne m'aurait pas présentée au pote brun de mon collègue, arrivé dans la soirée de Californie. Ce verre n'en aurait pas précédé d'autres, et le pote en question ne m'aurait pas demandé mon numéro. Je n'aurais pas refusé parce que je sortais juste d'une nouvelle histoire d'amour avortée et que j'avais fait une croix sur les hommes. Il n'aurait pas noté son numéro à lui dans mon téléphone, et je n'aurais pas ri en pensant qu'il me plaisait.

Sans ce fameux coup de pouce, j'aurais quitté le bar, je serais rentrée me coucher et la vie aurait continué comme avant.

Mais il y a eu ce coup de pouce. Et le lendemain, j'ai fait quelque chose qui ne me ressemblait pas du tout.

Je l'ai appelé.

Au début, Ethan me faisait beaucoup rire. Il m'envoyait des e-mails pleins d'humour et, sur FaceTime, me racontait des anecdotes décalées sur sa vie de chef cuisinier. Il avait une façon étrange d'aborder l'existence, comme s'il ne la voyait pas sous le même angle que tout le monde. Pourtant, c'était un observateur hors pair. Il devinait chez les gens des aspects d'eux-mêmes qu'ils ignoraient. Il lisait en moi.

C'est une sensation incroyable : avoir l'impression d'être comprise sans rien avoir à expliquer. Ressentir cette connexion. J'ai lu quelque part que, si deux personnes se mettent ensemble, c'est pour sentir qu'elles ne sont pas seules. Non physiquement, mais émotionnellement. C'est ce que j'ai éprouvé quand je suis tombée amoureuse d'Ethan. Comme si une partie de ma personnalité que j'avais cachée à tous se révélait à moi. Comme si, après tous ces rendez-vous foireux, ces hommes qui ne me convenaient pas et ces relations ratées, j'avais enfin trouvé quelqu'un qui savait qui j'étais.

Mais il peut arriver beaucoup de choses en cinq ans. On peut passer du bonheur absolu à la dépression la plus noire, et du sentiment d'avancer ensemble à la découverte qu'on reste absolument seule dans cette galère. Un délicieux frisson vous saisit le jour où ce bel inconnu enregistre son numéro sur votre téléphone et, un beau jour, vous vous retrouvez dans un café londonien, par une journée pluvieuse, à faire défiler les options du menu « modifier », jusqu'à ce qu'apparaisse, tout en bas, en rouge, celle que vous allez choisir : *Supprimer le contact*.

Cinq ans d'instants et de souvenirs partagés, cinq ans d'une vie que vous pensiez passer ensemble. Une infime pression du pouce, et voilà – tout a disparu.

Ce qui m'inspire de la reconnaissance :

1. *Ces merveilleux souvenirs, même si j'aurais aimé pouvoir les effacer aussi facilement de mon cœur.*
2. *La fourrure d'Arthur où j'enfouis mon visage, parce qu'elle absorbe mes larmes.*
3. *Être enfin débarrassée de cette agaçante notification, « Mémoire presque pleine », vu que j'ai supprimé toutes les photos d'Ethan sur mon téléphone. La preuve qu'il y a toujours un côté positif, même dans les situations les plus merdiques.*

Mars

#bombesenchocolat

Question sans réponse

En me réveillant, je constate que j'ai trois appels manqués et un message vocal de Michelle au sujet du baby-sitting. Les yeux encore brouillés de sommeil, je regarde l'heure. À peine huit heures du matin.

— Nell ! Tu es où ? Ça fait une éternité que j'essaie de te joindre !

Je la rappelle : non, je n'ai pas oublié, et oui, je serai là ce soir, à 18 h 45 pétantes. Je suis sur le point de lui expliquer que je suis encore au lit mais, en l'entendant me débiter la liste de toutes les tâches dont elle est déjà venue à bout avant le petit déjeuner, j'y renonce.

Il n'y a pas que Michelle qui se complaît à m'expliquer combien elle est active – tout le monde s'y emploie. On dirait un concours pour savoir qui est le plus occupé. Par exemple, quand j'ai parlé à Holly du thriller passionnant que je venais de finir, sa réaction a fusé : « Lire un bouquin en entier ? Mais où veux-tu que je trouve le temps ? » C'est vrai, franchement, pourquoi caser un créneau dans son emploi du temps de dingue pour se poser et lire un bon bouquin alors qu'on peut se lancer dans une séance de spinning ou de sylvothérapie, voire l'ascension du Kilimandjaro ?

Mais à quel moment a-t-on décidé que le succès se mesurait au poids de son agenda ? Ma vie est-elle un échec parce que je suis encore au lit, en train de penser à l'anniversaire de Max et à me demander comment il se fait qu'un de mes amis fête ses cinquante ans ? CINQUANTE ANS. Comment est-ce même *possible* ? Cinquante ans, c'est l'âge de votre père. Ou celui de cet homme politique, à la télé, avec sa mèche immonde rabattue sur le crâne et son goût affreux en matière de cravates.

Cinquante ans, c'est l'ÂGE MÛR !

Ça ne peut absolument pas concerner, je le répète, cet ami avec qui vous avez sillonné l'Europe en train l'été de vos dix-huit ans, avec qui vous avez dormi sur les plages parce que vous aviez dépensé tout l'argent des auberges de jeunesse en bouteilles de mauvais chianti que vous avez bues à minuit à Rome, sur les marches de l'escalier de La Trinité-des-Monts, en hurlant à tue-tête « Ça, c'est la vraie vie ».

Et on avait peut-être raison. Certes, aujourd'hui, j'ai les moyens d'acheter de meilleurs vins, mais aucun ne sera jamais aussi bon que le chianti de l'époque. Et j'ai eu beau investir une fortune dans un matelas super-confort et une couette en duvet d'oie hongrois quand je vivais en Californie, je n'ai jamais aussi bien dormi que sur le sable, dans mon duvet mangé aux mites.

Alors, vous l'avez, vous, la réponse ?

Personnellement, je n'en ai aucune idée. Franchement, j'ignore quelle est la réponse à tout ça et à tant d'autres questions cruciales que la vie semble me balancer à la figure en ce moment. Ce que je sais, en revanche, c'est qu'il faut que je me lève, que je fasse du café, que je bosse un peu sur la nécro de cette semaine – vive la vie en free-lance ! – et que je sorte Arthur. Je reprendrai mes raisonnements existentiels ce soir, pendant le baby-sitting, quand les enfants dormiront sagement. Assise sur le canapé devant la télé, j'aurai tout le temps de réfléchir au sens de la vie. Une fois que je serai moins occupée, quoi. Ah ah.

La soirée surprise

Mais qu'est-ce que j'avais imaginé, nom d'un chien ? Il est minuit passé et ils refusent TOUJOURS d'aller se coucher ! C'est un cauchemar. Ils hurlent tellement fort que je m'entends à peine penser. M'asseoir sur le canapé, la bonne blague ! Je viens de passer quatre heures à monter et descendre l'escalier en poursuivant des gosses.

Je suis rincée. Vidée. Rosie et Lily, de mignonnes gamines de cinq et six ans aux jolis prénoms de fleurs, se sont transformées en gremlins réclamant des dessins animés de Disney tout en balançant du slime à paillettes partout dans le salon. Même mon adorable Freddy est de mèche : quand je l'avais gardé l'année dernière, il se lovait encore dans mes bras en me confiant qu'il voulait se marier avec moi. Cette espèce de *gangsta* me soutient désormais qu'il a le droit de veiller pour regarder *Peaky Blinders* jusqu'au retour des « darons ».

Freddy a dix ans.

Et moi, ce soir, j'ai l'impression d'en avoir cent. Je n'ai pas mangé. J'ai du slime plein les cheveux, et les oreilles qui sifflent. Le plat que j'avais commandé a refroidi pendant que j'étais occupée – Seigneur, encore ce mot ! – à essayer de rassembler trois gosses dans la salle de bains. J'ignorais alors les horreurs qu'une petite phrase innocente comme « Brossez-vous les dents » allait déclencher. Il a suffi que je tourne le dos deux minutes pour qu'il y ait du dentifrice partout. Le miroir ressemblait à un Jackson Pollock.

En désespoir de cause, j'appelle ma mère. « Sois ferme », me conseille-t-elle. « Ne les laisse pas te dire non. Les enfants doivent savoir qui est la boss. »

D'accord. OK. Tout ceci est ridicule. J'ai traversé le Grand Canyon. J'ai circulé sur les autoroutes de Los Angeles. J'ai fait un discours aux obsèques de mon grand-père devant toute une assemblée. Je dois bien pouvoir mettre trois gosses au lit, non ?

Alors, fermement, je les force à monter dans leur chambre, sourde à leurs hurlements de protestation. Fini de jouer la marraine rigolote. Je suis la vilaine marraine. Ils me détestent. Lily me donne même un coup de pied. Je les colle au lit. À peine suis-je redescendue qu'ils en sortent, et je dois reprendre l'opération de zéro. Monter, descendre. Monter, descendre. Je n'ai pas du tout l'impression d'être la boss.

Au beau milieu de tout ce cirque, je reçois un texto de Michelle qui veut savoir si tout se passe bien.

Nickel ! Les enfants dorment et je regarde la TV ☺

Un pur mensonge : c'est le chaos, ici, l'anarchie totale. Mais je refuse de gâcher l'anniversaire de Max. Et surtout de reconnaître que je suis incapable de tenir tête à trois mômes. C'est peut-être pour ça que je n'ai pas d'enfants : je serais bien incapable d'être une maman.

Enfin, après un recours au chantage (un billet de cinq pour Lily et Rosie, un billet de dix pour Freddy… Quand je pense qu'à une époque, c'est moi qu'on payait pour faire du baby-sitting, pas l'inverse), je les fourre tous au lit et, le temps que je nettoie la salle de bains, ils dorment profondément et je peux m'effondrer sur le canapé.

Juste à temps pour entendre la clé qui tourne dans la serrure.

Je me redresse d'un bond et fais semblant de feuilleter nonchalamment un magazine de déco plein de maisons sublimes (histoire de retourner le couteau dans la plaie) pendant que Michelle et Max font leur entrée en gloussant, le pas mal assuré après leur folle soirée. Max, fin bourré, s'affale à côté de moi sur le canapé pendant que Michelle s'éclipse aux toilettes en criant que le bébé lui comprime la vessie.

— Alors comme ça, tu étais dans le secret ? marmonne Max en souriant.

Occupée à commander un chauffeur sur mon appli Uber, je l'écoute d'une oreille distraite.

— Quel secret ?

— La soirée surprise.

Je lève le nez de mon iPhone. *Une soirée surprise ?*

— Mais je croyais que vous sortiez dîner ? Juste tous les deux ?

J'ai la voix qui s'étrangle un peu.

— Moi aussi…

Il s'esclaffe et essaie vainement de me décocher un clin d'œil – il ferme les deux yeux à la fois.

— Merci d'avoir gardé les enfants, Nell… J'apprécie vraiment… T'es une trop bonne copine…

Sur ce, sa tête bascule en avant, et il s'endort d'un coup.

Ce qui m'inspire de la reconnaissance :

1. *Ma chambre sans slime où je peux m'écrouler, éreintée, contusionnée, affamée et couverte de gommettes.*
2. *Comme je n'ai pas d'enfants, je vais pouvoir m'occuper demain en dormant jusqu'à midi.*
3. *Être assez mature et sage pour ne pas me sentir blessée de n'avoir pas été invitée à la fête, mais l'accepter avec bonne grâce et compréhension.*

Discussion WhatsApp avec Fiona

Tu ne devineras jamais
ce qui s'est passé ce week-end !

C'est qui ?

Nell !
Ce n'est pas Fiona ???

Si, pardon, j'ai pas mes lunettes.
Attends, je lis.
Ooh ! Tu as rencontré quelqu'un ?

Non ! ☹
Michelle m'a demandé de garder les enfants
pour l'anniversaire de Max et devine quoi ?

Quoi ?

Je me suis aperçue qu'en fait elle avait organisé
une soirée surprise pour lui !

Oui, je sais

Et je n'ai pas été invitée !
Attends
Comment tu sais ?

Fiona écrit

Tu es toujours là ?

Fiona écrit

On y était, samedi

Quoi ?? Je t'appelle tout de suite

Appel manqué à 09.28

Tu ne réponds pas !

Je suis au Pilote

Où ??

PILATES
Saleté de correcteur

Il y avait qui d'autre ?

Juste quelques amis...

Holly et Adam ?

Oui

Punaise j'y crois pas
Argh
Pourquoi Michelle ne m'a pas invitée ?

Ce n'est pas Michelle qui a organisé ça

Quoi ?

C'est Annabel

Annabel !

Fiona écrit

Michelle voulait que je lui recommande un restaurant, alors comme Annabel connaît tous les endroits branchés, je lui ai demandé. Elle a proposé ce chouette nouveau mexicain, elle connaît les proprios, alors elle a réservé…

Fiona écrit

C'est elle qui a eu l'idée d'inviter quelques copains pour faire la surprise à Max. Je trouvais que c'était une super-idée, tu sais que Max adore les soirées ! Et c'étaient ses cinquante ans !

Je n'arrive pas à croire que j'aie loupé ça

Annabel m'a dit qu'elle t'avait invitée mais que tu n'avais jamais répondu à son e-mail

Quel e-mail ?

Je lui ai donné toutes vos adresses e-mail. Il est peut-être dans tes spams ?

Attends, je regarde
Non

C'est bizarre !

Oui, très

J'aurais dû t'en parler mais, quand tu m'as dit que tu gardais les enfants de Max et Michelle, j'ai supposé que tu étais au courant

Quel dommage

Oui.

Annabel va être très contrariée quand je lui dirai que tu n'as pas reçu l'invitation

Sûrement, oui...

Elle est tellement généreuse... Elle a même payé toute la note, c'était son cadeau d'anniversaire à elle ! Max n'en revenait pas

C'est trop gentil de sa part

Écoute, il faut que j'y aille. Le prof me fait les gros yeux. On discute plus tard

Xxx

XX

Ce qui m'inspire de la reconnaissance :

1. *D'avoir gardé mon sang-froid.*
2. *De ne pas avoir traité Annabel de grosse vache.*
3. *Pilote. Le correcteur, tu parles.*

La Peur

Elle m'attend à mon réveil. Comme la brute de l'école embusquée dans le couloir, prête à vous sauter dessus. Je la sens avant d'ouvrir les yeux, avec ses poings qui étranglent mon estomac et ses bottes lestées qui piétinent ma poitrine.

Voilà longtemps qu'elle ne m'avait pas rendu visite. La dernière fois, j'étais à la maison, au lit, près d'Ethan. Il dormait profondément mais, moi, je n'avais jamais été plus éveillée. Une vague de chaleur sévissait en Californie et, malgré le ventilateur, la chambre était moite et je m'y sentais confinée. Allongée nue dans l'obscurité, j'écoutais la respiration d'Ethan. Essayant vainement de trouver du réconfort dans son rythme régulier. C'était il y a un an. Je m'en souviens parce que c'était le jour où nous étions rentrés de l'hôpital.

Cette fois, elle m'avait frappée de plein fouet, me laissant anéantie des semaines durant. Je n'en avais parlé à personne, et surtout pas à Ethan. Comment décrire mon assaillante alors que j'ignorais qui elle était ? Pire, j'avais honte de ne pas pouvoir en venir à bout. Je me reprochais d'être faible et pathétique. Tout était de ma faute.

Certains appellent cette brute « Angoisse » ou « Dépression ». D'autres la nomment « Attaque de panique ». Pour ma part, je la nomme « la Peur ».

La Peur n'a rien à voir avec l'abattement qu'on peut éprouver quand on est fauché ou vaguement démoralisé parce qu'on est en mars et que le ciel n'en finit pas d'être gris.

La Peur vous paralyse. Elle vous prend à la gorge et vous ne pouvez plus respirer. Elle fait battre votre cœur très fort jusque dans vos oreilles. Elle vous donne l'impression que vous allez mourir, et c'est ce que souhaite une partie de vous. Voilà pourquoi c'est tellement affreux. Parce que, une fois qu'elle a cessé de vous tabasser, vous prenez le relais en vous autoflagellant. C'est votre sale petit secret, et voilà des années que je garde le mien.

J'étais en première année de fac quand j'ai fait la connaissance de la Peur. Je me souviens que j'étais euphorique de quitter la maison, et le choc n'en a été que plus grand en découvrant cette brute effroyable qui m'attendait à l'arrivée. Tapie dans l'ombre après les cours. Prête à me sauter dessus, tard le soir, dans les couloirs de la résidence.

J'étais trop terrifiée pour en parler à mes parents. Je ne voulais pas les inquiéter ou reconnaître ce qui m'arrivait. Alors j'ai tenté de l'ignorer et, au bout d'un moment, elle a dû se lasser et aller s'attaquer à quelqu'un d'autre. Je ne l'ai pas revue avant plusieurs années : elle a fait irruption au travail, et j'ai essayé de la cacher dans les toilettes des femmes, pleurant toutes les larmes de mon corps. Depuis, la plupart du temps, elle me laisse tranquille.

Jusqu'à aujourd'hui.

Je reste étendue un moment, m'efforçant de la chasser. J'avais espéré qu'en rentrant à Londres, je pourrais la semer, partir sans lui laisser d'adresse. Mais maintenant, elle m'a retrouvée, et elle ne compte pas lâcher prise aussi facilement. *Mais moi non plus*. Rassemblant mon courage, je rabats ma couette. S'il y a une chose que je sais, c'est qu'il ne faut jamais céder face à une brute. Et la Peur est la pire brute qui soit.

Ce qui m'inspire de la reconnaissance :

1. *Le café noir, l'amour d'un chien et un sens de l'humour qui ne me fait jamais défaut, même dans les pires situations.*
2. *De savoir que demain est un autre jour.*

Grand petit frère

Demain, c'est la fête des Mères. J'envoie donc un texto à mon petit frère Rich pour qu'il pense à appeler maman. Au lieu de ça, c'est moi qu'il appelle.

— Oh, merde, j'avais oublié.

— Je sais.

— Comment ça, tu sais ? assène-t-il d'un ton accusateur.

— Parce que tu oublies chaque année.

— Tu lui as envoyé une carte ?

— Oui.

Il pousse un grognement.

— Et des fleurs, ne puis-je m'empêcher d'ajouter.

Il grogne encore plus fort, et j'éloigne l'appareil de mon oreille. Tous les ans, c'est la même chose. Même quand je vivais en Amérique et que je devais affronter les services postaux kafkaïens et contacter le fleuriste du coin au milieu de la nuit à cause du décalage horaire, j'ai toujours envoyé une carte et des fleurs, année après année. Et lui, année après année, il « oublie ». Comme par hasard.

— Tu as dit que c'était aussi de ma part ? demande-t-il d'un ton plaintif.

Il sait parfaitement que je mets toujours son nom sur le petit mot qui accompagne le bouquet. Pour faire plaisir à ma mère, pas pour sauver la mise à mon frère.

— Nell ? insiste-t-il, inquiet de mon silence.

J'envisage un instant de le laisser mariner dans sa culpabilité, et puis je flanche :

— Évidemment.

— Je le savais, lance-t-il avec entrain, souriant probablement de toutes ses dents. Bon, tu viens à Pâques ?

J'ai une baisse soudaine de moral. Pâques. Encore un jour de fête où tout le monde se retrouve en famille, avec sa moitié et ses enfants. Moi, je vais le passer chez mes parents, où je dormirai seule dans mon ancienne chambre.

— Je ne sais pas encore. Et toi ?

— Oui. Je viens avec Nathalie.

— C'est qui, Nathalie ?

— Ma copine ! rétorque-t-il, comme si ça coulait de source.

— Je croyais qu'elle s'appelait Rachel.

— On a rompu. Elle était folle.

— Pourquoi les hommes disent toujours que leurs ex étaient folles ?

— Peut-être parce que c'est vrai…

— Du coup, Ethan va dire que je suis folle ?

— Totale barrée, approuve-t-il avant de s'apercevoir que je ne vais peut-être pas trouver ça drôle. Nell, je suis désolé… Pour ce qui est arrivé avec Ethan. Maman m'a dit que le mariage était annulé.

— Elle brûle de connaître les détails.

— Je sais, ça la met dans tous ses états.

Je perçois son sourire à l'autre bout de la ligne. Au moins, en ce qui concerne nos parents, nous sommes toujours d'accord.

— Mais franchement, c'était quand même un connard, reprend-il.

— Je croyais que tu l'aimais bien ? je m'exclame, choquée.

— Tu étais censée épouser ce type, j'étais bien obligé de faire semblant.

— Tu as dit qu'il était marrant.

— Oui. Mais marrant, ça ne veut pas dire gentil.

Je me tais un moment.

— Tu as peut-être raison, dis-je à mon frère – sans doute pour la première fois de ma vie.

— La vache, tu es sûre que ça va ? s'esclaffe-t-il.

J'éclate de rire à mon tour mais, au fond, je sais bien que non, ça ne va pas vraiment.

Fête des Mères

Je me dis toujours que la vie, c'est un peu comme une course d'obstacles. À peine en a-t-on franchi un que le suivant vous attend (ces derniers temps, sous la forme d'une fête à caractère purement commercial destinée à me rappeler tout ce que je n'ai pas).

Le mois dernier, c'était la Saint-Valentin. Ce mois-ci, c'est la fête des Mères. En me réveillant, je découvre que, sur les réseaux sociaux, mes fils sont envahis de bouquets de fleurs, de petits déjeuners au lit et de mignonnes petites cartes décorées de paillettes. Tout cela est #simignon, mais je me sens un peu exclue – même si je soupçonne qu'il y a de la colle à paillettes partout sur les canapés et qu'un tas de papas paniqués se demandent comment ils vont occuper les gosses pendant que maman, aux anges, profite d'une grasse matinée bien méritée.

Pour me remonter le moral, j'appelle ma propre mère. Elle est enchantée de ses fleurs.

— Comme je l'ai dit à Richard, vous n'auriez vraiment pas dû, minaude-t-elle gaiement.

J'essaie de cacher mon agacement en apprenant que mon frère l'a appelée avant moi, s'attribuant tout le mérite de ce cadeau. *Ce n'est pas un concours*, je me répète.

— Tu as eu ma carte ? je demande.

— Non, tu l'as envoyée quand ?

— La semaine dernière. Zut. Elle a dû se perdre.

— Oh, ne t'en fais pas, ce n'est pas grave... J'ai eu celle de Richard.

— Pardon ?

— Oui, il m'a envoyé un de ces trucs animés sur Internet. Elle était vraiment drôle et, comme il dit, c'est mieux pour l'environnement. Moins de déchets.

Je vais tuer mon petit frère.

— Alors, tu viens pour Pâques ou tu as trop de travail ?

J'éprouve un pincement de culpabilité. Je n'ai toujours pas rendu visite à mes parents. Je trouve toujours des excuses pour me défiler. Bien sûr que j'ai envie de les voir, mais j'appréhende d'affronter une pluie de questions qui vont m'agacer et me faire pleurer, même si elles sont inspirées par une inquiétude légitime.

— Eh bien, justement..., je commence.

— Parce qu'il faudrait que je le sache, vu qu'on a beaucoup de demandes sur Airbnb.

Ma culpabilité disparaît comme elle est apparue.

— Tu veux louer ma chambre ?

Et dire que je croyais qu'elle me posait la question parce que sa fille lui manquait.

— Eh bien, Pâques, c'est la saison la plus chargée, explique-t-elle.

Elle se lance dans une longue explication au sujet de ce couple âgé de Zurich avec qui elle a lié amitié par e-mail :

— ... et quand je leur ai dit que j'étais fan d'Andrea Bocelli, elle m'a répondu qu'il venait chanter ici en mars, et ils ont deux places en plus à nous proposer !

Ma mère est tellement excitée qu'elle en perd le souffle.

— Du coup, si tu ne viens pas...

— Mais bien sûr que je viens !

Autant l'interrompre avant qu'elle loue ma chambre.

— Oh, super !

Derrière l'enthousiasme de ma mère, je détecte une pointe de déception. Elle est folle d'Andrea Bocelli depuis toujours.

— La famille sera enfin au grand complet, poursuit-elle. Ça faisait une éternité.

C'était l'été dernier, en fait. Ethan et moi avions fait le déplacement pour fêter les soixante-dix ans de ma mère. Avec Richard, on lui avait organisé une fête surprise. Ou plutôt : j'ai organisé la fête, il a fourni les bières artisanales. Tous les amis et la famille sont venus. Je portais une robe neuve et j'ai passé la soirée à afficher Ethan et ma bague de fiançailles, mettant un terme aux rumeurs que faisaient circuler certains membres âgés de la famille à propos de mes préférences sexuelles (« Il faut dire qu'elle vit en Californie... »).

Nous avions engagé un DJ pour passer les morceaux préférés de maman. Je me souviens avoir laissé Ethan un instant pour aller aux toilettes. À mon retour, mes parents dansaient sur Frankie Valli & The Four Seasons. Papa connaissait toutes les paroles de *Can't Take My Eyes off You*, et maman riait, les joues en feu. Je me souviens qu'en les regardant, je me suis sentie fière de tout ce qu'ils avaient créé ensemble – même mon crétin de frangin qui avait trop bu de sa propre bière et qui s'est écroulé dans les rosiers – et j'ai eu envie de faire comme eux.

Mais quand j'ai regardé Ethan, de l'autre côté de la pièce, j'ai su au plus profond de moi que ça n'arriverait pas.

Six mois plus tard, je l'ai quitté.

Je bavarde encore un peu avec maman, et puis nous raccrochons. Peu après, elle m'envoie une photo de son bouquet. Il est magnifique. Comme toutes les images de fleurs, cadeaux et cartes de fête des Mères dont mes amis arrosent les réseaux sociaux. Mais je me demande quand même où est ma place, dans tout ça.

Je veux dire, si je ne fais pas partie du club des mamans, à quel club j'appartiens ?

— Il faut que tu crées ton propre club, suggère Cricket, un peu plus tard dans l'après-midi.

Alors que nous arrivons au coin de la rue, elle s'accroche à son chapeau qu'une bourrasque menace de lui arracher.

— Je serai la première à poser ma candidature, ajoute-t-elle.

Nous nous dirigeons vers la rue commerçante, portant chacune une anse d'un grand sac Ikea bleu rempli de livres. Je l'ai appelée après mon coup de fil à ma mère. Je savais que, contrairement au reste de mes amies, Cricket ne serait pas en train de fêter cette journée en compagnie de son mari et de ses enfants. Par ailleurs, sa propre mère étant décédée quelques années auparavant, je me suis dit que ça risquait d'être une journée difficile pour elle.

Elle était enchantée d'avoir de mes nouvelles, pas à cause de cette fichue fête des Mères, mais parce qu'elle avait découvert « quelques » livres que Monty n'avait jamais rendus à la bibliothèque. Elle avait besoin d'aide pour les rapporter. La plupart des bibliothèques sont fermées le dimanche, mais pas celle-ci.

— On arrive bientôt ?

La poignée du sac me scie la paume. Cricket, elle, porte des gants de cuir doublés – « un cadeau de chez Harrods », me confie-t-elle.

— Nous y sommes presque.

— Ce truc pèse une tonne !

Je regarde Cricket à la dérobée. Elle a beau avoir le double de mon âge, elle possède le genre d'énergie à l'ancienne qui ne s'acquiert pas dans une salle de sport mais plutôt à l'école de l'endurance. Son style, c'est plutôt « Serre les dents et avance ».

— C'est là !

Elle m'entraîne vers un bâtiment victorien en brique rouge. Nous nous arrêtons au pied de l'escalier qui mène à l'entrée et posons le sac sur le trottoir pour reprendre notre souffle. Avec un soupir de soulagement, je fais jouer mes articulations endolories.

— Je croyais qu'il n'y avait que quelques livres ?

— C'est bien le problème, vois-tu : Monty n'a jamais bien compris le principe des bibliothèques selon lequel on est censé rendre les livres qu'on emprunte.

— Je vois, oui.

Je me penche sur le sac qui contient assez d'ouvrages pour remplir une étagère de bonne taille.

— Il y a surtout des livres brochés, je remarque.

— Il n'aimait pas les formats de poche. Il préférait sentir le poids d'un livre relié entre ses mains.

— Je suis du même avis. J'ai une liseuse, mais ce n'est pas pareil. Mes bouquins me manquent. Je les ai presque tous laissés en Amérique… Ça coûtait trop cher de les faire expédier jusqu'ici. J'ai laissé beaucoup de choses en Amérique.

Cricket me décoche un regard plein de compassion et je lui adresse un sourire forcé. Elle a bien plus de raisons que moi d'être triste. Si elle parvient à conserver sa bonne humeur malgré son chagrin, je dois bien en être capable, moi aussi.

— Tu sais, c'est là que Monty m'a amenée lors de notre premier rendez-vous, lance-t-elle en désignant le bâtiment du menton.

— Quoi ? Dans la bibliothèque ?

— Il a dit qu'il fallait que je rencontre son premier amour. Pour que je sache à quoi je me frottais.

Je me redresse, tout ouïe.

— Pas ton amie Cissy, quand même ?

— Crois-moi, je me suis posé la question, rétorque Cricket avec une moue amusée. Je me souviens qu'il m'a pris la main pour monter cet escalier, et moi qui me perdais en conjectures… Quand nous sommes arrivés au premier étage, il m'a emmenée dans un coin tout au fond, près d'une rangée de fenêtres en arcades. Là, il m'a présentée à son Shakespeare adoré. Tout un rayon chargé de ses œuvres…

Plongée dans ses souvenirs, elle laisse un instant sa phrase en suspens avant de poursuivre :

— Il venait ici depuis qu'il était enfant, à l'époque où ses parents étaient trop pauvres pour pouvoir acheter des livres. C'est là que son rêve a commencé : un jour, quand il serait grand, il deviendrait un auteur de théâtre célèbre.

Ensemble, nous contemplons la grande façade. Je me demande combien de personnes ont franchi cette porte au fil des années. Combien d'autres histoires cette bibliothèque a inspirées.

Quand je baisse de nouveau la tête, mon attention est attirée par une note affichée sur le mur. Je m'approche, sourcils froncés.

— Tu as vu ça ?

Cricket plisse les yeux avec un signe de dénégation.

— Je n'ai pas mes lunettes de lecture. Qu'est-ce que ça dit ?

— Que la bibliothèque ferme. Une histoire de réhabilitation.

— Alors ça y est, soupire-t-elle. Il était question de la transformer en résidence de luxe. Je sais que ça mettait Monty très en colère. Il disait que la communauté avait besoin d'une bibliothèque, pas d'appartements que personne n'avait les moyens d'habiter.

— On ne peut rien faire pour empêcher ça ?

— Une pétition a circulé dans le quartier, mais le conseil municipal a dit qu'il était obligé de réduire les dépenses.

À travers son épais manteau d'hiver, je lui étreins le bras et, pendant quelques instants, nous gardons le silence.

— Bon, on va quand même les rendre ? je demande.

— Je suis prête à sortir mon chéquier, déclare-t-elle en tapotant tristement son sac à main.

Nous attrapons chacune une poignée et soulevons le sac.

— Pfff ! J'ai l'impression de transporter un cadavre ! je m'exclame bruyamment.

Oh non… Je n'ai pas dit ça !

Je me tourne vers Cricket, horrifiée. Elle me regarde. Alors, en même temps, nous éclatons de rire.

La bibliothécaire laisse Cricket s'en tirer avec une tape sur les doigts et ses plus sincères condoléances : ici, tout le monde adorait Monty, et il leur manque beaucoup. Elle nous montre l'endroit où il s'asseyait toujours, derrière une table au coin de la salle.

Elle dit que, sans lui, ce n'est plus pareil.

Cricket approuve : non, ce n'est plus pareil.

Je reste un peu en arrière pour ne pas me montrer indiscrète. Je feins de m'intéresser à un livre sur l'ingénierie. Un jeune type coiffé d'un casque audio est assis derrière son ordinateur portable à la place de Monty, inconscient du regard que pose sur lui la veuve à l'autre bout de la pièce. La vie continue. Et pourtant…

Et pourtant, comment le monde peut-il continuer de tourner comme si de rien n'était alors que certains l'ont déserté ? Plus le temps passe, plus on s'éloigne de la dernière fois où on les a vus. Ils se replient dans le passé alors que vous voyagez dans le futur. La distance qui vous sépare s'accroît, leur voix s'estompe et les souvenirs s'effacent.

— Je vais à un cours de dessin. Tu veux m'accompagner ?

La voix de Cricket me ramène brusquement à la réalité. À qui étais-je en train de penser ? À Monty ou à Ethan ?

— Merci, mais je ne sais pas dessiner.

— N'importe quoi. Tout le monde sait dessiner.

Nous prenons l'escalier qui nous ramène à la sortie.

— Non, je t'assure, je ne peux pas.

— Si tu veux, tu peux. On ne t'a jamais appris ça ?

Je détestais que mes profs me rabâchent cette phrase, et je m'apprête à protester... puis je me ravise et je réfléchis à sa proposition. Après tout, ce n'est pas comme si mon planning était surchargé.

Arrivées au rez-de-chaussée, je pousse la porte et nous rejoignons la rue.

— D'accord, mais je ne vais pas pouvoir rester longtemps, il faut que je rentre nourrir Arthur.

Règle numéro un : toujours garder une porte de sortie.

— Merci, dit Cricket en s'arrêtant sur le trottoir.

— Attends, tu ne m'as pas encore vue dessiner...

— Je ne te parle pas du cours, mais de là-haut. Dans la bibliothèque, précise-t-elle en se tournant vers le bâtiment. C'était plus dur que je le croyais. Grâce à toi, je n'étais pas seule.

— Oh, ce n'était rien.

— Si, c'était tout.

Me faisant de nouveau face, elle secoue la tête.

— Quand je te disais de fonder ton propre club, je plaisantais, mais il y a une part de vérité dans tout ça... Tu sais, quand j'étais jeune, j'ai toujours été un peu marginale. J'ai été élevée de manière très conservatrice, mais j'étais allergique aux conventions. Mes parents m'ont envoyée dans une école catholique où je n'ai jamais réussi à m'intégrer. Je ne croyais pas en Dieu – pas en leur Dieu, du moins. J'avais des amis, mais je détonnais…

Elle s'interrompt un instant, comme pour fouiller dans ses souvenirs.

— Un jour, par hasard, j'ai découvert le théâtre et je me suis aperçue que je n'étais pas seule. Qu'il y avait des gens, dans ce monde, qui étaient comme moi. Toute une tribu de gens étranges, bizarres, merveilleux. Des gens qui m'inspiraient et me poussaient à me surpasser. Des gens qui me comprenaient… Et tu veux savoir le meilleur ?

Je hoche la tête, tout ouïe.

— J'ai fini par me trouver… Et par la même occasion, j'ai découvert un autre genre de foi. Tu comprends ?

Je dévisage Cricket, une femme qui a deux fois mon âge, et j'éprouve un sentiment soudain de connexion.

— Oui. Je comprends parfaitement.

Elle sourit, et les rides au coin de ses yeux s'animent.

— Ce que j'essaie de dire, c'est que tu dois trouver ta propre tribu, Nell.

Ce qui m'inspire de la reconnaissance :

1. *J'ai la meilleure maman du monde, elle a sacrifié beaucoup de choses pour moi – et pas seulement des places gratuites pour aller voir Andrea Bocelli.*
2. *La veuve de quatre-vingts ans bien sonnés qui m'a montré qu'on peut trouver sa tribu là où on s'y attend le moins.*
3. *J'ai survécu à cette journée.*

La vérité nue

À mon âge, on finit par penser que plus rien, dans la vie, ne peut nous surprendre. Parce qu'on a tout vu, pas vrai ?

Eh bien, c'est faux. Archi faux.

Hier, après la bibliothèque, Cricket et moi avons pris un Uber pour nous rendre à son cours de dessin. La classe se trouvait dans un ancien entrepôt pourvu de grandes fenêtres en arcade et d'un escalier de secours métallique noir qui serpentait sur toute la hauteur d'une des façades du bâtiment. Ça sentait la térébenthine et la peinture. Des néons éclairaient l'entrée. Je ne savais pas du tout à quoi m'attendre.

— Tiens, comme on se retrouve !

En tout cas, pas à croiser de nouveau Papa Sexy.

— Oh… *Hello* !

J'ai mis une seconde à le resituer.

— Tu ne me présentes pas ? a demandé Cricket.

— Pardon, si. Voici Cricket, ai-je lancé en m'apercevant que j'ignorais son nom à lui – le vrai, je veux dire.

— Johnny, a-t-il annoncé, m'épargnant un moment d'embarras.

— Enchantée, a répondu Cricket en tendant la main avec une expression presque aguicheuse. Vous venez pour le cours ?

— Oui, on se retrouve à l'intérieur. Il faut d'abord que je me mette en condition...

Il a désigné les toilettes.

— OK, super, ai-je répliqué, faute de mieux. À tout à l'heure.

Bien entendu, Cricket a tout voulu savoir sur lui. Aussi, après avoir demandé au professeur si je pouvais me joindre au cours, nous avons pris place derrière deux chevalets, et je lui ai tout raconté. C'est-à-dire pas grand-chose, mais cela a suffi pour me distraire de la chaise longue qui trônait au milieu de la salle. Jusqu'à ce que je comprenne la raison de sa présence.

— Tu ne m'avais pas dit que c'était du dessin d'après modèle ! ai-je soufflé, prise de court.

— Tu ne me l'as pas demandé, a-t-elle rétorqué en haussant les épaules.

J'ai balayé les alentours du regard, en quête de Johnny, mais il devait encore être aux toilettes. J'ai dévisagé les autres participants pour voir si j'étais la seule que cette situation plongeait dans l'embarras, mais tout le monde affichait sérieux et concentration. J'ai étouffé un gloussement de gamine.

M'emparant d'un crayon, j'ai essayé de refouler cette manifestation d'immaturité. C'était juste un corps nu, pas de quoi en faire toute une histoire.

Quand le modèle est entré, mes yeux sont sortis de leurs orbites.

Mon Dieu. Le modèle, c'est Johnny. Le papa sexy !

Nos regards se sont croisés, et il a retiré son peignoir.

— *Et…* ?

Sur l'écran de mon ordinateur portable, Liza me fixe, les yeux écarquillés.

— Et je ne savais plus où regarder.

— Tu plaisantes ? À ta place, je ne me serais pas gênée !

Il est deux heures du matin. Incapable de dormir, j'ai appelé Liza sur FaceTime, profitant de nos huit heures de décalage.

Je m'esclaffe en revivant le moment où il s'est débarrassé de son peignoir avant de s'étendre sur la chaise longue, nu comme un ver.

— Alors comme ça, il est modèle ?

— Apparemment, mais à temps partiel.

Après le cours, j'ai essayé de traîner Cricket hors de la salle aussi vite que possible, trop gênée à l'idée de retomber sur Johnny *habillé*, mais elle était déjà partie tirer les vers du nez au prof.

— Et le reste du temps, il fait quoi ?

— Je ne sais pas. Je n'ai pas posé de questions. J'étais trop occupée à dessiner son pénis.

Liza éclate de rire. J'ai l'impression d'être de retour à L.A., et qu'on est en train de rigoler autour d'un café. Seul le ciel bleu que j'entrevois derrière ses vitres me rappelle que huit mille kilomètres nous séparent.

— En tout cas, tu as de la chance, reprend-elle. Moi, ça fait une éternité que je n'ai pas croisé d'homme nu.

— Et Brad, alors ?

— On a rompu.

— *Encore ?*

— Là, c'est pour de bon.

Ce n'est pas la première fois qu'elle dit ça, mais quelque chose dans sa voix fait qu'aujourd'hui, je la crois.

— Je suis désolée.

— C'est faux, rétorque-t-elle.

— D'accord, tu as raison : je ne suis pas du tout désolée. N'empêche : est-ce que tu vas bien ?

— Pour l'instant, oui, déclare-t-elle avec un hochement de tête. Ça roule. Et toi ?

Je prends le temps de réfléchir. Pour une fois, mon esprit ne se réfugie pas tristement dans le passé. Il ne se précipite pas non plus, terrifié, vers l'avenir. Il reste là où il est.

— Oui, en ce moment, ça roule.

Ce qui m'inspire de la reconnaissance :

1. *Pour la fête des Mères, j'ai reçu davantage que des paillettes et un petit déjeuner au lit.*
2. *Les amies comme Liza qui m'aident à rester dans l'instant présent, parce qu'en définitive, c'est tout ce qu'on a.*

Que la lumière soit

Edward ne cesse de me harceler au sujet du lave-vaisselle et du chauffage. Et voilà que vient s'ajouter à la liste un nouveau sujet de discorde : je laisse les lumières allumées.

— Je ne comprends pas pourquoi tu n'éteins pas derrière toi quand tu quittes une pièce, peste-t-il en éteignant dans le couloir alors que j'entre dans la cuisine.

— Parce que je vais peut-être y retourner.

Ma logique semble laisser Edward de marbre.

— À ton avis, ça sert à quoi, les interrupteurs ?

J'ignore sa question.

— J'aime bien laisser les lampes allumées.

— J'ai remarqué. Et les voisins aussi, à mon avis. Quand je suis entré dans la rue, la maison était illuminée comme un sapin de Noël.

— Je n'aime pas vivre dans le noir.

Mâchoires serrées, j'attrape la bouilloire pour me préparer du thé. J'ouvre le robinet et la remplis en faisant le plus de bruit possible.

— Mais tu ne peux être que dans une pièce à la fois ! argumente-t-il, exaspéré.

— Du thé ?

— Oui, s'il te plaît.

J'enclenche la bouilloire, prends deux tasses sur l'étagère et y jette deux sachets de thé. Il n'a pas intérêt à me dire d'utiliser une théière et un seul sachet.

— Une pièce sombre, c'est flippant, je poursuis.

— *Flippant ?* répète-t-il en me dévisageant comme si j'avais perdu la tête. Comment un salon peut-il être flippant, sérieusement ?

— Tu n'as pas vu tous ces récits criminels à la télé ? C'est toujours dans sa maison qu'on se fait assassiner.

— Et laisser les lumières allumées, ça va te sauver la vie ?

Planté derrière le comptoir, il me dévisage en repoussant les mèches qui lui tombent dans les yeux. Tiens, ses cheveux ont beaucoup poussé.

— Au moins, si quelqu'un entre, je le verrai.

— Et tu feras quoi ? Tu lui fracasseras une lampe sur le crâne ?

— Ça a bien marché pour le colonel Moutarde avec le chandelier.

Il esquisse un sourire. Enfin.

— Tu es en train de me dire que tu as peur, toute seule dans cette maison ? demande-t-il en se radoucissant.

— Non, pas vraiment, j'avoue en sortant le lait du frigo. Surtout qu'il y a Arthur. J'aime juste que les lumières soient allumées, c'est tout. Il n'y a pas forcément une explication logique à tout, non ?

À en juger par l'expression perplexe d'Edward, ce concept est nouveau pour lui. La bouilloire s'éteint dans un clic. Je remplis les mugs et la repose sur son support.

— Ça aussi, ça m'ennuie, murmure-t-il.

Quoi, encore ? Je presse les sachets de thé contre le bord des tasses.

— Tu peux éteindre la bouilloire après l'avoir utilisée, s'il te plaît ?

— Elle est éteinte.

— Non, elle est en veille, ça consomme de l'énergie et de l'argent. Je voudrais que tu débranches la prise, c'est mieux pour l'environnement.

— Edward, c'est juste une bouilloire.

Je verse du lait dans le thé et lui tends un mug.

— Chaque détail compte. C'est la même chose avec tous les appareils ménagers, poursuit-il.

Il se met à parcourir la cuisine en appuyant sur tous les boutons.

— C'est sûr que la pendule numérique doit drôlement inquiéter les gens du Réseau électrique national, j'ironise tandis qu'il débranche le micro-ondes.

Il me décoche un regard noir. Pourtant, je jurerais qu'il y a une étincelle amusée dans ses yeux.

— Quoi qu'il en soit, je voulais te dire, pour Pâques…

Non, il ne va pas s'y mettre. Tout le monde parle de Pâques.

— Qu'est-ce qu'on va faire, pour Arthur ? demande-t-il.

— Je vais chez mes parents.

— Tu peux le prendre avec toi ?

Je suis sur le point de dire oui puis, en pensant à ses reproches permanents, je sombre dans la mesquinerie.

— En fait, non, je ne peux pas. Il va falloir que tu t'en charges.

— Mais tu as dit que tu t'en occuperais le week-end !

— C'est un jour férié. C'est différent.

Manifestement, Edward et moi sommes en train de nous disputer au sujet de la garde du chien. Chacun d'un côté du comptoir, nous nous dévisageons, armés de nos mugs.

— Tes fils n'ont pas envie de voir Arthur ? Il doit sûrement leur manquer.

Edward semble mal à l'aise.

— Oui, mais c'est juste très compliqué.

Et voilà que j'ai de la peine pour lui. Ça doit vraiment être dur, avec les allergies de sa femme et tout le reste. Je baisse les bras :

— OK, Arthur vient avec moi.

Cette fois, il sourit vraiment.

— Merci.

— De rien.

Mon thé à la main, je sors de la cuisine. Et je pense bien à éteindre derrière moi.

En entendant le cri de protestation d'Edward, j'étouffe un petit rire.

Inspiration

Accepte pleinement ta vie ! Ne regarde pas en arrière ! Chaque jour est une nouvelle chance d'évoluer ! Quand rien n'est certain, tout est possible !

Comment dire non à une petite maxime quotidienne ? Surtout si elle est écrite dans une police de caractères vintage façon machine à écrire, et qu'on y ajoute un joli filtre rose ? Pour être honnête, plus les gens postent des phrases inspirantes, plus je m'inquiète pour leur santé mentale.

Voici les miennes pour aujourd'hui :

Accepte pleinement ta maison glaciale !

Ne démembre pas ton propriétaire !

Chaque jour est une nouvelle chance de regarder Grand Designs[1] *et de s'apercevoir que le couple qui construit sa fabuleuse maison d'architecte écolo sur le flanc d'une montagne a la moitié de ton âge !*

Quand rien n'est certain, tout peut foirer !

---

1. Émission britannique où l'on suit la construction d'une maison de A à Z *(N.d.T.)*.

Mais ma préférée reste :

Accepte pleinement ton sens de l'humour, ne te prends jamais trop au sérieux, chaque jour est une nouvelle chance de rire au lieu de pleurer, et quand rien n'est certain, tout est vachement moins flippant si on en rit. Amen.

Vendredi saint

En entrant dans la gare d'Euston pour prendre le train qui m'amène chez mes parents, je décide qu'aujourd'hui sera en effet une sainte journée. Je vais passer une merveilleuse fête de Pâques avec ma famille. Avec maman, nous allons avoir des tas de discussions comme il n'en existe qu'entre mère et fille, et à aucun moment il ne sera question de ma rupture ou des petits-enfants des autres. Mon frère ne va pas m'embêter. Papa m'achètera un œuf de Pâques. Ça va être génial.

En théorie.

Avec le chaos déclenché par ce week-end prolongé, Arthur et moi devons nous frayer un chemin à travers la foule pour pouvoir monter dans le train en direction de Carlisle. Heureusement, nous arrivons jusqu'à nos places mais je fais la grimace en m'apercevant que, sans le faire exprès, j'ai réservé un carré – deux sièges face à face séparés par une table. Les concepteurs de ladite table s'étaient manifestement imaginé une scène utopique où des inconnus partagent leur espace en bonne entente, sans être cloués contre la fenêtre par le coude d'un homme d'affaires équipé d'un énorme ordinateur portable et d'un chargeur dont les fils emmêlés serpentent jusque sur vos genoux ; en face, j'ai droit à un jeune couple qui se dévore des yeux pendant que le type chasse d'invisibles mèches de cheveux du visage de sa dulcinée.

Quant à moi, je reçois des textos de Fiona qui passe de bons moments dans les Cotswolds. Elle et David ont emmené les enfants faire leur tout premier séjour en camping. Sauf qu'à en juger par ses photos de cabine de douche hydromassante, de lits de plumes blanches et de ballots de paille autour du feu, ça n'a rien à voir avec ma propre expérience du camping – j'ai plutôt le souvenir d'anoraks détrempés et de haricots à la tomate collés au fond de la poêle.

Je regarde par la fenêtre. Dehors, la ville a cédé la place à la campagne. Je consulte ma montre – j'en ai encore pour plusieurs heures – et chausse mes écouteurs. J'ai téléchargé un nouveau podcast dont Cricket m'a dit le plus grand bien. Posant ma tête contre la vitre, j'appuie sur « Lecture ».

Après deux correspondances, nous arrivons à destination. Il pleut et une brume épaisse s'élève des collines. J'essuie la condensation sur la vitre et regarde dehors. Soudain, la Californie me semble à des années-lumière d'ici. J'ai même du mal à croire qu'elle existe. Que, quelque part de l'autre côté de la planète, Ethan se réveille et ouvre les stores de notre chambre sur un grand ciel bleu et un soleil brûlant. J'ai l'impression d'être dans un de ces vieux films où l'écran est partagé en deux. Lui d'un côté, moi de l'autre.

Oh, et puis *fuck*.

Pour empêcher mon esprit de suivre ce chemin périlleux, j'attrape ma valise à roulettes et la laisse d'Arthur, et je descends sur le quai. Le ciel bleu et le soleil, c'est complètement surfait. Quant à la chaleur, ça fait vieillir prématurément.

Sous la pluie battante, je me dirige d'un pas déterminé vers la sortie. Qu'est-ce que ça peut faire si je suis déjà trempée jusqu'aux os ? Ou si le vent a failli balancer ce pauvre Arthur sur les rails ? Ma vie est merveilleuse. J'ai tellement de chance. Il n'y aura jamais assez de hashtags pour exprimer à quel point j'accepte pleinement ma fabuleuse nouvelle vie. #airfrais #campagneanglaise

Mon père m'attend dehors dans sa vieille Land Rover, moteur allumé.

— Bonjour, mon cœur.

— Bonjour, papa.

Nous nous saluons comme si nous nous étions vus la veille : à la mode du nord. Une brève étreinte, rien de très démonstratif. Mais en le voyant, j'ai le cœur qui se gonfle de tendresse.

— Tu n'avais pas dit que tu venais accompagnée, remarque-t-il en désignant Arthur qui a déjà bondi à l'arrière. Ta mère va râler, à cause de ses tapis.

— Je sais.

Nous nous dévisageons avant d'échanger un large sourire.

— Au moins, ce n'est pas moi qui dormirai dans la niche, ce week-end, ajoute-t-il en riant.

Il m'ouvre la portière et je monte dans la voiture. Les sièges sont fendus, ça sent les bottes boueuses, le tabac à rouler et le terreau. Je m'emplis les poumons de ces odeurs.

Nous nous élançons sur les routes cahoteuses qui serpentent jusqu'à la maison, au milieu de paysages aussi magnifiques que familiers. Le Lake District[1] n'a pas changé. D'ailleurs, ici, pas grand-chose ne change, à part les saisons. C'est marrant : quand j'étais plus jeune, ça m'ennuyait à mourir. À présent, je trouve cette inertie réconfortante.

— Alors... Comment tu te sens, ma chérie ?

Pas bien. Affreusement mal. J'ai le cœur brisé. Je suis terrifiée.

— Très bien, je réponds avec un haussement d'épaules évasif.

Les essuie-glaces se balancent en crissant, ne dégageant qu'un petit triangle sur le pare-brise, juste devant mon père. Ils ne fonctionnent pas de mon côté. Dans mon souvenir, ils n'ont jamais marché. J'observe papa à la dérobée. Ses mains solides sur le volant. Il a de grandes mains habiles. À présent, je me rappelle que je n'aimais pas les doigts fins d'Ethan.

— Côté argent, ça va ?

— Oui, merci.

Je mens : j'ai à peine de quoi tenir le coup. Les notices nécrologiques, ça ne rapporte pas beaucoup, et le prêt que m'a fait mon père ne durera pas éternellement. Mais bon, on est seulement en mars, j'ai le temps de me refaire.

— Je suis contente de te voir, papa.

— Moi aussi, mon cœur.

Pivotant vers moi, il retire une main du volant et me serre doucement le genou.

---

1. Région montagneuse du nord-ouest de l'Angleterre *(N.d.T.)*.

— C'est bon d'avoir enfin ma petite fille à la maison.

Sitôt que j'entre dans la cuisine, ma mère commence par me dire que j'ai perdu du poids. Elle allume la bouilloire et me met la boîte de gâteaux sous le nez.

— Prends-en deux, ordonne-t-elle. Tu n'as que la peau sur les os.

— Arrête, maman, je n'ai pas besoin de grossir !

Ignorant mes protestations, elle me fourre un paquet de biscuits complets dans les mains.

L'instant d'après, elle pousse un grand cri en découvrant Arthur qui, après avoir inspecté le jardin, bondit dans la cuisine avec ses pattes boueuses.

— Je te présente Arthur, dis-je en l'attrapant par le collier avant qu'il fasse un sort à la boîte de gâteaux.

— Tu as un chien ?

— C'est celui de mon propriétaire. C'est une longue histoire.

Les poils volent et il y a des traces de pattes partout sur le sol fraîchement lavé de la cuisine. Vivement, j'escorte Arthur dans le couloir. De là, j'entends ma mère chuchoter à tue-tête :

— Franchement, Philip, un chien ! Un gros, en plus, avec plein de poils !

Mon père essaie de la calmer. Peu après, il me rejoint.

— Tiens-le juste à l'écart de la tarte au citron, me conseille-t-il. Ton frère adore ça, elle l'a faite spécialement pour lui.

— Rich est là ?

— Pas encore. Il a été retenu par un boulot de dernière minute.

En d'autres termes, il ne s'est pas réveillé. Je sens un léger agacement m'envahir.

— Je vais au potager. Je te laisse discuter avec ta mère. Je sais qu'elle meurt d'envie que tu lui racontes tout.

— Autrement dit, elle a un million de questions à me poser, je marmonne.

— Allez, sois gentille avec elle, ça part d'une bonne intention. Elle se fait du mouron pour toi, c'est tout. Ça nous a fait un choc, tu sais.

— Je ne voulais pas vous inquiéter.

— Nous sommes tes parents. C'est notre métier, de nous inquiéter.

— Je suis désolée.

Ça y est, je culpabilise. Je m'en prends à ma mère alors qu'elle n'y est pour rien.

— Désolée pour quoi ?

— Pour tout. Je sais que maman comptait vraiment sur ce mariage.

— Ne sois pas bête, s'esclaffe-t-il en m'ébouriffant les cheveux. Ce n'est pas grave. On veut juste que tu sois heureuse.

— Nell ? demande ma mère en pointant la tête hors de la cuisine. L'eau bout.

J'hésite. J'essaie de ne pas penser au fait que ma prochaine visite ici était censée avoir lieu cet été, avec Ethan. Deux jeunes mariés. Nous avions prévu une cérémonie toute simple en Californie, avec juste la famille et quelques amis, puis un voyage autour des îles britanniques pour notre lune de miel. Je sens mon ventre se nouer.

— En fait, je crois que je vais aller promener Arthur.

La déception se peint sur le visage de ma mère. Tant pis. Je ne suis pas prête.

— D'accord, mais ne traîne pas. Le dîner est bientôt prêt.

Heureusement, il s'est arrêté de pleuvoir. Je marche le long de la rivière en lançant des bâtons à Arthur qui plonge dans l'eau glacée comme si c'était un bain chaud, puis nous revenons en passant par le village. En arrivant devant la maison, je découvre une voiture flambant neuve dans l'allée. Dans le salon, mon petit frère déguste une grosse part de tarte au citron meringuée, les pieds sur la table basse, pendant que ma mère s'agite autour de lui.

— Salut, Rich.

— Nell !

Il sourit mais ne se lève pas.

— C'est ta nouvelle voiture, dehors ?

— Oui, je viens de l'acheter. Elle te plaît ? Comme je n'arrivais pas à choisir entre une Audi et une BMW, j'ai pris une Range Rover.

— Dis donc, tu dois vendre beaucoup de bières !

— On est tellement inondés de commandes qu'on a du mal à suivre, confirme-t-il d'un air satisfait.

— Ne travaille pas trop, le réprimande ma mère en lui caressant les cheveux. Il faut que tu te ménages.

Il hoche la tête, comme un bon garçon.

— Délicieux, ce gâteau, maman… Il en reste ?

Elle le regarde avaler sa dernière bouchée, radieuse et fière, protestant pour la forme :

— Mais le dîner est presque prêt…

Elle lui prend son assiette et disparaît dans la cuisine.

— Juste une petite part ! lance-t-il à son adresse depuis le confort du canapé. Il faut que je garde de la place pour le repas !

Il croise mon regard.

— Quoi ? s'écrie-t-il.

Je lui balance un coup de pied et il pousse un cri. Exagérément fort.

Aussitôt, maman surgit, un énorme morceau de tarte à la main.

— Arrêtez de vous chamailler, tous les deux !

— C'est elle qui a commencé ! geint Rich.

Je lui décoche une œillade furieuse. Le week-end s'annonce très long.

Nous sommes interrompus par un bruit de pas au-dessus de nos têtes. À l'étage, une porte s'ouvre.

— Je croyais que papa était au potager…

Je m'interromps au milieu de ma phrase en voyant une jolie brune apparaître sur le seuil du salon.

— Tout va bien, trésor ? lui demande ma mère.

— Oui, merci, répond-elle en souriant. J'avais juste besoin de me rafraîchir un peu.

Voici donc Nathalie, la nouvelle copine de mon frère.

— Salut, je lance. Moi, c'est Nell, la sœur de Richard.

— Rich m'a beaucoup parlé de toi, déclare-t-elle non sans nervosité.

— Je ne suis pas sûre que ce soit une bonne chose, je commente facétieusement en croisant le regard de mon frère. Mais maintenant, c'est à mon tour de te parler de lui…

Je n'ai pas le temps de poursuivre : il me frappe avec un coussin.

La porte d'entrée claque. Mon père est de retour. Aussitôt, ma mère passe à l'action : pendant qu'il se lave les mains, elle nous fait entrer dans la salle à manger où la table est dressée pour le dîner. Je remarque qu'elle a sorti l'argenterie et qu'à la place du rouleau d'essuie-tout habituel, elle a disposé des serviettes près de chaque assiette.

Une grande tourte au poisson à la croûte dorée trône sur la table, accompagnée de plats de légumes fumants. Ma mère ignore la notion de petites portions. Nous prenons place et mon père, qui a sorti le vin du frigo, remplit les verres.

— À quoi buvons-nous ? demande-t-il.

— À la famille, enfin au grand complet, suggère ma mère.

— Et à la tourte au poisson de votre mère, complète-t-il tandis que nous levons nos verres.

— Philip, franchement, minaude-t-elle, les joues roses de plaisir.

Nous trinquons, et je m'apprête à avaler une bonne gorgée de vin quand mon frère se lève de sa chaise et fait tinter son couteau contre son verre.

— En fait, on peut boire à autre chose, déclare-t-il.

Je lève les yeux vers lui, m'attendant à une quelconque plaisanterie, mais il est sérieux comme un pape. Il s'éclaircit la voix et, tout à coup, je m'aperçois que mon frère est nerveux.

— Nathalie et moi, on a quelque chose à vous annoncer.

Ma mère se met à frissonner d'impatience. Quant à moi, je n'en crois pas mes oreilles. Ils sont ensemble depuis combien… trois mois ?

C'est alors que Nathalie, qui jusque-là portait les manches de son gilet rabattues sur ses doigts, laisse apparaître sa main gauche. À son annulaire, un diamant étincelle.

Ma mère laisse échapper un cri aigu. D'un bond, elle se lève et va embrasser Richard et Nathalie.

— C'est vrai ? Vous vous mariez ? Oh, c'est merveilleux !

Mon père se joint aux congratulations en distribuant quelques tapes dans le dos des tourtereaux.

Un peu décontenancée, j'observe un moment la scène de loin avant de leur prodiguer à mon tour les étreintes et félicitations d'usage. Bon, d'accord, c'est un peu rapide, mais ils ont l'air très heureux. Et moi, je suis heureuse pour eux, évidemment. Je croise le regard de mon père. Il m'adresse un sourire réconfortant. Oui, c'est une nouvelle fabuleuse.

— Mais ce n'est pas tout !

Franchement, j'assure vraiment. Jusqu'à ce que Rich annonce la Grande Nouvelle N° 2, qui me fait l'effet d'une bombe.

Ainsi, mon petit frère va être papa. Je n'arrive toujours pas à y croire. Certes, je suis ravie pour eux, vraiment, et mes parents sont aux anges – leur premier petit-enfant ! Pourtant, en me couchant dans mon ancienne chambre, j'éprouve un tel accès de tristesse que j'éclate en sanglots dans l'obscurité.

Je laisse les larmes couler, le visage enfoui dans mon oreiller, jusqu'à sentir une langue humide sur ma main. En allumant, je découvre Arthur près de mon lit. L'air triste, il cherche mon regard.

— Tout va bien, mon chien, je t'assure, tout va bien, je murmure d'un ton apaisant en caressant sa tête poilue.

Alors, satisfait, il retourne sur sa couverture au coin de la pièce.

J'ouvre mon livre mais je suis trop perturbée pour me concentrer. Mon téléphone bipe. C'est un texto de Holly et Adam qui me souhaitent de joyeuses Pâques depuis l'Espagne. Je leur réponds puis, pour me distraire, je fais défiler les statuts sur mes réseaux sociaux. En contemplant ces vies parfaites, je me sens encore plus seule, totalement hors jeu. Bien sûr, je sais que toutes ces photos sont retouchées mais moi, je n'ai toujours pas trouvé le filtre qui transformera ma vieille chambre d'enfant en maison de quatre pièces à la campagne, ni Arthur en mari aimant.

Alors, je me lève pour attraper mes écouteurs et mettre un podcast. Dans le mouvement, je remarque le petit panneau sur la table de chevet, qui m'indique le code Wi-Fi et me remercie de ne pas fumer.

Et là, j'ai un déclic. Lâchez-moi avec vos décors, vos tenues de designers et vos maisons de rêves. Fichez-moi la paix avec vos plages de sable blanc, vos postures de yoga et vos promenades au coucher du soleil en compagnie de l'âme sœur. Désolée, mais j'en ai ma claque.

Mes écouteurs sont tout emmêlés. Alors que je m'escrime à défaire les nœuds, ma tristesse laisse place à de la frustration.

Si seulement il existait un antidote. Un remède aux vies lissées d'Instagram. Une potion magique pour toutes les quadra paumées, larguées, dont la vie ne ressemble à rien de ce qu'on voit sur les fils des réseaux sociaux.

Renonçant à démêler mes écouteurs, j'en enfonce un dans mon oreille et lance l'application de podcasts sur mon portable. Bon sang, mais c'est ça qu'il faudrait, un podcast, pour raconter les tribulations d'une quadra complètement *fucked-up*, qui a l'impression d'avoir tout foiré dans sa vie.

Tiens donc...

Au moment où j'allais appuyer sur « Lecture », je suspends mon geste.

Et si ?

Ce qui m'inspire de la reconnaissance :

1. *Mon gentil papa qui m'a offert mon œuf de Pâques, démontrant s'il le fallait que le chocolat, c'est la vie.*
2. *Mon idée de podcast. Demain, je regarderai sur Internet comment on fait pour en lancer un. Et tant pis si personne ne l'écoute – j'ai besoin de raconter ce que j'ai sur le cœur.*
3. *Ce merveilleux cadeau que sera ma nièce ou mon neveu. Je serai la plus cool des taties.*
4. *Le code Wi-Fi et l'interdiction de fumer.*

Avril

#noyerlepoisson

1er avril

Bon, j'ai un aveu à faire. Je ne suis pas vraiment célibataire, fauchée et quadragénaire. Je ne suis pas chez mes parents, dans mon ancienne chambre, avec un chien péteur pour seule compagnie, en train de dévorer les miettes de mon œuf de Pâques au petit déjeuner en déprimant sur ma vie.

C'est tout le contraire. En réalité, je suis mariée et j'habite une grande et belle maison avec mon séduisant mari et deux adorables enfants. J'ai une vie professionnelle et sexuelle épanouie, je fais régulièrement du sport, je pratique la pleine conscience, je porte les dernières tenues à la mode que je trouve toujours le temps de poster sur Instagram tout en avalant des jus de légumes verts et en mc souvenant de respirer.

Parce que, bien sûr, respirer est essentiel.

Et surtout : je suis putain d'heureuse TOUT LE TEMPS.

Poisson d'avril !

Ce qui m'inspire de la reconnaissance :

1. *Mon sens de l'humour.*
2. *Mon frère, trop occupé à préparer son mariage et l'arrivée du bébé pour trouver le temps de me faire des farces « hilarantes » qui me donnent en général des envies de meurtre.*
3. *L'arbre à spaghettis de* Panorama[1], *sans doute le meilleur poisson d'avril de tous les temps, qui donne un sens nouveau au concept de* fake news.
4. *Le chocolat. Ne jamais oublier le chocolat.*

---

1. Canular diffusé le 1er avril 1957 par la BBC dans le cadre de l'émission d'actualités *Panorama (N.d.T.)*.

Lundi de Pâques

Quand mon frère et moi étions petits, notre jeu préféré était pierre-feuille-ciseaux. Nous y jouions pendant des heures. Les règles sont très simples, à tel point qu'au Japon des scientifiques les ont apparemment enseignées à des chimpanzés (je ne dis pas que les chimpanzés sont idiots – au contraire, je pense qu'ils sont plus intelligents que bien des humains, mais c'est un autre sujet).

Au cas où vous viendriez d'une autre planète, il s'agit d'un jeu au cours duquel les deux adversaires doivent, en même temps, symboliser l'une de ces trois formes avec la main : « pierre » (poing fermé), « feuille » (main à plat) et « ciseaux » (deux doigts écartés en V). Pour déterminer le gagnant, la règle est la suivante : « La pierre casse les ciseaux, les ciseaux coupent la feuille, la feuille couvre la pierre. » Si les deux joueurs choisissent le même symbole, le match est nul.

Pourquoi je vous raconte tout ça ?

Parce que les mêmes règles s'appliquent à la vie. Sauf qu'il ne s'agit pas de pierres, de feuilles et de ciseaux, mais d'un mariage, d'un bébé, et de fiançailles rompues. Et ce n'est plus un jeu de hasard. Au contraire : dans le pierre-feuille-ciseaux de la vie, un mariage imminent et un bébé à naître l'emportent à tous les coups sur des fiançailles avortées. C'est incontournable. Ce qui signifie donc qu'au grand jeu de la vie, mon frère est le gagnant incontestable.

Et moi la perdante.

L'avantage, c'est que personne ne songe plus à me questionner sur ma rupture avec Ethan. En fait, depuis l'annonce de Rich, ma mère semble l'avoir complètement oubliée. Elle n'a plus en tête que le mariage et le bébé. Quand elle n'est pas occupée à s'agiter autour de Nathalie ou à convoyer des tasses de thé pour mon frère qui s'est retranché dans sa chambre afin de « gérer une urgence » (qui, apparemment, consiste à partager des vidéos sur Facebook), elle raconte fièrement qu'elle va marier son fils *et* devenir grand-mère. À tout le monde.

Y compris au démarcheur qui appelait pour lui proposer une assurance quelconque et qui a été obligé de raccrocher tellement elle le saoulait. Comme quoi, il y a des effets secondaires bénéfiques.

Plaisanterie mise à part, j'éprouve un immense soulagement à ne plus être sous le feu des projecteurs. Plutôt mourir que ressasser en famille l'échec de ma relation et me soumettre à un interrogatoire en règle autour du thème « Mais pourquoi ça n'a pas marché ? ». Cela dit, j'ai vécu assez longtemps en Californie pour savoir que c'est pourtant *exactement* ce que je suis censée faire : en parler à cœur ouvert. N'importe quel bon thérapeute vous dira que c'est la clé de la guérison et la base du processus qui permet de tourner la page.

Oui, mais moi, je ne veux pas. Pendant ces quelques jours chez mes parents, je n'ai qu'une envie : oublier tout ça et me blottir sur le canapé à côté de mon père, la tête posée sur son épaule, avec son gros pull de laine qui me picote la joue. Je veux me gaver d'œufs de Pâques, boire trop de thé sucré – et avoir trop chaud pour la première fois depuis mon départ de Californie, vu que ma mère a pris le contrôle du thermostat et transformé la maison en sauna.

Je veux pouvoir mourir de rire quand, au petit déjeuner, nous ressortons les vieux albums de famille pour les montrer à Nathalie, et que nous retrouvons des photos de la fois où j'avais volé la trousse de maquillage de ma mère pour couvrir mon petit frère de fard à paupières argenté et de gloss.

— Non ! Richard, c'est vraiment toi ? s'écrie Nathalie en contemplant le cliché, les yeux écarquillés.

— C'est pas moi qui ai eu l'idée, grommelle-t-il, les joues cramoisies.

— Tu as adoré ça ! je proteste. Tu m'as suppliée de rajouter du blush !

En hoquetant de rire, Nathalie tapote une autre photo :

— Et là, tu faisais quoi ?

— Oh, c'est à l'époque où Nell rêvait d'avoir un chien, intervient mon père qui vient de sortir de la douche.

Se penchant au-dessus de nous pour mieux voir, il ajoute :

— Comme on ne voulait pas, elle a fabriqué à Rich des oreilles et une queue, et elle le promenait dans le salon avec ma ceinture en guise de laisse.

— Rich suivait Nell comme un petit chien pendant des heures, renchérit ma mère tout en tendant une tasse de thé à mon père qui nous a rejoints autour de la table.

Le regard noir, Rich tartine rageusement ses toasts. Pour quelqu'un qui se targue d'être « un sacré farceur », il est drôlement susceptible.

— Allez, mon amour, on te taquine un peu, c'est tout, lui lance Nathalie, tout sourire, en lui étreignant la main.

Quand mon frère est mécontent, il a tendance à bouder, et ça peut durer des heures.

— J'aboie plus fort que je ne mords, lâche-t-il avec une grimace contrite avant de l'embrasser.

Depuis ma place, je les regarde. Au début, je ne savais pas trop quoi penser de Nathalie mais, maintenant, je n'ai plus de doute : on dirait que, contrairement à nous tous, elle a trouvé le mode d'emploi de Rich.

Alors que ma mère part refaire le plein de thé dans la cuisine, mon père s'empare d'un autre album.

— Visez un peu ma moustache ! s'esclaffe-t-il.

Il nous montre une photo où lui et moi posons dans l'allée près de son vieux break rempli de cartons.

— Ta moustache, c'est rien… Regardez ma coiffure ! je m'exclame, les yeux rivés sur l'image.

J'ai du mal à reconnaître cette frêle jeune fille trop maquillée, en leggings noirs et gros pull, qui peine à masquer sa nervosité derrière un grand sourire.

— Quand a-t-elle été prise ? s'enquiert Nathalie.

— Le jour de mon départ pour l'université.

En contemplant celle que j'étais à dix-huit ans, j'ai l'impression de voir quelqu'un d'autre. La fille qui défie l'objectif et son avenir du regard pense tout savoir alors qu'en réalité elle ne sait rien du tout. Elle m'inspire de l'affection et une irrépressible envie de la protéger.

— Il reste des toasts ?

La question de papa me ramène à la réalité. Il agite son couteau à la manière d'un chef d'orchestre.

— Désolé, j'ai pris le dernier, avoue Rich, une grosse tartine beurrée à la main. Maman a dit que tu ne mangeais que du muesli.

Depuis peu, ma mère a décidé qu'elle et papa devaient manger sainement, à cause d'un article dans « l'un de ses magazines ».

Mon père se rembrunit.

— Comment je suis censé travailler toute la journée en ne mangeant que de la nourriture pour hamsters ? marmonne-t-il en fusillant du regard la boîte de muesli qui trône sur la table.

— La nourriture pour hamsters, c'est bon pour ton cholestérol !

Ma mère, qui a une ouïe infaillible, crie ces mots depuis la cuisine. C'est une tradition, dans la famille : nous nous parlons d'une pièce à l'autre, très fort. Une façon comme une autre de communiquer. Pourquoi discuter face à face quand on peut attendre que son interlocuteur passe dans la pièce d'à côté pour s'adresser à lui en hurlant à travers les murs ?

— Et tu ne vas pas travailler, tu es à la retraite !

Ma mère réapparaît en brandissant la théière ornée de son tout nouveau *cosy* en mohair orange tricoté main (numéro de juillet de son fameux magazine).

— Je travaille bien plus dans ce potager qu'à l'époque où j'étais au conseil municipal, proteste mon père.

Il avale son thé puis, repoussant sa chaise, se lève de table.

— D'ailleurs, si vous me cherchez, vous savez où me trouver.

— L'estomac vide ? s'effraie ma mère tandis qu'il dépose un rapide baiser sur sa joue. Et ton pique-nique, alors ?

Le voilà déjà dans le couloir, en train d'enfiler son blouson.

— Ne t'inquiète pas pour moi, ma chérie. Je survivrai.

À cet instant, l'inquiétude sincère qu'éprouve ma mère pour son mari laisse place à une soudaine prise de conscience :

— Philip Stevens ! Je t'interdis de t'arrêter au Walkers Café pour acheter un sandwich au bacon !

La porte claque derrière lui.

— Franchement, votre père ! s'exclame-t-elle, exaspérée, en posant la théière sur la table. Il va me faire mourir !

— Attends un peu, on va avoir besoin de toi pour le baby-sitting, intervient Richard.

Aussitôt, elle s'illumine. Une fois de plus, la conversation se reporte sur le futur bébé. Maintenant que le choc est passé, je suis incroyablement heureuse pour Rich. Nathalie est charmante et ma mère est folle de joie. Il est encore un peu tôt – la naissance n'est prévue que pour novembre – mais ils avaient trop hâte d'annoncer la nouvelle.

Pendant un moment, je reste assise à les écouter, observant leur visage radieux. Toutefois, mon courage a ses limites et, bientôt, je m'excuse et quitte la table. Ils ne remarquent même pas mon départ.

On dit que l'Amérique possède un ciel immense, mais celui du Lake District est plus vaste et plus sensationnel qu'aucun autre. Assombri de nuages, il forme une voûte spectaculaire au-dessus de moi tandis que je marche sous le vent vivifiant qui souffle depuis les collines.

Malgré la température glaciale, j'apprécie d'être dehors. Enveloppée dans plusieurs couches de vêtements, je marche à grands pas, les mains enfoncées dans mes poches. Arthur gambade à mes côtés, émoustillé par les odeurs nouvelles. Sur le chemin, je croise quelques habitants du coin, je les connais depuis que je suis petite. Je leur souris et agite la main pour les saluer.

Le village s'enorgueillit de former une communauté soudée. Le seul point noir, c'est l'anonymat : tout le monde sait qui fait quoi. Je suis la fille bizarre de Carol et Philip, celle qui est partie à Londres puis aux États-Unis. Toujours célibataire et sans enfants. À ce qu'on dit, je serais aussi végane.

Le potager se trouve près de la rivière, à côté de l'église du XIIe siècle à laquelle il appartient officiellement. Le pasteur a offert ce lopin de terre à mon père en échange de son entretien. Avant, ce n'était qu'un terrain couvert de bric-à-brac mais, à présent, papa y fait pousser des légumes et y entrepose ses ruches. Il s'est mis à l'apiculture quand il a pris sa retraite, affirmant qu'il voulait œuvrer contre le changement climatique et protéger les abeilles. À mon avis, c'était surtout pour éviter d'avoir ma mère tout le temps sur le dos.

— Je t'apporte ça de la part de maman.

Quand j'arrive, il est assis sur une chaise longue près de son cabanon, plongé dans son journal. À côté de lui, j'aperçois un emballage de sandwich provenant du café voisin. En m'entendant, il lève les yeux.

— Si elle savait, elle te tuerait, je commente.

— Alors ce sera notre secret, rétorque-t-il avec un sourire complice.

Attrapant l'emballage, il le chiffonne et le jette dans le bidon de pétrole où il met ses déchets pour les brûler.

Je lui tends le thermos qu'il dévisse aussitôt.

— Du thé ?

— Avec plaisir.

Je prends place à côté de lui sur un autre transat tandis qu'il remplit deux tasses de thé fumant. Il m'en tend une et, pendant quelques minutes, nous restons assis là, à siroter le liquide brûlant en nous réchauffant les mains autour des mugs. Nous contemplons le potager en silence, Arthur allongé à nos pieds.

C'est l'une des choses que je préfère, avec mon père : cette capacité à passer du temps ensemble sans se sentir obligé de dire quoi que ce soit. Sans malaise, sans besoin d'expliquer, de parler « émotions », de poser des questions ou d'y répondre.

Ce silence n'est pas embarrassant, et rares sont les gens avec qui c'est possible. Dans une relation, on nous apprend à craindre le moment où le couple n'a plus rien à se dire – comme avec Ethan. En vérité, quand on est avec la bonne personne, il est parfois inutile de parler.

Plusieurs minutes s'écoulent. Nous reprenons du thé. Papa gratouille les oreilles d'Arthur. Des pies volent près de nous. J'essaie de ne pas les compter.

— Comment vont tes abeilles ? finis-je par demander quand mon regard tombe sur les ruches en bas du potager.

— Elles hibernent. Tant qu'il ne fera pas plus chaud, elles vont tourner au ralenti. Un peu comme moi, en fait.

Sortant un KitKat de sa poche, il ouvre son enveloppe argentée d'un coup d'ongle.

— Cela dit, le cabanon est rempli de bulbes et de graines qu'il faut planter. Tu ne me donnerais pas un coup de main, par hasard ? demande-t-il en me tendant une barre chocolatée.

— Tu essaies de m'acheter ?

— Pas du tout, rétorque-t-il, le visage impassible.

Avec un sourire, j'accepte la friandise, savourant la délicieuse alliance du thé chaud et du chocolat fondu pendant qu'il s'affaire dans l'abri de jardin. Quelques minutes plus tard, il en ressort chargé d'un assortiment de bulbes et de paquets de graines.

— Par ici, lance-t-il en se dirigeant vers le potager.

Arthur et moi le suivons, nous frayant un chemin entre les rangées bien nettes.

— Ici, ça ira, reprend-il en me tendant un plantoir et une poignée de bulbes. Assure-toi de les disposer de façon à ce que leur nez pointe vers le haut.

— Leur nez ? je répète d'un air dubitatif tandis qu'il s'agenouille.

— Leurs pousses, quoi. Tu vois ce que je veux dire.

Pour être honnête, pas du tout. Je ne vois pas ce qu'il entend par pousses ou nez. Je ne sais pas comment on plante des bulbes. Mon père a toujours jardiné mais, quand j'étais ado, et même plus tard, ça ne m'a jamais intéressée. Je pensais que le jardinage, c'était un truc de vieux. Sauf que maintenant, moi aussi, je suis vieille. Je considère le sol humide à mes pieds. Je porte mon unique pantalon propre. Après un instant d'hésitation, je tombe à genoux près de lui.

— Plante-les à environ vingt centimètres de profondeur et espace-les de quinze centimètres, comme ça.

— C'est quoi ?

— Des glaïeuls. Ta mère les adore. Elles fleurissent juste à temps pour son anniversaire.

— Mais c'est seulement en août !

— Tout le monde voudrait que les choses aillent vite. Mais la nature prend son temps.

Côte à côte, nous nous mettons à l'œuvre. Ses mains sont noires de terre. Nous travaillons ensemble, en silence, méthodiquement. Quand nous avons fini, nous passons sur un carré de potager vierge et il me donne divers sachets de graines.

— Courgettes, petits pois, betteraves... Sème-les en rangées, et enfouis-les bien profond.

Je fais tourner les minuscules semences dans ma paume.

— Difficile à croire qu'on va passer de ça... à ça, dis-je en désignant la photo d'une courgette replète sur le paquet. Ça paraît impossible.

— La nature nous apprend la patience et la foi. La vie, c'est juste un cycle, tu sais. Il y a des choses qui semblent mortes, mais elles renaissent toujours...

Mon regard plonge dans les yeux gris pâle de papa, à demi masqués par ses sourcils broussailleux. À présent, nous ne parlons plus de jardinage.

— Garde ça à l'esprit, trésor. Quand la vie nous ensevelit sous ses chagrins et ses déceptions, pense aux graines. Il faut qu'on les enterre pour qu'elles puissent pousser. C'est comme ça que la magie opère. Mais il faut garder la foi. Souviens-toi : patience et foi.

Ce qui m'inspire de la reconnaissance :

1. *Le vétérinaire du village, qui a sauvé Arthur ce soir quand, parti chasser les œufs de Pâques, il a gobé tous ceux que les gamins du coin n'avaient pas trouvés.*
2. *Les stars qui ont partagé les photos de leurs vacances de Pâques bien méritées aux Maldives en déclarant que, pour être heureux, il fallait #sedéconnecter et acheter leurs nouveaux produits #linkinbio, ce qui me fait penser à #direleschosescommeellessont et à commander un micro pour mon nouveau podcast.*
3. *Papa, parce que c'est le seul homme qui est toujours là pour moi.*
4. *Je suis une graine.*

Ma première confession

Je suis de retour à Londres et mon micro est arrivé aujourd'hui. Telle une chroniqueuse de la BBC, je le pose sur mon bureau et effectue quelques tests – *test, test, un-deux-trois*.

Après quelques recherches, je m'aperçois qu'il est très simple de réaliser son propre podcast, même pour quelqu'un comme moi qui n'a toujours pas compris comment se servir de Siri et s'obstine à ignorer toutes les notifications de mise à jour qui me harcèlent encore plus souvent que ma propre mère. Il me suffit de télécharger une application gratuite, de choisir un nom, puis d'enregistrer mon premier épisode. Facile !

Il ne me reste plus qu'à trouver un titre pour le podcast. Sourcils froncés, je fixe mon écran. C'est la partie la plus complexe. Ça fait des heures que je suis assise là, à me creuser la cervelle pour inventer un titre à la fois drôle et futé, et rien ne me vient. Il me faut quelque chose de cool, de stylé, plein d'assurance, branché…

Tout ce que je ne suis pas, en fait.

Et puis *fuck*, je vais me contenter de la vérité.

M'éclaircissant la voix, j'avale une gorgée de gin tonic en canette pour calmer mes nerfs. Tout à coup, je me sens nerveuse. C'est ridicule : si ça se trouve, personne n'écoutera jamais mes enregistrements. Ça restera un exutoire.

Je tapote le micro.

OK, c'est parti. Comme je ne sais pas trop par où commencer, je vais me lancer direct. J'appuie sur « Enregistrement ».

Bonjour à toutes ! Vous vous demandez comment vous en êtes arrivée là ? Pourquoi votre vie ne ressemble pas du tout à ce que vous aviez imaginé au départ ? Si vous en êtes encore à vous démener comme une tarée pour essayer de mettre de l'ordre dans votre vie, alors qu'autour de vous toutes vos copines préparent des brownies sans gluten, rassurez-vous : vous êtes au bon endroit. Bienvenue dans les Confessions d'une quadra complètement fucked-up, *le podcast qui s'adresse à toutes les quarantenaires paumées qui, comme moi, ont l'impression de ne pas avoir coché toutes les bonnes cases dans la vie.*

Je suis peut-être la seule à me dire ça ? Cette vérité n'est probablement que la mienne. Soudain, le doute m'assaille. Pourtant, je continue :

Que ce soit bien clair : je ne prétends pas être une experte en quoi que ce soit. Je ne suis pas une gourou du développement personnel ni une influenceuse, et je ne suis pas là non plus pour représenter une marque, fourguer un produit ou vous dicter votre conduite. Je suis juste une pauvre quadra égarée dans une vie qui ne ressemble en rien au beautiful world *lissé d'Instagram. #fandemavie ? #jobderêve ? Mon style actuel, c'est plutôt #cestquoiceplandemerde et #quadracélibauchômage. Bref, complètement* fucked-up, *comme on dit chez nous.*

Je déglutis. À présent, je me sens plus assurée. Si je suis la seule à ressentir tout ça, tant pis. Il faut que ça sorte.

Alors, pourquoi un podcast ? Pour raconter les choses telles qu'elles sont – de mon point de vue, en tout cas. Dans ces confessions, je reviendrai sur les péripéties et tribulations quotidiennes de ma vie bien foireuse depuis le jour où tout a dérapé et où j'ai dû repartir de zéro alors même que je pensais avoir touché le jackpot. Je parlerai de mes plantages, de mes foirages et de comment j'ai conservé envers et contre tout mon sens de l'humour. Je parlerai d'honnêteté, de vérité. D'amitié, d'amour et de déception. Je poserai de grandes questions sans me soucier des réponses.

Je poursuis sur ma lancée, beaucoup plus à l'aise :

Au fil des épisodes, vous vivrez des moments dramatiques et des moments hilarants. Je vous raconterai toutes les fois où je me suis sentie paumée, désorientée, seule et terrifiée, mais aussi celles où j'ai trouvé l'espoir et la joie alors que je m'y attendais le moins. Et croyez-moi, ce n'est pas un livre de recettes concocté par une star ou une purée d'avocat qui m'ont sauvée du précipice.

Dans ce long parcours, j'ai découvert qu'avoir l'impression de rater sa vie, ça ne veut pas dire qu'on est une ratée, mais qu'on en a le sentiment pour de multiples raisons. La pression sociale, la panique à l'idée de devoir cocher toutes les bonnes cases, et remplir les critères d'une existence réussie… et la crainte du jugement si l'on se retrouve du mauvais côté de la barrière. Parce que c'est tellement facile d'avoir l'impression de tout foirer quand, autour de soi, tout le monde semble réussir.

Je marque une pause, le cœur battant.

Alors, si vous éprouvez la même chose, j'espère que ce podcast vous aidera à vous sentir moins seule.

Je prends une profonde inspiration.

Car si vous m'écoutez, ça veut dire que nous sommes déjà deux. Et à deux, on forme une tribu.

Laisse tomber la neige

La nature ressemble beaucoup à la vie. Juste au moment où je pensais que le plus fort de l'hiver était passé et que je pouvais enfin remiser mes gros pulls pleins de bouloches et accueillir le printemps à bras ouverts, elle m'a prise en traître.

Il neige.

Peu après mon retour du Lake District, je me réveille un matin et ouvre les stores pour m'apercevoir que la rue est couverte d'un épais manteau blanc. De gros flocons virevoltent derrière la vitre avant d'atterrir en douceur sur le trottoir. Pendant quelques instants, je reste plantée à la fenêtre, fascinée, tandis qu'une vague de joie enfantine me submerge.

J'avale rapidement des tartines cramées et quelques gorgées de café, et puis je fonce dehors avec Arthur qui, tout excité, plonge aussitôt dans une congère. Les villes ont quelque chose de magique après la première neige. *C'est tellement romantique*, me dis-je avec mélancolie en regardant un couple s'arrêter pour prendre un selfie – deux silhouettes enlacées dans une boule à neige.

Alors que nous traversons un espace vert devenu blanc, j'entends des cris de joie et j'aperçois des enfants en bottes et bonnet à pompon qui font de la luge et se lancent des boules de neige. Les écoles ont dû fermer. Quand Arthur s'arrête pour flairer quelque chose, je remarque une petite fille qui se couche dans la neige pour y dessiner un ange. Elle agite les bras avec ravissement pendant que sa mère la photographie.

— On fait un selfie des neiges ? je demande à Arthur.

Le chien remue la queue et lève la patte. À mes pieds, la neige prend une teinte jaune.

Finalement, ce n'est peut-être pas une bonne idée.

Tout en rejoignant le parc, j'enfonce mes écouteurs dans mes oreilles pour écouter un podcast – en faisant des recherches pour le mien, j'en ai découvert qui me plaisent vraiment – quand, tout à coup, j'ai la même réaction qu'Arthur quand il voit un écureuil : je m'arrête net et tout mon corps se tend. ALERTE ! PAPA SEXY EN VUE ! Il est là, de l'autre côté de la rue. *Johnny*. Il est coiffé d'un bonnet et tient un café à emporter à la main. Il est craquant.

Pour ma part, je porte les bottes en caoutchouc tachées d'Edward, mon blouson sac-poubelle et un seul gant. Je n'ai pas du tout l'air craquante. *Allez, continue à marcher*. Avec un peu de chance, il ne te verra pas. Je baisse la tête et me concentre sur Arthur, tirant sur sa laisse quand il ralentit pour renifler une clôture. Pas question qu'il me refasse le coup de l'étron dégoulinant. Tiens, ça me fait penser que je ne suis jamais retournée chercher mon gant…

— Salut, comme on se retrouve !

— Euh... Salut !

Je souris de toutes mes dents en retirant mes écouteurs.

Pourquoi faut-il toujours que vous tombiez sur quelqu'un quand vous êtes ultramoche, et *jamais* en sortant de chez le coiffeur ? C'est comme s'il y avait une loi cosmique présidant à cet enchaînement logique.

— Je ne savais pas si tu me reconnaîtrais, avec mes vêtements.

Je ne trouve aucune repartie intelligente à ça.

— Je plaisante, ajoute-t-il en riant.

— Oh, oui, oui, bien sûr.

À mon âge, je devrais être une pro du flirt. Après tout, question mecs, j'ai pas mal de kilomètres au compteur, pour le meilleur et pour le pire. Pourtant, face à un homme que je trouve séduisant, j'ai encore l'impression d'avoir treize ans, comme à l'époque où j'en pinçais pour le livreur de journaux.

— Salut, Arthur.

Arthur remue la queue, et Johnny se penche pour le caresser. J'en profite pour regarder ses mains et jouer au détective des alliances, mais il porte de nouveau ses gants.

— Alors, le cours t'a plu ?

Maintenant que j'y pense, j'aurais eu tout le temps d'observer ses mains pendant le cours, mais disons simplement que j'ai été distraite par d'autres éléments.

— C'était génial !

Un peu trop enthousiaste, peut-être, comme réaction. Après tout, il était nu.

— Vraiment intéressant, je rectifie. Ces histoires de perspective...

Là, je sens que je m'engage sur un terrain glissant. Je suis sûre qu'il existe une loi interdisant de parler de perspective quand il est question de pénis.

— Tant mieux. Je sais que ça met pas mal de personnes mal à l'aise.

— Vraiment ? je m'écrie, feignant l'étonnement.

— Oui, tu sais, il y a des gens..., fait-il avec une grimace.

J'émets un petit son réprobateur en levant les yeux au ciel.

— Oh, je sais. Franchement, *les gens*, parfois... Ils sont tellement immatures.

— Et étroits d'esprit, ajoute-t-il.

— Carrément, je renchéris. Mais pas moi. Je suis très ouverte d'esprit. À mon âge, on a tout vu.

— Alors rien ne te choque, hein ?

Il sourit, m'adressant un clin d'œil qu'une version plus jeune de moi aurait classé dans la case « flirt », et que la quadra que je suis hésite à ranger dans la catégorie « battement de paupière du à une vue qui baisse ». Déclin plutôt que clin, donc. Je n'avais jamais prêté attention à ce problème jusqu'à récemment, depuis qu'il est entré dans les conversations de mes amies qui l'évoquent désormais avec une véritable appréhension.

— Pas tellement, non.

Intérieurement, je me dis que l'image de la femme-que-rien-ne-choque n'est pas forcément très raccord avec celle qui regarde Netflix tous les soirs sous sa couverture électrique.

— Blague à part, j'espérais te croiser...

— Ah bon ? je le coupe, le cœur battant soudain plus vite.

— Oui, confirme-t-il en hochant la tête. J'ai quelque chose pour toi.

— *Ah bon ?* je répète tout en me creusant désespérément la cervelle.

De quoi peut-il bien s'agir ?

— Ça fait un moment que je l'ai sur moi..., commence-t-il en fouillant dans la poche de son blouson.

Il en sort quelque chose de noir et de brillant.

D'un coup, je fais le lien, et un sentiment d'horreur s'abat sur moi. Pourvu que ce ne soit pas ce à quoi je pense !

— L'autre soir, j'ai remarqué que tu n'en avais qu'un... Alors quand je l'ai repéré, j'ai additionné deux et deux... pour en faire une paire !

Il tend l'objet vers moi, tout sourire.

— Mon gant, je murmure.

— Ne t'inquiète pas, il a été lavé.

Mon gant à paillettes plein de caca.

Mortifiée, je m'empresse de le lui prendre des mains.

— Merci. Je me demandais où je l'avais perdu...

M'efforçant de sourire gaiement, je l'enfile et exécute une petite danse avec mes doigts.

— Je n'ai aucune idée de l'endroit où il a pu tomber.

— Il était dans l'allée, devant chez ma sœur.

Pitié, abattez-moi.

— Oh, quelle chance !

— Tu peux le dire ! Je l'ai aperçu derrière la poubelle de recyclage en déposant mon neveu.

— Ton neveu ?

— Oliver. Tu l'as vu au pub, l'autre soir – il est tombé amoureux du roi Arthur.

D'un seul coup, j'oublie toutes mes histoires de gant.

— C'est ton neveu ? Mais je pensais...

— Que c'était mon fils ? complète-t-il en éclatant de rire. Je sais, c'est à cause des gènes McCreary. Non, moi, je suis juste le tonton rigolo.

— Je vois.

Je souris mais, dans ma tête, je continue d'analyser l'information et ses conséquences.

— Bon, en tout cas...

Il s'interrompt, laissant un blanc dans la conversation.

— Bref, reprend-il enfin. Je suis content que tu aies récupéré ton gant.

— Oh... Oui, merci.

Je ne veux surtout pas savoir *qui* l'a lavé. Ou penser que c'était son beau-frère qui m'observait depuis sa fenêtre.

— Bon, je ferais mieux d'y aller, je conclus.

Je tire sur la laisse d'Arthur qui, lassé d'attendre, s'est mis à tourner en rond dans la neige. Il me considère avec la même expression mécontente que mon père à la sortie des toilettes quand nous tambourinons à la porte parce que nous avons une envie pressante. Il faut dire qu'il s'y rend avec le journal du dimanche.

— On se verra peut-être au cours de dessin ?

— Oui, peut-être.

Puis, agitant mon gant tout propre, je m'enfuis en entraînant Arthur.

Ce qui m'inspire de la reconnaissance :

1. *Ma capacité à prendre du recul, qui m'a permis de transformer une situation absolument mortifiante en éclats de rire hystériques quelques heures plus tard en compagnie de Liza.*
2. *La joie inattendue éprouvée à gambader dans la neige avec Arthur, même si ses anges de neige sont un peu pourris vu que ça consiste essentiellement à se rouler dans le caca de renard.*
3. *Les années de batailles de boules de neige avec mon frère, qui m'ont permis, alors que j'étais sous les tirs croisés des ados de ma rue, de leur en balancer une bien dure et bien gelée.*
4. *Le casque d'Edward, qui lui a épargné une commotion cérébrale en rentrant chez lui, c'est comme pour les pancakes, je n'ai jamais très bien su viser.*
5. *Mon talent pour l'autodérision qui, contrairement à ma vue, ne décline pas du tout.*
6. *Les éléments supplémentaires pour mon podcast qui, quand je l'ai réécouté l'autre jour, m'a paru un peu artificiel – avec ma petite voix coincée, on aurait dit que j'essayais d'imiter la reine mère répondant au téléphone.*
7. *Papa Sexy est en fait un tonton craquant.*

Groupe WhatsApp : la *baby shower* de Michelle

Fiona : Petit rappel à tout le monde, c'est demain à 13 heures, hâte de vous voir toutes.
Holly : Moi aussi, à demain.

Moi : C'est quoi, l'adresse, déjà ?

Aussitôt, Holly balance un Google Maps avec toutes les indications.

Moi : Merci. C'est un restau ?

Annabel : Non, c'est chez moi.

Elle a surgi de nulle part. Annabel, dans notre groupe WhatsApp ? Qu'est-ce qu'elle fout là ?!

Fiona : Attendez de voir sa maison, les filles ! Elle est incroyable !
Annabel : N'oubliez pas votre maillot de bain, mesdames !

Parfois, dans la vie, il n'y a pas de mots.

Baby shower

Pour être honnête, je n'étais guère motivée par cette *baby shower*. Quand je vivais en Amérique, j'ai participé à quelques-unes et, chaque fois que je me suis retrouvée au milieu de femmes qui jouaient à la « couche surprise[1] » avec des barres de chocolat fondues et des couches, j'ai béni le ciel que cette tradition n'ait pas été adoptée au Royaume-Uni.

Mais, comme je l'ai dit, beaucoup de choses ont changé pendant mon absence.

Je ne pense pas seulement à ces jeux débiles, mais à la pression qui vous oblige à trouver le meilleur cadeau de tous – même si j'éprouve une certaine superstition à acheter quoi que ce soit au bébé avant sa naissance. Il y a aussi le fameux gâteau de couches, tradition qui, je l'espère ardemment, n'a pas encore franchi l'Atlantique, et les interminables

1. En anglais, « Guess the poo » (devinez quel caca) : ce jeu consiste à faire fondre des barres chocolatées puis à les étaler sur des couches avant de les faire renifler aux participantes pour qu'elles devinent la marque de la friandise *(N.d.T.)*.

discussions autour de la grossesse et des bébés. Bien sûr, tout cela est naturel – après tout, il s'agit d'une fête prénatale – mais, quand on n'a pas d'enfants ou qu'on n'en veut pas, difficile de ne pas se sentir étrangère à tout ce cirque.

Découvrir, hier, que cette fête aura lieu chez la parfaite Annabel, a été la cerise sur le gâteau (de couches). Certes, j'ai très envie de fêter le nouveau bébé de Michelle, je veux la voir radieuse, excitée et pourrie gâtée de cadeaux. J'adore Michelle, elle fait partie de mes meilleures amies. Mais quand on est sans enfants et cernée de femmes qui sont toutes enceintes ou mamans, ce genre d'événement peut vite se transformer en cauchemar à tous points de vue[1].

Heureusement, la neige a fondu et je peux porter autre chose que des bottes en caoutchouc. Je pensais mettre un jean et une veste mais, avec toute cette pression, j'opte pour des talons et ma seule robe correcte. Je tente même de me coiffer avec le fer à friser et, comme d'habitude, je me retrouve avec une frange qui rebique dans le mauvais sens et le bout des doigts brûlé en dépit du petit gant fourni avec l'appareil.

Malgré tout, au terme de ces préparatifs, je suis tout à fait présentable. À tel point que, quand

---

1. Rectificatif : toutes les *baby shower* ne sont pas exécrables. Celle d'une de mes collègues new-yorkaises était vraiment sympa – au lieu de faire des jeux ou d'offrir des cadeaux, nous avons préparé des pizzas et noté des vœux pour le bébé sur des bouts de papier que nous avons ensuite jetés dans la cheminée pour qu'ils s'envolent vers l'avenir sous forme d'étincelles. Oui, je sais que ça paraît un peu perché, mais ça l'était dans le meilleur sens du terme *(N.d.A.)*.

je descends au rez-de-chaussée, Arthur se met à aboyer. Je pense qu'il ne me reconnaît pas.

J'attrape le bus puis le métro jusqu'à la station la plus proche de ma destination, puis je finis à pied. Sauf que c'est beaucoup plus loin que ça en avait l'air sur Google Maps et qu'il y a pas mal de vent. Je sens mes boucles et mon courage lâcher. Enfin, j'arrive devant la maison. Elle est située juste au bord de la rivière au milieu d'un grand terrain cerné de murs, un peu comme celles qu'on voit dans des magazines comme *Maison et jardin*.

J'appuie sur l'interphone en cuivre rutilant, m'efforçant de ne pas me sentir intimidée. Comme dit toujours ma mère, je n'aimerais pas avoir toutes ces vitres à nettoyer. Et puis, qu'est-ce que ça peut faire si Annabel vit dans cette grande et luxueuse maison alors que je loue une chambre meublée ? L'argent ne fait pas le bonheur, n'est-ce pas ?

En revanche, il permet de s'offrir plusieurs voitures cossues garées dans l'avant-cour, une piscine extérieure chauffée, et une tourelle. *Une vraie tourelle*, je note en entrant tandis que le portail électrique se referme sans bruit derrière moi. Je remonte l'allée et le gravier crisse sous mes pieds. Même ce bruit a quelque chose de luxueux. Ça me rappelle les visites que j'ai pu faire dans des demeures d'époque. Cela dit, avec des talons, le gravier n'est pas une sinécure.

Tout en me dirigeant vers la porte d'entrée en bois verni, j'émets des claquements de langue réprobateurs : mes stilettos Gucci, que j'ai décrochés sur eBay au terme d'enchères effrénées, sont tout éraflés. Je suis accueillie par des ballons de baudruche roses et une charmante dame prénommée Mia, qui me fait entrer dans un hall carrelé de mosaïques et me propose gentiment de me débarrasser de mon manteau.

Elle disparaît et, pendant un instant, je me retrouve seule. J'ai presque envie de repartir en courant.

— Nell, bienvenue !

Annabel apparaît, bronzée et pieds nus, vêtue d'une robe de mousseline rose qui met en valeur sa fabuleuse silhouette et me donne l'impression d'être habillée comme un sac.

— C'est formidable que tu aies pu venir.

— J'ai reçu l'invitation, cette fois, je rétorque avec un sourire forcé.

— C'est bizarre, je suis sûre de t'avoir envoyé cet e-mail pour l'anniversaire de Max…

— Très bizarre, oui. Cela dit, je n'aurais pas pu venir. Je faisais du baby-sitting.

— C'est ce qu'on m'a dit. Tu es vraiment une super-copine. Manquer une fête comme celle-là…

Maintenant, je sais à qui me fait penser Annabel : à Villanelle, l'héroïne perverse de la série *Killing Eve*.

Elle me prie de retirer mes chaussures. Dans mes mi-bas, je me sens petite et trapue à côté d'elle. Je la suis à travers la maison pour rejoindre les autres. Tout est exactement comme je l'avais imaginé : il y a des coussins rebondis partout ; les murs sont peints dans des nuances exquises de chez Farrow & Ball, et couverts d'œuvres d'art probablement hors de prix. De toute évidence, Annabel n'est pas du genre à acheter des bougies chauffe-plats par paquet de cent dans un magasin Ikea.

Enfin, nous entrons dans le salon encombré de montagnes de cadeaux et de ballons roses. Une assemblée de femmes navigue autour d'une table chargée de nourriture. Tout est décliné sur la thématique du rose. Annabel a vraiment fait les choses en grand.

— Attends, je vais te débarrasser, dit-elle en désignant mes deux sacs.

Je les lui tends. Outre le cadeau du bébé, j'ai apporté les friandises préférées de Michelle : des marshmallows enrobés de chocolat sur une base biscuit. Max m'a confié qu'elle s'en gavait durant son enfance en Écosse et qu'elle n'arrive jamais à en trouver ici, mais j'ai réussi à en dénicher un paquet. Je suis plutôt contente de moi.

En les voyant, Annabel laisse échapper un petit cri.

— Ooh, non, pas question ! me réprimande-t-elle en agitant l'index. C'est bourré d'additifs et de saletés industrielles. Ici, on n'autorise que les aliments sains et nutritifs. Je vais poser ça dans la cuisine, à l'abri des tentations.

— Mais Michelle les adore ! je proteste faiblement.

— Un régime sain, c'est essentiel, surtout quand on est enceinte, me rabroue-t-elle. Goûte plutôt les cupcakes de quinoa à la crème de cajou et de noix de coco.

Elle me fourre sous le nez un plateau qu'elle a pris sur la table, et je m'efforce de sourire. Il faut que j'essaie de m'entendre avec Annabel, non seulement pour Fiona, mais aussi pour Michelle.

— Miam, ça a l'air délicieux, fais-je poliment en prenant un gâteau.

Mazette. Il pèse une tonne, ce cupcake.

Deux serveuses parcourent le salon en servant des boissons.

— Smoothies à la framboise, ou champagne rosé pour celles d'entre nous qui ne sont pas enceintes ou qui n'allaitent pas, minaude Annabel. Tout est bio, évidemment.

Évidemment.

Je m'empare d'un verre d'alcool – j'en ai bien besoin – avant de me mettre en quête d'un visage familier. J'ai hâte de retrouver mes amies. Je n'ai pas vu Holly depuis mon anniversaire. Quant à Fiona, la dernière fois, elle était avec Annabel, et nous n'avons pas pu discuter vraiment. Certes, Annabel est présente aujourd'hui aussi mais, avec un peu de chance, ses devoirs d'hôtesse l'accapareront suffisamment pour qu'elle nous laisse tranquilles.

Cela dit, je ne vois ni Holly ni Fiona, et Michelle est en grande conversation avec quelqu'un. J'échange donc quelques mots polis avec une femme prénommée Susan, qui est en train de réaménager ses combles pour faire de la place à sa « prochaine couvée », et avec Lisa, une jeune mariée enceinte de six mois qui suit des cours d'hypnonaissance.

— Et toi ? demande Susan d'une voix enjouée. Tu as des enfants ?

En sentant les projecteurs se braquer sur moi, je me tends d'un coup. Je déteste qu'on me pose cette question. Quand on y répond par la négative, les gens ne savent jamais comment réagir, comme si c'était un sujet tabou. Doivent-ils montrer de la compassion, ou plaisanter sur le fait qu'on a bien de la chance en se plaignant de l'ingratitude de leurs chers rejetons ? Moi-même, je ne sais pas non plus quoi répondre : j'ai toujours l'impression de devoir expliquer pourquoi je n'ai pas d'enfants. En résumé, ça met tout le monde mal à l'aise, et je finis généralement par lancer une boutade quelconque pour détendre l'atmosphère.

Sauf qu'aujourd'hui je ne me sens pas d'humeur badine.

— Non, je réponds en souriant.

Intérieurement, je me creuse la cervelle pour étayer ma réponse de façon un tant soit peu positive. Rapidement, je fouille dans les tréfonds de mon esprit comme on retournerait le contenu d'un sac à main à la recherche de ses clés. Mais tout ce que je réussis à exhumer, ce sont des fiançailles rompues, une entreprise en faillite et un récent retour à Londres où je partage des toilettes avec un parfait inconnu.

— J'écris des notices nécrologiques.

C'est vraiment tout ce que j'ai trouvé.

Susan et Lisa se figent un instant avant de murmurer avec empressement des choses comme : « Oh, c'est merveilleux » ou « Tu as goûté aux beignets de courgette ? Ils sont délicieux ».

— Te voilà enfin !

Quelques beignets de courgette plus tard, je me retourne en sentant une main sur mon épaule. C'est Fiona.

— Désolée, j'étais aux toilettes, lance-t-elle en m'étreignant. Comment vas-tu ?

— Je suis contente de te voir !

Enfin, j'ai un compagnon d'armes avec qui me moquer du terrifiant bébé en ballons de baudruche couleur chair et des cupcakes lestés au plomb.

— Je vois que tu t'es laissé avoir, toi aussi ? je glousse en remarquant qu'elle en tient un à la main.

— Ils sont délicieux, non ? J'en ai mangé trois ! Tu as essayé les œufs mimosa en forme de bébé, ils sont trop mignons ! Et tu as vu le melon sculpté en forme de poussette ? Adorable !

Je la regarde de travers. Qu'est-il arrivé à Fiona ? En temps normal, elle aurait été incapable de se retenir de rire.

— Et sa maison, elle est fabuleuse, non ? Tu sais que ça, c'est un vrai Andy Warhol ? Et elle a importé ses canapés d'Italie. Elle a un goût incroyable, n'est-ce pas ?

Mon amie s'est transformée en moulin à paroles.

— Euh, oui, c'est super.

— Annabel réussit tout sans effort. Je vais lui demander de passer à la maison pour me donner des conseils sur la décoration.

— Ta maison est déjà sublime. Tu n'as pas besoin de conseils.

— Oh, tu es gentille, Nell, mais Annabel dit qu'il faut se renouveler et rester à la pointe de la mode…

Je n'ose même pas penser à la réaction d'Annabel si elle voyait la chambre que je loue.

Heureusement, nous sommes interrompues par l'arrivée de Holly qui semble sortir tout droit de la salle de gym. C'est une des rares femmes, à ma connaissance, qui porte des vêtements de sport pour faire vraiment du sport, et pas juste pour aller au supermarché.

— Désolée pour le retard, dit-elle en nous rejoignant. Je voulais faire quinze kilomètres, ce matin. Qu'est-ce que j'ai loupé ?

— Une visite guidée de la maison et ça, je réponds en lui fourrant un cupcake dans la main.

Le bras lui en tombe.

— Dis donc, ça fait beaucoup de fibres…

— Tu arrives juste à temps, Holly, intervient Annabel. Mesdames, c'est l'heure des cadeaux !

Elle claque des mains en nous intimant de nous asseoir en cercle. Michelle semble dépassée et gênée par la multitude de présents. Nous buvons toutes du champagne (ou bien suis-je la seule ?) en nous extasiant sur de minuscules bodies.

Et puis mon tour arrive. Renonçant à l'originalité (trop compliqué) et au cachemire (trop cher), j'ai opté pour un adorable petit lapin en peluche et un tube de ma crème corporelle préférée.

— Oups, tu as oublié d'enlever le prix !

Sous prétexte de voler à mon secours, Annabel fond comme un aigle sur la boîte et décolle l'étiquette avec ses ongles parfaitement manucurés.

— Dis donc, je ne savais pas qu'ils vendaient cette marque chez TK Maxx[1] !

Je pique un fard.

Michelle sourit gentiment.

— Merci, Nell, tes deux cadeaux sont super.

Je lui retourne son sourire. Depuis cet imbroglio autour de l'anniversaire de Max, un certain malaise persiste entre nous, et nous n'avons pas encore eu l'occasion de parler, toutes les deux.

— Et, pour finir…

Annabel fait rouler vers nous un énorme paquet superbement emballé.

---

1. Chaîne de magasins proposant de grandes marques à bas prix *(N.d.T.)*.

— Oh, tu n'aurais pas dû, c'est beaucoup trop..., proteste Michelle.

— Ne dis pas de bêtises ! la coupe Annabel.

Gênée, Michelle défait le papier pour révéler un berceau décoré et sculpté à la main, peint en rose bonbon et couvert de rubans assortis.

— Avec Fiona, on l'a repéré à Pâques, quand on est allées dans cette merveilleuse petite boutique des Cotswolds. J'étais sûre que tu l'adorerais.

— Je pensais que vous faisiez du camping ? je chuchote à l'adresse de Fiona.

— Les pierres des rubans sont de Swarovski, continue Annabel.

— On a rejoint Annabel et Clive dans leur cottage, souffle Fiona.

— Oh, d'accord.

Je hoche la tête mais, intérieurement, je suis en colère.

Et puis je me ressaisis : qu'est-ce que ça peut faire si elle ne m'en a pas parlé ? Ce n'est pas bien grave. Elle peut passer du temps avec qui elle veut.

— Tu as passé un bon séjour chez tes parents ?

En temps normal, je lui aurais tout de suite parlé de Rich et de Nathalie, mais quelque chose m'arrête.

— Très bon, je me contente de répondre. Parfait.

M'excusant, je m'éclipse pour aller aux toilettes. En sortant, j'entends Annabel proposer à tout le monde de piquer une tête dans la piscine chauffée. Je me fais discrète et trouve refuge dans l'immense cuisine déserte où je découvre le sac de marshmallows au chocolat. Plantée dans la pièce sombre, j'en déballe un et, au moment où, appuyée contre le four, je plonge ma langue dans le cœur sucré et moelleux de la friandise tout en réfléchissant aux moyens de m'esquiver, j'entends des bruits de pas.

Oh, non. *Annabel*. Je planque le sac de marshmallows derrière la bouilloire et me prépare au pire.

— Je me demandais où tu étais.

C'est Michelle.

— Désolée de gâcher la fête, je lance, soulagée.

— Dans ce cas, on est deux, rétorque-t-elle en se frottant le ventre. Pas question que je me mette en maillot. J'ai encore deux mois à tirer, mais si je plonge dans la piscine, je vais la faire déborder.

J'éclate de rire, et elle se joint à moi.

— Pardon pour cette histoire d'anniversaire, dit-elle au bout d'un moment.

— Oh, ce n'est pas grave…

— Si, c'est grave. À ta place, j'aurais été furax si je m'étais retrouvée à garder mes trois gosses pendant que tout le monde faisait la fête.

— Ils ont été super, franchement…

Elle lève un sourcil dubitatif.

— Juste un peu agités au moment de se coucher.

— Ils ont été monstrueux, tu veux dire ?

— Je n'irais pas jusque-là, je m'esclaffe.

— Tu sais, je ne savais pas qu'Annabel allait organiser une fête surprise pour Max. Je pensais qu'on serait juste tous les deux et… pour être honnête, j'aurais préféré. Entre les enfants et la promotion de Max au boulot, on n'a jamais l'occasion de passer du temps ensemble.

En l'écoutant, j'ai l'impression qu'Annabel a forcé la main à Michelle.

— C'était vraiment gentil de sa part, c'est vrai, mais… C'est comme avec cette *baby shower*. À l'anniversaire de Max, je lui ai confié que je n'en avais pas organisée pour les trois aînés et, la seconde d'après, elle se proposait d'en lancer une pour moi. J'ai essayé de refuser – après tout, c'est l'amie de Fiona, pas la mienne –, mais elle a insisté…

Nous échangeons un regard en silence.

— Je ne voulais pas me montrer ingrate, reprend-elle. Tu me connais, et… Ce n'est vraiment pas mon truc.

Non, c'est le truc d'Annabel. Tout tourne autour d'Annabel. Sa grande et belle maison. Ses gros cadeaux hors de prix. Ses réceptions parfaites.

Soudain, le regard de Michelle tombe sur mon marshmallow entamé.

— Qu'est-ce que tu manges ?

Je sors le paquet que j'ai fourré derrière la bouilloire, et son regard s'allume instantanément.

— Oooh ! Mes préférés ! Où tu les as trouvés ?

— Je les ai achetés mais Annabel a refusé que tu en manges. Elle a dit que c'était mauvais pour le bébé.

— N'importe quoi ! J'ai été nourrie à ça toute mon enfance !

Elle en attrape un, ouvre l'emballage et mord dedans. Pendant quelques instants, nous restons là, dans le noir, à savourer chaque bouchée avec des grognements de plaisir.

— Au fait, je ne savais pas que c'était une fille, dis-je au bout d'un moment.

— À ce sujet, réplique-t-elle avec un grand sourire, je dois lui dire quand, à ton avis, que c'est un garçon ?

Ce qui m'inspire de la reconnaissance :

1. *L'immensité de la maison d'Annabel qui nous a permis, Michelle et moi, de nous cacher dans la cuisine et d'engouffrer tout le paquet avant d'être découvertes.*
2. *Louper un jeu comme « Faites tourner le tire-lait » et avoir oublié mon maillot de bain*[1].
3. *Tenir bon quand on m'a proposé ce minuscule une-pièce.*
4. *Le dernier épisode de mon podcast où j'ai raconté tout ça, même la partie où je me suis cachée dans les toilettes pour qu'on ne me voie pas pleurer.*

---

1. Plus tard, j'ai vu les selfies en maillot d'Annabel sur Instagram. Pour être honnête, j'ai fait exprès d'oublier mon maillot *(N.d.A.)*.

Appuyer sur la détente

Le dimanche suivant, je discute avec Liza. Elle est dans sa voiture, bloquée dans les embouteillages du *highway*, comme d'habitude, et elle m'appelle sur WhatsApp. Nous bavardons de choses et d'autres – je lui raconte la *baby shower*, et elle maugrée aux bons moments. Sauf qu'au bout de cinq minutes, je sens qu'elle ne m'a pas appelée juste pour papoter. Il y a autre chose.

— Au fait, j'ai vu Ethan, ce week-end.

La seule mention de son nom me fait battre le cœur. Alors c'est ça. Je suis impatiente d'entendre chaque détail et, en même temps, je n'en ai aucune envie. *Ne demande pas, Nell. Ne demande rien. Tu n'as rien à y gagner.*

— Comment allait-il ?

Un silence. Je me prépare au choc.

— Il a rencontré quelqu'un.

Collision frontale. Je suis projetée dans les airs.

— Je ne voulais pas que tu l'apprennes de la bouche de quelqu'un d'autre.

Des millions de questions me tourbillonnent dans la tête. J'en attrape une au hasard.

— C'est qui ?

— Juste une fille qu'il a rencontrée à une soirée.

Juste une fille. Elle prononce cette phrase comme si ça n'avait aucune importance mais pour moi, c'est une grenade qui explose.

— Elle est jolie ?

Aussitôt, je me déteste.

— Elle n'est pas toi, Nell. Et elle ne le sera jamais.

Je sens un poids m'écraser la poitrine. J'ai l'impression que je vais étouffer. J'ai envie d'éclater en sanglots. Je ne fais ni l'un ni l'autre.

— Ça ne veut rien dire, reprend Liza.

— Comment tu sais ?

La douleur forme une boule dans ma gorge, et je m'efforce de la ravaler. J'aurais déjà dû tourner la page. Ce genre de nouvelles devrait me laisser de glace.

— Parce que c'est de toi que je parle. Ça ne veut rien dire *pour toi*, explique-t-elle d'un ton déterminé. Tu es partie, souviens-toi. Tu es passée à autre chose.

L'assurance de Liza est un filet de sécurité. Ses mots me rattrapent en pleine chute.

— Je suis passée à autre chose, je répète dans un murmure. Mais est-ce que c'est vrai ? Je l'ai vraiment fait ?

Comme une coureuse de relais, elle me passe le flambeau.

— Eh bien, maintenant, c'est à toi de voir.

Ce qui m'inspire de la reconnaissance :

1. *Liza, qui me guide dans le labyrinthe des sites de rencontres et rédige mon profil, même s'il est un peu trop « yoga » et que je ne suis pas sûre*

de pouvoir me décrire comme « une force vitale spirituelle ».

2. *J'ai enfin pris la décision de sauter dans le vide une bonne fois pour toutes : Ethan a tourné la page, à mon tour.*
3. *Le fait qu'il n'y ait personne pour m'entendre hurler quand je découvre que mes matchs ont l'air d'avoir l'âge des amis de mon père.*
4. *Le trio gagnant : chips au fromage, canette de gin tonic et humour noir. Bien envie d'ajouter ça à mon profil !*

Vendredi 13

Dans l'esprit du vendredi 13, j'ai décidé de me coller la trouille de ma vie.

Est-ce que…

A. Je regarde un film d'horreur.
B. Je me connecte sur mon espace bancaire pour consulter le solde de mon compte.
C. Je tente de me prendre en photo pour mon site de rencontres.

Un indice : ce n'est pas A.

Cachez ce deuil que je ne saurais voir

Ça fait seulement une semaine et, alors que je pensais ne trouver que des moutons de poussière dans la messagerie de mon site de rencontres, j'ai eu quelques réponses. En fait, il semble que, pour l'instant, je sois engagée dans trois relations ! Enfin, quand je dis *relations*, il s'agit plus exactement de *relations virtuelles* dans la mesure où je n'ai encore rencontré aucun de ces hommes dans la vraie vie, et qu'il n'est pas certain que je franchisse le pas.

Vous vous souvenez de l'époque lointaine où un homme vous invitait à boire un verre ou à aller au ciné ? Maintenant, il demande à vous suivre sur Instagram et vous convie à aimer sa page Facebook et, d'un coup, vous vous retrouvez à discuter longuement sur WhatsApp jusque tard dans la nuit, et à liker la photo où il pose avec son chat. Vous échangez des émojis et flirtez par texto. Vous partagez des liens d'articles marrants.

Au bout d'une semaine, vous avez rencontré toute sa famille sur Facebook et vu tout ce qu'il avait mangé au déjeuner, jour après jour, mais vous ne lui avez jamais vraiment parlé, et il ne demande jamais à vous rencontrer. Comme si rien de tout cela n'était réel. Cela n'existe que sur votre écran et, si vous fermez votre portable ou éteignez votre smartphone – *pouf*, tout disparaît, comme dans un conte de fées des temps modernes.

Au moins, Cendrillon, elle gagnait une citrouille. De nos jours, on est plus sûr d'écoper d'une *dick pic*.

— Une quoi ?

Cricket me dévisage comme si elle avait mal compris.

Nous nous sommes donné rendez-vous dans un café de Sloane Square, et nous sommes assises à une table près de la fenêtre. Jusque-là, nous admirions la vue en buvant du thé et en nous extasiant sur le gâteau au chocolat, et c'était fort agréable. Sauf que la conversation a dévié vers des choses beaucoup plus *prosaïques*, pour ainsi dire, et j'ai évoqué mes expériences de rencontres en ligne. Vu que Cricket dessine des modèles nus, elle est sûrement capable d'encaisser certains aspects sordides de la réalité.

Elle se penche vers moi :

— Désolée, mais mon ouïe n'est plus ce qu'elle était.

— Non, non, je rétorque. Tu as très bien entendu.

— Tu veux dire que…

Je lui passe mon téléphone. L'écran affiche le MMS que je viens de recevoir. Elle le contemple sans ciller.

— À mon époque, on appelait ça de l'exhibitionnisme, commente-t-elle simplement. Je me souviens que ça nous est arrivé, à Cissy et à moi, sur le quai de Baker Street. C'était tout à fait déplacé. Cissy lui a dit de remballer tout de suite son engin.

— Et le type a obéi ?

— Nous ne sommes pas restées pour voir, explique-t-elle avec un haussement d'épaules. Le métro est arrivé et nous nous sommes échappées par la ligne Bakerloo. Personne n'a envie de voir ça.

— Ce que je ne comprends pas, c'est pourquoi certains hommes pensent le contraire ?

Cricket avale une gorgée de thé.

— Eh bien, je suppose que c'est un peu comme avec les chats. J'en avais un avant – il s'appelait Tibby – qui m'apportait de petits rongeurs morts. Il les déposait fièrement sur le paillasson pour que je les trouve au matin. Je sais que son intention était de frimer et de me faire plaisir, mais c'était tout à fait révoltant.

Je ne peux m'empêcher de rire.

— Je ne suis pas sûre que celui qui m'a envoyé ça aimerait qu'on le compare à une souris crevée.

— Je suppose que non, répond-elle en souriant. Mais quand même, ça y ressemble, non ?

Elle scrute de nouveau l'écran de mon téléphone, pinçant l'image pour l'agrandir.

Nous faisons toutes deux la grimace.

— Catherine, quelle agréable surprise !

Une voix nous fait lever les yeux, et je découvre un couple âgé élégamment vêtu arrêté près de notre table. L'homme porte un plateau chargé de thé et de gâteaux, et la femme plusieurs sacs de courses. Deux jeunes enfants jouent à se poursuivre autour de leurs jambes.

— Lionel, Margaret, murmure Cricket avec un hochement de tête.

Elle semble prise au dépourvu mais se ressaisit rapidement.

— Comment vas-tu ? demande Margaret. Je suis navrée qu'on ne t'ait pas contactée...

— On pensait t'appeler après avoir appris le décès de Monty, enchaîne Lionel, mais on était tellement occupés...

— Tu sais comment c'est, conclut Margaret.

— Bien sûr, répond Cricket avec un grand sourire.

J'éprouve un pincement au cœur. Je sais très bien à quel point elle se sent seule depuis la mort de son mari. Ces gens n'ont donc aucune sensibilité ?

— Nous avons vu sa nécrologie dans le journal – un très bel hommage.

Tous deux dévisagent Cricket avec une expression de compassion mêlée de pitié.

— Merci. C'est mon amie Nell, ici présente, qui l'a écrite.

— Oh, quel plaisir de vous rencontrer !

Nous échangeons vivement des salutations, quelques questions de circonstance et des poignées de main et puis, très vite, le silence retombe. Le langage corporel de Margaret m'indique clairement qu'elle meurt d'envie de partir, mais Lionel tient à remuer une dernière fois les braises mourantes de la conversation :

— Tout le monde demande de tes nouvelles, au bridge.

— Eh bien, dis à tout le monde que je n'ai pas changé de numéro de téléphone. Et que je joue encore au bridge.

Lionel, qui a l'air de se demander si elle plaisante, consulte Margaret du regard, comme pour savoir s'il doit rire. Aussitôt, elle vole à son secours :

— Peut-être devrions-nous organiser un dîner, n'est-ce pas, chéri ?

Elle se tourne vers son mari et époussette sur le revers de sa veste une poussière invisible avant de faire de nouveau face à Cricket.

— Je sais qu'ils seraient tous ravis de te voir, Catherine.

— Ce serait charmant, déclare celle-ci avec un sourire aimable.

— Bon, nous devons y aller, nous sommes avec nos petits-enfants – Florence, Theo !

Des bruits de plateaux qui s'entrechoquent retentissent, suivis de cris perçants.

— Les petits voyous ! s'esclaffe Lionel en se dépêchant de rattraper Margaret, laquelle se presse en direction du chariot à desserts où les deux gamins sèment la pagaille.

— Vite, la mort est peut-être contagieuse, ironise Cricket.

Tandis que nous les regardons décamper, elle ajoute, à mon intention :

— Pardon, c'était cruel de ma part.

— Ils l'ont mérité, je rétorque.

Tout à coup, j'éprouve un besoin furieux de la protéger. Mais Cricket se contente de hausser les épaules.

— Ils ne sont pas méchants, tu sais. Mais les gens sont démunis face au deuil. Ils en ont peur. Je leur rappelle qu'ils sont mortels, et ils craignent d'être les prochains sur la liste. Personne n'a envie de ça, non ?

— C'est ridicule.

— Peut-être, mais c'est vrai.

— C'est tellement injuste !

— Ce n'est pas par cruauté qu'ils se comportent ainsi, au contraire. Je me suis aperçue que mes amis et mes connaissances gardaient leurs distances parce qu'ils craignaient de me faire de la peine ou d'avoir des paroles déplacées. Ce qu'ils ne comprennent pas, c'est qu'on a déjà tellement de chagrin que rien de ce qu'ils pourront dire ou faire n'y changera quoi que ce soit. C'est leur silence et leur absence qui causent le plus de mal. On se sent isolé. Abandonné.

À ces mots, je me souviens de ce que j'éprouvais au début, quand je suis revenue à Londres. Je passais mes week-ends seule, sans aucune présence amicale, à l'exception d'Arthur. Ensuite, j'ai rencontré Cricket, et tout a changé.

Pourtant, j'insiste, agacée qu'elle leur pardonne aussi facilement :

— Ils auraient pu t'inviter à jouer au bridge, quand même.

— Maintenant que je ne fais plus partie d'un couple, c'est différent. Une personne seule, ça déséquilibre tout. Les rangées de sièges au théâtre. Les chambres d'hôtel. Les plats du dimanche à partager dans les pubs.

Instinctivement, je tends le bras au-dessus de la table pour étreindre sa main. Je ne suis peut-être pas veuve, mais je sais ce que c'est de se retrouver célibataire quand tous les autres sont en couple.

— C'est pour ça que je suis là, je murmure.

— Oh, tu es adorable.

Elle pose sa main libre sur la mienne et, pendant un moment, nous restons immobiles, sans rien dire. Jusqu'à ce que quelque chose me frappe.

— Mon téléphone. Où est mon téléphone ?

— Oh… Je pensais l'avoir posé là, répond Cricket, sourcils froncés. Il est tombé par terre ?

— Non.

Nous partons toutes deux en quête de l'appareil quand, soudain, je repère un petit garçon assis avec Lionel et Margaret, à quelques tables de la nôtre. Il est absorbé par un téléphone et, du doigt, balaie l'écran comme s'il faisait défiler des photos. Margaret s'en aperçoit tout à coup.

— Theo, qu'est-ce que tu as là ?

Oh non. Par pitié, non.

Ce qui m'inspire de la reconnaissance :

1. *Trouver l'amitié dans les circonstances les plus inattendues.*
2. *Ne pas avoir eu peur d'envoyer à Cricket cette invitation au concert car, même si, sur le moment, je craignais que ce soit déplacé, maintenant, je sais qu'il vaut mieux agir que s'abstenir.*
3. *La fonction verrouillage de mon écran.*

Pente savonneuse

J'ai un rendez-vous ! Un vrai. Et pas du genre « on prend juste un café pour couvrir nos arrières », mais du style « on boit un verre et on dîne après comme deux célibataires responsables qui cherchent vraiment à faire connaissance ».

— Alors, c'est ça que ça veut dire, se fixer de nouveaux défis ? je demande à Liza devant ma caméra FaceTime tout en agitant mon sèche-cheveux. C'est sûr qu'à quarante ans passés, se préparer pour un rendez-vous amoureux, c'est un sacré challenge.

Derrière moi, le lit est jonché de piles de vêtements improbables pour mon âge. Quand je l'ai appelée, ça faisait déjà plusieurs heures que j'étais à l'œuvre. Je me souviens qu'à une époque il me suffisait d'un trait d'eye-liner et d'une petite jupe en solde chez Topshop pour être parfaite. Aujourd'hui, ça me prend des lustres de me préparer – et tout ça pour un résultat à peine convenable.

— Tu es superbe, lance Liza, encourageante.

Les copines, il n'y a que ça de vrai.

— J'aurais dû continuer le yoga, je proteste tout en me positionnant devant le miroir pour qu'elle puisse voir ma tenue.

Il faut que je jette la moitié de mes vêtements. Ils sont soit trop petits, soit trop courts, soit trop révélateurs. Je suis contre le fait qu'il faille s'habiller en fonction de son âge, mais pas question que j'affiche des plis de peau ou de la chair qui pendouille. Malgré cela, je tiens à être jolie et vaguement sexy, je n'en suis pas encore au stade des cols roulés et des pendentifs.

— C'est toi qui ne voulais pas faire de yoga, rétorque Liza.

— Tu aurais dû me forcer, je réponds en faisant ballotter le dessous de mes bras.

— On ne peut pas forcer quelqu'un à faire quelque chose qu'il ne veut pas. En plus, je craignais pour la sécurité de mes autres élèves, plaisante-t-elle.

Je souris. Enfin.

— Tu as fini de te dénigrer ? poursuit-elle. Tu es nerveuse, c'est tout. Ça va être un bon moment, et je suis très fière de toi.

— Vraiment ?

— Tu m'as donné envie de repartir en chasse. Moi aussi, j'ai un rendez-vous.

— Quoi ? Quand ? *Avec qui ?*

Liza éclate de rire.

— Je te le dirai plus tard. Finis déjà de te sécher les cheveux. Ta frange commence à rebiquer.

Je me regarde dans le miroir. Ma mèche est en train de racornir comme du vieux pain. Je raccroche, mets le sèche-cheveux plein pot et entreprends d'attaquer le tout avec ma brosse en poils de sanglier quand j'entends un hurlement à glacer le sang.

Qu'est-ce qui se passe ?

J'éteins le sèche-cheveux. Silence. Je me sens soulagée et un peu bête. Je dois entendre des voix. Ou alors, c'est la télé des voisins. Ils mettent toujours le volume à fond.

Un coup sourd retentit.

Ce n'est pas la télé des voisins. Je me fige. Il y a quelqu'un dans la maison ? Nous sommes lundi mais Edward m'a envoyé un texto ce matin pour me prévenir qu'il était en déplacement pour son travail et ne rentrerait pas avant demain soir. Je cherche Arthur du regard, mais il doit être en bas. Je ne l'ai pas entendu aboyer. Une foule de faits divers sanglants défile dans ma tête. Je débranche mon fer à friser – une arme mortelle – et pousse la porte de ma chambre avec précaution.

— Y a quelqu'un ?

Pas de réponse. Mais les cambrioleurs se donnent rarement la peine de s'annoncer, pas vrai ?

— Eh oh ? je lance d'une voix mal assurée.

Tout à coup, j'entends le grincement d'un verrou et le battant de la salle de bains s'ouvre à la volée. Une silhouette apparaît dans un nuage de vapeur.

— Edward ! je m'exclame avec un hoquet stupéfait. Ça va ?

— Non, ça ne va pas du tout ! s'écrie-t-il en rajustant la serviette qui lui ceint les reins. Tu essaies de me tuer, ou quoi ?

Ma foi, cette idée m'a traversé l'esprit à plusieurs reprises, mais...

Interloquée, je contemple mon proprio planté torse nu dans le couloir. Ses cheveux mouillés sont tout frisés et il dégouline sur le parquet.

Je détourne vivement les yeux.

— Qu'est-ce que tu fais là ? je demande.

— Je te rappelle que j'habite ici.

— Mais tu as dit que tu étais en déplacement…

— Mes plans ont changé, coupe-t-il. Comme j'ai une réunion importante très tôt demain matin, je suis rentré pour prendre une douche… et J'AI FAILLI ME ROMPRE LE COU !

Ma bouche s'ouvre et se ferme comme celle d'un poisson.

— Quel rapport avec moi ? je parviens enfin à articuler.

— Tu ne saurais pas pourquoi la baignoire est tellement glissante que j'ai dû me raccrocher au rideau pour sauver ma peau, par hasard ?

Soudain, je me souviens du long bain que j'ai pris, et des huiles essentielles super chères que j'ai achetées exprès.

— C'est peut-être à cause de l'huile de bain…

— *De l'huile de bain ?* répète Edward en s'étouffant à moitié de rage. C'était une vraie marée noire !

— Je suis désolée.

— Pourquoi tu n'as pas nettoyé derrière toi ?

— J'allais le faire… Je pensais que tu ne rentrais pas avant demain…

— C'est complètement irresponsable ! Et dangereux, qui plus est !

— J'ai dit que j'étais désolée.

— Franchement, ça ne se fait pas !

— Tu peux arrêter de me crier dessus ?

— Je ne crie pas ! hurle-t-il.

Puis, comme surpris par son propre éclat de voix, il prend une grande inspiration et s'éclaircit la gorge :

— Si tu pouvais juste faire un peu plus attention, la prochaine fois…

Il s'interrompt pour me dévisager.

— Tu sors ? demande-t-il.

— Oui… J'ai un rendez-vous, j'explique.

— Oh… Je vois, acquiesce-t-il. Tu es très jolie.

— Merci.

M'apercevant que je brandis toujours mon fer à friser, je baisse le bras.

— Tu restes à la maison ?

— Oui, je rentre juste de mon cours de yoga. Je vais me coucher tôt.

— Dans ce cas, tu peux nourrir Arthur ?

— Bien sûr.

Il marque une longue pause avant d'ajouter :

— Bon, passe une bonne soirée.

— Merci, Edward. Toi aussi.

Je souris, mais il reste impassible, comme à l'accoutumée. Pendant un moment, nous restons là, à nous dévisager sur le palier. Puis, faisant volte-face, nous regagnons nos chambres respectives.

Ce qui m'inspire de la reconnaissance :

1. *Ma combinaison pantalon qui masque toutes les parties de mon corps qui en ont besoin tout en montrant ce qu'il faut de décolleté et qui, portée avec des talons, me donne l'impression d'être encore dans la course.*
2. *Le rideau de douche qui a sauvé la vie d'Edward et sans lequel j'aurais été inculpée d'homicide involontaire.*

Mai
#maydaymaydaymayday

Premier mai

Vous vous souvenez quand, dans votre jeunesse, le premier mai était synonyme de soleil et de fête foraine ? C'était tellement bien ! Maintenant, appuyez sur avance rapide jusqu'à quarante ans et quelques, et voilà ce que vous obtenez : *Mayday, Mayday, Mayday !*

Attablée dans un restaurant italien de Soho, je consulte ma montre, au bord du désespoir. Il est minuit passé et, autour de nous, les serveurs sont en train de ranger. Il y en a même un qui passe la serpillière. Tous les autres clients sont rentrés chez eux, et j'aimerais les imiter. Malheureusement, mon compagnon semble d'un autre avis.

— Deux autres limoncellos, s'il vous plaît.

— Bien sûr, répond le serveur en lâchant son balai.

Oubliés, les fêtes foraines et le soleil. Aujourd'hui, c'est un appel de détresse que je lance : sauvez-moi de ce type rencontré en ligne !

Sur son profil, Nick semblait relativement normal. Employé d'une entreprise de matériel sportif, il est passionné de voyages, de vin rouge et de course à pied. Je partage deux de ces centres d'intérêt, ce qui me paraissait de bon augure. En outre, il était plutôt séduisant sur ses photos – des clichés classiques, pas des portraits en noir et blanc ou des images de lui en train de se jeter d'un avion en plein vol ou d'escalader l'Everest (sur les sites de rencontres, il y a un nombre effarant d'hommes qui ont fait l'ascension de l'Everest. On dirait presque que c'est un critère obligatoire pour s'inscrire. Ce sommet doit être truffé de célibataires qui prennent des selfies pour agrémenter leur profil).

Ce qui a achevé de me convaincre, c'est qu'il voulait me rencontrer en vrai. Ce qui me paraît plutôt évident, à moi qui suis restée bloquée dans ce monde vieillot où il faut s'habiller et sortir de la maison au lieu de traîner sur son canapé avec son téléphone pour envoyer des selfies, des photos de nu et des smileys que j'ai toujours du mal à interpréter vu que je ne parle pas couramment l'émoji.

Par conséquent, quand je suis entrée dans le restaurant, j'étais à la fois enchantée et nerveuse. Il m'attendait près du bar, et je l'ai tout de suite reconnu. Il y avait une éternité que je ne m'étais pas rendue à ce genre de rendez-vous. La vie d'avant Ethan comportait peu d'angoisses et beaucoup de certitudes. J'avais cinq ans et cinq kilos de moins. Je pouvais encore porter des débardeurs et des jeans taille basse. Aujourd'hui, il me faut des manches et des chemisiers que je peux rentrer dans mes pantalons.

Nous nous sommes salués d'une bise polie sur la joue. Il était plus petit qu'il n'en avait l'air sur les photos et son after-shave était un peu entêtant, mais il m'a décoché un grand sourire qui m'a mise à l'aise.

C'est juste que…

Je l'ai su tout de suite. Dès que j'ai posé les yeux sur lui, en entrant : ce n'était pas l'élu de mon cœur.

— Bonsoir… Nell ?

— Oui, bonsoir… Ravie de te rencontrer.

Bien décidée à donner une chance à cet homme, j'ai refoulé ce sentiment le plus loin possible. Je n'avais pas passé toutes ces heures à me faire belle pour tourner les talons à la première occasion. Et puis, peut-être que je me trompais, après tout. Jusqu'alors, je m'étais gourée sur tellement de choses dans ma vie ! On dit toujours qu'il faut écouter son instinct, faire confiance à ses tripes mais regardez où ça m'avait menée : à pleurer toutes les larmes de mon corps à 30 000 pieds au-dessus de l'Atlantique, fauchée comme les blés, à faire toilettes communes avec un homme dont je ne partage même pas le lit…

Et à me retrouver dans un bar de Soho un lundi soir, en quête du grand amour à quarante piges passées, engoncée dans une combinaison trop serrée à la taille.

— Tu veux boire quelque chose ?

— Oui, s'il te plaît. Un verre de vin blanc, merci.

Pendant le trajet en métro, j'avais décidé que, concernant les hommes, il était temps de me servir enfin de mon cerveau. Toute mon existence, je m'étais mise en couple pour des tas de raisons dont aucune n'était particulièrement raisonnable. Ma vie amoureuse n'avait jamais impliqué la notion de « choix ». Choisir, c'est raisonner, réfléchir et évaluer une personnalité en fonction d'intérêts partagés. Rien à voir avec ces impulsions hasardeuses et souvent alcoolisées qui se sont emparées de moi et m'ont engloutie pour me mener à ma perte.

De beaux yeux ; une pelle qu'on se roule, ivres, à la soirée de Noël du bureau ; un piercing au nez qui aurait fait hurler ma mère. Ça, c'est quand j'avais vingt ans. Et je ne parle même pas de la trentaine où j'ai passé plus de temps à réfléchir à la garniture de mes sandwichs qu'à la personne à laquelle j'allais donner mon cœur, mon âme et des années de ma vie.

— Alors, Nell, comment tu le trouves, ce site de rencontres ?

— Tu es mon premier.

— Vraiment ? Je suis flatté. Une vierge des rencontres en ligne !

Qu'est-ce que ça peut faire si, avec Nick, il n'y a pas d'étincelles, pas de papillons dans le ventre ? Les étincelles et les papillons, ça vous brise le cœur et vous mène au bord de la folie. Ça vous donne des hauts et des bas, des pics d'adrénaline et des accès de dépression à vous rouler en boule sur le carrelage de la cuisine. Je n'ai jamais pris d'héroïne, mais je me dis souvent que ça doit ressembler à la passion, cette addiction, cette envie irrépressible d'avoir sa dose de l'autre.

Mais ça ne suffit jamais. On ne se suffit jamais l'un à l'autre.

Et je ne veux plus de tout ce cirque. Les hauts ne valaient pas les bas. Mon petit cœur était tellement fêlé qu'il menaçait de partir en miettes, un peu comme l'écran de mon iPhone. Un coup de plus, et ce serait l'explosion assurée.

— Alors dis-moi, Nell, qu'est-ce que tu recherches ?

— Comment ça ? Dans la vie en général, tu veux dire ?

— Non, comme partenaire.

— Euh, je ne sais pas trop... Quelqu'un de gentil, drôle... Sain.

J'essaie de dire ça sur le ton de la plaisanterie. Ça ressemble plus à un entretien d'embauche qu'à un rendez-vous amoureux.

— Les objectifs communs, c'est important, non ?

— Oh, oui, absolument. Ça aussi.

Il faut que je me débarrasse de ces concepts romantiques d'adolescente. Les couples qui vivent ensemble depuis quarante ans ne parlent pas de passion et de cœurs qui battent. Ils parlent de compromis, d'intérêts communs et de sécurité. En regardant Nick, j'ai une révélation : ça y est, c'est arrivé. Il est temps que je renonce à la passion pour passer à l'étape suivante : *la complicité*.

Dans les pages « conseils » des magazines de ma mère, il y avait toujours des rubriques sur la complicité. Des couples d'âge mûr qui racontent comment l'étincelle a disparu, qu'ils ont cessé d'avoir des relations sexuelles mais, au moins, maintenant, ils ont quelqu'un avec qui regarder des séries et purger la chaudière.

Ça me paraissait affreux. Je lisais ces articles en diagonale, un peu comme on jette un rapide coup d'œil sur les publicités pour les monte-escaliers et les dentiers, avec un frisson d'horreur mêlé de soulagement. J'étais beaucoup trop jeune et occupée à faire l'amour pour m'encombrer la tête de choses aussi barbantes que la complicité. La camaraderie amoureuse, c'est un truc de vieux.

Sauf que me voilà aujourd'hui à écouter Nick me parler longuement de son bracelet connecté Fitbit et me montrer comment mesurer mon pouls au repos et le nombre de calories brûlées. Une partie de moi se dit qu'au moins ça me ferait quelqu'un avec qui sortir la poubelle de recyclage et partir en croisière.

— Je peux t'en avoir un, si tu veux. J'ai un code de réduction de cinquante pour cent.

— Oh… Merci, c'est très gentil, mais je ne crois pas que j'en aurai l'usage.

— On pourrait partager nos stats, suivre notre nombre de pas, nous fixer des objectifs quotidiens et des défis… Il y a tant à faire !

Ce qui m'inspire de la reconnaissance :

1. *Le chauffeur Uber qui a fini par voler à mon secours.*
2. *WhatsApp, qui nous a permis d'éviter des coups de fil embarrassants et nous a aidés à rester en bons termes grâce à un message poli : « Merci pour cette agréable soirée, Nick. Je suis contente de t'avoir rencontré, mais je ne pense pas que nous soyons bien assortis. Je te souhaite une excellente continuation. Nell. » Avec un petit smiley.*
3. *La réponse de Nick, quelques secondes plus tard : « Complètement d'accord avec toi ! Tu m'as pris de vitesse. Je te souhaite une belle vie. » Sans smiley, mais avec le code de réduction.*
4. *Mon brave petit cœur fêlé, qui refuse de se résigner.*
5. *Ma capacité à sortir seule la poubelle de recyclage.*

Championne d'échecs

Je suis en train d'écouter un podcast sur l'importance de l'échec. Chaque semaine, des personnalités évoquent leurs échecs et les leçons qu'elles en ont tirées pour la suite. J'adore cette émission : apparemment, je suis très douée pour les échecs. C'est comme si je me découvrais un talent caché – comme savoir jouer du piano ou parler couramment espagnol.

Enfin, je me comprends.

En revanche, je suis moins douée côté réussite. Ce n'est pas en écrivant des notices nécrologiques et en écumant les sites de rencontres que ma vie va s'améliorer. Dire que nous sommes déjà en mai ! J'essaie de ne pas paniquer. Un jour, j'ai regardé un documentaire sur les navires : ils ne peuvent pas changer brusquement de direction sous peine de se renverser, et il faut donc manœuvrer très subtilement. Ma vie ressemble à ça : pour rester à flot, je dois changer très lentement de cap.

Si ça se trouve, je suis un paquebot de croisière[1].

1. Que les choses soient claires : il s'agit d'une métaphore, et je parle de vitesse, pas de tonnage *(N.d.A.)*.

Ce qui m'inspire de la reconnaissance :

1. *Avoir raté ma carrière, sinon je n'aurais pas rencontré la merveilleuse Cricket.*
2. *Avoir échoué à devenir propriétaire, sinon je n'aurais pas rencontré mon Arthur adoré.*
3. *Avoir loupé ma vie amoureuse, sinon je n'aurais pas découvert les joies des rencontres en ligne.*
4. *Mon sens de l'ironie.*

L'imperméable

La vie, c'est une question de *timing*. Elle n'est possible qu'à condition que l'œuf soit expulsé au bon moment pour qu'un spermatozoïde le féconde. En amour aussi, le timing est essentiel. On peut rencontrer la bonne personne au mauvais moment et la mauvaise personne au bon moment. Même pour la mort, le timing a son importance.

Aussi, lorsque Cricket m'appelle ce week-end pour m'annoncer qu'elle est prête à se débarrasser des vêtements de Monty, je laisse tout tomber pour la rejoindre.

Quand elle m'accueille à la porte, au lieu de son habituelle poignée de main, elle me gratifie d'une surprenante étreinte. Ensuite, elle me précède jusqu'au premier étage dans le vaste escalier central au tapis usé fixé par des tringles de marches en laiton.

— Il est grand temps, déclare-t-elle en ouvrant la porte d'une chambre. Et j'ai besoin de ton aide.

Voilà des mois qu'elle repousse le moment fatidique de trier les affaires de Monty. Chaque fois que quelqu'un a tenté d'aborder le sujet en douceur, elle s'est braquée : il n'y avait pas urgence, non ? À moi, elle a confié qu'elle trouvait réconfortant de voir les chemises de son mari suspendues dans l'armoire, ou son manteau accroché dans l'entrée. Et, chaque fois que j'ai proposé de lui donner un coup de main, elle m'a répondu qu'elle n'était pas encore prête, et qu'elle aimait avoir ces traces de Monty autour d'elle.

— Tu es sûre ? je demande en m'arrêtant sur le seuil.

— Absolument. Ce matin, en me réveillant, j'ai compris. Monty me manque terriblement, mais garder ses vêtements ne le fera pas revenir.

Elle ouvre un grand dressing au coin de la pièce. Il est bourré à craquer de chemises et de vestes multicolores.

— Monty n'était pas très organisé, et il ne jetait rien.

Je pénètre à mon tour dans la chambre et nous examinons le contenu de l'armoire, un peu impressionnées par l'ampleur de la tâche qui nous attend. Les chemises sont empilées par trois sur les cintres d'acajou, côtoyant des portemanteaux en ferraille encore garnis de leur housse de pressing.

— Que veux-tu que je fasse ?

— Que tu m'écoutes, répond-elle simplement. Plus personne ne m'écoute. Tout le monde me dit quoi faire. Les gens pensent qu'ils s'occupent de moi, mais moi, j'ai l'impression qu'ils m'étouffent.

Alors j'obéis. Je m'assois au bord du lit, et j'écoute.

— Si j'ai gardé tous ces trucs sur leur cintre, c'est parce que ça me donnait le sentiment qu'il allait revenir. Ouvrir ce dressing, voir ces chemises, les toucher et les sentir… C'est comme s'il était là, comme s'il allait entrer d'un instant à l'autre en me demandant : « Laquelle je dois mettre ? » ou « Quelle cravate ira le mieux avec mon costume bleu, Cricket ? ».

Elle marque une pause avant de reprendre :

— Je suis ridicule, non ?

Je secoue la tête et réponds :

— Quand mon premier petit copain est parti pour la fac, j'ai gardé un tee-shirt dans lequel il avait transpiré. Je ne l'ai pas lavé et, chaque nuit, je l'étalais sur mon oreiller pour dormir.

— Alors, *ça*, c'est ridicule ! s'exclame-t-elle avec un sourire. Tu sais, avec son travail, Monty était toujours par monts et par vaux. Il accompagnait souvent les troupes en tournée et partait pendant des semaines, voire des mois. Parfois, je me joignais à lui. Au début, on n'était presque jamais à la maison. Toujours sur les routes, à écumer les théâtres du pays...

Elle s'interrompt pour désigner une affiche encadrée vieille de trente ans, accrochée au-dessus d'une commode.

— À l'époque, je trouvais ça très romantique, mais la réalité n'était pas si rose. C'est la magie du théâtre : on ne voit pas ce qui se passe derrière la scène, les coulisses poussiéreuses, les stations-service, les auberges sans eau chaude... Certes, ces dernières années, c'était différent. Monty disait toujours que le succès et les prix ne changeaient pas grand-chose, en dehors du fait qu'il n'avait plus à se déplacer en dehors de Londres pour les soirées de première.

— J'aurais tellement aimé le connaître.

— Oh, tu l'aurais adoré. Et il t'aurait adorée.

Se retournant vers l'armoire, elle fait courir ses doigts sur les manches des vestes, comme si elle égrenait sur les touches d'un piano des notes qu'elle était la seule à entendre.

— Juste après sa mort, j'avais l'impression d'être revenue aux tout débuts de notre relation. Comme s'il était parti en tournée et qu'il allait revenir... J'arrivais presque à me convaincre... Mais il ne reviendra pas, n'est-ce pas ?

Maintenant, elle me fait face et, sous le masque de courage qu'elle s'efforce d'afficher, je perçois clairement sa tristesse.

— Non, il ne reviendra pas, je confirme d'une voix douce.

Elle hoche la tête. Son corps se tend et, pour la première fois depuis que je la connais, je vois ses yeux s'emplir de larmes.

— Si j'ai appris une chose ces derniers mois, c'est que le chagrin n'est pas linéaire. On peut se sentir bien pendant un temps et, soudain, il vous tombe dessus sans prévenir. Généralement à cause de petits riens... Hier encore, au supermarché, je me suis retrouvée dans le rayon des biscuits, juste devant sa marque préférée. Monty adorait ces gaufrettes au caramel, il en mangeait par paquets entiers. J'ai éclaté en sanglots, comme ça, d'un coup. Parce que je n'achèterai plus jamais ces gâteaux.

En écoutant Cricket, j'éprouve un brusque accès de culpabilité. Pendant tout ce temps, j'ai pris sa force et son flegme pour une absence de sensibilité ou de vulnérabilité. Elle s'est montrée tellement affairée et active que j'en ai déduit qu'elle gérait très bien son deuil. Elle paraissait si forte. Je me suis dit qu'elle était plus solide que le commun des mortels et que la mort de son mari ne l'avait guère affectée.

Je ne pensais pas que, derrière tout ce courage et ce flegme, elle souffrait autant. Son stoïcisme me semblait appartenir à une autre époque, celle où on se relevait d'une chute en époussetant sa veste d'une pichenette et où on continuait comme si de rien n'était. Aujourd'hui, je prends conscience qu'elle est comme tout le monde : elle a le cœur brisé. Elle est juste plus douée pour le cacher.

— Imagine-toi un peu, pleurer sur un paquet de biscuits... Les clients du magasin ont dû me prendre pour une vieille folle.

Elle émet un petit reniflement et redresse les épaules.

— Bon, il est temps de s'y mettre, déclare-t-elle en attrapant une poignée de cintres.

Trier les affaires d'une personne, c'est un peu comme feuilleter un album photo. Chaque objet possède une histoire ou est rattaché à un souvenir.

Cravate de soie rouge : « Il l'a portée cette année au bal de Noël de son club. La cravate noire était de rigueur alors, bien entendu, Monty en a mis une rouge. C'était tout lui, ça. Si on lui disait de tourner à gauche, il prenait à droite. »

Costume de lin pistache : « Nous étions à Venise, pour le festival du film. En rentrant à l'hôtel, nous nous sommes égarés dans les petites rues et, en apercevant ce costume dans une vitrine, il l'a trouvé fabuleux. Tellement italien. Il l'a acheté dans l'intention de le mettre au festival mais les retouches n'ont pas été finies à temps. Plus tard, nous sommes allés à Forte dei Marmi, et il a insisté pour le porter sur la plage, en retroussant les jambes du pantalon pour pouvoir patauger au bord de l'eau. Monty n'a jamais appris à nager, tu sais. Il disait qu'il se noyait dans les émotions, et que c'était déjà bien suffisant. »

Chaussures richelieu en cuir cousu main : « Il achetait toutes ses chaussures chez un cordonnier de West End. Quand il était enfant, Monty a eu la polio, et il en a gardé de terribles douleurs aux pieds mais, selon ses propres termes, ce chausseur était capable de fabriquer "un cocon de soie avec l'oreille d'un cochon". Il s'est fourni là-bas pendant cinquante ans. Ils ont même des moulages de ses pieds. »

Imperméable : « Il l'a trouvé dans un café parisien. Il avait un peu plus de vingt ans, c'était bien avant notre rencontre, mais il m'a raconté cette anecdote. Apparemment, quelqu'un l'avait oublié sur le dossier d'une chaise. Il a demandé aux serveurs de le mettre de côté au cas où son propriétaire reviendrait le chercher mais, comme celui-ci n'est jamais revenu, c'est Monty qui a récupéré l'imper. À l'époque, il était un peu trop grand pour lui mais, pour un auteur sans le sou, c'était une aubaine. Avec le temps, il est devenu trop petit mais il n'a jamais pu se résoudre à s'en débarrasser. Je pense qu'il lui rappelait sa jeunesse, ces journées pluvieuses dans le Paris des années 1950, quand il fumait des Gauloises et griffonnait sur ses carnets dans les cafés en se prenant pour Hemingway. »

Quelques heures plus tard, le dressing est vide.

— Tu as des sacs-poubelle ? je demande. Je vais apporter tout ça aux œuvres de charité ou dans les fripes.

— Pas de sacs-poubelle, rétorque Cricket en secouant fermement la tête. Ce costume à chevrons a été coupé par l'un des meilleurs tailleurs de Savile Row et porté à l'opéra de Vienne. Pas question qu'il voie l'intérieur d'un sac-poubelle, même temporairement. Monty ne me le pardonnerait jamais.

Pour finir, nous rangeons tout soigneusement dans des valises – quatre grandes, à l'ancienne, avec une poignée de cuir et sans roulettes – et deux grosses malles ramenées de l'armée. Ensuite, nous appelons un taxi mais, au lieu du Ford Galaxy habituel, c'est une grande Mercedes noire et lustrée qui arrive.

— Ne vous inquiétez pas, ce sera le même prix, c'était juste la première voiture libre, explique le chauffeur en m'aidant à charger l'immense coffre et la banquette arrière.

Je vais dire au revoir à Cricket. La journée a été longue et riche en émotions.

— Une dernière chose, me dit-elle après m'avoir étreinte. Tu veux bien amener tout ça ailleurs que dans le quartier ? Je sais que ça paraît idiot, mais je crois que je ne pourrai pas supporter de croiser un inconnu portant les vêtements de Monty.

— Bien sûr, il y a plein de magasins de fripes près de chez moi. Je te rapporterai les valises après.

— Ce n'est pas pressé.

Le chauffeur m'ouvre la portière avant et je monte sur le siège passager.

— Tu sais, Cricket, c'était énorme, ce que tu as fait aujourd'hui. Tu as été très courageuse. Monty serait fier de toi.

— Oui, je crois qu'il serait content, réplique-t-elle en souriant.

Elle me tend la dernière valise que je pose en équilibre sur mes genoux, puis elle recule sur le trottoir tandis que le chauffeur met son clignotant pour partir.

— Même mort, conclut-elle, il arrive à voyager avec classe en compagnie d'une jolie femme deux fois plus jeune que lui.

Ce qui m'inspire de la reconnaissance :

1. *Avoir appris que l'écoute est une arme plus puissante que la parole.*
2. *Le privilège d'avoir passé l'après-midi avec Monty.*
3. *Le timing, grâce auquel Cricket et moi nous sommes rencontrées au moment où nous en avions le plus besoin.*

C'est compliqué

Ce soir, j'ai regardé les *Nouvelles de dix heures*. On devrait les rebaptiser les *Mauvaises Nouvelles de dix heures*. Les titres étaient tous plus atroces les uns que les autres. Le monde est plongé dans le chaos. Il y a tellement de souffrance, de terreur et d'injustice. La crise des réfugiés, les océans remplis de plastique, le changement climatique, la cruauté envers les animaux, les crimes en tout genre… La liste est interminable. Mais il n'y a pas que les actualités. L'autre soir, j'ai regardé *Blue Planet II*[1] de David Attenborough. Après ça, difficile de ne pas sombrer dans le désespoir.

En tant qu'être humain, quand je vois tout ça, j'éprouve les émotions qu'on attend de moi : horreur, peur, tristesse. Ainsi qu'un sentiment de honte. Et pas seulement à cause de la façon dont nous traitons les habitants de notre planète, mais aussi parce que, dans ce contexte, mes propres problèmes sont insignifiants.

1. Documentaire sur la nature créé et diffusé par la BBC *(N.d.T.)*.

Comment puis-je me réveiller avec la Peur alors que je suis en sécurité et au chaud dans mon lit et qu'il y a des gens qui n'ont ni toit ni nourriture ? Comment puis-je me regarder dans le miroir en gémissant sur mes genoux fripés alors que des femmes plus jeunes que moi meurent du cancer et que vieillir est un *privilège* ? Comment puis-je m'attrister du cours qu'a pris ma vie alors qu'une grande partie de la planète est en passe d'être détruite ? Et comment puis-je seulement *m'inquiéter* de ma carrière avortée et de ma vie amoureuse ratée quand il y a le Brexit et Donald Trump ?

En résumé : comment puis-je oser me plaindre de ma vie alors que j'ai tellement de chance par rapport à tant d'autres ?

En vrai, je ne sais pas.

Sérieux.

Les grands problèmes du monde côtoient mes petits soucis à moi dans le grand paradoxe qu'est la vie. La plupart du temps, je suis tellement empêtrée dans mes difficultés quotidiennes que j'en oublie les questions importantes. Comme la plupart des gens, je me concentre sur les petites choses qui affectent ma vie et celle de mes proches. Et puis j'entends parler d'une tragédie ou je regarde les informations et, d'un coup, ça me retombe dessus.

En voyant un père sangloter pendant une conférence de presse parce que la police venait de retrouver le corps de sa fille disparue, ou en entendant parler de l'amie d'une amie à qui on vient de diagnostiquer une terrible maladie, je me jure de ne plus jamais me plaindre de quoi que ce soit.

Sauf que, bien sûr, je me plains quand même. Comme tout le monde.

En dépit de nos bonnes résolutions, on se retrouve tous à pester contre la personne qui nous est passée devant dans la queue, ou à geindre parce que notre train est en retard. Ou bien on se sent abattue parce qu'un type n'a pas répondu à notre texto, ou parce que quelqu'un d'autre a obtenu la promotion qu'on attendait. Cela fait-il de nous des égoïstes ? Je pense que ça fait juste de nous des humains.

S'il y a une chose que j'ai apprise avec l'âge, c'est qu'on éprouve énormément de sentiments conflictuels à propos de milliers de choses différentes. Nier ou réprimer les uns et les autres ne les fait pas disparaître. Les émotions n'ont pas forcément de sens moral. Se sentir coupable ne résout rien. Ignorer les sentiments, ça ne sert qu'à les faire revenir en force sur le divan du psychiatre.

Parce que voilà ce que j'ai appris :

Je peux avoir l'impression que ma vie est un foirage total, refuser de me regarder dans un miroir ou à la lumière d'un plafonnier, mais participer quand même à la Marche des femmes en hurlant comme une malade. Je peux pleurer pour ce père qui a perdu sa fille et prier pour cette amie que je ne connais pas et, quelques jours plus tard, me lamenter de ne pas pouvoir poster de selfies sur la plage en compagnie de mon amant. Je peux m'enthousiasmer sur un coucher de soleil et me réveiller dans la nuit avec la Peur.

Parce que la vie est compliquée.

Et nous aussi.

Ce qui m'inspire de la reconnaissance :

1. *Le fait de voir le bon côté des choses*[1]*, même quand je n'ai pas le moral.*
2. *Le dernier épisode de mon podcast où j'avoue tout cela, même s'il est probable que personne ne m'écoute. Au moins, ça me coûte moins cher qu'un psy.*
3. *Les vidéos de chats parce qu'elles me font toujours rire, même quand le monde s'effondre autour de moi.*

---

1. Rien à voir avec les fanfaronnades faussement modestes du genre #combléeparlavie *(N.d.A.)*.

Fuck Facebook

Depuis que je suis revenue à Londres, je dors avec mon iPhone. C'est mal, je le sais – toute cette lumière bleue et ces machins électromagnétiques qui perturbent les schémas cérébraux et Dieu sait quoi d'autre. Quand je vivais avec Ethan, la règle était stricte : pas d'appareils électroniques dans la chambre. Mais c'est plus compliqué quand on loue une seule pièce et qu'on doit y entasser tout ce qu'on possède.

En plus, c'est mieux que de dormir seule. Avec mon téléphone, on fait les fous sur nos applis. Et Google n'a jamais mal à la tête. Sauf que ce soir, en consultant Facebook, je découvre qu'Ethan a été tagué à une fête en compagnie d'une fille.

Ça m'a prise au dépourvu. Il n'utilise jamais les réseaux sociaux. Je pensais passer en revue des photos de vieux copains d'enfance et quelques vidéos marrantes partagées par mes contacts, et voilà que je tombe sur une bombe. J'ai le cœur qui chavire. Même si Liza m'avait prévenue, j'encaisse mal la réalité.

J'examine l'image. La fille est blonde et jolie, et elle semble avoir au moins dix ans de moins que moi. Ethan rit, le bras passé autour de sa taille. Il est beau. On dirait qu'il a perdu du poids.

Nom d'un chien. Je préférais la photo où il était engoncé dans sa combinaison de plongée.

Je me sens anéantie, déprimée comme jamais. Moi, je ne vais pas en soirée, je ne ris pas en passant mon bras autour de la taille d'un homme. Je n'ai pas perdu de poids. Je mange des chips, j'écris des nécrologies et je fais des rencontres pourries en ligne. Je pense à Nick et à son Fitbit. À Liza qui me dit que c'est à moi de choisir de tourner la page.

Et puis *fuck*. Je quitte Facebook pour me connecter sur l'appli de rencontres. Elle est gratuite pendant un mois, et il me reste encore une semaine. Je ne peux pas renoncer au bout d'un seul rendez-vous. Je clique sur ma messagerie. Liza se trompait : ce n'est pas une question de choix, mais carrément de survie.

Un acte désespéré

Messages reçus : Vous avez un message de MickeyetsaSouris

Salut, j'ai vu ton profil et il m'a bien plu ! Je suis un vrai mec qui cherche une vraie fille. J'aime sortir et rester à la maison, regarder des films et déconner. Ça te dirait de prendre un café pour faire connaissance ? Au plaisir de te lire. M x

Envoyés : Re : Vous avez un message de MickeyetsaSouris

Salut Micky, quelle coïncidence, moi aussi j'aime sortir et rester à la maison ! Je serais ravie de prendre un café avec toi et ta souris. X

La photo

Le printemps semble surgir d'un coup. Après un hiver interminable aux journées grises et humides, je découvre un matin que le ciel est bleu, que le soleil brille et que les arbres le long des rues sont chargés de bourgeons rosés. Quand j'ouvre péniblement la fenêtre à guillotine, une bouffée d'air doux et parfumé comme du linge fraîchement lavé pénètre dans ma chambre. Ce matin-là, je sors un tee-shirt de mon armoire – un *vrai* tee-shirt !

Je fourre mes pieds engourdis par l'hiver dans une paire de tongs et je me dirige d'un pas vif en direction de la boutique de charité pour y déposer les derniers vêtements de Monty. J'y suis passée la semaine dernière en taxi mais l'une des petites valises est tombée entre les sièges et le chauffeur ne s'en est aperçu que plus tard. Il me l'a ramenée le lendemain, mais je n'ai pas eu le temps de m'en occuper jusqu'à maintenant.

La dame de la boutique me reconnaît aussitôt.

— Vous êtes revenue !

Elle semble ravie de me voir. De toute évidence, les vêtements de Monty étaient d'une qualité bien supérieure à la plupart de ceux qui sont déposés chaque jour devant la porte dans des sacs-poubelle.

— Juste un dernier chargement ! je réponds en désignant la valise.

Son sourire s'élargit.

— Magnifique, merci ! Nous avons vendu la plupart des articles que vous avez apportés la semaine dernière. Cela nous a permis de récolter plus de mille livres pour nos œuvres.

— J'en ferai part à la veuve du défunt, ça lui fera plaisir.

— C'est un moment bien difficile pour elle, commente la femme, le regard plein de compassion. J'espère qu'elle trouvera un peu de réconfort dans le fait de savoir qu'elle aide des personnes dans le besoin.

— J'en suis certaine.

J'ouvre la valise pour en extraire le reste des affaires de Monty. Je sais que la vendeuse essaie de se montrer gentille, avec ces paroles convenues mais, pour avoir été témoin du chagrin de Cricket, je suis consciente qu'il n'y a pas grand-chose qui puisse vous réconforter lorsqu'un proche décède. Toutes nos actions relèvent de la pure nécessité. Il faut continuer d'avancer, voilà tout. Mettre un pied devant l'autre et respirer.

— Voulez-vous vérifier le contenu des poches, au cas où il resterait quelque chose ?

— Ce n'est pas nécessaire, nous l'avons déjà fait.

— Dans ce cas...

Elle prend les vêtements que je lui tends et entreprend de les secouer puis de les disposer sur des cintres, prêts à trouver leur nouveau propriétaire. Quand arrive le tour de l'imperméable que Monty a trouvé à Paris, je sens mon cœur se serrer et je me tourne pour partir.

— Attendez ! me lance alors la femme. Il y avait ceci dans la poche.

Elle tient une enveloppe à la main.

— Oh, merci ! je m'exclame en m'en emparant. Heureusement que vous avez vérifié.

— Regardez, elle était là, explique-t-elle en me montrant l'intérieur du vêtement. On dirait une couture mais, en fait, c'est une sorte de petite poche secrète pour y glisser un portefeuille ou un passeport.

— Je vois, dis-je en rangeant le document dans mon sac. Eh bien, merci encore.

Je prends congé de la vendeuse tout sourire et quitte le magasin. Ce n'est qu'une fois dehors que je ressors l'enveloppe pour l'examiner de plus près. Elle est adressée à Monty et semble avoir été ouverte proprement, sans doute à l'aide d'un coupe-papier. Je m'attendais presque à ce qu'elle ait été oblitérée à Paris et contienne une lettre d'amour remontant à une soixantaine d'années, mais elle semble beaucoup plus récente, et sur le cachet figure le mot *España*.

Elle contient une feuille pliée que je n'ouvre pas mais, en la retournant, une photographie en noir et blanc s'en échappe. Elle montre deux hommes qui s'embrassent sous un arbre.

Mon cœur se met à battre plus vite. Est-ce que c'est…

Au dos figure une inscription : *Monty, t'estimo per sempre, Pablo.*

Ce qui m'inspire de la reconnaissance :

1. *C'est moi qui ai trouvé cette lettre, et pas Cricket.*
2. *Avoir du temps pour y penser. Parce que je vais devoir décider si je lui dis ou pas.*
3. *Google Translate. C'est du catalan, et ça veut dire « Je t'aimerai toujours ».*

Rétroviseur, clignotant, dépassement

Je me souviens de l'époque où j'apprenais à conduire : je n'arrivais jamais à dépasser. Mon moniteur essayait de me convaincre d'appuyer sur l'accélérateur et de me lancer, mais je restais obstinément sur la voie de gauche.

Il n'y a pas de meilleure métaphore de ma vie actuelle : je suis à la traîne, coincée dans la file des véhicules lents. Non, c'est encore pire : je suis arrêtée sur la bande d'arrêt d'urgence, complètement paumée, une carte étalée sur le volant.

Mes conditions de vie ne sont pas idéales, mais elles sont acceptables. Je sors avec des hommes – rien de très satisfaisant, mais quand même. J'ai un travail stable qui rapporte peu, mais avec ce qu'il me reste de l'argent prêté par mon père, ça suffit à payer mes factures. Je sais qu'il me faut opérer de grands changements et prendre de nouvelles directions mais, pour le moment, bon an mal an, ça fonctionne.

Aujourd'hui, j'ai discuté avec Sadiq qui est très satisfait de mes chroniques nécrologiques. Il m'a affirmé que j'avais « le chic pour cerner les morts ». Je ne sais pas trop comment interpréter ça, alors je vais le prendre comme un compliment.

À vrai dire, j'aime beaucoup écrire ces notices parce que, d'une certaine façon, ça ramène les personnes décédées à la vie. Et puis, la plupart des gens sur qui j'écris sont très vieux et je me suis aperçue qu'à la mort d'une personne âgée, on a tendance à se dire « Oh, mais elle était vieille » et à passer à autre chose, comme si la mort des vieux n'avait pas d'importance. Surtout quand on ne les connaît pas.

En faisant mes recherches, pourtant, il m'apparaît qu'eux aussi, ils ont été jeunes, qu'ils ont eu d'épais cheveux, un dos bien droit et de grands espoirs. Ils sont tombés amoureux et s'en sont relevés, ils ont accompli des choses courageuses et merveilleuses, et ils ont vécu leur vie, comme nous vivons la nôtre. Ils sont juste un peu en avance sur nous, c'est tout. Un jour, nous les rattraperons et, quand ça arrivera, je doute que nous hausserons les épaules en pensant avec résignation « Oh, mais je suis vieux ».

En tout cas, Cricket n'est pas du tout dans cet état d'esprit, et ce n'est pas non plus comme ça que je la vois. Ce dimanche, nous avons rendez-vous pour prendre le café. Elle arrive sur son vélo, coiffée de son nouveau casque à motifs léopard. Nous sommes devenues de vraies amies et elle m'a invitée à une exposition le mois prochain au V & A. Je ne lui ai pas encore parlé de la photographie que j'ai trouvée. Je n'ai toujours pas décidé si j'allais le faire.

Quant à mes copines, je ne les ai pas vues depuis la *baby shower* du mois dernier mais j'ai échangé quelques textos avec Holly et Michelle. En revanche, je n'ai pas eu de nouvelles de Fiona. En général, nous nous laissons des messages vocaux sur WhatsApp mais elle n'a pas écouté les derniers que je lui ai envoyés, ce qui lui ressemble peu. En général, la petite coche bleue apparaît tout de suite. Elle doit être très occupée avec les enfants, David et les travaux de rénovation de la maison. Lors de la *baby shower*, je l'ai entendue dire qu'Annabel allait l'aider à redécorer le salon.

Ce n'est pas grave, bien sûr, mais je me languis un peu de nos conversations. Et Fiona me manque beaucoup. Toutes ces blagues et allusions idiotes qu'elle est la seule à comprendre… Mais plus elle passe de temps avec Annabel, plus j'ai l'impression de me détacher d'elle. Pour être honnête, je ne peux pas m'empêcher de penser que je l'ai perdue. Qu'elle m'a plantée sur la bande d'arrêt d'urgence pour filer à toute allure sur la voie de droite.

Ce qui m'inspire de la reconnaissance :

1. *Le départ de Cricket à Dublin pour les obsèques d'un vieil ami, ce qui me laisse plus de temps pour décider si je dois ou non lui parler de ce que j'ai trouvé – nous ne nous verrons pas avant l'exposition.*
2. *Les bandes d'arrêt d'urgence, parce que, parfois, on a besoin d'une pause.*

Dénominateur commun

J'ai rompu avec les rencontres en ligne. Ma période d'essai s'est achevée la semaine dernière et j'ai décidé de ne pas la renouveler. Entre-temps, je me suis rendue à deux autres rendez-vous, mais ça s'est plutôt mal passé. Le problème, ce n'étaient pas les hommes en eux-mêmes (même si je ne suis pas fan des types qui arrivent déjà bourrés au bar ou qui passent leur soirée à casser du sucre sur le dos de leur « tarée d'ex-femme »). C'était donc probablement de ma faute – après tout, le dénominateur commun à ces échecs, c'est moi.

Je sais que ça marche pour des milliers de personnes mais moi, je ne suis pas taillée pour ça. Passer des heures à écumer des profils et à envoyer des e-mails en tentant de paraître charmante et sexy, alors que je suis en chemise de nuit et en train de me gaver de chips, je ne le sens pas. Je sais que certaines personnes adorent ça. Qu'elles sont douées pour ça – le cyberflirt, les premiers rendez-vous... Moi, je suis nulle à ce jeu. Pire, Ethan me manque encore plus qu'avant.

Alors je crois que je vais m'en tenir aux bonnes vieilles méthodes. Les chemins qui se croisent, le destin, tout ça. Si l'amour veut me trouver, je suis là.

Ce qui m'inspire de la reconnaissance :

1. *L'icône de désactivation sur l'application de rencontres en ligne.*
2. *L'arrêt du scroll frénétique, parce que je sentais venir le syndrome du canal carpien.*
3. *La fin des* dick pics.

Faire le tri

Je n'ai pas beaucoup vu mon propriétaire depuis ma tentative de meurtre aux huiles essentielles. Je blague : je n'essayais pas *vraiment* de le tuer. Mais j'avoue que ce matin, en entrant dans la cuisine pour me préparer mon café, je suis salement tentée. Je le trouve plongé jusqu'aux coudes dans le bac de recyclage.

— Le papier bulle ne se recycle pas.

En chemise de nuit et pantoufles, encore à moitié endormie, je l'ignore et salue Arthur d'une caresse avant d'attraper ma cafetière.

Les manches de sa chemise retroussées, Edward extirpe l'objet incriminé de la poubelle comme s'il tirait le billet gagnant dans une tombola, puis me l'agite sous le nez.

— Pourquoi pas ? je rétorque. C'est du plastique.

— Il n'y a pas le symbole.

— Et alors ? fais-je en réprimant un bâillement.

Edward s'en étouffe presque :

— Ne me dis pas que tu jettes les déchets sans consulter le symbole pour vérifier s'ils sont ou non recyclables !

— Mais je m'y perds ! Si c'est du plastique, je le mets au recyclage, c'est tout.

Je remplis ma cafetière d'eau, m'empare d'une cuillère et ajoute du Lavazza.

Edward me dévisage les yeux exorbités et les mâchoires crispées, comme si je venais de lui avouer que j'ai trucidé le voisin.

— Ce n'est pas comme ça que ça marche, Pénélope. Si un seul emballage non recyclable se trouve dans le bac, tout le lot est contaminé.

Ça y est, j'ai eu mon compte de réprimandes.

— D'accord, je suis désolée, je vérifierai bien les symboles. Mais tout le plastique devrait être recyclable.

Tout en marmonnant mes excuses, je pose ma cafetière sur la gazinière et allume le brûleur tandis qu'il continue d'extraire des trucs de la poubelle.

Ignorant mes arguments, il entreprend de former une petite muraille de pots en verre et de bouteilles en plastique autour de lui.

— Et ça, tu crois que tu pourrais le laver correctement ? lance-t-il en brandissant une boîte de haricots d'un geste accusateur.

Plus je l'écoute, plus mon esprit se détache de mon corps, comme s'il tentait désespérément d'échapper à la triste réalité. Quand j'étais jeune, j'avais de grandes aspirations. Imaginez que je puisse retourner dans le passé et expliquer à la Nell de vingt ans que, non, elle ne vivra pas dans une belle maison jonchée de coussins aux couleurs assorties, mais qu'elle se retrouvera un beau matin plantée dans la cuisine d'un type qui lui agitera des boîtes vides de haricots sous le nez. Alors qu'elle n'a même pas encore bu son café.

— Qu'est-ce que c'est que ça ?

Tout à coup, je me rends compte qu'il est en train d'examiner un flacon de la crème décolorante dont je me sers pour blanchir ma moustache. Je le lui arrache des mains.

— On est vraiment obligés de faire ça ?

— Absolument, Pénélope, répond-il, l'air satisfait d'avoir enfin toute mon attention.

— Arrête de m'appeler Pénélope !

— Pourquoi ? C'est ton vrai prénom.

— Parce que personne ne m'appelle comme ça.

— C'est bien dommage. Ces temps-ci, tout le monde veut tout raccourcir.

— Surtout un prénom aussi difficile à prononcer.

— Il y a quatre syllabes.

— Exactement.

— Si les gens ne peuvent pas faire l'effort d'articuler quatre syllabes, tu ne devrais pas te donner la peine de leur répondre.

— C'est pour ça que tu tiens à ce qu'on t'appelle Edward au lieu d'Ed ?

Croisant les bras, je m'accoude sur le plan de travail en attendant que le café chauffe.

— Je n'insiste absolument pas : je m'appelle Edward, c'est tout.

— Ou alors Eddie ? je suggère. Eddie, c'est sympa.

Il fronce les sourcils et balaie une mèche de son front.

— Je n'ai pas l'âme d'un Eddie.

Je le dévisage. Il aurait besoin d'une bonne coupe de cheveux. Ils poussent vraiment dans tous les sens. Mais je suis mal placée pour juger : je suis tellement fauchée que je n'ai pas mis les pieds chez le coiffeur depuis des lustres. Il va falloir que je m'en tienne aux vieux ciseaux de coiffure de ma mère.

— Non, en effet, finis-je par reconnaître. Tu ne ressembles pas à un Eddie.

— C'est quoi, ce besoin de raccourcir tous les noms ? soupire-t-il. Tu crois qu'ils appellent la reine Liz ?

— Son Altesse Liz ? dis-je en riant. Peut-être.

Son expression s'adoucit.

— J'aime beaucoup le prénom Pénélope. Il te va bien.

— On dirait celui d'une vieille fille. Ou d'une marionnette des *Sentinelles de l'air*.

— *Lady* Pénélope, murmure-t-il d'un air pensif, sourcils arqués et tête inclinée. C'est très élégant.

— Je suis élégante ?

— Euh, généralement, non. Mais l'autre soir, tu l'étais.

Je me sens soudain rougir.

— Tu as de la classe, Pénélope.

— Merci beaucoup ! je réponds en exécutant une petite pirouette, en chemise de nuit et pantoufles.

Un sourire flotte sur ses lèvres.

— Ma mère faisait tout le temps ça.

— Vraiment ?

— Oui. Quand j'étais gamin, elle et mon père sortaient souvent le soir. Quand ils partaient, j'étais censé être au lit mais je quittais ma chambre en cachette et les espionnais à travers les barreaux de la rambarde. Pendant que mon père allait chercher la voiture, maman exécutait une pirouette à mon intention. « Tu me trouves comment, Edward ? », elle me demandait toujours.

— Et tu répondais quoi ?

C'est la première fois que mon propriétaire s'ouvre un peu à moi, et cela attise ma curiosité.

— Très belle, répond-il d'une voix lointaine, comme s'il se replongeait dans son enfance, derrière cette rambarde d'escalier. Je te trouve très belle, maman.

— Je parie qu'elle l'est toujours.

— Elle est morte quand j'avais treize ans. J'étais loin, en pension.

— Oh, je suis désolée.

— Pas de quoi, rétorque-t-il d'un ton plus sec. C'était il y a longtemps. Mon père s'est remarié avec quelqu'un de très bien. Ils vivent en France.

— C'est comme ça que tu as rencontré ta femme ?

— Oui.

J'attends qu'il me donne davantage de détails mais, au lieu de cela, il change de sujet :

— Bon, et c'était comment, alors ? Ce rendez-vous, je veux dire.

— Très nul, j'avoue avec une grimace.

— Oh. Navré pour toi.

— Ce n'est pas grave. Il était tout à fait correct… pour quelqu'un qui rêve d'avoir cinquante pour cent de réduction sur un Fitbit.

— J'aimerais bien, moi.

— Tu es jaloux ?

Il éclate de rire, et je me sens plutôt contente de moi. Comme si, d'une certaine façon, j'avais obtenu son approbation. Je sais que ça paraît ridicule, mais Edward n'a pas l'humour facile. Lui arracher un simple sourire est déjà une victoire en soi.

Nous sommes interrompus par les glouglous de ma cafetière.

— Il faut que j'y aille, dit-il en consultant sa montre. Je vais être en retard au bureau.

Nous contemplons tous deux le bazar étalé par terre, et Arthur qui renifle le tout avec curiosité.

— Tu veux que je range ? je propose.

— Tu ferais ça ? demande-t-il d'un air un peu penaud. Merci.

Il baisse ses manches, se lave les mains dans l'évier et décampe dans le couloir.

Je me verse un café. La paix, enfin.

Juste au moment où j'avale ma première gorgée, sa tête apparaît à la porte, coiffée de son casque de vélo.

— Mais j'aimerais vraiment que tu fasses attention à…

— Edward, je lance sur le ton de l'avertissement. Ferme-la et va bosser.

Il semble surpris, comme s'il avait du mal à croire que quelqu'un puisse lui parler sur ce ton. Pendant une fraction de seconde, je regrette de m'être montrée aussi abrupte – après tout, c'est mon proprio.

Juste après, il sourit et, pour la première fois, il obéit.

Ceci n'est pas un spam

Mardi matin, je me lève tôt pour finir une nécrologie en cours. Il faut que je la rende à midi mais il me manque encore quelques informations et j'attends qu'on me les envoie par e-mail. Je consulte ma messagerie. Rien. Je me demande si l'envoi a atterri dans mes spams. En parcourant ceux-ci, je repère un message de mon (ex-)application de rencontres :

> Vous avez reçu un message d'un membre. Pour le lire, réactivez votre compte.

Ah ah, tu parles. Ils essaient d'agiter une carotte sous le nez des êtres en mal d'amour pour les inciter à réactiver leur compte et à enregistrer leur carte de crédit. Je ne mange pas de ce pain.

Malgré cela, je clique. Le message est bloqué mais la photo de l'expéditeur est visible. Une seconde... Mais c'est *Johnny* !

J'agrandis l'image. Oui, c'est bien lui. Le papa sexy. Enfin, l'oncle craquant !

Zut. Où est ma carte bleue ?

Ce qui m'inspire de la reconnaissance :

1. *Son message, que je vous résume : « Salut, c'est toi, Nell ? Incroyable qu'on soit tous les deux sur ce site ! » Ensuite, il dit qu'il a remarqué que mon compte était inactif, ce qui signifiait que j'avais probablement déjà trouvé mon bonheur mais que, sinon, je pouvais lui répondre. Il finit par : « P.-S., tu étais très charmante dans la neige ! »*
2. *Les rencontres en ligne qui ont accepté de me reprendre après notre rupture.*
3. *Les miracles*[1].

---

1. Également connus sous le nom de « putain de RENDEZ-VOUS en bonne et due forme avec le seul homme qui m'ait attirée depuis Ethan » *(N.d.A.)*.

Juin
#retienslanuit

Il n'est jamais trop tard

Récemment, j'ai lu un article sur les célébrités tardives. Apparemment, Laura Ingalls Wilder, la femme qui a écrit *La Petite Maison dans la prairie*, n'a réussi à publier son premier livre qu'à soixante-cinq ans.

Soixante-cinq !

Cette nouvelle m'a remonté le moral : peut-être que, moi aussi, j'allais me révéler sur le tard. Ça m'a rassurée : j'avais encore plein de temps pour réaliser mes rêves et mes aspirations.

C'est presque devenu un automatisme : maintenant, chaque fois que je lis un article sur quelqu'un qui a couru le marathon, créé une entreprise florissante ou changé de vie en s'installant en Toscane pour rénover une vieille ferme, je vérifie son âge.

Cinq ans de plus que moi ? Vous voyez bien qu'il n'est jamais trop tard ! Inutile de paniquer !

Dix ans plus jeune ? Mais qu'est-ce que j'ai fichu tout ce temps ? Et là, je déprime pendant des jours.

Ce qui m'inspire de la reconnaissance :

1. *Le Japonais Yuichiro Miura, la personne la plus âgée à avoir atteint le sommet de l'Everest en 2013, à l'âge de quatre-vingts ans.*
2. *N'avoir aucune envie d'escalader l'Everest.*

Discussion WhatsApp avec Fiona

Salut, Nell, désolée de ne pas t'avoir donné de nouvelles, c'est un peu la folie en ce moment avec la déco (je refais toute la maison, maintenant !) et les enfants.
À ce sujet, la journée sportive de l'école, c'est demain, et Izzy adorerait que tu viennes la voir courir. Ça te dit ? Moi aussi, j'ai envie de te voir !

Salut, oui, bien sûr, ce serait super de se voir

Génial ! Comment tu vas, au fait ?

J'ai un rendez-vous avec Johnny !

C'est qui Johnny ???

Tu sais, le papa sexy !

Fiona écrit

Le type nu du cours de dessin !

Quel cours de dessin ???

Sauf que ce n'est pas un papa sexy
mais un oncle craquant !

Je comprends rien du tout. Tu me raconteras
la semaine prochaine. Ça va être génial ! XX

Ce qui m'inspire de la reconnaissance :

1. *Cette invitation à la journée sportive de l'école, parce que Fiona et les enfants m'ont vraiment manqué et que j'ai hâte de les voir.*
2. *J'ai enfin des choses intéressantes à raconter à mes amis quand ils me demandent comment je vais.*
3. *Je n'ai pas été contrariée en m'apercevant que, si Fiona n'est pas au courant pour Johnny, c'est parce qu'on s'est à peine vues, et je ne me suis pas sentie triste parce qu'on n'est plus aussi proches qu'avant. Les choses et les gens changent, et aujourd'hui, Annabel et elle ont beaucoup plus de points communs.*
4. *Le fait que la sagesse se travaille au quotidien, parce que je vais avoir besoin de beaucoup pratiquer pour croire au point précédent.*

Premier rendez-vous

Après un début de mois un peu morne, Londres décide de tout donner pour mon premier rendez-vous avec Johnny. Un ciel lavé de frais. Un soleil radieux. Une température idéale, à 24 °C. C'est l'une de ces parfaites journées d'été qui me font retomber amoureuse de la ville qui m'a retenue en otage pendant tout l'hiver et m'a baladée une bonne partie du printemps.

Pour fêter ce temps magnifique, nous décidons de nous retrouver pour prendre un verre dans un pub du quartier au bord de la rivière. Tout le monde a eu la même idée et l'endroit est bondé. Je regarde autour de moi les gens serrés sur la terrasse qui sourient en buvant des pintes de bière et des Spritz, puis reporte mon attention sur Johnny, assis en face de moi à la table de bois. Il y a du bonheur dans l'air.

— Alors dis-moi : comment peux-tu être célibataire ? me demande-t-il.

Nous avons commandé une bouteille de vin, et je décide officiellement que je ne pourrais être mieux nulle part ailleurs qu'ici, avec lui, à siroter du rosé en robe d'été.

— Pour les mêmes raisons que quelqu'un comme toi, je rétorque.

— Parce que tu n'as pas encore trouvé la bonne personne ? s'enquiert-il, sourcils froncés.

— Tu sais que tout le monde dit ça ?

— C'est toujours mieux que de répondre que c'est parce qu'on t'a trompé, que tu es alcoolique ou que ta dernière partenaire t'a quitté à cause de tes pratiques fétichistes.

— Pas faux, j'approuve en riant. Pourquoi, tu as des pratiques fétichistes ?

C'est à son tour de rire :

— De temps à autre.

— Quel genre ? je demande, un peu saoule et charmeuse.

— Je suis étrangement attiré par les femmes qui ne portent qu'un seul gant.

— Je suis tombée droit dans le piège, on dirait, je m'esclaffe.

— Ou alors je t'ai tendu la perche, réplique-t-il du tac au tac.

— Sauf que maintenant, j'en ai une paire, tu te souviens ? Et donc, tu es guéri.

— Ça, ce n'est pas sûr, rétorque Johnny avec un sourire en coin.

En attrapant la bouteille pour remplir nos verres, il s'aperçoit qu'elle est presque vide.

— Je crois qu'il nous en faut une autre.

— Je n'en reviens pas qu'on ait déjà bu tout ça.

— Flirter, ça donne soif, conclut-il.

Incroyable.

Sitôt qu'il s'éloigne vers le bar, je fonce en direction des toilettes. J'ai une furieuse envie de faire pipi et, surtout, il faut absolument que j'appelle Liza. Je n'arrive pas à y croire ! Côté atomes crochus, je n'aurais pu rêver meilleur premier rendez-vous. À mon entrée dans le pub, dès que Johnny m'a accueillie d'un sourire, toutes mes peurs et mon anxiété se sont évanouies. Nous nous sommes immédiatement sentis à l'aise. Cela dit, le fait de l'avoir vu nu a certainement contribué à briser la glace.

Nous sommes allés directement au cœur des choses : sans détour, je lui ai parlé de mon enfance, de mon adolescence, de mon travail d'éditrice puis de mon installation à New York, et de mon récent retour des États-Unis. Certes, je lui ai raconté la version glamour mais, quand on rencontre quelqu'un pour la première fois, on essaie de se présenter sous son meilleur jour, pas de dévoiler d'emblée sa face cachée.

Johnny m'a décrit son enfance dans le Surrey aux côtés de sa sœur, sa carrière passée de joueur de tennis – « pas du niveau de Wimbledon », mais elle lui a permis de disposer d'un apport pour acheter sa maison et d'offrir à sa mère « quelques trophées à lustrer ». Aujourd'hui, il est moniteur de tennis dans un club privé, « quand je n'enlève pas mes vêtements », ajoute-t-il en souriant. Il aspire à ouvrir une boutique de disques vinyles dans la rue commerçante du quartier. Il est drôle, il a le sens de l'autodérision et, surtout, il est bel et bien célibataire : il était en couple depuis deux ans quand sa petite amie a rompu avant de rentrer au Canada.

— Ça semble trop beau pour être vrai, j'annonce à Liza depuis le box des toilettes.

— Arrête d'être pessimiste. Tous les hommes ne sont pas des salauds. Seulement ceux dont je tombe amoureuse.

— J'ai peur, c'est tout. Je n'ai pas envie d'avoir mal…

Je finis de faire pipi et tire la chasse.

— Je crois qu'il me plaît, je poursuis.

— Tu as beaucoup bu ?

— Deux verres de vin.

— Prends-en un troisième.

Je me lave les mains en contemplant mon reflet dans le miroir. Heureusement, le vin commence à faire effet, et je me trouve joliment floue. Je mets un peu de gloss sur mes lèvres, fais bouffer mes cheveux et retourne dans le pub. J'aperçois Johnny, assis dans un coin sur un canapé de cuir avachi.

— Je commençais à avoir un peu froid, dehors. Je me suis dit qu'on serait mieux ici.

Il a déjà rempli mon verre. Lorsque je me faufile entre le sofa et la table basse, ma jambe nue effleure la sienne.

— Merci, dis-je en acceptant le verre qu'il me tend.

J'en avale une bonne gorgée. Il a pris un côtes-de-provence, le plus clair de tous. Ça se boit comme du petit-lait.

— Ça me rappelle le jour de notre rencontre… Tu étais assise dans un coin du pub…

— Oui, je me souviens. C'était mon anniversaire.

— Vraiment ?

Pendant un bref instant, je regrette d'avoir lâché ce détail. Je ne voudrais pas qu'il s'imagine que je n'ai pas d'amis. Mais le rosé s'infiltre dans mes veines et dissout au passage toutes mes inhibitions.

— Oui, tous mes amis étaient pris, alors j'ai fini toute seule au pub avec Arthur – pour être honnête, ce n'était pas une mauvaise soirée, en définitive.

— Parce que tu m'as trouvé ? demande-t-il, taquin.

— Plutôt à cause du *fish and chips*, je rétorque en levant les yeux au ciel.

— Si seulement j'avais été au courant ! s'esclaffe-t-il. Ça m'aurait simplifié la tâche pour te draguer. Je me serais contenté de te chanter « Joyeux anniversaire », même si je chante très faux.

Je le dévisage, abasourdie.

— Tu m'as draguée ?

— Absolument.

— Je n'ai rien vu.

— Comment as-tu fait pour ne pas t'en apercevoir ? J'ai même envoyé Oliver en éclaireur.

— C'est de l'exploitation de mineurs ! je m'insurge.

— En échange, il a gagné un paquet de Haribo et une heure d'écran supplémentaire – il était aux anges.

Un large sourire aux lèvres, Johnny plante son regard bleu dans le mien. Je sens mon incrédulité céder la place au ravissement.

— Je pensais que tu étais son père. Et que tu étais marié.

— Moi ? *Marié* ?

— Pas la peine d'avoir l'air si choqué. Ce n'est pas complètement irréaliste, non ?

Il émet un petit rire avant de prendre une gorgée de vin.

— Non ? je répète.

— Tu es en train de me demander si je suis pour ou contre le mariage ? s'enquiert-il d'un air amusé.

Soudain, je me sens affreusement gênée.

— Non, pas du tout. Je voulais seulement dire… je voulais dire…

Sauf que j'ai perdu le fil de mes pensées, que j'ai bu trop de vin et que mes manœuvres de séduction ont dérapé…

— Je te taquine, c'est tout.

En représailles, je lui mets une tape sur la main.

— Désolé, s'excuse-t-il, je n'ai pas pu m'en empêcher. Tu me pardonnes ?

— Je vais y penser.

— Eh bien, ne réfléchis pas trop longtemps.

— Et pourquoi ça ?

Et là, avant que je comprenne ce qui m'arrive, il m'attire vers lui et m'embrasse.

Un peu plus tard, il me raccompagne chez moi. Nous marchons main dans la main. Je ne me souviens plus de quoi nous parlons, mais nous rions beaucoup et plaisantons avec cet « humour léger » que tout le monde évoque dans son profil mais dont, jusqu'à présent, je n'ai jamais fait l'expérience.

— Je retire tout ce que j'ai dit sur les sites de rencontres, dis-je au moment où nous nous arrêtons pour qu'il pose son sweat-shirt sur mes épaules.

Le vêtement est doux et chaud, et ce geste tout simple m'emplit de joie. Quand on est célibataire, c'est souvent ce genre de petites choses qui vous manquent : lorsqu'on est seule, il n'y a personne pour se demander si la fraîcheur du soir vous fait frissonner.

— Ce n'est pas ton truc, hein ?

— J'avais désactivé mon compte. Je ne me suis réellement inscrite qu'après avoir reçu ton message.

— J'aurais dû t'inviter à sortir avec moi le jour où il a neigé, tu aurais économisé soixante balles.

— Sans compter tous ces rendez-vous, j'ajoute avec une grimace.

— C'était si terrible ?

— Le pire, c'était celui de l'*escape room*... mais j'assume.

— Je n'en crois pas un mot, commente-t-il avec un petit rire et un regard en coin.

En dépit du sweat-shirt, je sens un petit frisson me courir le long de l'échine.

— Alors j'espère que cette soirée compense tout le reste, dit-il.

— Eh bien...

Je fais mine de réfléchir.

— Eh ! proteste-t-il.

— Je te taquine, c'est tout.

Il rit. Nous rions tous les deux.

Je me sens jeune et libre, et c'est la première fois, depuis ma rupture avec Ethan, que je regarde un homme en pensant qu'il pourrait peut-être se passer quelque chose. Pourtant, je me garde bien de dévoiler le fond de ma pensée à Johnny.

Je suis saoule, mais pas à ce point.

Dix minutes plus tard, nous arrivons devant la maison d'Edward.

— C'est chez toi ?

— Oui...

Je suis coupée dans ma réponse par le déclenchement des éclairages de sécurité.

— Aaah, je suis aveugle ! s'écrie Johnny en lâchant ma main.

— Désolée, il y a un détecteur de mouvements, j'explique en me protégeant vivement les yeux.

Aucune femme de mon âge n'a envie qu'on braque un projecteur sur son visage à minuit, après deux bouteilles de vin partagées avec un homme qui se tient à quelques centimètres d'elle.

Mais le pire reste à venir ! Arthur se met à aboyer. Et puis…

— C'est qui, ça ?

Je lève la tête dans la direction indiquée par Johnny. À la fenêtre de l'étage, le rideau frémit et une tête apparaît.

Mon Dieu.

— C'est Edward, mon proprio.

Je dis ça comme s'il était tout à fait normal, à mon âge, de louer une chambre chez l'habitant, et que l'habitant en question vous surveille de sa chambre, en pyjama, les yeux plissés derrière ses lunettes.

Bon, d'accord, il s'agit sans doute d'un tee-shirt mais, franchement, ça pourrait tout aussi bien être un pyjama.

— Bon, je suppose que c'est ici qu'on se sépare, alors…

— Oui, je confirme en détournant mon regard de la fenêtre. Je suppose.

Si je suis déçue, c'est de courte durée. Parce qu'alors il m'embrasse de nouveau. Mais cette fois, cela dure plus longtemps, et il enlace mes épaules nues. J'ai l'impression d'être une adolescente qui roule une pelle à son petit copain sur le pas de la porte devant chez ses parents. Je me fiche de savoir qui me voit et je ne remarque même pas le moment où la lumière finit par s'éteindre, nous plongeant dans la lueur douce des réverbères.

J'ignore combien de temps nous sommes restés ainsi.

Ce qui m'inspire de la reconnaissance :

1. *La deuxième bouteille de vin.*
2. *Les baisers de Johnny.*
3. *Son texto, un peu plus tard, où il me dit qu'il a passé une très belle soirée et m'invite à dîner samedi.*
4. *Le Berocca*[1].

1. Médicament censé pallier des carences en magnésium mais que l'héroïne utilise sans doute ici pour prévenir une gueule de bois *(N.d.T.)*.

Sur le ring

Je me réveille de très bonne humeur. Pas seulement en raison de mon rendez-vous d'hier avec Johnny, mais parce que j'ai hâte de voir Fiona, Izzy et Lucas. En outre, le temps s'annonce de nouveau magnifique – une journée idéale pour le sport.

Mais pas forcément pour Fiona.

Au moment de sortir, je reçois un appel affolé de sa part : en sortant les poubelles, elle a trébuché et s'est tordu la cheville.

— Rien de grave, m'explique-t-elle, mais elle est enflée comme un ballon de foot. Ça fait une demi-heure que je mets de la glace dessus.

— Ma pauvre, ça doit faire mal ! Tu vas quand même pouvoir venir ?

— Oui, je ne peux pas manquer ça. Heureusement, c'est la cheville gauche et, avec la boîte automatique et un bon bandage, je vais pouvoir conduire. Par contre, je ne pourrai pas participer à la course amicale des mamans, et Izzy va être très déçue.

— Oh, non…

— Alors je me demandais… Tu pourrais me remplacer ?

— Moi ?

— C'est une toute petite course, ne t'inquiète pas. Rien à voir avec les marathons de Holly.

— Oui, bien sûr ! je réponds sans hésiter. Pour Izzy, je ferais n'importe quoi !

— Ouf, merci, Nell, tu es géniale !

— Sauf que... Eh bien... Je ne suis pas une maman, je balbutie.

— Tu es la marraine d'Izzy, alors je suis sûre que ça passera, réplique-t-elle. À dix heures, ça te va ?

— Oui, parfait...

— OK, super ! Oh, et n'oublie pas tes baskets !

L'école d'Izzy est située sur un immense terrain – rien à voir avec l'école élémentaire miteuse que j'ai fréquentée en mon temps. Les routes voisines sont bordées de voitures cossues appartenant aux parents venus assister à la journée sportive. Quant au parking lui-même, on dirait celui d'un concessionnaire Range Rover.

Je descends du bus et passe le portail, un peu intimidée. Là, je suis accueillie par quelques mamans souriantes et rivalisant d'élégance. Apparemment, il règne un gros esprit de compétition, et pas seulement sur la piste de course. J'ai l'impression d'être de retour à l'école, sauf que, maintenant, je suis adulte. J'ai entendu Michelle se plaindre de l'ambiance qu'il y avait parfois à la sortie des classes et, maintenant que j'en suis personnellement témoin, je trouve effectivement tout ceci un peu effrayant.

En observant les alentours, je note la présence de gangs rivaux : les mamans chic, les mamans influenceuses, les mamans grenouilles de bénitier (celles qui portent un badge « à votre service ») et les mamans qui font les zouaves au fond de la classe.

Je pense que je fais partie du dernier club.

J'aperçois Fiona qui boitille dans ma direction, accompagnée d'Izzy et de Lucas. Nous ne nous sommes pas vues depuis cette affreuse fête prénatale, et je suis vraiment contente de la retrouver. J'espère qu'aujourd'hui notre amitié va pouvoir reprendre son cours normal.

Izzy lâche la main de Fiona et me rejoint en courant, sa robe en vichy rouge flottant derrière elle. Je la cueille au vol et la serre fort dans mes bras.

— C'est toi qui remplaces maman pour la course ! piaille-t-elle, tout excitée.

— Oui, c'est moi, fais-je avec un grand sourire.

Lucas à ses côtés, Fiona claudique jusqu'à moi en soupirant :

— Nell, tu es la meilleure... Merci mille fois. Qu'est-ce que je ferais sans toi ?

— Tu laisserais complètement tomber ta fille, je plaisante.

Faussement offusquée, elle me décoche un coup de coude.

— Tu vas gagner ? me demande Izzy avec empressement.

— Je vais faire de mon mieux. Tu vas m'encourager ?

Elle hoche frénétiquement la tête.

Soudain, une voix péremptoire nous interrompt :

— Mais souviens-toi que ce qui est important, ce n'est pas de gagner, mais de participer !

En me retournant, je vois une silhouette qui accourt vers nous, queue-de-cheval en balancier, vêtue de lycra de la tête aux pieds.

Annabel. Mon estomac se noue. On dirait une gazelle habillée en Lululemon.

— Pas vrai, les filles ? lance-t-elle à la cantonade.

— Oui, maman ! clame Clémentine qui hoche furieusement la tête tout en courant près de sa mère.

Quant à Izzy, l'air moins convaincue, elle serre plus fort ses bras autour de moi.

— Annabel, tu es superbe ! clame Fiona. Je suis plutôt contente d'être hors course.

— Fiona, ma pauvre chérie, comment vas-tu ?

— J'ai connu mieux, soupire-t-elle tristement en désignant sa cheville bandée.

— Tu sais, j'ai un ostéopathe *fa-bu-leux* ! Il fait des miracles. Avec lui, tu seras sur pied en moins de deux.

— C'est vrai ? Oh, merci, ce serait fantastique.

— Tout à fait. Je l'appelle tout de suite, dit-elle en cherchant son portable dans son sac à main haute couture.

— Heureusement, poursuit Fiona, Nell va me remplacer pour la course.

— Oh, Nell, salut ! lâche Annabel, comme si elle venait de s'apercevoir de ma présence. Quel brave petit soldat. Toujours là pour répondre à l'appel, hein ?

— C'est à ça que servent les amis, je réponds avec un sourire forcé.

Garce.

— Tu es partie tôt, à la *baby shower.*

— Oui, dis-je simplement en étreignant Izzy qui refuse que je la lâche.

— Ça fait un moment qu'on ne t'a pas vue, n'est-ce pas, Fiona ?

Décochant un sourire à mon amie, elle fait un petit pas de côté pour se planter à côté d'elle, puis elle se tourne vers moi. La manœuvre est claire : à présent, nous sommes dans deux camps opposés. Fiona et Annabel d'un côté, moi de l'autre.

Je vous jure que je n'invente rien.

— J'ai aidé Fiona à redécorer sa maison, poursuit Annabel. Elle est magnifique, maintenant, non ?

— Annabel a un goût incroyable, confirme Fiona.

— Où est Clémentine ? Oh, tu es là ! s'exclame Annabel en se tournant vers sa fille qui s'est faufilée derrière ses jambes. Clémentine et Izzy, si vous alliez jouer, toutes les deux ?

Izzy me laisse enfin la reposer par terre et les deux fillettes partent en courant sur la pelouse pour rejoindre Lucas qui a retrouvé un groupe d'amis. Je reporte mon attention sur Fiona et Annabel, en grande conversation au sujet des luminaires. Soudain, cette course est devenue pour moi d'une importance capitale. Si j'y prends part, ce n'est pas pour franchir la ligne d'arrivée en tête – à présent, c'est l'amitié de Fiona qui est en jeu.

Annabel me surprend à les dévisager. Elle me scrute avec arrogance, comme pour jauger la concurrence. Son examen semble la rassurer.

— Tu vas courir en tongs ? finit-elle par demander, sourcils arqués.

— Non, j'ai apporté mes baskets.

— À la fac, Nell faisait de l'athlétisme, se rengorge Fiona.

— Pendant un semestre, j'ajoute en riant. Après, j'ai découvert l'existence du bar sur le campus, et je n'arrivais jamais à me lever avant midi.

— C'est quoi, ton meilleur temps aux cent mètres ? s'enquiert Annabel d'un ton défiant.

— Mon temps ? Je croyais que c'était une course amicale ?

— Dernièrement, je l'ai couru en quatorze secondes.

— Euh... C'était il y a longtemps... Je ne m'en souviens plus.

— Non mais regardez-vous ! intervient Fiona en riant. Je ne pensais pas que vous aviez un tel esprit de compétition !

— Moi, pas du tout ! je proteste. Et puis, je croyais que ce qui comptait, c'était de participer...

Mes arguments sont noyés dans des éclats de voix : la course des papas vient de commencer.

Peu après, au moment où Izzy et moi nous dirigeons vers la buvette, je tombe sur Johnny – à ma grande surprise. Il est en compagnie d'Oliver et bavarde avec une maman. Une petite foule s'est rassemblée autour de lui et les gens l'écoutent attentivement en riant. J'éprouve un petit accès de fierté mêlé de plaisir.

— Oh, salut !

En me voyant, il s'interrompt et me sourit. Je me sens rougir au souvenir du baiser échangé sur le pas de ma porte.

— Je suis content de te voir, murmure-t-il en m'embrassant sur la joue.

Ce n'est pas tout à fait comme hier soir, mais je ne m'attendais pas à ce qu'il remette ça en public.

— Qu'est-ce qui t'amène ici ? demande-t-il.

Je sens le regard de toutes les femmes se poser sur moi.

— Je te présente Izzy, ma filleule.

Celle-ci lui adresse un petit signe de la main.

— Tatie Nell va gagner la course, déclare-t-elle fermement.

— Sa mère s'est tordu la cheville, je clarifie. Alors je la remplace pour la course amicale.

— Dans ce cas, je vais faire en sorte d'y assister.

À cet instant, Fiona fait irruption près de nous, chargée de bouteilles d'eau.

— Salut, lance-t-elle en adressant un signe de tête à l'ensemble du groupe. Je suis Fiona.

— C'est la maman d'Izzy, j'explique. Fiona, je te présente Johnny.

— Enchantée.

Il lui décoche un sourire poli avant de se tourner vers Oliver qui lui tire avec insistance sur le bras.

— D'accord, j'arrive ! lui dit-il en riant de bon cœur. Ravi de vous avoir rencontrées, Fiona et Izzy. Nell, je viens te voir courir tout à l'heure.

Après m'avoir adressé un clin d'œil, il disparaît dans la foule.

— Ouaaaah ! C'était qui, *ça* ? me lance Fiona, les yeux ronds comme des soucoupes.

— Johnny, le type avec qui je suis sorti ! je siffle, les joues encore rouges de cette rencontre inopinée.

— Alors, c'est lui ! Nom d'une pipe, je veux connaître tous les détails…

— J'ai raté quelque chose ?

Annabel vient de surgir près de nous, une bouteille d'eau de coco à la main. Elle semble agacée d'avoir manqué les présentations.

— Je vous ai vues discuter avec mon prof de tennis.

— Johnny est ton prof de tennis ? je répète, abasourdie.

— C'est le nouveau petit ami de Nell, dit Fiona.

— Ce n'est pas mon nouveau petit ami, je proteste en lui décochant une bourrade.

Fiona glousse. Franchement, j'ai l'impression d'avoir dix-huit ans et d'être de retour sur les bancs de la fac.

— Nous sommes sortis ensemble une seule fois, j'explique en m'efforçant de masquer mon plaisir.

— Les joies du célibat, soupire Fiona à l'adresse d'Annabel.

— Je me souviens, répond celle-ci tout sourire. Tu t'imagines, être *toujours* célibataire ?

Et puis, tendant le bras, elle me tapote l'épaule avec compassion.

Sérieux, je pourrais la tuer.

En attendant, je DOIS gagner cette course.

Nous sommes réunies sur la ligne de départ. J'observe les autres mamans – la plupart portent des leggings et des chaussures de sport, mais quelques-unes sont en robe. J'ai mis un jean, et mon soutien-gorge ne soutient pas grand-chose. En outre, après un hiver passé à promener le chien sur des chemins boueux, mes baskets ont la couleur d'un vieux chewing-gum collé sur le trottoir.

Où est Annabel ?

J'ai beau regarder partout autour de moi, je ne la vois pas. Pendant un bref instant, je me demande si elle n'a pas changé d'avis. Peut-être a-t-elle décidé qu'une course amicale n'était pas digne de ses compétences olympiques. Mais non, la voilà, pratiquement au bout de la ligne de départ. Elle sautille vers moi jusqu'à n'être plus qu'à quelques mamans de moi. Là, elle ouvre son sweat à capuche, révélant une brassière qui met en valeur des abdominaux de dingue. Elle commence à s'étirer et, comme un seul homme, tous les papas tournent la tête dans sa direction pendant que leurs épouses lui décochent des regards furibonds.

Je sens mon moral baisser d'un coup : j'arrive à peine à toucher mes orteils et, la dernière fois que j'ai couru, c'était après le bus. Je lance un regard vers Fiona et les enfants, rassemblés sur le bord de la pelouse avec les autres spectateurs, et ils m'adressent des signes et des sourires encourageants. Puis je reporte mon attention sur Annabel qui poursuit ses assouplissements.

Autour de moi, la plupart des mamans ne semblent pas prendre cette course très au sérieux, mais, en croisant le regard d'Annabel, je comprends que tel n'est pas son cas.

Avez-vous vu *Gladiator* ? Si oui, vous me comprenez.

Soudain, la directrice de l'école apparaît, un drapeau à la main.

— Bon, est-ce que tout le monde est là ?

Un murmure impatient lui répond.

— Dans ce cas, à vos marques, prêtes… Partez !

Nous nous élançons.

Le thème des *Chariots de feu* retentit dans ma tête. Annabel court en tête, bondissant comme une championne, mais je ne me laisse pas distancer. Poitrine gonflée et cœur battant, je balance les bras aussi fort que je peux, inspirant et expirant en rythme. Je suis à moins d'un mètre derrière elle, mes pieds martèlent l'herbe.

Concentre-toi, Nell, concentre-toi.

J'accélère. J'ai les yeux rivés sur la ligne d'arrivée mais, plus je me rapproche, plus elle s'éloigne, et tout ce que je vois, c'est un montage des moments d'amitié partagée avec Fiona : notre premier jour à la fac, quand je l'ai vue décharger sa voiture et que je l'ai aidée à porter ses cartons de vieux disques vinyles ; la fois où elle a soufflé ses bougies pour son vingt-et-unième anniversaire, que ses cheveux ont pris feu et que je les ai éteints en lui balançant un pichet de margarita au visage ; notre voyage à Paris, durant lequel nous étions si fauchées qu'on s'est nourries de baguettes[1] pendant une semaine – on était tellement ballonnées qu'on n'arrivait plus à fermer nos jeans ; nos rires et nos larmes boueuses à Glastonbury ; l'expression de son visage lorsqu'elle m'a annoncé qu'elle épousait David ; la mienne quand j'ai tenu Izzy pour la première fois et qu'elle m'a demandé d'être sa marraine…

Et maintenant, j'ai l'impression qu'Annabel me vole tout cela. Pas question que je la laisse faire. Il faut que je la rattrape et que je la dépasse. Je ne peux pas la laisser gagner.

Puisant très loin dans mes ressources, j'en extrais un sursaut d'énergie. Je sens que je prends de la vitesse. Je redeviens cette jeune fille qui les battait tous en athlétisme. Quand j'arrive à sa hauteur, Annabel me lance un regard où la détermination le dispute à la panique de me voir au coude à coude avec elle.

Voilà, je la double…

1. En français dans le texte *(N.d.T.)*.

Et là, il se passe un truc bizarre. Tout à coup, je sens dans mon flanc un coup qui m'envoie valser sur le côté. J'essaie désespérément de garder l'équilibre mais je trébuche sur je ne sais quoi et m'affale le nez dans le gazon. Pendant ce temps, Annabel vole vers la victoire, passant la ligne d'arrivée sous les acclamations de la foule.

Elle a gagné.

Ce qui m'inspire de la reconnaissance :

1. *Johnny, qui m'a trouvé de la glace à mettre sur mon œil au beurre noir.*
2. *Ne pas me sentir complètement ridicule après m'être vautrée devant tout le monde, vu que c'était juste un accident et qu'Annabel n'a pas du tout fait exprès de me bousculer puis de me faire un croche-pied*[1].
3. *Izzy, qui m'a donné sa médaille remportée à la course à l'œuf, et qui m'a dit que j'étais la meilleure marraine du monde.*
4. *La chanson d'ABBA,* The Winner Takes It All, *que j'écoute à fond dans mon casque sur le trajet du retour.*

---

1. Bien sûr que si, en fait, mais c'est une liste de gratitude, pas un catalogue de pensées meurtrières *(N.d.A.)*.

Que ferait Frida ?

Quelques jours plus tard, je retrouve Cricket au musée V&A pour voir l'exposition Frida Kahlo qui vient juste d'ouvrir. La collection d'objets personnels de cette artiste est fascinante mais, comme Cricket revient juste de Dublin, nous bavardons tout en parcourant les salles. Plantée devant l'une des tenues mexicaines colorées de Frida, je lui résume ce qui m'est arrivé durant la journée sportive de l'école.

— C'est infect, convient-elle, mais vois le bon côté des choses : c'est toujours mieux qu'aller à un enterrement – c'est à peu près la seule fête à laquelle je suis conviée, ces derniers temps.

— C'est vrai, fais-je avec un sourire compatissant. Ça veut dire que Lionel et Margaret ne t'ont toujours pas invitée à dîner ?

— Bien sûr qu'ils ne l'ont pas fait. Ça bouleverserait leur plan de table, une convive seule. Et je suis sûre que Margaret pense que j'ai des vues sur Lionel.

— *Lionel ?*

— Comme si je voulais voler le mari d'une autre juste parce que le mien est mort ! s'esclaffe-t-elle. En tout cas, si ça m'arrivait, ce n'est certainement pas sur Lionel que je jetterais mon dévolu. Tu as vu la taille de ses oreilles ? Monty disait toujours qu'il avait une tête d'amphore… Oh, regarde ces jupes à volants ! Elles sont magnifiques !

— Superbes. Tu as vu les broderies sur celle-ci ?

— Cette Annabel m'a l'air d'un sacré numéro.

— C'est une façon de la décrire.

Depuis la course, j'ai reçu plusieurs messages de Fiona m'expliquant qu'Annabel était bouleversée par l'incident et qu'elle réclamait mon adresse. « Entre nous, je pense qu'elle veut t'envoyer des fleurs. C'est tout elle, ça, elle est vraiment prévenante. Elle m'a invitée à partager son jacuzzi pour soulager ma cheville, et elle m'a même pris un rendez-vous en urgence avec son ostéopathe. Depuis, je vais beaucoup mieux. »

« Génial », ai-je répondu. J'ai aussi transmis mon adresse mais, bien entendu, je n'ai pas vu la queue d'une fleur. À mon avis, elle avait plutôt l'intention de m'envoyer un tueur à gages.

— Regarde ce corset en plâtre peint à la main !

Nous nous dirigeons vers une vitrine illuminée.

— Elle a dû souffrir le martyre, je commente en m'approchant de l'objet pour l'examiner de plus près.

— Comment va ton œil ?

Notre conversation vogue du sublime à l'anecdotique…

— Ça fait encore mal, mais l'hématome commence à s'estomper.

Ces derniers jours, je l'ai masqué derrière des lunettes de soleil, le temps qu'il vire du noir au violet puis au jaune.

— Avec un peu de chance, il aura presque disparu samedi... Soir de mon deuxième rendez-vous avec Johnny.

À ces mots, le visage de Cricket s'illumine. Tout à l'heure, pendant que nous faisions la queue au vestiaire, je lui ai tout raconté.

— Où t'emmène-t-il ?

— Dans un restaurant branché, je ne sais pas lequel. Il veut me faire la surprise.

Cricket semble sincèrement heureuse pour moi.

— Fantastique ! s'exclame-t-elle. Monty aussi aimait me surprendre. Il me disait : « Enfile ta plus belle robe, Cricket, on sort. »

Elle marque une pause et soupire avant d'ajouter :

— Il me manque vraiment.

Je repense à l'enveloppe et à la photo dans mon sac. Je ne lui en ai toujours pas parlé. J'avais l'intention de le faire aujourd'hui mais, à présent, mes doutes refont surface : pourquoi prendre le risque de la blesser ? Quel bien cela pourrait-il faire ?

— Tu sais, reprend-elle tandis que nous passons dans la salle suivante, je songe à prendre un logement plus petit.

— Tu veux déménager ?

— Oui, confirme-t-elle avec un hochement de tête. Je n'ai plus besoin d'une maison aussi grande. Je me sens bête, à déambuler toute seule là-dedans. Je crois que je vais la vendre pour m'acheter un joli petit appartement.

— Mais tu adores cette maison !

— C'est vrai, mais elle me rappelle tellement Monty…

— Et ce n'est pas bien ?

— Sous bien des aspects, c'est effectivement très réconfortant, mais…

De nouveau, elle s'interrompt avant de balayer d'un geste la salle autour de nous.

— La vie n'est pas un musée, Nell. Je ne veux pas vivre dans le passé.

Au lieu de tenter de la raisonner, je me tais et la laisse poursuivre :

— Je ne tiens pas à passer le temps qui me reste à regarder en arrière. Je veux aller de l'avant. Vers de nouvelles expériences, de nouvelles aventures. Sinon, ma vie sera amputée d'une part de moi-même.

Derrière son sourire vaillant, je décèle un profond désarroi.

— Dans cette maison, je ressens son absence tellement fort. Son rire dans la cuisine me manque. L'odeur de ses cigarettes… Comme il n'avait pas le droit de fumer à l'intérieur, il se penchait par la fenêtre en argumentant que, techniquement, il était dehors.

Je sais très bien ce que ressent Cricket. Certes, nos situations sont très différentes, mais nous sommes si proches émotionnellement. Ethan n'est peut-être pas mort, mais notre relation l'est – c'est d'ailleurs pour cette raison que je suis repartie à Londres. J'avais besoin d'un nouveau départ, d'une vie où je ne verrais pas des traces de lui à chaque instant.

— Je comprends, dis-je en lui étreignant le bras. Et je pense que c'est une bonne idée.

Elle m'adresse un sourire reconnaissant avant de reporter son attention sur l'exposition :

— Regarde ces châles, comme ils sont beaux !

— C'est génial qu'ils aient gardé toutes ses affaires, je commente.

— Il va falloir que je me débarrasse de tas de choses quand je vendrai la maison, et pas seulement des vêtements. Rien qu'avec les livres, je pourrais ouvrir une bibliothèque…

En pensée, je revois le couloir principal de la maison de Cricket, bordé d'étagères jusqu'au plafond, puis ma propre bibliothèque, beaucoup plus modeste, en Californie. Sa maison doit contenir des centaines de livres. Peut-être même des milliers.

— Je suppose qu'on pourrait les apporter dans les boutiques de charité, suggère Cricket. Sauf qu'ils risquent de ne pas avoir la place, eux non plus.

— Celle que je fréquentais en Californie a refusé mes livres, dis-je avec regret. Heureusement, ils m'ont aiguillée vers les boîtes à lire.

— Qu'est-ce que c'est ? s'enquiert mon amie, curieuse.

— De petites bibliothèques en accès libre et gratuit. On les installe aux coins des rues ou devant sa maison. Le principe, c'est qu'à chaque fois qu'on en prend un, on doit en déposer un en échange, mais ces boîtes sont souvent vides parce que les gens ont tendance à emprunter davantage de livres qu'ils n'en donnent. Sauf que toi, tu en as tellement que ça ne poserait pas de problème.

— Mais je la mettrais où, cette boîte ? demande Cricket, sourcils froncés.

— On pourrait en construire une petite au bout du jardin côté rue, il y a beaucoup de gens qui passent devant. Comme la bibliothèque de quartier va fermer, les habitants seront contents d'avoir des livres gratuits.

Cricket réfléchit un instant en silence.

— Cette idée me plaît beaucoup, déclare-t-elle enfin. Monty disait toujours que les livres ne sont pas faits pour être possédés, mais partagés.

— Je pourrais passer un de ces jours, et on s'en occuperait. Ça ne prendrait pas longtemps.

Nous nous arrêtons devant la prothèse de jambe de Frida, ornée d'une botte rouge décorée.

— La vérité ne lui a jamais fait peur, s'émerveille Cricket. Je crois que c'est ce qui me plaît le plus chez elle.

En me remémorant les événements passés, je songe qu'elle a raison : on dit que la vérité blesse mais, ces derniers mois, j'ai appris que l'esprit humain est plus fort qu'il n'en a l'air. La plupart du temps, c'est le mensonge qui fait mal.

— Cricket ?

— Oui, ma chérie ?

— Si on allait boire un verre quelque part ? J'ai quelque chose à te montrer.

Ce qui m'inspire de la reconnaissance :

1. *La vérité, et avoir trouvé le courage de la dire.*
2. *La réaction de Cricket quand je lui ai donné l'enveloppe : elle a regardé le cachet de la poste, a rangé la lettre dans sa poche puis m'a simplement remerciée avant de commander un autre verre de vin.*
3. *Le fait qu'elle ait attendu d'être seule pour regarder la photo parce que ce n'était pas à moi de révéler ce secret, mais à elle de le découvrir.*

4. *Les musées parce que, contrairement à notre société obsédée par la jeunesse, ils vénèrent les antiquités. Voilà pourquoi j'ai décidé de considérer les parties de mon corps comme des pièces de musée : au lieu de hurler d'horreur devant le miroir, je m'extasie devant elles.*
5. *Frida Kahlo, quelle femme incroyable.*

Deuxième rendez-vous

— Alors, ce deuxième rendez-vous, c'était comment ?

Nous sommes dimanche matin, il fait encore nuit et je viens juste de rentrer de mon dîner avec Johnny. Allongée sur le lit, encore coiffée et maquillée, je discute sur FaceTime avec Liza. Elle est sur la plage et je vois l'océan et les palmiers derrière elle. D'habitude, ça me donnerait le cafard mais, à ce moment précis, je suis complètement électrisée par ma soirée.

— Encore meilleur que le premier !

Repoussant ses lunettes de soleil sur le sommet de son crâne, elle approche ses yeux de la caméra.

— C'est génial, Nell !

Après être venu me chercher en taxi, Johnny m'a amenée à son club privé, rempli de gens terriblement branchés assis sur des canapés en velours sous la lumière tamisée. Nous avons bu des cocktails portant des noms comme *La Paloma* ou l'*Hemingway*, ils étaient délicieux et forts et me sont directement montés à la tête, comme il se doit. Ensuite, Johnny avait réservé dans un adorable restaurant français où nous avons dégusté des plats incroyables et fait tourner du vin rouge dans de grands verres tout en flirtant de façon éhontée.

— Ensuite, en parfait gentleman, il a appelé un taxi et m'a raccompagnée à la maison.

Liza m'écoute sans m'interrompre, bouche bée.

— Et pour la journée sportive, il a même dit que j'aurais dû gagner.

— Je suis tellement contente pour toi, Nell ! Ce type a l'air vraiment bien.

Je ne voulais pas le dire moi-même, par superstition, mais c'est vrai que Johnny est incroyable. Vu mon passif en matière amoureuse, j'évite de m'emballer mais, au cours de cette soirée, il y a eu des moments où, en le regardant, j'ai pensé : « Et si j'avais vraiment RENCONTRÉ quelqu'un ? » Je me suis dit que c'était peut-être pour ça que ça n'avait pas marché avec Ethan – parce qu'il était écrit quelque part que j'allais trouver Johnny.

Bon, il est vrai que j'avais bu plusieurs cocktails bien alcoolisés.

— Oh, et je ne t'ai pas raconté la meilleure : Annabel fait partie de ses clientes au club de tennis pour friqués...

— Ça ne m'étonne pas.

— Non, mais ce qui est surprenant, c'est qu'elle l'a dragué.

— Quoi ? Quand ça ?

J'adore Liza pour des tas de raisons, dont sa capacité à s'investir dans l'histoire de personnes qu'elle n'a jamais vues.

— Je ne sais pas mais, selon Johnny, ça arrive souvent avec ses clientes mariées. Apparemment, c'est assez courant dans le milieu.

— Cette femme est une traîtresse à plus d'un titre !

J'éclate de rire. L'instant d'après, je tente vainement d'étouffer un bâillement – la fatigue vient de me rattraper.

— Il est tard. Il faut que j'aille dormir mais, avant, je veux que tu me racontes ton rendez-vous à toi. Tu as dit que tu m'en parlerais, mais j'attends toujours…

— Oh, c'est juste quelqu'un que j'ai rencontré au yoga, dit-elle d'un ton évasif.

— Je croyais que les profs n'avaient pas le droit de sortir avec leurs élèves, je plaisante.

— *Techniquement*, non… Mais c'est un peu compliqué.

— Tu vas le revoir ?

— Je ne sais pas… Le plus important, c'est : quand revois-tu Johnny ?

— Pas tout de suite. Il doit partir une dizaine de jours pour entraîner des gens. À cause de Wimbledon qui approche.

— Bien ! Ça te laisse du temps.

— Du temps pour quoi ?

— Tu connais la règle du troisième rendez-vous, non ?

— C'est un truc de millénial ?

— Non, réplique-t-elle en riant. C'est le truc qui dit que, maintenant, tu peux coucher avec lui.

Ce qui m'inspire de la reconnaissance :

Les dix jours pendant lesquels je vais paniquer à l'idée de me mettre nue devant un autre homme et d'avoir des relations sexuelles avec lui.

AVIS DE RECHERCHE !

LIBIDO ÉGARÉE

AVEZ-VOUS VU LA LIBIDO DE NELL,
QUARANTE ANS ET DES BROUETTES ?
GROSSE RÉCOMPENSE POUR TOUTE INFORMATION
PERMETTANT SON RETOUR.
DISPARUE DEPUIS QU'ELLE A EU LE CŒUR BRISÉ
PAR SA DERNIÈRE RUPTURE.
APERÇUE ENVIRON SIX MOIS
AVANT SON DÉMÉNAGEMENT.
À RETROUVER D'URGENCE AVANT SON TROISIÈME
RENDEZ-VOUS AVEC UN AUTRE HOMME.
PROPRIÉTAIRE TERRIBLEMENT INQUIÈTE.
SI VOUS DÉTENEZ DES INFORMATIONS,
MERCI DE CONTACTER :
Confessionsd'unequadracomplètementfuckedup.com
SI VOUS LA VOYEZ, GARDEZ VOS DISTANCES :
ELLE POURRAIT ÊTRE EN PÉRIMÉNOPAUSE.

Seule ou accompagnée ?

La sonnerie de mon téléphone me tire d'un profond sommeil.

Merde…

Ma chambre est plongée dans l'obscurité et je cherche l'appareil à tâtons sur ma table de chevet. La vision encore trouble, je scrute le nom affiché sur l'écran.

PARENTS.

Aussitôt, la panique me gagne. Ça y est, c'est arrivé : l'appel en pleine nuit que je redoute depuis qu'ils ont passé la barre des soixante-dix ans.

J'empoigne mon portable.

— Tout va bien ? je marmonne d'une voix étranglée.

— Qu'est-ce que j'ai hâte !

— *Maman ?*

— Tu es au courant ?

Mon cerveau opère un virage à 180°.

— Euh, de quoi ? Pourquoi tu appelles au milieu de la nuit ?

— Il est presque sept heures et demie ! Tu n'es pas encore au lit, quand même ?

J'éloigne le téléphone de mon visage pour pouvoir regarder l'heure, tout en essayant (vainement) de me convaincre au passage que, si les chiffres sont flous, c'est uniquement parce que je viens de me réveiller. Je m'aperçois alors de l'efficacité de mes rideaux occultants puisqu'il est, en effet, 7 h 28. Je ne sais pas qui a décidé qu'il fallait inventer le réveille-matin, mais il ne connaissait pas ma mère.

— Non, bien sûr que non, je réponds. Pourquoi est-ce que je serais au lit à sept heures et demie un dimanche matin ?

— Tu n'as pas parlé à ton frère ? enchaîne ma mère sans relever le sarcasme.

— Non, pourquoi ?

— Ils ont fixé la date du mariage ! annonce-t-elle, fière comme Artaban.

Ce que ma mère aime par-dessus tout, en dehors de mon père, c'est être la première à annoncer les grandes nouvelles. Dommage qu'elle ait choisi la coiffure à domicile, parce qu'elle aurait fait une fabuleuse présentatrice au journal télévisé.

À présent, comme une sprinteuse sur les starting-blocks, elle s'est lancée, et elle m'abreuve d'innombrables détails tandis que j'enfile péniblement ma robe de chambre et rejoins la cuisine d'un pas vacillant pour me préparer mon café.

— Oh… Super… Oui… Génial… Fabuleux…

Je marmonne quelques commentaires appropriés au sujet des décorations florales, des plans de table, du lieu de la cérémonie et de la réception.

— Je pensais qu'ils publieraient les bans à Manchester mais ils vont devoir le faire à Liverpool, c'est là que Nathalie est née…

— Super, je répète.

Sur la gazinière, ma cafetière bout, et je me dis qu'il n'y a pas de son plus agréable au monde. Je verse le café dans ma tasse puis, en me tournant vers le frigo pour prendre du lait, je remarque le planning de ménage sur la porte. Il y est depuis mon emménagement et j'ai mis un point d'honneur à l'ignorer mais, aujourd'hui, il y a un Post-it orange fluo collé dessus.

Ceci n'est pas un aimant de réfrigérateur.

Je souris – parfois, Edward peut être très drôle.

Pendant ce temps, ma mère parle sans discontinuer.

— ... Ils ne veulent pas d'un mariage religieux, ton athée de père sera content. Moi, il a fallu que je le traîne jusqu'à l'autel...

Arthur frotte sa truffe contre mes genoux pour réclamer son petit déjeuner. Je remplis sa gamelle de croquettes.

— ... ça leur laisse deux mois avant la naissance du bébé, et Nathalie aura pris du ventre d'ici là mais, bien sûr, ça n'a plus d'importance de nos jours, pas comme à mon époque...

Dehors, il fait bon, et je m'installe donc sur le petit balcon de ma chambre pour offrir mon visage à la lumière du soleil. La situation est surréaliste. Il y a un an, qui aurait cru que je serais de retour à Londres, en train d'écouter ma mère disserter sur les détails du mariage de mon petit frère et de sa fiancée enceinte alors que c'était moi qui étais censée me marier cet été ?

Ce qui est encore plus hallucinant, c'est que ce constat ne m'attriste pas.

— Alors, tu viendras seule ou accompagnée ?

Retour à la réalité : ma mère essaie encore de me tirer les vers du nez.

— En fait, je n'y ai pas vraiment réfléchi…

En même temps, mon cerveau fait des projections : je pourrais peut-être emmener Johnny ?

— Maintenant, tu connais la date, alors ça te laisse tout le temps de prévenir *qui tu veux*. On est seulement en juin, deux mois, c'est largement suffisant pour organiser le voyage, au cas où cette personne devrait réserver un avion…

— Ethan ne viendra pas, maman.

Bam ! Ça lui a coupé le sifflet.

Silence au bout de la ligne. Mais pour une fois, je n'éprouve nul sentiment de culpabilité à l'idée de décevoir mes proches : maintenant que Rich se marie, j'ai enfin l'impression de pouvoir être franche. Après tout, il y aura quand même un mariage dans la famille.

— C'est seulement dans deux mois, murmure ma mère au bout d'un moment. Souvent, les gens changent d'avis.

— Mais *moi*, je ne changerai pas d'avis.

— Oh, d'accord. C'est juste que… Tu ne nous as jamais dit…

Cette fichue culpabilité revient d'un coup : ma mère a l'air si déçue ! Et maintenant, je m'en veux d'avoir anéanti ses espoirs. Elle était tellement contente quand je lui ai annoncé que je me mariais – elle a montré la photo de ma bague à toutes ses amies.

— En fait, j'ai rencontré quelqu'un, je lance sans réfléchir. C'est encore le début, mais on est déjà sortis deux fois ensemble.

Je ne comptais pourtant rien dire. Deux rendez-vous, ça ne fait pas un couple – les choses ont encore largement le temps de mal tourner. Mais…

— Oh, quelle merveilleuse nouvelle, Nell ! s'exclame ma mère sur un ton aussi étonné que ravi. Dans ce cas, tu pourrais peut-être venir avec lui…

— Oui, peut-être, je murmure en prenant une gorgée de café.

Il me brûle la bouche.

La quadra nue

En prévision de mon troisième rendez-vous, je sors le grand jeu. Le moindre poil est éradiqué à la cire. La moindre parcelle de peau est gommée et hydratée. Le moindre soupçon de cellulite fait l'objet d'un massage à la brosse (vers le cœur et dans le sens des aiguilles d'une montre, ou en partant du cœur et dans le sens inverse ? Je ne me souviens jamais. Et si on se trompe, est-ce que ça accentue la cellulite ?).

Je fais tellement de squats et de fentes que j'arrive à peine à me relever du canapé et que mes jambes flageolent quand je monte l'escalier. J'essaie même de faire du yoga dans la cuisine avant de me dire que, si je veux être en vie pour ce troisième rendez-vous, ce n'est peut-être pas une très bonne idée de faire un équilibre sur la tête contre le frigo. Les stars sur Insta donnent l'impression que c'est *super facile* mais je vous assure que ce n'est pas du tout le cas. Sans compter que je partage cette maison avec mon propriétaire, et il est entré dans la pièce au moment où je redescendais du frigo. J'ai failli lui flanquer mes pieds dans la figure.

Ce qui m'inspire de la reconnaissance :

1. *Je ne me suis pas évanouie pendant l'épilation chez l'esthéticienne.*
2. *Toutes les vidéos de gym, que je pratique maintenant activement au lieu de les regarder en mangeant des chips.*
3. *Je n'ai pas cassé la mâchoire d'Edward.*
4. *Les kegels*[1].

---

1. Les exercices de Kegel sont destinés à renforcer le plancher pelvien par la contraction des muscles concernés *(N.d.T.)*.

Troisième rendez-vous

Tadam ! Roulements de tambours.

Nous sommes vendredi soir et j'essaie de me coiffer en prévision de mon rendez-vous avec Johnny. Nous ne nous sommes pas vus depuis presque deux semaines et j'ai vraiment hâte de le retrouver mais, en même temps, je suis sur les nerfs. Pour dire les choses simplement : *Eh, les filles, ça fait un bail* ! En outre, je suis plus vieille qu'à l'époque où j'ai rencontré Ethan. Je n'avais pas encore franchi la barre des quarante ans et, croyez-moi, les manches longues étaient le cadet de mes soucis.

Encore un mystère de la vie. Quand j'étais (beaucoup) plus jeune, le sexe ne me posait aucun problème mais, au fil du temps, j'ai perdu de ma belle assurance. Peut-être parce que j'ai eu le cœur brisé. Ou parce que, chaque fois que je me regarde dans le miroir, j'ai quelques rides en plus. Ou tout simplement parce que j'ai mûri et que je me sens vulnérable – je sais maintenant que l'amour, ça peut faire très mal.

J'envisage de demander à Johnny s'il veut passer la nuit chez moi. Edward étant à la campagne, nous aurons la maison rien que pour nous, c'est l'occasion rêvée. Il est d'ailleurs temps que je me trouve un endroit à moi. Quand j'ai emménagé chez Edward, il y a maintenant six mois, c'était censé être provisoire, en attendant que je me remette d'aplomb. Il faut que je commence à chercher quelque chose d'un peu plus stable, où j'aurai mon intimité. Sérieusement, j'ai plus de quarante ans et je vis en colocation alors que toutes mes amies sont mariées et installées dans de belles maisons.

Cela dit, l'arrangement avec Edward n'est pas si désagréable : il est rarement là, à peine quelques nuits par semaine, et je paie un loyer dérisoire en échange de mes bons soins à Arthur, qui est devenu pour moi un compagnon précieux et de tous les instants. Je ne sais pas comment je m'en serais sortie sans lui.

Quant à Edward, je m'entends relativement bien avec lui, même si nous avons nos hauts et nos bas, comme toutes les personnes qui cohabitent.

Je ne vais pas mentir : parfois, il me rend cinglée. Toutes ses lubies sur le recyclage, les lumières qu'il faut éteindre, le fait que j'essaie de le tuer dans la baignoire. Sans parler des disputes au sujet des rouleaux de PQ – entre nous, c'est la « Guerre des rouleaux » depuis un certain temps.

La semaine dernière, j'étais dans la cuisine. Je me préparais une salade pour essayer de manger sain (sans compter que ça me permettrait peut-être de perdre un ou deux kilos avant le moment fatidique où je devrais me montrer nue) quand Edward est entré. C'est lui qui a ouvert les hostilités :

— Il y avait deux rouleaux en réserve dans la salle de bains et, maintenant, ils n'y sont plus.

J'ai levé les yeux de la planche où j'éminçais des tomates cerises :

— Je n'arrive pas à croire que tu comptes aussi les rouleaux de PQ, ai-je répliqué.

— Je n'arrive pas à croire que tu utilises un rouleau par semaine.

— Tu tiens vraiment à ce que je t'explique pourquoi ?

— Je suis curieux, c'est tout. Qu'est-ce que tu fais avec tout ce papier toilette ? Chaque semaine, il y en a une quantité phénoménale qui disparaît. C'est un véritable mystère.

— C'est de la biologie de base, ai-je murmuré, incrédule.

Comme il continuait de me regarder avec l'air de ne rien y comprendre, j'ai ajouté :

— Les hommes secouent. Les femmes essuient.

Si je pensais que ma réponse serait suffisamment embarrassante pour le faire taire, je me mettais le doigt dans l'œil.

— Tu le prends par poignées ? Une feuille suffit, tu sais.

— Non, je ne le prends pas *par poignées*.

J'ai commencé à agiter mon couteau en me demandant si je devais lui planter dans le cœur ou simplement mentionner cette pratique qui consiste à envelopper les tampons usagés dans du papier toilette avant de les mettre à la poubelle. Sauf que ça risquait aussi de le tuer. Sans doute s'étoufferait-il d'horreur à la seule mention des mots *tampons hygiéniques*.

— Eh bien, dans ce cas, même si tu vas aux toilettes cinq fois par jour, ça ne fait que cinq feuilles.

Comme il y en a 240 dans un rouleau, il devrait durer 48 jours. C'est de l'arithmétique de base.

Je l'ai dévisagé, abasourdie. Comment en étais-je arrivée là ? Comment avais-je pu me fourvoyer à ce point et louper le tournant qui menait à une vie d'adulte normale, avec une jolie maison, un gentil mari et des conversations sur les prochaines vacances au soleil ?

— Non mais tu veux rire ? me suis-je écriée. C'est quoi cette discussion ? Pas question que je te rende des comptes sur mon utilisation du papier toilette ! Tu fais ça aussi avec ta femme ?

Cette fois, il a eu la décence de rougir.

Cette scène a eu au moins le mérite de me faire réfléchir : mes nécrologies ne payant pas assez pour que je puisse louer mon propre appartement, je dois trouver un autre boulot. Mais lequel ? Je n'en ai pas la moindre idée. Je n'arrête pas de tomber sur des articles qui m'enjoignent de « suivre mes passions », mais je ne peux décemment pas gagner ma vie en épluchant sur Internet les annonces de propriétés dans le sud de la France…

Plus sérieusement, quand je pense à tous mes amis mariés, je me dis que ça revient beaucoup moins cher de vivre en couple. Quand j'habitais avec Ethan, le loyer et les factures étaient divisés par deux, et il ne m'a jamais fait de reproche au sujet du papier toilette.

Et puis *fuck*. C'est du passé, tout ça.

Je contemple mon reflet dans le miroir. Après avoir passé des heures à me tripoter les cheveux, j'ai décidé de les attacher en chignon. Je tire de fines mèches devant mes oreilles puis, empoignant ma veste et mon sac, ferme la porte de ma chambre et traverse le couloir.

Et là, j'entends un bruit de clé dans la serrure. Edward apparaît.

— Je ne pensais pas que tu serais là ce soir, je balbutie, terriblement déçue, tandis qu'il entre avec son vélo pliable sous le bras. On est vendredi.

— J'ai oublié quelque chose, explique-t-il en retirant son casque. Je repars tout de suite, mon train est à huit heures et demie.

Finalement, il y a un Dieu.

— Tu sors ? demande-t-il en désignant ma tenue.

— Oui, je vais retrouver Johnny.

— Ah, très bien.

Son expression est indéchiffrable, comme d'habitude. Enfin, sauf quand il compte les rouleaux de papier ou qu'il parle d'environnement.

Il entre dans la cuisine et se met à caresser Arthur. J'en profite pour faire d'ultimes vérifications dans le miroir du couloir. Je ne suis vraiment pas sûre, pour mes cheveux.

— Ça te va mieux quand tu les portes détachés.

Dans la glace, j'aperçois Edward derrière moi, qui m'observe.

— Merci, dis-je, ignorant sa suggestion. Moi, je les préfère comme ça.

Il semble soudain gêné.

— D'accord. Bon, passe une bonne soirée.

Je gratouille rapidement Arthur derrière les oreilles, prends congé d'Edward et sors. C'est seulement après cinq bonnes minutes de marche que je déclipse la barrette qui retient mon chignon. Mes cheveux retombent sur mes épaules. Je les secoue et vole vers mon rendez-vous.

Le lendemain

Quelle soirée !

Je suis en train de préparer mon café dans la cuisine tout en me repassant le film des douze dernières heures. J'ai flirté. J'ai bu. J'ai fait des plaisanteries subtiles. Johnny avait pris des billets pour un concert dans un club de jazz – un endroit sombre et douillet où nous avons écouté du Ella Fitzgerald en buvant du vin rouge.

Sur le chemin du retour, nous avons partagé un paquet de chips et une cigarette. Une cigarette ! Il y a des années que j'ai renoncé à cette addiction – quand je suis devenue vieille et raisonnable et que j'ai décidé que je préférais ne pas mourir d'une atroce maladie. Sauf que cette nuit, ça m'a paru à la fois intrépide et magique.

Alors quand Johnny m'a dit qu'il avait eu envie de coucher avec moi au premier regard et que c'était à son tour de me voir nue, j'ai décidé de suivre les conseils des magazines et de vivre le moment présent. Certes, le vin n'y était pas pour rien. Mais je me sentais grisée d'une manière nouvelle : je ne pensais pas au passé, et je ne m'inquiétais pas pour l'avenir. Je profitais juste de l'instant présent.

Certains psychologues positifs appellent ça « savourer », paraît-il. Personnellement, j'appelle ça me retrouver nue avec Johnny sans me sentir invisible, nerveuse, ou accablée d'un bagage émotionnel. Comme si j'avais de nouveau dix-huit ans. Certes, je n'ai pas défilé dans la chambre toutes lumières allumées, mais c'est bien pour ça qu'on a inventé les bougies parfumées, pas vrai ?

Et il est resté.

J'ouvre le placard pour en sortir deux tasses. Je l'ai laissé endormi dans mon lit pour aller nous préparer deux cafés à la cuisine. Sur le chemin, bien sûr, j'en ai profité pour passer « me rafraîchir » dans la salle de bains. De l'index, j'étale un peu mieux mon gloss sur mes lèvres et je me souris. Du coin de l'œil, j'aperçois Arthur qui m'observe depuis son panier. Il est habitué à me voir traîner comme un zombie le matin, en chemise de nuit maculée de miettes de porridge séché.

— Il y a un homme qui m'attend là-haut, c'est pas génial, ça ? je murmure en me penchant pour lui chatouiller les oreilles.

Je continue de le caresser jusqu'à ce que le café commence à bouillir. Je le verse dans les tasses, ajoute un peu de lait et remonte à l'étage. Au milieu de l'escalier, j'entends la porte de ma chambre s'ouvrir et je vois apparaître Johnny en caleçon.

— Salut, toi, je pensais que tu dormais.

— Je voulais juste aller aux toilettes.

Je souris.

— Eh bien, tu sais où c'est.

Au moment où j'arrive sur le palier, il tend la main vers la poignée.

— Je crois qu'il y a déjà quelqu'un...

J'ai à peine le temps d'analyser ces mots que la porte s'ouvre sur Edward – torse nu, lui aussi. Nous convergeons tous les trois sur le palier. Deux hommes en caleçon et une femme en tee-shirt trop court. On dirait une scène de comédie romantique.

Mais ça n'a rien de drôle.

En fait, c'est *atroce*.

— Edward ! Je ne savais pas que tu étais là !

Je suis figée devant lui, mes deux tasses à la main, pendant que mon cerveau tourne à plein régime : depuis quand Edward est-il rentré ? Était-il là cette nuit, pendant que nous... ?

— Il y a eu un accident et les trains ont été retardés, alors j'ai décidé d'en prendre un tôt ce matin.

Tout en parlant, il jette des regards en coin à Johnny qui le lui rend bien. C'est affreusement gênant. Je voudrais que le sol s'ouvre et m'engloutisse. Les mugs me brûlent les doigts, et c'est en toute hâte que je fais les présentations :

— Edward, voici Johnny. Johnny, voici mon colocataire, Edward.

Je ne peux pas me résoudre à prononcer le mot « propriétaire ». Je n'y arrive pas. « Colocataire », ça sonne mieux. Plus normal. Et puis quoi encore ? Rien de tout ceci n'est normal.

— Salut, le coloc, lance Johnny.

Il a beau être à moitié nu, il ne semble pas perturbé.

— Bonjour.

À moitié nu lui aussi, Edward tend la main pour serrer celle de Johnny. Cette scène est complètement surréaliste. Et humiliante.

— Edward est marié et vit à la campagne avec sa femme et ses jumeaux, je débite à toute vitesse tout en tendant son café à Johnny.

— Il en faut, commente Johnny.

— Pardon ? s'étonne Edward.

— Des gens qui vivent à la campagne, explique Johnny en riant. Je plaisante, je suis sûr que c'est très beau.

— Oui, très beau, confirme Edward, impassible.

— J'ai grandi à la campagne, j'interviens.

Mais plus personne ne m'écoute.

— Richmond, ce n'est pas vraiment la ville, reprend Edward, mâchoires crispées.

Au secours.

— Johnny est professeur de tennis. Edward a aussi enseigné le tennis.

Hourra, je leur ai trouvé un terrain d'entente !

Faux. Tout ce que j'ai trouvé, c'est un sujet de compétition. Ils se jaugent mutuellement comme deux adversaires.

— Bon, il faut que je me dépêche.

Au moment où je pensais qu'ils allaient en venir aux mains, Edward retourne s'enfermer dans la salle de bains.

Johnny et moi battons en retraite dans ma chambre et retournons au lit. Si j'avais des inquiétudes au sujet de la réaction de Johnny suite à cette confrontation, elles se dissipent aussitôt : la situation l'amuse beaucoup.

— Tu as vu sa tronche ? s'esclaffe-t-il en m'attirant sous la couette. Il faut qu'il apprenne à se détendre !

— Chut, je murmure. Il est réglo.

Je me sens un peu déloyale, à parler de lui dans son dos. Étrangement, j'ai envie de prendre sa défense. J'ai le droit de me plaindre d'Edward, mais je n'aime pas que les autres se moquent de lui. C'est un peu comme s'il faisait partie de la famille.

— Ne t'inquiète pas, je ne ferai pas de bruit, souffle Johnny en m'embrassant.

Alors, il rabat les draps sur nos têtes, et là…

Euh, je vais couper là, si vous n'y voyez pas d'inconvénient.

Ce qui m'inspire de la reconnaissance :

1. *La pleine conscience, même si je ne suis pas sûre que décider de coucher avec un homme soit vraiment représentatif de l'idée de vivre dans l'instant présent.*
2. *La lueur des chandelles, très flatteuse.*
3. *Le retour de ma libido.*
4. *Avoir l'impression que la chance tourne pour moi et qu'enfin il se passe quelque chose de positif dans ma vie.*
5. *Ma couette 10.5 tog qui étouffe pas mal les sons.*

Message WhatsApp de Max

Notre superbe Tom est né ce matin à 8 h 05. Il pèse 3,4 kg. Papa et maman se portent bien. Papa a pris rendez-vous pour une vasectomie.

Juillet
#granddéballgueulagedujeudi

C'est l'été, tous en vacances

Apparemment, avec Noël, l'été est la période de l'année qui rappelle à tous les accros des réseaux Ce À Quoi la Vie Doit Ressembler. Tous mes amis mariés s'apprêtent à s'envoler pour une destination ensoleillée ou à rejoindre leur villa sur la côte alors que, moi, j'ai zéro plan.

— On prend l'avion pour Bordeaux la semaine prochaine, j'ai trop hâte, me confie Holly lundi après-midi, après que j'ai déposé Olivia chez elle en rentrant de Montessori.

Holly m'a appelée un peu plus tôt, affolée, pour me dire que la personne qui s'occupe habituellement d'Olivia après l'école avait eu un empêchement. Est-ce que je pouvais lui rendre un immense service et aller chercher sa fille ? Bien sûr que oui. L'avantage d'être travailleuse indépendante, c'est qu'on peut dépanner ses amis au pied levé. J'ai donc laissé tomber ce que j'étais en train de faire et j'ai traversé Londres en métro toutes sirènes hurlantes.

— C'est la première fois qu'Adam et moi partons tous les deux depuis la naissance d'Olivia, et il paraît que l'Aquitaine est une région fabuleuse – on peut faire du kayak au pied de tous ces châteaux...

— Ça m'a l'air génial.

— Adam voulait des vacances sur la plage mais, tu me connais, lézarder au soleil, ce n'est pas mon truc.

— S'il n'y a que ça, j'irai lézarder au soleil avec Adam à ta place, je plaisante. Ici, il est censé pleuvoir toute la semaine prochaine.

Elle éclate de rire.

— Et toi ? demande-t-elle. Tu as réservé quelque chose ?

— Non... Pas encore.

Je suis encore tout étourdie de cette nuit passée avec Johnny et, bon, on ne sait jamais. Je ne veux pas m'emballer, mais il n'est pas impossible que nous partions ensemble quelque part. Deux ou trois jours. Peut-être.

— Fiona m'a dit que tu avais rencontré quelqu'un ?

J'ai vu Fiona le week-end dernier, quand j'ai proposé d'emmener Izzy à une fête, vu que je n'avais pas du tout été à la hauteur de mes devoirs de marraine pendant la journée sportive de son école. C'était la première fois qu'on se retrouvait depuis l'incident et, en dehors des nouvelles que nous avons échangées sur l'état de mon œil et celui de sa cheville, nous n'avons pas discuté de grand-chose. Vu de l'extérieur, tout semblait parfaitement normal entre nous mais, en mon for intérieur, je savais pertinemment que ce n'était pas le cas.

Ce qui aurait été normal avec Fiona, c'est de rire à gorge déployée en évoquant mon gadin sur la pelouse, et d'échanger les derniers potins des stars.

Il n'y avait rien de normal dans cette conversation tendue au sujet de ses prochaines vacances dans une villa des îles grecques louée par Annabel et sa famille tout en regardant les échantillons de rideaux que celle-ci venait de déposer.

Heureusement, après cela, j'ai passé l'après-midi avec Izzy, c'est l'une de mes activités préférées. Je ne suis peut-être pas très objective, mais c'est la petite fille la plus géniale du monde. Tout le long du chemin, nous avons marché main dans la main et elle s'est montrée bavarde comme une pie. En revanche, quand nous sommes arrivées à la fête, elle est devenue étrangement silencieuse. Je crois que c'était à cause du clown. Pour être honnête, même moi, je le trouvais un peu flippant.

— Notre relation commence à peine, je réponds prudemment à Holly qui veut tout savoir sur ce « quelqu'un » que j'ai rencontré. Je ne veux pas risquer de tout faire foirer.

— C'est super, Nell ! s'exclame Holly, l'air sincèrement ravi. Et tu ne vas rien faire foirer du tout. N'importe quel homme aurait de la chance d'être avec toi. Ethan était un con.

Je sais qu'elle essaie de se montrer gentille, mais traiter Ethan de con ne me rassérène pas, ça me fait juste douter de mes facultés de discernement.

— Bon, il faut que j'y aille… Je vais voir le petit dernier de Max et Michelle. Passe de belles vacances en Aquitaine.

— Oh, embrasse-les pour moi ! s'exclame Holly en m'étreignant. Tiens-moi au courant de tout, et merci encore pour aujourd'hui. Tu m'as sauvé la vie.

Tom est minuscule et parfait, et j'ai peur de le casser.

— Tu es bête, me charrie Michelle. Si Max a réussi à ne casser aucun de nos quatre bébés jusqu'ici, jc suis sûre que tu peux y arriver, toi aussi.

Elle tente de me le mettre dans les bras mais je me dérobe et vais m'asseoir sur une chaise en face.

— Non, je te jure, je vais le faire tomber.

— Je me suis servi de ce prétexte pour éviter de changer les couches, plaisante Max en distribuant des tasses de thé à la ronde. Ça n'a pas marché.

— Alors, comment ça va ?

— On est crevés ! répondent-ils à l'unisson avant de se regarder en éclatant de rire.

— Comme je reprends le travail cette semaine, la mère de Michelle va venir nous donner un coup de main pendant deux semaines, explique Max.

— Oh, tant mieux.

— Ensuite, au mois d'août, on part dans les Cornouailles, ajoute Michelle.

— Vous allez en vacances ?

J'ai posé ma question sur un ton plus accusateur que je ne l'aurais voulu, mais à l'idée que même Max et Michelle, avec un nouveau-né et trois enfants de moins de dix ans, puissent partir cet été, je me sens encore plus nulle.

— Oui, on a loué une jolie maison sur la plage. Les enfants vont adorer.

Au même instant, les enfants en question entrent en trombe dans le salon pour venir nous bombarder, leur petit frère et moi, de bisous, de câlins et de slime à paillettes. J'en profite pour m'échapper. Non sans leur proposer mes services de baby-sitter, bien sûr.

En réalité, j'ai été trop préoccupée par ma relation naissante avec Johnny pour m'attrister du fait que tout le monde parte en vacances sauf moi. Après son départ dimanche, il m'a envoyé un texto pour me dire qu'il avait passé une super-nuit. « Moi aussi », lui ai-je répondu. Franchement, c'est fou comme une nouvelle histoire peut vous faire sentir vivante. C'est comme si le monde s'ouvrait à vous et qu'au lieu de voir des portes fermées et des impasses, on ne voyait plus que des aventures passionnantes et des opportunités de rebondir.

Certes, alors même que j'établis ce constat en enregistrant mon podcast de la semaine, je me sens un peu coupable. Comme si je trahissais le féminisme, en quelque sorte. J'entends presque résonner dans ma tête les cris de protestation de mes auditrices (si elles existent) : tu n'as pas besoin d'un homme pour te sentir vivante ! Tu dois apprendre à être heureuse toute seule ! La vérité, c'est que j'ai plus de quarante piges. J'ai prouvé que je peux survivre sans être en couple. Bien sûr que je n'ai pas *besoin* d'un homme. Mais j'ai un besoin fondamental d'amour. N'est-ce pas le cas de tout le monde ?

Et tant qu'à faire, moi aussi, je prendrais bien des vacances cet été.

Ce qui m'inspire de la reconnaissance :

1. *La fonction « silence » de mon téléphone, qui m'évite de voir toutes ces photos de soleil et de ciel bleu pendant que j'entends la pluie tambouriner contre la vitre.*
2. *Chris le clown, qui m'a fait réaliser que, côté boulot, il y a bien pire que moi.*

3. *Cricket, qui ne part pas non plus en vacances et m'envoie des messages pour qu'on s'organise une sortie ce week-end.*
4. *Les quatorze personnes qui ont téléchargé mon podcast. QUATORZE AUDITEURS !*

Fantôme

J'ai passé la semaine à travailler sur une nouvelle nécro, à enregistrer un autre épisode des *Confessions* et à consulter les annonces de locations immobilières. Et à prendre conscience qu'à moins que les gens se mettent à tomber comme des mouches et que Sadiq me commande une notice par jour au lieu de trois par semaine, je ne suis pas près de pouvoir m'offrir un appartement à moi. Même les studios les plus rikikis sont hors de ma portée.

Je tente d'étendre mes recherches au-delà de Londres, mais s'installer dans les Shires quand on est célibataire, ce n'est pas la même chose que quand on est mariée, avec une famille. Au moins, à Londres, personne ne me montre du doigt en disant « Maman, regarde, une dame sans poussette ni 4 × 4 ».

Je plaisante : je ne suis pas vraiment célibataire. Maintenant, je *vois* quelqu'un. Sauf que je ne l'ai pas vu cette semaine. Et je n'ai pas eu de ses nouvelles non plus. La dernière fois qu'on a échangé sur WhatsApp, Johnny et moi, c'était la semaine dernière. Il m'a dit qu'il allait être très occupé pendant une quinzaine de jours à cause de Wimbledon. Apparemment, ce tournoi pousse pas mal de ses clients à peaufiner leur service et, en tant que coach, il ne sait plus où donner de la tête.

Pourtant, balancer un texto, ça ne prend qu'une minute, non ? Un émoji, encore moins. Deux secondes, en fait. J'ai chronométré l'autre jour, quand je lui en ai envoyé un. Et je sais qu'il l'a vu, à cause des coches bleues. Vous vous souvenez de l'époque lointaine où on n'était jamais sûrs que nos correspondants aient bien reçu notre texto ? Et où ils pouvaient dire qu'ils ne l'avaient pas lu ? Aujourd'hui, c'est fini. Maintenant, je peux me promener avec Arthur et décider d'envoyer un petit message à Johnny – quelque chose de léger, parce que je ne veux pas paraître trop insistante, mais on a quand même couché ensemble et, avant cela, nous avons beaucoup échangé sur WhatsApp – puis voir apparaître les coches bleues et attendre impatiemment une réponse. Qui ne vient pas.

Je hais ces foutues coches bleues.

Ghosting.

— Pardon ?

— Je disais : on dirait que tu t'es fait ghoster.

Nous sommes dimanche après-midi et je suis assise sur un banc avec Cricket dans Holland Park. Je profite de la chaleur et des parterres fleuris tout en lui racontant que Johnny ne m'a pas donné de nouvelles depuis plus d'une semaine et que je trouve ça bizarre.

— *Ghostée ?* je répète en me tournant pour la regarder en face.

— C'est quand quelqu'un avec qui tu sors disparaît sans explication.

— Oui, je sais ce que c'est.

J'ignore ce qui m'étonne le plus : que Cricket connaisse ce terme ou que je m'aperçoive seulement maintenant que c'est exactement ce que Johnny a fait – il m'a ghostée.

— Ils en parlaient dans une émission, l'autre jour, reprend Cricket.

— Je n'y crois pas.

— À vrai dire, je ne regarde jamais la télé en journée – Monty serait consterné s'il apprenait ça – mais, quelquefois, j'aime bien avoir un bruit de fond...

— Non, ce n'est pas ça. Je n'arrive pas à croire que Johnny m'ait ghostée.

— Oh, je ne voulais pas dire que c'était le cas, seulement que ça y ressemblait...

Cricket semble inquiète à l'idée de m'avoir chagrinée.

— Non, tu as raison, je soupire.

— Tu crois ?

— Oui.

Je hoche la tête pendant qu'intérieurement je me repasse le film de ces dix derniers jours. À présent, tout est limpide : non, ce n'est pas à cause de ses cours qu'il n'a pas trouvé le temps de me proposer un nouveau rencart. Et s'il n'a pas répondu à mes textos alors qu'il les a lus, ce n'est ni bizarre ni curieux : c'est volontaire. D'un seul coup, je me sens débile.

— Quelle grosse merde ! s'exclame Cricket.

Voilà qui me ramène brusquement à la réalité.

— Désolée d'être grossière, enchaîne-t-elle, mais ce type est vraiment une merde.

— Tu as raison. Une vraie merde.

Alors, j'éclate de rire – pas parce que c'est ma réaction naturelle dans les moments de crise, ni parce que je suis encore estomaquée, mais parce que, dans la vie, il existe quelques rares personnes capables de vous faire rire alors même qu'il n'y a absolument rien de drôle. Et j'ai la chance d'être assise à côté de l'une d'entre elles.

Sans compter que je n'ai vraiment *aucune* envie de pleurer.

Ce qui m'inspire de la reconnaissance :

1. *Être amie avec une veuve de quatre-vingts ans bien sonnés qui jure comme un charretier et ne cesse de me surprendre.*
2. *Avoir consulté le profil de Johnny, que je n'avais jamais pris la peine de lire jusqu'alors. Il y déclare ne vouloir rencontrer que des femmes de moins de trente-cinq ans. Trente-cinq ! Alors qu'il en a cinq de plus que moi ! Pas étonnant qu'il ne soit jamais apparu dans mes résultats de recherches ou mes matchs. Je me sens agacée, indignée et un peu stupide, jusqu'à ce que je découvre son portrait en noir et blanc façon « beau ténébreux », qui doit dater du siècle dernier, et ses ridicules selfies pris dans le miroir de sa salle de bains. En lisant le reste de son profil plein de fautes d'orthographe, je me dis que, si quelqu'un est stupide, c'est plutôt lui.*
3. *L'absence de malaise entre moi et Cricket par rapport à la lettre. Elle ne l'a jamais évoquée, et moi*

non plus. Manifestement, elle n'a pas envie d'en parler.

4. *Ma réserve de gin tonic en canette (je devrais peut-être commencer toutes mes listes de gratitude par ça, on gagnerait du temps).*
5. *Le fait d'avoir quatorze fidèles auditeurs à mon podcast, et quatre de plus maintenant ! Je n'en reviens pas : je suis montée à dix-huit !*

Je plaide coupable

Quelques jours plus tard, Edward et moi avons eu une nouvelle « scène de ménage ». Cette fois, c'était à cause du bac à glaçons.

— Qu'est-ce que c'est que ça ? m'a-t-il demandé mercredi soir à son retour du travail.

D'un geste théâtral, il a désigné le bac à glaçons dans le freezer, tel Hercule Poirot révélant l'assassin.

— Un bac à glaçons, ai-je répondu.

— Un bac à glaçons *vide* !

C'est pas vrai.

— Tu crois qu'il va se remplir tout seul ? a-t-il lancé, accusateur.

Je savais très bien que non, évidemment. C'est juste que ces derniers jours avaient été rudes et, lorsque j'avais utilisé les derniers glaçons pour mon gin tonic, remplir le bac était le cadet de mes soucis.

Bien entendu, je n'en ai rien dit à Edward. Edward fait partie de ces personnes pour qui remplir un bac à glaçons est un devoir incontournable. Jamais il n'imaginerait qu'on puisse être assez négligent pour ranger un bac vide dans le freezer, quoi qu'il arrive par ailleurs. Il fait toujours tout dans le bon ordre, qu'il s'agisse des petits gestes quotidiens ou des grandes choses de la vie. Il a grandi, s'est marié, a acheté une maison, a fait des enfants, tout ça sans sauter la moindre étape.

Voilà pourquoi Edward ne se retrouve pas dans le pétrin à la traversée de la quarantaine. Personne ne le ghoste, il ne se demande pas ce qu'il a pu faire de mal, et il ne boit pas du gin-to directement à la canette et sans glaçons parce qu'une pauvre quadra à la dérive a oublié de remplir le bac.

— Tu as raison. Je suis une personne horrible.

— Je te remercie, mais je ne dirais pas cela.

— Si. Si j'avais rempli le bac à glaçons, ma vie ne serait pas un tel bordel.

Edward semble légèrement alarmé par ce brusque revirement de situation. Il était en train de discuter de bac à glaçons, et voilà que je me mets à parler d'émotions.

— À vrai dire, je ne vois pas très bien comment tu en arrives à cette conclusion..., marmonne-t-il, tendu, comme s'il se préparait à essuyer une attaque.

— Ce bac est une métaphore de ma vie. Je croyais qu'il allait arriver quoi, une fois que j'aurais épuisé tous les glaçons, hein ? HEIN ?

Après deux semaines à ravaler mon mal-être suite à la défection de Johnny, le barrage cède et j'éclate en sanglots.

Pauvre Edward.

— Laisse-moi t'offrir un verre, s'empresse-t-il. Un vrai gin tonic, pas comme dans ces affreuses canettes que je n'arrête pas de trouver dans le bac de recyclage...

— Mais on n'a plus de glaçons ! je geins.

Edward me sourit gentiment.

— Au pub, ils en auront.

Nous voilà donc au pub. C'est un peu bizarre de me retrouver ici en compagnie de mon proprio. Nous ne sommes jamais sortis ensemble de la maison, et ça me fait bizarre de le voir dans un décor dénué de micro-ondes ou de frigo. Ça me rappelle la fois, en Californie, où j'ai croisé l'un de mes acteurs préférés au rayon pâtes du supermarché. C'était surréaliste. Jusqu'alors, je ne l'avais vu qu'à l'écran, toujours sublime, et là, il était en survêtement miteux, un bocal de sauce marinara bio à la main.

— Je ne savais pas quel gin tu aimais, alors je t'ai pris du Hendrick's, m'annonce Edward, de retour à la table avec nos deux verres. J'espère que ça te convient.

— Oui, merci.

J'avale une gorgée. La boisson est très forte et je n'ai rien mangé. J'en prends une deuxième gorgée.

— J'espère qu'il est à la hauteur de tes exigences.

Edward essaie de plaisanter mais, pour une fois, je n'arrive même pas à sourire.

— Oh, je ne suis pas difficile, je soupire.

Il remue sur son siège, manifestement mal à l'aise. Aussitôt, je me sens coupable. Je lui dois au moins une explication.

— J'ai été ghostée, je lance tout à trac.

— Quoi ?

Je souffle dans mon verre avant de reprendre :

— Johnny. Le type que je voyais. Il a disparu.

— Disparu pour de vrai ?

— Disparu comme *évaporé*. Il ne m'a pas donné signe de vie depuis deux semaines, et il ne m'en donnera pas.

Je poignarde un glaçon avec ma paille avant de conclure :

— Edward, je me suis fait larguer.

— Désolé de l'apprendre, dit-il d'un air plein de compassion.

— Et je n'arrête pas de me demander si j'ai dit quelque chose de mal, si je me suis montrée trop empressée ou si j'ai couché avec lui trop tôt.

En face de moi, Edward affiche un visage impassible, mais les muscles de sa mâchoire tressaillent.

— Bon sang, mais c'est quoi, mon problème, avec les relations de couple ? je grogne. Tu sais, avant d'emménager chez toi, j'ai vécu cinq ans avec mon fiancé, et regarde où j'en suis.

À présent, je suis lancée, et j'ai sifflé l'intégralité de mon verre. Edward ne fait pas de commentaire ; il me propose simplement de m'en offrir un autre. Je ne dis pas non.

Pendant qu'il va au bar, je pense à Ethan. Je ne peux pas comparer ce que nous avons vécu ensemble avec ce qui m'est arrivé avec Johnny. J'aimais Ethan. J'étais follement amoureuse d'Ethan. Nous avions une vraie vie ensemble. Je pensais que nous avions aussi un avenir. Quand notre histoire s'est achevée, j'étais dévastée. Johnny m'a distraite de tout cela. Il était sexy, charmant et amusant mais, à présent que j'ai un peu de recul, je m'aperçois que nous n'avons jamais eu de véritable conversation, que nous ne nous sommes jamais vraiment dévoilés l'un à l'autre. Entre nous, c'était badinage, flirt, rosé et sexe. Et tant que ça a duré, c'était sympa.

Edward revient avec un autre gin tonic et quelques paquets de chips. Ça, c'est un homme comme je les aime !

— Je l'aimais bien, c'est tout, et je pensais qu'il m'aimait bien aussi, je reprends en déchirant avec avidité le sachet de chips fromage-oignons.

— Je suis certain que c'était le cas. Mais des hommes comme Jonathan McCreary aiment avant tout leur petite personne.

J'en reste bouche bée.

— Jonathan McCreary ? Attends, c'est… C'est de Johnny que tu parles ? *Tu le connais ?*

— J'ai entendu parler de lui, acquiesce Edward. Nous n'avions pas été officiellement présentés jusqu'à…

Son allusion à l'embarrassant moment où nous avons convergé sur le palier me plonge dans l'embarras.

— Mais, poursuit-il, je vis depuis assez longtemps dans le quartier pour savoir qu'il a une réputation.

— *Une réputation ?*

Je dévisage Edward, dans l'attente d'une explication. Comme rien ne vient, j'insiste :

— *Quelle* réputation ?

— Disons simplement qu'il aime beaucoup les femmes.

— Pourquoi tu ne m'as pas prévenue ?

— Il était un peu tard pour ça…

Nous nous regardons et, cette fois, je ne peux m'empêcher de sourire. La situation est tellement pitoyable que c'en est comique (le gin tonic aide bien aussi).

Edward ouvre les chips au vinaigre et m'en propose une.

— Au bout du compte, ce qui fait mal, c'est de se faire larguer, je poursuis en acceptant sa chips et en lui offrant l'une des miennes. Tu t'es déjà fait larguer ? Je parie que non.

— Ça m'est arrivé pas mal de fois.

— Quand ?

— Déjà, ils n'ont pas voulu de moi à Oxford.

Je lève les yeux au ciel.

— Ce n'est pas se faire *larguer*, ça ! Je pensais que tu allais me parler d'une fille !

— D'accord, mais c'était bien pire que d'être repoussé par une fille. Mon père était affreusement déçu. Lui, il est allé à Christ Church[1] et il espérait que je ferais de même pour être banquier, comme lui, puis devenir le P.-D.G. ou le président d'une grande institution financière.

— Mais alors, qu'est-ce qui s'est passé ?

— Je suis allé à Bristol et j'ai créé mon entreprise informatique.

— Ben, c'est bien ça, non ?

— Pas pour mon père. Les Lewis sont dans la finance depuis trois générations.

Il s'interrompt pour avaler une rasade de gin tonic. Aux yeux de n'importe qui, il mène une

1. L'un des plus grands collèges de l'université d'Oxford *(N.d.T.)*.

brillante carrière mais, apparemment, son propre père ne voit pas les choses du même œil.

— Et ta mère ? je demande en me rappelant que, selon Cricket, il ne faut pas avoir peur de parler des morts. Qu'est-ce qu'elle aurait voulu pour toi ?

— Que je sois heureux, répond-il sans hésiter. Que je fasse ce que j'aime. Que je me consacre à ma passion.

— Et c'est ce que tu as fait ! Même si j'ai du mal à concevoir qu'on puisse se passionner pour l'informatique, je plaisante en esquissant une grimace.

— Ah, mais c'est parce qu'on en a une vision complètement biaisée, confie-t-il sans s'offusquer. Je travaille à la préservation de l'environnement, je crée et développe des logiciels capables de gérer des solutions d'énergies renouvelables. Pour relever les défis mondiaux actuels, il faut de nouvelles technologies, et nous sommes très bien placés pour fournir les logiciels qui permettent d'y accéder. En vérité, c'est un milieu passionnant.

Il m'a perdue à « solutions d'énergies renouvelables ». Après avoir englouti deux grands gin tonics, honnêtement, je n'ai pas la moindre idée de ce dont il parle. Mais en le voyant parler de son métier avec autant d'ardeur, je m'aperçois que, concernant Edward, je me suis trompée sur pas mal de choses.

Et voilà que j'ai encore vidé mon verre.

— La même chose ? je demande en me levant d'un mouvement mal assuré. Cette fois, c'est ma tournée.

— La même chose, confirme-t-il avec un sourire. Et encore des chips.

C'est marrant, ces revirements de situations, quand même. Il y a encore quelques minutes, je pleurais à chaudes larmes et, regardez-moi maintenant : je suis toute guillerette.

— Encore des chips, d'accord.

J'exécute un petit salut militaire, puis je me dirige vers le bar.

Le grand déballgueulage

Ce qui m'inspire de la reconnaissance :

1. *La bassine près de mon lit.*
2. *Être mon propre patron. Comme ça, je n'ai qu'un mètre à parcourir pour aller de mon lit au bureau.*
3. *Mon ordinateur portable, au cas où un mètre, ce serait encore trop.*
4. *Les tartines cramées et le paracétamol.*
5. *Edward, qui m'appelle de son boulot dans la matinée pour voir si je vais bien et me dire qu'il y a du jus d'orange frais et de la soupe à la tomate au frigo, que c'est lui qui a mis la bassine près de mon lit, que ce n'est pas la peine que je sorte Arthur parce qu'il a payé quelqu'un pour le faire aujourd'hui, et qu'il faut juste que je me repose.*
6. *Savoir qu'il y a sur cette Terre des personnes foncièrement gentilles.*

Secrets et mensonges

Voilà, c'est décidé : je vais vivre sainement. J'ai juré que, cette année, le cours de ma vie allait changer, mais on est déjà en juillet et je suis toujours célibataire et fauchée, et je suis un régime alimentaire à base de chips et d'alcool. Pour ce qui est de la connexion corps-esprit, on repassera ! Comment puis-je espérer partir sur de nouvelles bases alors que je n'ai pas vu la couleur d'un toast complet à la purée d'avocat depuis des lustres ? Allez, j'arrête le sucre, je renonce à l'alcool, j'évite les féculents et je me nourris de plats sains contenant des tas de céréales anciennes et de machins fermentés.

Personne n'a dit que manger sain était drôle.

Cela dit, dans les livres de recettes concoctés par les stars, ça paraît toujours super sympa. Le brushing et le maquillage impeccables, elles s'éclatent dans leur superbe cuisine immaculée. Mais je ne suis pas sûre d'y croire. J'ai vécu avec un chef qui faisait des trucs dingues avec du tofu mais, en matière de malbouffe, il n'y avait pas pire qu'Ethan. Il tuerait pour la dernière part de pizza.

Quoi qu'il en soit, ça fait une semaine que je bois des jus de légumes et que je mange des salades. Et je n'ai jamais été aussi en forme ni aussi pauvre. Sérieusement, vous avez vu le prix d'un jus de légume dans une bouteille en verre ? Parce que, bien entendu, je ne peux pas acheter de plastique. Où serait la cohérence si, en ménageant ma santé, je détruisais celle de toutes les créatures marines ?

— Qu'est-ce que ce sera, pour vous ?

Plantée devant le comptoir d'un bar à jus, je consulte le tableau.

— Pouvez-vous me dire ce qu'il y a dans le Green Detox, s'il vous plaît ?

Dans le cadre de mon programme santé, j'ai pris rendez-vous cette semaine avec mon généraliste pour un check-up, et je sors juste de chez le dentiste, dont le cabinet se trouve à proximité de l'épicerie bio.

— Oui, il y a du chou kale, des épinards, du brocoli, du céleri et de la pomme, répond le serveur, un barbu enjoué.

— Super, je vais en prendre un. Mais sans pomme, merci.

Ils essaient toujours de fourrer de la pomme dans leurs jus, parce que les pommes, ça ne coûte rien et ça permet de diluer tous les machins verts super chers. Quand il y en a un peu, ça va, mais si on n'y prend pas garde, on se retrouve à payer dix balles pour un jus de pomme à peine amélioré. Par conséquent, je refuse toujours la pomme, ce qui signifie que mon jus a généralement un goût absolument infect mais, au moins, je sais qu'il est bon pour la santé.

— Voici.

— Merci.

J'en prends une gorgée avec ma paille en papier. Un frisson de répulsion me secoue.

Je sors du bar et emprunte les petites rues qui me ramènent vers l'artère commerçante, jetant au passage des coups d'œil curieux dans les vitrines des boutiques de créateurs : ça me ferait quoi d'avoir les moyens d'acheter ces vêtements hors de prix ? J'essaie de m'imaginer entrer dans un de ces magasins sans me soucier des chiffres inscrits sur les étiquettes.

Ma vessie trop pleine me sort brusquement de mes rêveries. Les jus de légumes, il n'y a pas plus diurétique.

Repérant un pub au détour d'une rue, je me précipite à l'intérieur pour me diriger droit vers les toilettes. Ce n'est qu'en sortant que j'aperçois une silhouette familière attablée dans un coin, penchée sur une pinte. Un instant, ce n'est pas…

— Max ?

En entendant son nom, il lève la tête.

— C'est bien toi ! je m'exclame. Je me disais, aussi…

— Oh… Salut, Nell, répond-il, l'air surpris de me voir. Qu'est-ce que tu fais ici ?

— Je pourrais te retourner la question, je rétorque en l'embrassant sur la joue. Tu n'es pas censé être au travail ?

— C'est la pause-déjeuner, déclare-t-il tandis que je me glisse sur la banquette en face de lui.

— Elles sont longues, tes pauses, fais-je avec un geste vers la pendule qui indique trois heures de l'après-midi. Ça fait partie de ta promotion ?

Je remarque alors qu'il a les yeux un peu rouges. L'inquiétude m'envahit.

— Eh, tout va bien ? je demande en baissant la voix. Ce n'est pas Tom, hein ?

— Non, enfin oui, tout va bien. Tom va bien. Il est adorable.

Je me détends, mais mon soulagement est de courte durée.

— C'est ma promotion, reprend Max.

Il y a donc bien quelque chose qui cloche.

— Comment ça, ta promotion ?

Comme il ne répond pas, j'ajoute d'un ton pressant :

— Qu'est-ce qui se passe ? Trop de stress ? Tu es…

— Je ne l'ai pas eue, me coupe-t-il.

— Quoi ?

— Je n'ai pas obtenu cette promotion. C'est un autre collègue qui l'a eue. Il a quinze ans de moins que moi et il est loin d'avoir mon expérience, mais…

Il hausse les épaules, laissant sa phrase en suspens.

— Mais pourquoi ? Je ne comprends pas. C'était censé récompenser le boulot énorme que tu as fait l'année passée. Tu la méritais !

Max ne répond pas. Il ne me regarde même pas, se contentant d'avaler cul sec le reste de sa bière.

— Attends… Michelle est au courant ?

Max continue de contempler son verre vide.

— Oh, Max, il faut que tu lui dises. Tu n'as pas eu ta promotion, et alors ? Ce n'est pas grave, tu es trop dur avec toi, je lance en lui frottant le bras dans une tentative de réconfort.

— Non, tu ne comprends pas, dit-il en soutenant enfin mon regard. Il y a eu des restructurations dans l'entreprise et, sans cette promotion…

Il marque une pause, secoue la tête et reprend :

— On n'avait plus besoin de mes services.

— Tu veux dire que...

— J'ai été « remercié ».

Il semble tellement abattu que je ne sais pas quoi dire.

— C'est arrivé quand ? finis-je par demander.

— Il y a des semaines.

Tout à coup, je prends conscience qu'il est sans doute dans ce pub depuis ce matin. Que ça fait des semaines qu'il passe ses journées ici.

— Mais ils ne peuvent pas te faire ça comme ça...

— Ils peuvent, et ils l'ont fait, affirme Max avant de se frotter le visage d'un geste las. Je suis indépendant. Nous avons tous signé des contrats free-lance. Ils ne sont pas obligés de nous verser des allocations-chômage. Ils ne sont obligés de rien du tout.

Maintenant que j'ai compris de quoi il retournait, je sens l'angoisse refaire surface. Max a quatre enfants... C'est lui qui ramène l'argent à la maison... Ils viennent juste d'avoir un bébé...

— Et donc, Michelle n'est au courant de rien ?

Ma voix est calme mais, intérieurement, je bouillonne. J'ose à peine imaginer ce que Max peut ressentir, à se lever tous les matins, à enfiler son costume et à quitter la maison comme si tout était normal.

— Non, dit-il en secouant la tête. Et tu ne dois pas le lui dire. Je ne veux pas la stresser, avec le bébé.

— Mais il faut que tu lui dises.

— Je sais, mais pas maintenant. Ça ne fera que l'inquiéter. Il faut d'abord que je trouve une solution.

— Tu as essayé de postuler pour un autre emploi ?

À peine ma phrase finie, je regrette d'avoir posé cette question. Max me dévisage comme si j'étais complètement idiote.

— Pardon, je murmure, je ne voulais pas…

— Ne dis rien à Michelle, OK ? Promets-le-moi, Nell.

Je regarde Max, cinquante ans, père de quatre enfants. Ses yeux sont cernés de pattes-d'oie et ses cheveux grisonnent mais, pour moi, il reste ce garçon dégingandé de vingt ans et quelques avec qui j'ai pris le ferry vers les îles grecques. Qui m'a prêté son sac de couchage parce que j'avais froid et qu'il voulait dormir sur le pont supérieur pour voir le soleil se lever, parler de l'avenir et de la belle vie qu'on aurait.

Je croise son regard, et mon cœur se serre. Il est en train de me supplier.

— Je te le promets, dis-je enfin.

Il avait raison sur un point : ce lever de soleil était magnifique.

Soyez heureux

Suis-je la seule personne au monde qui en a sa claque qu'on lui demande d'être heureuse ?

Ce matin, je me suis réveillée déprimée et, en consultant mon téléphone…

Soyez heureux ! Optez pour la joie ! Trouvez votre bonheur !

Ça n'a fait qu'accroître mon cafard.

On ne pourrait pas avoir le droit de se sentir un peu *beurk*, quelquefois, sans qu'on nous mette cette pression constante ? Max n'a aucune raison d'être heureux en ce moment. Cricket n'était pas joyeuse quand elle a vidé les armoires de Monty. En ce moment, le bonheur, pour moi, ce serait un remède efficace contre cet affreux syndrome prémenstruel, et pouvoir retourner sous ma couette. Parfois, la vie, c'est nul, et ce n'est pas en la parant de citations inspirantes qu'on se sent mieux. La plupart du temps, ça n'arrange rien, au contraire.

Prenez l'autre jour : je lisais un article en ligne sur l'importance du bonheur et les différentes manières d'y parvenir. Ça m'a juste déprimée. Ce qui est un peu ironique, quand on y pense. J'avais l'impression que quelque chose clochait chez moi, parce que j'avais beau essayer, je ne me *sentais* pas heureuse. Pire, aucune des suggestions de l'auteur nc m'aidait. Autrement dit, j'étais non seulement anormale, mais aussi pathétique.

Voilà pourquoi tout cela m'agace. On nous encourage à être nous-mêmes, authentiques et spontanés, mais cette injonction à être heureux alors qu'on ne le sent pas, ça nous enfonce encore plus. La vie peut être merveilleuse mais aussi dure et terrifiante. On devrait se sentir libres d'être tristes, moroses, ou carrément malheureux comme une pierre sans avoir l'impression qu'on a un défaut de fabrication.

Parfois, le bonheur n'est pas un choix. Parfois, on a beau se démener, on n'arrive pas à trouver la joie. Alors cessons de culpabiliser en cherchant désespérément le bonheur, et donnons-nous la liberté de sentir ce que nous sentons au moment où nous le sentons.

D'ailleurs, ce n'est peut-être pas au bonheur qu'on devrait aspirer, mais à l'acceptation.

Ce qui m'inspire de la reconnaissance :

1. *M'être ôté la pression.*
2. *Savoir qu'il y aura des moments, dans la vie, où je me sentirai en colère, apeurée ou malheureuse, tout comme il y en aura où je me sentirai gaie, inspirée et heureuse.*
3. *Tous les merveilleux médecins, professionnels de la santé et thérapeutes qui sont toujours là*

quand les sentiments dépressifs s'installent pour de bon.

4. *Être heureuse aujourd'hui, en dépit des injonctions à l'être*[1].

1. J'avoue quand même que ça parlait d'un beau coucher de soleil *(N.d.A.)*.

Rendez-vous médical

Lundi matin. Je patiente dans la salle d'attente de mon généraliste qui doit effectuer un frottis cervical. Comme je l'ai dit, il n'est écrit nulle part que ce qui touche à la santé est censé être fun.

— Pénélope Stevens ?

En entendant mon nom, je me lève. L'infirmière est devant moi, un porte-bloc à la main. Je la suis dans sa cabine et elle m'adresse un sourire chaleureux qui me met aussitôt à l'aise.

Nous passons aux choses sérieuses. Elle note mes antécédents et me demande la date de mes dernières règles.

— Euh…

Tout à coup, je m'aperçois que je n'en ai pas le moindre souvenir. Ça fait des lustres que j'ai l'impression d'être en syndrome prémenstruel. Mais non, une minute, maintenant que j'y pense : elles ne devaient pas tomber la semaine dernière ?

— Ne vous inquiétez pas, je vais vous donner un calendrier, déclare l'infirmière en joignant le geste à la parole. C'est souvent plus simple comme ça.

Je regarde les dates.

— En fait, elles auraient dû tomber au milieu du mois…

— Je vois, répond-elle sans cesser de sourire. Vous pensez à quelque chose qui pourrait expliquer ce retard ?

— Non.

— Vous avez eu des relations sexuelles, dernièrement ?

Oh, oh. *Johnny*.

— En fait, oui, mais c'est impossible, je lance tout en refoulant cette pensée sitôt qu'elle apparaît.

— Oh, vous seriez étonnée… L'une de mes patientes a quarante-sept ans et elle est enceinte de jumeaux.

En voyant mon expression horrifiée, elle s'empresse d'ajouter :

— Mais ne nous emballons pas, d'accord ? Si vous voulez bien passer derrière le paravent, retirer le bas, puis monter sur la table…

J'obéis. C'est assez inconfortable. Le spéculum est à la fois un instrument de torture et un outil qui sauve des vies. Je me concentre sur les dalles du plafond tandis que l'infirmière bavarde pour essayer de me distraire tout en œuvrant avec efficacité. Il y a un bout de plastique cassé autour d'un des spots. Et une ampoule grillée.

— Voilà, c'est fini, annonce-t-elle gaiement en retirant ses gants chirurgicaux.

— C'était rapide, fais-je en acceptant les feuilles de papier absorbant qu'elle me tend. Merci.

Elle disparaît derrière le rideau et je me rhabille vivement.

— À présent, Pénélope, dit-elle à son retour, je voudrais que vous me donniez un échantillon d'urine, si ça ne vous embête pas.

Elle me tend un petit flacon transparent.

Assise sur les toilettes, les yeux rivés sur le flacon, j'ai l'esprit envahi par des milliers de pensées. *Ne t'aventure pas par là, Nell.* Je visse soigneusement le couvercle, rince rapidement la bouteille sous le robinet et la sèche à l'aide d'une serviette en papier. Le liquide ambré est chaud sous ma main. *Quoi qu'il arrive, ne t'aventure pas par là.*

— Vous n'êtes pas enceinte, m'annonce tout de go l'infirmière. Voilà déjà une option éliminée.

— Je ne pensais pas un instant…

— En revanche, ce retard de règles signifie probablement que vous êtes entrée en périménopause.

— Oui, d'accord, je vois.

En l'espace de quelques minutes, le pendule de la jeunesse est passé de « Fertile et peut-être enceinte » à « Vieille peau aux œufs pourris ». Cela dit, j'étais parfaitement consciente de mon horloge biologique – quelle femme ne l'est pas ?

Sitôt que j'ai eu mes premières règles, chacun a offert son avis sur ma fertilité. Depuis le prof, à l'école, qui a montré à toute une classe de gamines de treize ans leur première vidéo d'éducation sexuelle en leur expliquant la contraception, les risques de grossesses adolescentes, jusqu'à l'infirmière qui, quand j'avais trente-trois ans, m'a fait un frottis en m'annonçant de façon très claire que, si je voulais des enfants, j'allais devoir « y mettre un peu du mien ».

Aussi, rien de surprenant à ce que, pendant la majeure partie de ma vie, j'aie été terrifiée à l'idée de tomber enceinte – jusqu'à ce que les pôles s'inversent de façon inattendue et que, tout à coup, je sois encore plus effrayée en pensant qu'il est trop tard pour moi.

— Cela expliquerait pourquoi vos règles deviennent irrégulières, poursuit l'infirmière. Vous allez vous apercevoir qu'elles deviennent plus abondantes, ou beaucoup moins. Et il y aura d'autres symptômes.

— Des symptômes ?

— Les bouffées de chaleur sont fréquentes, tout comme les sueurs nocturnes et les changements d'humeur, voire la dépression... Ah, et la prise de poids, aussi.

De mieux en mieux.

— Et ça dure combien de temps, en général ?

Je table sur quelques mois, un an maximum pour bonne conduite.

— Oh, ça peut aller de quelques années à dix ans.

— *Dix ans ?*

Il y a des assassins qui s'en tirent avec moins que ça.

— Oui, confirme-t-elle gaiement. Mais ne vous inquiétez pas : normalement, d'ici là, vous serez ménopausée.

Je m'efforce de sourire pour répondre :

— Au moins, ça fait un objectif.

Ce qui m'inspire de la reconnaissance :

1. *Tout l'argent que je vais économiser en tampons quand la grande méchante M frappera.*

2. *Le paquet de chips au fromage grand format et la bouteille de vin que j'ai achetés en rentrant parce que, pour gagner la bataille des sueurs nocturnes et de la dépression, je vais avoir besoin d'armes plus convaincantes que les salades et les jus de légumes.*
3. *Avoir désormais une justification médicale à ma prise de poids (ce ne sera pas juste parce que j'ai bâfré un paquet entier de chips au fromage).*
4. *La lueur d'espoir que constitue cette femme de quarante-sept ans enceinte de jumeaux, non seulement parce qu'elle me montre que j'ai encore quelques années avant l'AF, mais parce que c'est une sacrée héroïne.*
5. *Ne pas avoir quarante-sept ans et être enceinte de jumeaux : rien que d'y penser, ça m'épuise.*

Panique et potentiel

Il y a maintenant une semaine que je suis tombée sur Max dans ce pub, et je n'arrête pas de penser à lui. Je ne veux pas me mêler de cette histoire (je le lui ai promis) mais je suis inquiète. J'ai lu trop de faits divers tragiques dans les journaux. *C'était un vrai boute-en-train. Il venait d'avoir un bébé, il semblait tellement heureux. Tous ses amis l'aimaient. C'était un époux et un père parfaits.*

Je décide de prendre de ses nouvelles tous les jours, et je le bombarde de textos et de messages vocaux. Ça le rend fou et il me supplie d'arrêter. Je refuse. Je suis comme un kidnappeur qui réclame une rançon : Max avoue tout à Michelle, et il retrouve une vie normale – une vie où il ne reçoit pas vingt messages et dix appels par jour.

Quant à moi, après ma visite chez le médecin, c'est la déprime quand je pense à ce qui m'attend, sueurs nocturnes, bouffées de chaleur… La périménopause, ce n'est peut-être pas aussi grave que le chômage, mais j'ai tout de même une chance de dégoter un jour un vrai boulot… Par contre, quand je serai une grosse dondon, quel autre choix aurai-je que de porter des pantalons à ceinture élastique ?

Certes, j'ai conscience qu'il s'agit seulement d'une nouvelle étape de ma vie, raison pour laquelle je devrais l'accueillir à bras ouverts. Mais si je n'étais pas prête ? Si je n'avais pas envie de quitter le stade d'avant ? Même quand on n'est pas certaine de vouloir des enfants, c'est toujours rassurant de savoir que c'est encore possible. Personne ne veut être « celle qui a dépassé la date de péremption ». On préfère que les décisions viennent de nous, pas que le temps les prenne à notre place.

Quand il s'agit des femmes et de la maternité, chacun y va de son opinion. J'ai perdu le compte des chroniques consacrées aux dangers d'être une mère adolescente/célibataire/âgée (ça dépend des jours). Les « experts » nous bombardent d'avertissements contradictoires sur les risques de louper le train de la fertilité, ou la difficulté à être une jeune mère célibataire.

Tout le monde a un avis sur la question. Pendant des années, on m'a répété qu'à trente-cinq ans, il faudrait que je fasse une croix sur ma fertilité ; à côté de ça, si on en croit les magazines, à cinquante ans, on a le choix entre gérer des ados ingrats ou chercher des dons d'ovules sur Google.

Et pendant ce temps, les hommes achètent une voiture de sport et un blouson de cuir.

Tout ça m'énerve tellement que j'ai décidé d'en parler dans le dernier podcast de mes *Confessions*. J'y parle aussi de Johnny, dont l'évocation chez le médecin explique en partie mon abattement actuel. Je n'ai toujours pas compris pourquoi il m'avait ghostée, mais j'ai le sentiment que le mystère ne sera jamais élucidé. « L'amant volatilisé – basé sur une histoire vraie. »

Je suis suffisamment lucide pour savoir que, ce qui me manque, ce n'est pas vraiment lui – après tout, nous ne sommes sortis que trois fois ensemble – mais le potentiel qu'il représentait, les promesses de renouveau qu'il incarnait.

C'est pourquoi j'ai décidé de l'appeler Monsieur Potentiel dans mon podcast. Pour être honnête, c'est sans doute ce qui m'a le plus excitée.

C'est dangereux, le potentiel.

Ce qui m'inspire de la reconnaissance :

1. *Le fait que « me sentir un peu déprimée » ou « abattue » soit sans commune mesure avec la sensation de Peur.*
2. *Les mille et une façons de contacter (harceler) Max : e-mails, textos, WhatsApp, téléphone (même s'il ne partage probablement pas ma gratitude).*
3. *Mon podcast – j'ai trente-deux auditeurs !*

Le mieux est l'ennemi du bien[1]

Ce week-end, je rejoins Cricket chez elle : le menuisier a fini de fabriquer sa boîte à lire. En forme de petite maison, elle est montée sur pilotis, de telle sorte qu'elle se trouve à cheval sur la clôture, face au trottoir. À présent, nous n'avons plus qu'à la remplir de livres.

— Et si on mettait quelques Steinbeck ?

Nous sommes dans le jardin, cernées de cartons. Ils sont remplis des livres que nous avons extraits des bibliothèques de la maison, et nous tentons à présent de sélectionner ceux que nous allons disposer dans la boîte. Cricket est d'excellente humeur. Je dirais même que je ne l'ai jamais vue aussi en forme depuis que je la connais. Ce projet semble lui avoir fait pousser des ailes.

— Oh, bien sûr ! j'approuve. *Les Raisins de la colère* est l'un de mes livres préférés.

Cricket glisse deux romans de Steinbeck entre quelques polars usés de John le Carré en format poche et les œuvres complètes de Voltaire.

---

1. En français dans le texte *(N.d.T.)*.

— Une seconde..., dis-je en effleurant les reliefs dorés du dos d'un des bouquins.

Je m'en empare et l'ouvre.

— C'est une première édition ! je m'exclame, incrédule, en examinant la page de titre.

— Oui, je sais, répond gaiement Cricket sans cesser de fouiller dans les cartons. Et si on mettait un peu de poésie ?

— Cricket, c'est un livre d'une grande valeur ! On ne peut pas le mettre là !

Je n'arrive pas à croire que j'ai entre les mains une première édition de Steinbeck. Pincez-moi, je rêve.

— Et pourquoi pas ? Je l'ai lu. Maintenant, c'est au tour de quelqu'un d'autre. Comme disait toujours Monty, les livres sont faits pour être partagés, pas possédés. Inutile qu'il reste dans la bibliothèque à prendre la poussière.

Son argument se tient, et je partage son point de vue. Je fais toujours circuler les bouquins que j'ai lus, mais ce sont généralement des livres de poche que j'ai fait tomber dans mon bain. Pas des classiques rares et chers.

— On va quand même mettre les premières éditions de côté pour le moment, je propose simplement.

Je ne veux pas tempérer son ardeur en ajoutant que, sinon, elles finiront sans doute sur les étagères de quelqu'un d'autre – celles d'un riche collectionneur, vraisemblablement.

— Comme tu veux, répond-elle en brandissant quelques livres brochés. Alors, qu'est-ce qu'on décide, pour la poésie ?

Nous travaillons jusque tard dans l'après-midi, triant les livres et choisissant ceux qui vont finir sur les trois étagères de notre boîte. En théorie, tout cela aurait dû nous prendre vingt minutes, une heure au maximum. Mais c'était sans compter sur nos échanges avec les curieux qui s'arrêtent pour nous questionner.

Dans le quartier, la plupart des gens sont au courant de la fermeture de la bibliothèque et partagent notre déception. Cette petite boîte en accès libre est exactement ce dont la communauté a besoin, et la réaction des voisins est aussi enthousiaste qu'encourageante. Plusieurs personnes nous proposent leurs vieux bouquins, d'autres nous interrogent sur la possibilité d'installer leur propre boîte à lire, et certaines profitent juste de l'occasion pour bavarder un peu.

De temps à autre, je me surprends à observer Cricket, en grande conversation avec quelqu'un, et je ne peux m'empêcher de sourire. Ce n'est pas seulement notre petite bibliothèque qui prend vie – Cricket aussi. En offrant quelque chose à la communauté, elle reçoit bien davantage en échange. Les gens lui proposent de passer la voir avec leurs livres ; on s'échange des numéros de téléphone, on fait les présentations, on se serre la main et on se fait la bise.

J'écoute l'histoire de ces gens qui vivent ici depuis vingt, trente, voire quarante ans. Ils me disent que le quartier a beaucoup changé – avant, il n'y avait pratiquement que des magasins d'antiquités mais, avec la gentrification, ils ont été remplacés par des boutiques de créateurs qui « ont poussé les prix vers le haut et les gens dehors ». Je discute avec la mère d'une petite fille qui me propose quelques livres pour enfants et m'avoue qu'elle en a marre d'être tout le temps sur son téléphone, mais qu'elle ne trouve pas le temps de lire.

— Mot après mot, page après page, lui conseille Cricket d'un ton enjoué. C'est comme ça qu'un auteur écrit, et c'est comme ça qu'un lecteur doit lire. Vous finirez par y arriver. Peu importe s'il vous faut six mois, un an ou plus pour venir à bout d'un livre. C'est ce que je disais toujours à mon mari.

La maman finit par prendre *Gatsby le magnifique*.

— On s'est bien amusées ! je lance en rentrant dans la maison avec nos cartons vides après avoir enfin pris congé du dernier curieux.

Au cours de l'après-midi, nous avons eu tellement d'emprunts qu'il a fallu regarnir les étagères.

— Monty aurait adoré, affirme Cricket en refermant la porte d'entrée derrière elle. En voyant tous ces gens profiter de ses livres, j'avais l'impression qu'il était parmi nous.

Je la suis dans le salon bouton d'or et nous nous écroulons chacune à un bout du canapé, sur le velours usé réchauffé par le soleil. Pendant quelques instants, nous laissons notre tête reposer sur le dossier, les yeux clos, baignées par les rayons de lumière qui pénètrent par les baies vitrées. Seul le tic-tac de la pendule sur le manteau de la cheminée perturbe le silence.

— J'ai lu la lettre, tu sais.

Sans me redresser, je tourne la tête et dévisage Cricket. Elle a toujours les yeux fermés. C'est la première fois que nous évoquons le sujet.

— C'était une lettre d'amour de Pablo à Monty.

— Je ne l'ai pas lue, je m'empresse de répondre. J'ai seulement vu la photo. Je suis désolée, je n'aurais pas dû regarder dans l'enveloppe…

— Ma chère petite, tu n'as aucune raison d'être désolée.

Ouvrant les yeux, elle pivote pour me regarder en face.

— Ça ne me dérange pas, déclare-t-elle.

— Vraiment ?

— Que mon mari ait aimé un homme avant moi ? dit-elle avec un léger sourire. Non, vraiment pas.

Nous nous dévisageons un moment, la joue appuyée sur le velours du dossier.

— Ils se sont rencontrés à Paris quand ils avaient vingt ans, reprend-elle à mi-voix. Pablo était peintre, et Monty un dramaturge débutant. Ils sont devenus amants. Monty me l'a toujours caché. Il avait terriblement honte de cet aspect de lui-même. Aujourd'hui, les jeunes générations sont beaucoup plus ouvertes sur leurs préférences sexuelles, il y a moins de tabous… d'ailleurs, pourquoi y en aurait-il ? Mais à l'époque, ce n'était pas pareil. Et comme j'aimais Monty, j'ai fait semblant de ne pas connaître son secret.

— Alors tu savais ?

— Depuis toujours, répond-elle sans hésiter. Dès mon premier rendez-vous avec Monty, j'ai su qu'il avait un passé. Il y avait des rumeurs. Et j'avais des indices. J'ai trouvé un télégramme, quelques notes, une photo… Ce n'était pas très compliqué de deviner.

Elle marque une pause, comme pour replonger dans ses souvenirs.

— Je savais que Pablo avait été son premier amour et que leur histoire avait été brève mais passionnée. Ils ont renoué beaucoup plus tard, quand Monty est tombé malade. À l'hôpital, j'ai aperçu une carte que je n'étais pas censée voir. Et un appel manqué d'Espagne sur son téléphone. Je ne le lui ai jamais dit.

En écoutant Cricket, je me demande si j'aurais la force d'être aussi tolérante.

— Tu es une femme extraordinaire, je commente.

— Monty était un homme extraordinaire, se contente-t-elle de répondre. Il n'était pas parfait, mais qui l'est ? *Le mieux est l'ennemi du bien*[1].

Je fronce les sourcils, perplexe – je ne parle pas français.

— Montesquieu a écrit « Le mieux est le mortel ennemi du bien », explique-t-elle.

J'absorbe cette phrase et la retourne dans ma tête.

— Est-ce que ça me plaisait que mon mari ait aimé un homme avant moi ? lance-t-elle en détournant son regard vers le plafond où le grand lustre ouvragé reflète les rayons du soleil. Non, et au début, j'ai eu du mal à me faire à cette idée. Je n'aimais pas non plus ses sautes d'humeur et cette détestable habitude qu'il avait d'écraser ses cigarettes dans sa soucoupe. Ni le malin plaisir qu'il prenait à finir mes mots croisés dans le *Times*.

Elle marque une pause et soupire avant de reprendre :

— Mais est-ce que j'aimais sa générosité et sa compassion ? Son esprit brillant et sa capacité

1. En français dans le texte *(N.d.T.)*.

à citer de tête des répliques entières de Derek et Clive[1] ? Ou le fait que, quand j'étais avec lui, le monde pouvait bien disparaître ?

Installées sur le sofa, nous contemplons les prismes de lumière qui dansent sur les murs. De toute évidence, la question est pure rhétorique.

1. Duo de comiques anglais actifs dans les années 1970 *(N.d.T.)*.

Échange de textos avec Max

J'ai tout dit à Michelle hier soir. Tu avais raison, j'aurais dû lui raconter dès le départ. En tout cas, merci d'être une si bonne amie, Nell !

Super, je suis tellement contente !
Comment Michelle l'a-t-elle pris ?

Elle a été fantastique.
Elle ne m'a même pas émasculé

Non, elle laisse le chirurgien s'en charger ☺

Va te faire voir x

xx

Août

#bikinisetpatatasbravas

La femme invisible

Quand j'étais petite, je voulais être invisible. Imaginez, ça aurait été fantastique, non ? J'aurais pu aller n'importe où et faire n'importe quoi en passant complètement inaperçue. Bien sûr, ce n'était qu'une histoire que je me racontais. Mais aujourd'hui, devinez quoi ? Mon vœu de gamine a enfin été exaucé : *je suis invisible !*

Nous sommes jeudi matin et je promène Arthur tout en étant à l'affût de Johnny. Je ne l'ai pas vu et n'ai pas eu de ses nouvelles depuis maintenant plusieurs semaines, et je n'ai pas la moindre envie de tomber sur lui par hasard. En conséquence, j'ai décidé de rejoindre le parc suivant un nouvel itinéraire, en longeant le chantier d'un nouveau complexe d'appartements de luxe qui grouille d'échafaudages et d'ouvriers du bâtiment.

Quand j'avais une vingtaine d'années, je redoutais de passer à proximité des ouvriers. Je traversais la rue pour les éviter et pressais le pas, tête basse, les yeux collés au trottoir de crainte qu'ils me remarquent. Je détestais quand ils me sifflaient en lançant des réflexions du genre : « Souris, chérie ! »

La féministe en moi bouillonnait de rage. Comment osaient-ils me sexualiser ainsi ? Je me sentais violée. Gênée. Affreusement mal à l'aise.

Heureusement les temps ont changé. Bien sûr, on ne peut pas empêcher les regards insistants… Bon, en fait, si, on peut… il suffit de passer la barre des quarante ans. Ça n'arrive pas d'un coup – ce n'est pas comme si on se réveillait un matin en s'apercevant qu'on est invisible. C'est plus insidieux. Le barman vous regarde sans vous voir alors que vous attendez qu'il vous serve ; la personne qui vous précède dans un magasin laisse la porte se refermer sur vous comme si vous n'étiez pas là ; vous n'arrivez pas à attirer l'attention du serveur pour qu'il vous apporte une carafe d'eau, alors qu'il accourt au premier appel de la jeune et jolie blonde à la table voisine.

Et puis, un jour, vous passez devant un chantier, et paf, ça y est : vous êtes invisible.

— Eh, attention ! je m'écrie.

Un ouvrier a failli m'assommer avec un montant d'échafaudage parce qu'il était trop occupé à loucher sur la fille en petit haut moulant devant moi pour regarder dans ma direction.

J'ai été obligée de traverser pour me mettre à l'abri.

Et puis *fuck*.

Ce qui m'inspire de la reconnaissance :

Les petits hauts moulants : ceux que je portais avant font d'excellents chiffons. #pourquoiêtrejeunequandonpeutnettoyerlacuisine #jeplaisante #presque

C'est quoi ton superpouvoir ?

— Il aurait pu me tuer ! je me plains le lendemain à Cricket en la rejoignant dans un bar près de chez elle.

Je suis venue regarnir sa boîte à lire qui a eu tellement de succès qu'elle a été pillée, et nous prenons le café avant de nous mettre au travail.

— Il ne t'a pas vue ?

— Non, il était en train de dévorer une petite jeune du regard. J'aurais aussi bien pu être invisible.

— C'est notre superpouvoir ! s'exclame-t-elle, radieuse. Notre récompense de femme mûre.

— Je ne suis pas sûre que ce soit vraiment un superpouvoir, je grommelle. Bon, j'avoue que c'est plutôt un soulagement de ne plus être l'objet de ce type d'attentions masculines… Je veux dire, aucune fille n'a envie qu'un débile en camionnette la siffle par sa vitre, non ? Mais recevoir un compliment poli, ou se faire offrir une place dans le métro…

Je m'interromps pendant que le garçon pose nos commandes sur la table. Puis, un ton plus bas, j'ajoute :

— Ou un sourire de la part du mignon petit serveur qui m'apporte mon café…

Le serveur en question pose ma tasse sans même m'accorder un regard.

— Tu vois ? fais-je en grimaçant de dépit. Il n'a même pas remarqué que j'existais.

— Johnny t'a rcmarquée.

— Apparemment, si Johnny ne remarque pas une femme, c'est qu'elle est morte, je rétorque.

Dans un acte de rébellion, j'ouvre deux sachets de sucre et les verse dans mon café. Je ne sais pas pourquoi je suis de si mauvaise humeur.

Cricket m'observe d'un air pensif.

— Je faisais tourner les têtes, tu sais. Quand j'entrais dans un bar, les hommes se dévissaient le cou. J'avais des jambes longues comme ça et je n'avais pas peur de les montrer.

Impossible de rester de mauvaise humeur en compagnie de Cricket. Je lâche un sourire.

— Je sais, j'ai vu les photos. Celle où tu es en robe cocktail au Savoy… Super sexy, dis-je en levant les sourcils et en faisant mine de m'éventer.

Son *latte* à la main, elle éclate de rire, les yeux pétillants à ce souvenir.

— À l'époque, j'avais un autre genre de superpouvoir, commente-t-elle.

Elle boit une gorgée, repose précautionneusement son café dans sa soucoupe et ajoute :

— Ça s'appelle la jeunesse.

Des hurlements de rire nous parviennent depuis le coin de la salle, attirant notre attention sur une tablée de filles d'une vingtaine d'années, aux longs cheveux et aux jambes interminables, toutes sur leur téléphone.

— Tu sais, on ne s'imagine pas vieillir un jour. Intérieurement, j'ai toujours vingt-cinq ans, me confie-t-elle en se retournant vers moi. Parfois, j'en oublie même mon âge... Jusqu'à ce que je croise mon reflet dans un miroir.

— Mais tu es toujours superbe ! je proteste en admirant mon amie, parée d'un collier fantaisie ras-de-cou et de son éternel rouge à lèvres vermillon.

— Nell, ma chérie, tu es mignonne, mais je n'ai rien de superbe. Je ne tiens pas du tout à être superbe. Je veux juste paraître décente pour mon âge. Tu sais, quand j'étais actrice, la question du physique était cruciale. Certes, le talent compte beaucoup mais, comme un metteur en scène me l'a dit à l'époque, personne n'a envie de voir une bonne femme ridée dans un premier rôle.

— Quel salaud ! J'espère que tu lui as passé un savon !

— J'ai fait mieux que ça – je l'ai épousé.

— Hein ? C'était Monty ?

Devant mon expression, elle émet un petit rire.

— Oui, c'était lui, et je lui ai fait payer cette réflexion pendant plus de trente ans. Pour finir, il a écrit d'excellents rôles de femmes âgées. « Mais personne n'a envie de voir une femme ridée dans un premier rôle », je lui répétais à chaque fois. Et il me répondait toujours : « Oh, mais moi, si, ma chérie. »

D'un coup, ses yeux s'emplissent de larmes. Elle renifle, secoue la tête.

— Pauvre vieille, marmonne-t-elle.

Je tends le bras et pose ma main sur la sienne.

— Pauvre vieille, je murmure à mon tour.

Nos regards se croisent. Nous échangeons un sourire.

— Je vais te confier un secret, Nell, dit-elle en se penchant, m'enjoignant d'un geste de me rapprocher d'elle. Devenir invisible, c'est exactement comme tu l'imaginais quand tu étais enfant. Il n'y a rien à craindre, au contraire : c'est merveilleux. Tu es libre de faire ce que tu veux, de t'habiller comme tu veux, de dire ce que tu veux – enfin, la plupart du temps.

Elle recule pour s'appuyer contre son dossier avant d'ajouter d'un air penaud :

— Et tout le monde s'en fout.

— Tu ne crois pas que c'est surtout toi qui t'en fous ?

— Les deux, avoue-t-elle en riant. Tu sais, quand j'étais beaucoup plus jeune, j'étais très préoccupée par mon apparence, par ce que les gens pensaient de moi, comment ils me percevaient. J'étais tout le temps en train d'essayer de m'adapter aux autres… Quelle perte de temps !

— Mais tu as rencontré Monty. Alors que moi, je suis toujours célibataire.

— C'est vrai, acquiesce-t-elle. Et je comprends qu'on veuille toutes être visibles, sous certains aspects. Être vues. Reconnues. Peu importe l'âge… surtout quand on cherche à rencontrer quelqu'un.

Reposant sa tasse, elle triture pensivement son alliance.

— Aujourd'hui, je n'ai plus Monty et, en tant que veuve, je me sentais très invisible. Jusqu'à ce que tu frappes à ma porte.

À ce souvenir, nous sourions de concert.

— Je ne dis pas ça pour te rasséréner, mais crois-moi : *les personnes qui comptent te verront, quoi qu'il arrive*.

Elle me dévisage et je sais qu'elle me voit, tout comme moi je la vois. C'est peut-être ça, notre véritable superpouvoir.

— Et maintenant, je voudrais te demander quelque chose, reprend-elle.

— Je t'écoute, dis-je entre deux gorgées de café tiède.

— C'est au sujet de Monty.

— Encore des livres ? Des vêtements ?

— Non, ses cendres.

— Oh, Cricket...

D'un geste, elle coupe court à mes paroles de compassion.

— J'ai trouvé l'endroit où je voulais les disperser et je me demandais si tu accepterais de te joindre à moi. C'est un lieu qui a beaucoup compté pour lui – il m'y a emmenée peu après notre première rencontre.

Un souvenir me revient alors : Cricket m'a raconté que Monty l'avait invitée à pique-niquer à Hampstead Heath.

— Bien sûr. Ce serait un honneur.

— J'espérais que tu dirais ça ! s'exclame-t-elle en fouillant dans son sac à main. J'ai donc pris l'initiative de réserver deux billets.

— Des billets ? je répète, abasourdie. On ne va pas à Hampstead Heath ?

— Seigneur, non, d'où est-ce que tu sors ça ? s'esclaffe-t-elle en me tendant un billet d'avion British Airways. Nous allons en Espagne.

Ce qui m'inspire de la reconnaissance :

1. *Ne plus jamais avoir à entendre des réflexions telle que : « Souris, chérie ! »*

2. *La liberté qu'offre l'invisibilité.*
3. *Avoir compris que la jeunesse, en tant que superpouvoir, c'est très surfait, parce qu'on n'est pas consciente de l'avoir tant qu'on ne l'a pas perdue et ça, c'est bien pourri, si vous voulez mon avis.*
4. *Avoir le pouvoir de m'envoler... À BARCELONE !*

Maturité

Place aux priorités : j'ai besoin de vêtements.

Une semaine plus tard, je me retrouve dans un centre commercial, prise en otage dans une cabine d'essayage, cernée de vêtements apparemment prometteurs mais, en définitive, pas du tout à la hauteur de leur potentiel.

Maintenant que j'y pense, quelle bonne description de ma vie amoureuse, de ma carrière, voire de ma vie en général.

Et puis *fuck* : je pars en vacances !

À peine ai-je émis cette pensée que Mme Culpabilité se racle la gorge et me tapote l'épaule en me rappelant la raison de ce voyage en Espagne. Ce ne sont pas exactement des vacances : j'accompagne une amie octogénaire qui part disperser les cendres de son défunt mari.

Mon téléphone bipe. Un texto de Cricket :

> N'achète pas de crème solaire, j'en ai déjà plein !

Bon, j'ai peut-être le droit d'être un peu excitée, finalement.

Nous partons une semaine complète. C'est Cricket qui a eu cette idée : « Je crois qu'une bonne pause ne serait pas de trop. On prendra le soleil, on nagera dans la mer... Ça nous fera un bien fou à toutes les deux. » Ce programme me semble parfait. Après tout ce qui m'est arrivé récemment, rien ne me plairait davantage que quitter Londres pour la Méditerranée. En outre, qu'est-ce qui me retient ici ? Je peux travailler à distance sur mon portable et, le reste du temps, lézarder sur la plage avec un livre. J'ai hâte.

Il me faut juste un nouveau bikini.

Juste. Quel mot trompeur, non ? Il a des accents de rapidité et de simplicité. Il suggère un problème mineur aisément surmontable : juste prendre un café, juste garer la voiture, juste sortir le chien... Rien, dans ces cinq lettres, n'évoque cet amoncellement de maillots de bain autour de mes chevilles, l'abomination de mon reflet sous le plafonnier du magasin (je n'entrerai pas dans les détails), et mes contorsions ridicules parce que le haut et le bas du bikini sont reliés l'un à l'autre par ces fichus antivols en plastique. Pour les essayer en même temps, il faut que je me plie en deux puis que je me torde façon Quasimodo pour me voir dans le miroir.

Non, *juste* ne suggère rien de tout cela.

Pour ne rien arranger, je n'ai toujours pas trouvé de tenue d'été. Tout est trop court ! En passant, voilà bien une phrase qu'une fille de vingt ans ne prononcera jamais. Les seuls vêtements qui me plaisent sont confortables mais informes.

Au bord de l'épuisement, j'appelle Liza sur FaceTime. Il me faut les conseils d'une milléniale.

Heureusement, grâce au décalage horaire, elle est réveillée, et nous passons rapidement en revue une montagne de fringues.

— La robe bleue est sympa... Pas sûre, pour les rayures... Beaucoup trop grand... J'ai vu mieux... Ce serait mieux en blanc... J'ADORE la salopette !

— Merci, Liza, j'ai l'impression d'avoir un *personal shopper*.

— Je suis super contente pour toi, s'exclame-t-elle. L'Espagne, ça va être génial. Tu mérites des vacances.

— Ce ne sont pas tout à fait des vacances, tu sais, j'observe en défroissant un combishort à fleurs.

— Oui, tu me l'as dit. Cette vieille dame a l'air vraiment gentille.

Ça me fait bizarre de l'entendre qualifier Cricket de vieille dame. À plus de quatre-vingts ans, je suppose que c'en est une mais, pour moi, elle est tout sauf vieille.

— Carrément pas, assène Liza. Avec ce motif, on dirait que c'est taillé dans un rideau...

Je contemple mon reflet. Sur le cintre, ce truc semblait sympa, mais maintenant que je l'ai enfilé, on dirait que j'ai été relookée par Maria von Trapp[1]. Et voilà que la fermeture est coincée. Posant mon téléphone, j'essaie d'enlever le vêtement mais il reste bloqué au niveau de mes épaules. C'est moi, ou tout taille plus petit qu'avant ?

J'entends un bruit de tissu qui se déchire. L'instant d'après, j'émerge du combishort comme un bouchon d'une bouteille, le visage cramoisi.

1. Chanteuse autrichienne du début du XXe siècle qui se produisait en costume traditionnel *(N.d.T.)*.

Au même moment, mon téléphone bipe de nouveau.

— Attends, je lance à Liza, j'ai un message. C'est peut-être Cricket.

Soulagée d'avoir enfin les bras libres, j'attrape mon portable et passe sur mon appli de textos.

> Salut, Nell, comment ça va ? J'espère que tu profites du soleil. Johnny X

— Quel con ! s'exclame Liza quand je lui lis le SMS.

Elle réagit exactement comme n'importe quelle amie le ferait quand l'homme qui vous a ghostée un mois plus tôt vous envoie un mot à l'improviste. Je lui ai tout raconté et elle se sent coupable de m'avoir poussée à m'inscrire sur les sites de rencontres. Mais ce n'est pas de sa faute. Apparemment, j'ai tendance à craquer pour les mauvais mecs.

— Je n'en crois pas mes yeux, je souffle en contemplant mon écran, ébahie.

— Ignore-le, déclare fermement Liza.

Elle a raison, bien sûr. Mais mon orgueil blessé n'est pas de cet avis.

> Qui est-ce ?

Tiens, ça lui apprendra.

> Johnny

Il compte vraiment s'en tirer comme ça ? Je suis tentée de répondre *Johnny qui ?*, mais je suis plus mature que ça.

Salut, Johnny. Je te serais reconnaissante de ne plus me contacter, merci. Nell.

— Pas de bisous, me recommande Liza. Il tâte juste le terrain.

— Évidemment. Crois-moi, il n'entendra plus jamais parler de moi.

J'appuie sur « Envoi ».

Mon téléphone bipe.

Je me demandais juste pourquoi tu m'as fait faux bond ?

— Il est en train de te *gaslighter*[1] ! s'exclame Liza.

— Attends, je croyais qu'il me ghostait ?

Je suis perdue – tellement de choses ont changé depuis ma dernière période de célibat ! En plus, j'ai mal à la tête parce que j'ai failli mourir étouffée dans un combishort à fleurs.

Je mets mon téléphone sur silencieux, remercie Liza pour son aide et sors de la cabine d'essayage, clignant des yeux dans la lumière du jour. La vendeuse me gronde parce que je n'ai pas remis les vêtements correctement sur les cintres. Alors, pour me faire pardonner, j'achète le combishort à fleurs.

Ce qui m'inspire de la reconnaissance :

1. Savoir bloquer les numéros ; comme ça, Johnny ne peut ni me ghoster ni me gaslighter[2].

---

1. Le *gaslighting* est une technique de manipulation destinée à prendre le pouvoir sur sa victime ; le terme provient de la pièce de théâtre *Gas Light* qui date de 1938 *(N.d.T.)*.

2. En fait, il peut toujours me ghoster, mais comme ça, je n'en saurai rien. *(N.d.A.)*.

2. *Avoir gardé le petit kit de couture gratuit qu'on m'a offert dans l'avion quand j'ai utilisé mes miles pour me faire surclasser. Ainsi, je peux recoudre la fermeture du combishort et offrir celui-ci à Lily, la fille de Max, qui le porte avec une ceinture et les manches retroussées. Lily a sept ans.*
3. *La démarque de 70 % sur les fringues en ligne.*

Ici la police

Nous sommes dimanche soir et, seule à la maison avec Arthur, j'ai lancé une lessive. Je pars en Espagne lundi et je n'ai toujours pas fait mes bagages. Je suis nulle en bagages. Je ne sais jamais quoi prendre et je finis toujours par emporter n'importe quoi. Avec tous les voyages que j'ai faits, on pourrait croire que j'ai réussi à prendre le coup, mais je continue à lire sans les comprendre ces articles qui parlent de garde-robe capsule, et expliquent comment réaliser dix tenues différentes avec une marinière et deux foulards.

J'ai essayé une fois, en Italie, mais au milieu de la semaine, ma marinière était couverte de pesto et mes pieds d'ampoules (comment peut-on n'emporter qu'une paire de sandales ?). Croyez-en mon expérience, on ne va pas bien loin avec deux foulards.

Cette fois, j'adopte une stratégie de type « fourre tout ce que tu peux dans ta valise » et, au préalable, je passe l'intégralité de ma garde-robe à la machine. J'étends ensuite mes lessives dans tout l'appartement. Comme Edward refuse d'avoir un sèche-linge – c'est mauvais pour l'environnement –, et bien que nous soyons en août, j'ai mis le chauffage à fond. Maintenant, on se croirait dans un sauna. J'ai étendu le pauvre Arthur dans son manteau de fourrure sur mon balcon.

Au moment où je sors une tournée de linge et m'apprête à en enfourner une autre, le téléphone fixe sonne. Encore un démarcheur.

— Désolée, ça ne nous intéresse pas, je débite avant que mon correspondant ait le temps d'essayer de me vendre quoi que ce soit.

Je m'apprête à reposer l'appareil quand une voix lance :

— Madame Lewis ?

— Pardon ?

— Je suis l'inspecteur principal Grant du poste de police de Bishops. Puis-je parler à Mme Edward Lewis ?

— Oh, euh, non… Je suis sa colocataire. Enfin, sa locataire, pour être précise. C'est mon propriétaire.

— Et à qui ai-je l'honneur ?

— Nell Stevens… Pénélope Stevens, je corrige en songeant que cette situation requiert bien quatre syllabes. Edward va bien ?

— M. Lewis a été impliqué dans un incident et il est actuellement détenu avant qu'on l'interroge…

— *Edward ?* je m'écrie, incrédule. C'est une plaisanterie ?

— Je suis officier de police, mademoiselle Stevens. Je n'ai pas pour habitude de faire des blagues téléphoniques.

— Oui, pardon…

Je sors dans le couloir pour ne plus entendre le bruit de la machine à laver qui m'empêche de penser.

— Il va bien ?

— Il faut que quelqu'un vienne au poste lui apporter une paire de lunettes de rechange.

— Pourquoi, qu'est-ce qui ne va pas avec les siennes ?

L'inspecteur ne répond pas tout de suite, comme s'il hésitait à me fournir toutes les informations dont il dispose.

— Malheureusement, les lunettes de M. Lewis ont été cassées lors de l'altercation qui a précédé son arrestation.

Altercation ? Arrestation ? Edward ?

Une heure plus tard, quand je pousse la porte du poste de police, je suis toujours sous le choc. Jusque-là, j'avais presque réussi à me convaincre qu'il y avait erreur sur la personne, mais le type dépenaillé qu'on fait sortir de la cellule de détention, un œil poché et la lèvre fendue, est bel et bien Edward. Même s'il est quasiment méconnaissable.

— Putain !

Je bondis de ma chaise en plastique.

— Pénélope ?

Je m'aperçois alors que, sans ses lunettes, il ne me voit pas bien.

— Oui, c'est moi. Bon sang, qu'est-ce qui s'est passé ?

Lorsqu'il s'approche, je constate l'ampleur des dégâts. Il est salement amoché.

— Un conducteur a pris un sens interdit et a failli me renverser, alors je lui ai dit que j'allais montrer la vidéo de ma GoPro à la police...

Tout en parlant, il grimace et tripote sa lèvre enflée.

— Ça l'a mis en colère, alors il m'a fichu par terre et il m'a arraché mon casque, sûrement parce qu'il savait qu'il était en tort...

— Mais la police m'a dit que c'était toi qui avais été arrêté ?

— On a fini par en venir aux mains et mon téléphone est en miettes... ainsi que mes lunettes et son pare-brise.

Je l'écoute, bouche bée, incapable d'en croire mes oreilles.

— *Tu t'es battu ?*

— Je me défendais, proteste-t-il, indigné. Ce n'est pas la même chose. J'ai été victime d'agressivité au volant ! C'est ce que j'essaie d'expliquer à la police depuis...

— BRANLEUR !

Il est interrompu par un homme massif et chauve, au visage tuméfié et à la main bandée, qu'un agent fait sortir d'une autre cellule.

— Fais gaffe, parce que la prochaine fois, je vais pas te rater, connard...

Sa femme, une toute petite blonde, lui intime le silence. Elle le prend par le coude et l'entraîne à l'écart.

— Il a l'air encore plus démoli que toi.

— Je t'ai dit que j'ai joué au rugby ?... Aïe.

Le sourire qu'il esquisse lui arrache une grimace de douleur. Quand il lève la main pour toucher sa pommette, je remarque que ses phalanges sont abîmées.

— Tu as de la chance, il aurait pu avoir un couteau, je grogne.

Je suis en colère, mais aussi terriblement soulagée qu'il n'ait que des ecchymoses et quelques coupures. Je lui décoche un regard furieux et il baisse la tête, penaud.

— Bon, je n'ai pas trouvé tes lunettes, alors je t'ai apporté tes lentilles de contact.

Je sors deux boîtes de ma poche, et il me regarde faire de son œil valide.

— En fait, une seule suffira, je soupire en rangeant l'autre.

— Monsieur Lewis ?

Nous nous retournons vers le sergent assis derrière son bureau. Il tient un sachet plastique dans lequel se trouvent un petit portefeuille en cuir, des clés et un téléphone cassé.

— J'aimerais que vous signiez ici pour récupérer le reste de vos affaires.

Edward obtempère.

— Merci, dit-il.

— Comme l'a confirmé l'agent qui vous a interrogé, vous allez être libéré sous caution le temps de l'enquête, alors veillez à rester disponible pour de nouveaux interrogatoires dans les jours qui viennent.

Le sergent lui tend le sac ainsi que son casque de vélo.

— Bon, et comment comptez-vous rentrer chez vous ?

— Eh bien, en vélo… Si vous me le rendez.

— Vous croyez que c'est une bonne idée ? demande le policier d'un air dubitatif.

— Je suis un excellent cycliste, affirme Edward.

— Quand vous y verrez des deux yeux, je ne dis pas, déclare le sergent d'un ton égal. Et mademoiselle Stevens, alors ? Vous allez la ramener sur le porte-bagages ?

Il me décoche un regard et je réprime un sourire. Il est plutôt mignon. Et on dirait qu'il a quatorze ans. C'est moi, ou les flics sont de plus en plus jeunes ?

— Allez, viens, Edward, on va prendre le métro, je lance en passant mon bras sous le sien.

Avant qu'il puisse protester, je l'entraîne hors du poste.

— Je n'arrive pas à croire qu'ils aient gardé mon vélo comme pièce à conviction, grommelle Edward.

Nous sommes assis l'un en face de l'autre dans le South Western de Waterloo qui nous ramène à la maison. Sous les lumières crues du wagon, l'hématome qui orne l'œil d'Edward prend toutes sortes de couleurs criardes.

— Qu'est-ce qu'ils vont en faire ? questionne-t-il. S'en servir pour relever des empreintes ?

— Je n'en sais rien.

Il est toujours furieux de ce qui lui est arrivé, mais je ne l'écoute pas vraiment. Quelque chose me tracasse.

— Edward, tu n'aurais pas oublié de me dire quelque chose ?

Son expression change, et la colère laisse place à la honte.

— Bien sûr. Je ne t'ai même pas remerciée d'avoir fait tout ce chemin pour venir me chercher, lance-t-il en se frottant nerveusement le front. Je suis désolé, c'est vraiment nul de ma part...

— Non, ce n'est pas ça.

— Ah bon ? demande-t-il, sourcils froncés.

— Edward, tu faisais quoi en ville un dimanche soir ? Pourquoi tu n'étais pas dans le Kent ?

Ma question semble le prendre de court et il hésite un instant avant de répondre :

— J'y étais mais j'ai pris le train pour aller boire un verre avec un ami. Il vit dans le centre.

Bien carrée sur mon siège, je le dévisage d'un air dubitatif.

— Mais tu étais à vélo, et tu m'as dit que tu le laissais au bureau pendant le week-end.

Edward évite mon regard.

— Tu me croirais si je te disais que j'ai deux vélos ?

— Pas trop.

— Je comprends. Moi non plus, à ta place, je ne me croirais pas.

Alors, baissant la tête, il se met à fixer ses pieds pendant une éternité.

Plus tard, il me raconte tout.

Voilà plusieurs mois que, le week-end, il habite dans une petite chambre d'hôtel en ville – depuis que Sophie et lui se sont séparés. Il me dit qu'il a trop honte pour en parler à qui que ce soit. Depuis des années, son couple battait de l'aile. Ce séjour au ski, pour le Nouvel An, était une ultime tentative pour sauver leur mariage et rapprocher les membres de la famille. Malheureusement, il n'avait servi qu'à révéler combien lui et Sophie étaient devenus étrangers l'un à l'autre.

— Et puis, à Pâques, elle m'a annoncé qu'elle voulait divorcer.

— Oh, Edward, je suis désolée.

— C'est inutile. Moi, je ne le suis pas. Au début, c'est vrai, j'étais contre. Dans ma famille, on ne divorce pas. Je pensais qu'il fallait rester ensemble, qu'on soit heureux ou pas, parce que c'est ce que font les gens mariés. Pour moi, divorcer, c'était un constat d'échec. Mais Sophie a eu le courage qui me manquait.

Il marque une pause, se masse les tempes et soupire avant de reprendre :

— Il y avait longtemps que notre couple était fichu, et ce n'était pas en y restant enfermés qu'on allait résoudre quoi que ce soit, au contraire. Je lui suis reconnaissant d'avoir eu le cran de réagir.

— Les garçons sont au courant ?

— Oui. En bons ados, ils sont davantage intéressés par leurs amis et leur téléphone que par les faits et gestes de leurs parents. Manifestement, ça ne leur a fait ni chaud ni froid. Sam a juste demandé pourquoi on avait attendu si longtemps. Il faut croire que notre mésentente était beaucoup plus visible qu'on ne voulait le croire.

Il esquisse un sourire, et je me remémore alors la première impression que j'avais eue de lui en venant visiter la chambre au mois de janvier. Un homme heureux en couple, père de deux grands jumeaux, époux d'une superbe Française, avec une belle carrière, une maison à Londres et une autre à la campagne, et qui partait skier en famille à

Verbier. Comparée à la mienne, sa vie paraissait tellement rangée…

— Maintenant, il va falloir que j'annonce ça à ma famille et à mes amis, enchaîne-t-il. Je suis sûr que mon père y verra une preuve de plus que son fils est un minable.

— Mais les gens divorcent tout le temps, dis-je pour le réconforter. C'est quoi, les statistiques ? Un couple sur trois, voire un sur deux ?

— Peut-être, répond-il avec un haussement d'épaules. Mais les statistiques n'empêchent pas le sentiment d'échec.

Je considère Edward d'un regard nouveau – c'est comme si un mur venait de s'effondrer. Il émane de lui une vulnérabilité que je n'avais jamais décelée jusqu'alors. Nous sommes très différents, radicalement opposés, même. Pourtant, d'une certaine manière, nous nous ressemblons.

Je désigne son œil, à présent presque fermé :

— Il faut que tu mettes de la glace sur ton visage. Ça atténuera l'enflure.

— Bon sang…, murmure-t-il avec une grimace en voyant son reflet dans la vitre du train. C'est vraiment moi ?

Tournant lentement la tête d'un côté puis de l'autre, il étudie son visage.

— Tu sais, ce n'est pas du tout comme ça que j'imaginais ma vie… Ça t'arrive d'éprouver ça ?

Le train ralentit à l'approche de notre arrêt et je me lève, un sourire aux lèvres.

— Tout le temps.

Viva España

Note pour moi-même : quand vous réservez un vol, n'optez pas pour le moins cher en vous disant : « Oh, il coûte cinquante balles de moins ! Qu'est-ce que ça peut faire s'il part à quatre heures du matin d'un aéroport à cinquante bornes de chez moi ? Ça ira très bien ! »

Non, ça n'ira pas très bien.

Vous allez vous lever en pleine nuit, complètement vaseuse, et vous vous cognerez le doigt de pied dans un meuble après avoir dormi seulement une heure parce que vous aviez peur de ne pas entendre le réveil (programmé pour sonner à 1 h 30, ce qui est totalement inhumain). Vous devrez prendre deux trains et un taxi pour rejoindre l'aéroport, ce qui vous coûtera une fortune. Quand vous arriverez, vous serez fauchée et crevée, et vous vous rendrez compte que vous n'avez en définitive économisé que cinq balles.

Et votre orteil aura doublé de volume et vous fera un mal de chien.

Aujourd'hui, j'applique la méthode Cricket et je prends un vol British Airways qui part d'Heathrow à une heure parfaitement décente. À mon arrivée à Barcelone, je suis en forme et détendue – je ressemble à la voyageuse que j'ai toujours rêvé d'être, pas à une pauvre fille qui sort de son vol low cost avec les yeux cernés et les vêtements froissés.

Nous allons chercher notre voiture de location. Nous ne restons qu'une nuit ici : demain, nous rejoignons la côte. C'est moi qui prends le volant. Comme j'ai vécu en Amérique, je suis habituée à conduire à droite, et Cricket n'a pas son permis, même si elle avoue avoir « touché un peu le volant dans les années 1960 », dans une Mini qu'elle a fini par encastrer à l'arrière d'un camion de lait.

— J'envisage toujours de passer le permis, dit-elle alors que nous nous éloignons de l'aéroport. C'est sur ma liste.

— Tu veux dire, ta liste des choses à faire avant de mourir ? je demande.

Baissant le pare-soleil, je cherche à repérer la direction de l'autoroute et du centre-ville. C'est Cricket qui est censée jouer les copilotes, mais je suis pratiquement sûre que, derrière ses lunettes de soleil, elle a les yeux fermés.

— Oh, je ne crois pas à ce genre de listes. J'ai fait assez de choses mémorables dans ma vie, je n'ai pas besoin de sauter du haut d'un avion ou de nager avec les dauphins.

— Mais ça n'a pas besoin d'être aussi extraordinaire.

Elle secoue vivement la tête.

— J'ai toujours pensé que, dans la vie, les meilleures expériences sont celles qu'on n'avait pas prévues, celles qu'on fait par hasard... Je me rappelle qu'avec Monty, on avait organisé une soirée au pied levé après une représentation. Tout le monde était venu à la maison, j'avais fait cuire des œufs avec des oignons et des pommes de terre parce qu'on avait que ça... Tu as loupé le tournant !

— Zut !

C'est l'histoire de ma vie : impossible de retourner en arrière, je m'éloigne dans la mauvaise direction.

— Ce n'est pas grave, on va suivre un autre chemin.

— On peut ?

— Oui, confirme-t-elle en consultant la carte. Prends la prochaine sortie.

Je mets mon clignotant et m'engage sur le rond-point.

— Ça fait un détour, me lance-t-elle avec un petit sourire, mais on n'est pas pressées. C'est la route panoramique.

Je m'engage sur une route secondaire.

— Alors, cette soirée ? je demande pour revenir à la conversation.

— Sans doute la meilleure qu'on ait faite, acquiesce-t-elle. Pourtant, on n'avait pas de vin, et la maison était dans un désordre incroyable. On a fini assis sur des poufs dans le jardin en vidant les fonds de porto qui nous restaient de Noël... Tu sais, rien n'est jamais comme on le voudrait, nos cheveux ne sont jamais assez bien coiffés, et il va sûrement pleuvoir, mais peu importe : ce qui compte, ce sont ces bons vieux souvenirs, les seuls moments qu'on se rappelle, en définitive...

Cricket se tait, perdue dans ses pensées et, pendant un moment, nous restons silencieuses. Autour de nous, les bâtiments cèdent la place à la nature à mesure que la route grimpe.

— Oh, regarde…

D'un geste, je désigne le paysage. D'ici, nous avons une vue spectaculaire. Un ruban de forêt dévale devant nous, bordant la ville de Barcelone qui s'étire jusque dans la mer, comme si elle essayait d'atteindre l'horizon. Je ralentis pour admirer la scène baignée de lumière qui semble n'attendre que nous.

Finalement, j'ai bien fait de prendre la mauvaise direction.

Barcelone

En général, la seule chose qui peut me tirer du lit me parvient sous forme torréfiée de la forêt amazonienne mais, ce matin, je suis impatiente de me lever. Avec euphorie, je tire les rideaux de ma chambre d'hôtel pour laisser entrer la lumière ardente du soleil espagnol.

Hier, nous avons suivi la route panoramique qui traverse le fabuleux parc national de la Serra de Collserola, et quand nous sommes enfin arrivées à l'hôtel, l'après-midi était déjà bien avancé. Après avoir pris possession de nos chambres, nous avons toutes les deux opté pour une sieste. Lorsque je me suis réveillée, j'avais envie de partir explorer les environs mais, comme Cricket n'a pas répondu quand j'ai frappé à sa porte, j'y suis allée seule.

Je suis déjà venue deux fois à Barcelone mais, à chacune de mes visites, j'aime un peu plus cette ville. Hier, pendant ma promenade, je suis restée à l'écart des Ramblas, haut lieu du tourisme, pour m'enfoncer dans un dédale de ruelles. J'adore les villes où l'on peut marcher et, tout en déambulant, j'ai perdu la notion du temps. Il faisait aussi chaud que dans un four. Les minutes se sont transformées en heures et l'après-midi a laissé place au soir. Quand je suis rentrée à l'hôtel, il était presque vingt heures, et j'ai trouvé Cricket au bar.

— Désolée, je ne pensais pas partir aussi longtemps ! Je ne m'étais pas aperçue qu'il était si tard.

Tout en m'excusant, je m'installe sur le siège à côté d'elle.

— Il n'est pas tard, oppose-t-elle, nous sommes à Barcelone ! La soirée ne fait que commencer. Bon, qu'est-ce que tu bois ?

Du rioja. Deux negronis. Et un pichet de sangria, apparemment. Toutes mes tentatives de régime sont donc tombées à l'eau – elles y ont même plongé la tête la première – vu que c'est certainement très au-dessus du nombre d'unités recommandées. Mais bon, *viva España*, quoi – un genre de variante espagnole de mon bon vieux « Et puis *fuck* ».

Avec Cricket, nous avons veillé jusque tard dans la nuit, dégusté de délicieuses tapas et regardé des artistes de rue danser le flamenco. Et pendant tout ce temps, je me disais que je pourrais venir m'installer à Barcelone.

Avant de me rappeler ce foutu Brexit et de commander d'autres sangrias.

À présent, moins de douze heures plus tard, nous avons plié bagages et sommes reparties en voiture vers le nord. Cricket est assise à côté de moi, les cendres de Monty sur les genoux. Tout à l'heure, nous avons eu très peur car elle n'arrivait plus à remettre la main dessus. Pendant un instant, j'ai cru que notre virée s'était transformée en mauvaise comédie romantique. J'imaginais l'urne tournant en boucle pendant des heures sur le tapis des bagages avant qu'un pauvre type ait la mauvaise idée de l'ouvrir, et que les Objets trouvés de l'aéroport deviennent la dernière demeure de Monty…

Heureusement, nous avons retrouvé la boîte dans le coffre de la voiture mais, depuis, Cricket ne prend aucun risque et ne la lâche plus.

— Comme ça, au moins, il profite de la vue, dis-je gaiement tandis que la ville s'amenuise derrière nous.

Elle était tellement paniquée, tout à l'heure, que je me sens obligée de détendre l'atmosphère.

— Je ne pense pas qu'il voie grand-chose, dans cette boîte, répond-elle.

Tout à coup, je me rends compte que ma plaisanterie était tout sauf subtile.

— Désolée, je ne voulais pas…

— Non, c'est moi qui suis désolée, me coupe-t-elle. Tu es gentille, et moi, je me conduis comme une conne.

— Ce n'est pas grave. Tu as le droit d'être conne.

— Non, pas du tout, objecte-t-elle en secouant vigoureusement la tête. Mon mari est mort. Ça arrive. Les gens meurent tout le temps. Ça ne nous donne pas le droit d'être cons avec les autres.

Je tourne la tête vers elle. Elle soutient un instant mon regard avant de baisser de nouveau les yeux sur l'urne.

J'entends souvent parler d'histoires de cendres qu'on disperse. Elles ont toutes des connotations oniriques, presque romantiques. On s'imagine des décors paisibles ou des endroits exotiques où viennent s'éparpiller l'âme et l'esprit du défunt. Du moins, c'est mon impression, mais je n'avais jamais vu de cendres humaines auparavant.

En réalité, on se retrouve avec une sorte de boîte à chaussures remplie de trois kilos d'un truc qui ressemble à du gravier. Ça n'a rien d'onirique ni de romantique. C'est juste bizarre et difficile à concevoir. Je n'arrive toujours pas à m'y faire, alors imaginez dans quel état doit être Cricket.

— Tu as raison, il est là, dit-elle au bout d'un moment tout en regardant par la vitre. Mais pas dans cette boîte. J'ai été élevée dans la religion catholique mais je n'ai jamais cru en une vie après la mort. Je ne peux pas croire qu'il existe un paradis si je ne crois pas à l'enfer. Mais Monty est dans mon cœur, dans mes souvenirs... Dans les conversations que je continue d'avoir avec lui... Et c'est une sorte de vie après la mort, pas vrai ?

— Oui, j'acquiesce. Il me semble.

— Monty, c'étaient deux yeux noirs perçants, des reparties à toute épreuve et un énorme rire qui secouait tout son corps, poursuit-elle, avant de fixer la boîte sur ses genoux. Pas ces cendres. D'ailleurs, en y pensant, j'ai bien envie de les jeter par la fenêtre...

— Non !

Instinctivement, je lâche le levier de vitesse pour attraper la boîte.

— Qu'est-ce qui se passe ? s'étonne Cricket.

— Tu ne peux pas faire ça !

— Quoi ?

— Jeter Monty par la fenêtre ! je m'écrie sans réfléchir à la portée de mes paroles.

Mais Cricket ne semble pas plus perturbée que ça.

— Oh, je n'allais pas vraiment le faire, me rassure-t-elle. Après tout le chemin qu'on a fait... Et puis, ce ne serait pas très agréable pour les gens derrière nous.

Je regarde dans mon rétroviseur. Presque collée à nous, il y a une décapotable jaune canari conduite par un vieil homme ; une femme beaucoup plus jeune est assise à côté de lui. Il me fait des appels de phares pour que je le laisse me dépasser.

Cricket et moi échangeons un regard. Je ne me rappelle plus qui a craqué la première. Juste que nous avons ri à en avoir mal aux côtes et à en pleurer. Et, même après, nous avons continué de rire.

Quelques heures plus tard, nous nous retrouvons bien au-dessus de la mer, sur une route dangereuse qui sinue, monte et descend en enserrant le flanc de la montagne. Je m'accroche au volant, un peu tendue. Et puis, au détour d'un virage, j'aperçois en contrebas une baie en forme de fer à cheval où se niche un village dont la blancheur immaculée contraste avec la mer d'un bleu scintillant. C'est à couper le souffle.

Repérant un point d'arrêt, je stoppe la voiture.

— Il y a un problème ? me lance Cricket.

— Non, je veux juste prendre une photo.

J'ouvre la portière et descends. Cricket baisse sa vitre pour m'observer. Je sors mon téléphone et tente d'immortaliser cette vue magique. Une bourrasque soulève mes cheveux, projetant des mèches devant l'objectif et le soleil de midi m'aveugle.

Qu'importe si je n'y vois rien, je prends tout de même la photo. C'est ma vie et, pour la première fois depuis une éternité, elle n'a besoin d'aucun filtre.

Ce qui m'inspire de la reconnaissance :

1. *Instagram, grâce auquel je peux poster ma photo (floue et à contre-jour) pour montrer à tout le monde que j'ai bel et bien une vie, et qu'elle ne se résume pas aux mèmes et au chien de mon proprio.*
2. *Mes six likes – Maman, Michelle, Holly, Liza et Fiona, plus une fille avec qui j'ai été à l'école et que je n'ai pas vue depuis trente ans, et qui a maintenant des oreilles de lapin et une couronne de fleurs sur la tête.*
3. *Être capable d'effacer le commentaire de maman qui me demande si j'ai répandu les cendres, ce qui réduirait à néant tous mes efforts pour faire croire que je suis en vacances romantiques avec mon amant – au cas où Ethan consulterait mon profil.*

Bikinis et bébés

Étendue sur une chaise longue au bord de la piscine de l'hôtel, je feuillette les magazines que j'ai achetés à l'aéroport. Sur la couverture de l'un d'entre eux, une actrice de séries exhibe son bébé tandis que, dans les pages intérieures, juste après un édito entièrement consacré au *baby bump*[1] des *people*, se trouve un dossier de huit pages sur son accouchement : « C'était loin d'être gagné ! », « Je n'ai jamais rien vécu de pareil » et « Je suis enfin une femme ».

Mais alors, qu'est-ce que je suis, moi ? Une non-femme ?

J'attrape un autre magazine. Cette fois, la star en couverture pose en bikini pour afficher sa récente perte de poids : « À présent, ma vie peut vraiment commencer ! » Exaspérée, je me lève pour aller nager. Sommes-nous censées croire que l'objectif de toute femme est soit d'être mère, soit sexy en bikini (ou, mieux encore, d'accoucher et de sauter dans son bikini une semaine plus tard) ? Avoir

1. Ventre de femme enceinte *(N.d.T.)*.

un métier qu'on aime, se battre pour défendre une cause ou réaliser ses rêves et ses ambitions, ça ne compte pas ?

Ou bien simplement vivre sa vie en aimant son corps tel qu'il est ?

C'est tout, alors, on n'a que deux options ? Un *bikini body* ou un bébé ?

Je saute à pieds joints dans la piscine.

Et si on n'a ni l'un ni l'autre, on est quoi ?

Ce qui m'inspire de la reconnaissance :

1. *L'extraordinaire Cricket :*
   a) Qui n'a pas d'enfants et est non seulement une femme mais une putain de déesse.
   b) Qui m'a glissé, l'air de rien, que si je voulais être parfaite en bikini, je n'avais qu'à enfiler un bikini.
   c) Qui, en arborant un maillot une pièce, a démontré que les abdominaux, c'est totalement surfait.
2. *La petite boutique près de l'hôtel où j'ai acheté un adorable bikini à rayures rouge et blanc.*
3. *Le délicieux plat catalan à base de gambas fraîches, de couteaux grillés, de patatas bravas et de tortilla que nous avons dégusté sur le port, suivi de deux énormes coupes de glace. Maintenant, je sais d'où vient mon petit ventre.*

Lâcher prise

Jour 3 des vacances. Le temps glisse et ralentit en un rythme apaisant où aux cafés le matin sur le port succèdent de délicieux déjeuners dans une petite cahute et des après-midi à lézarder au bord de la piscine.

Nous parvenons toutefois à caser quelques visites dans ce planning chargé : hier, une église en ruine au sommet d'une montagne ; aujourd'hui, une plage déserte où Cricket part nager en masque et tuba pendant que je lis un livre, jusqu'à l'arrivée de quelques cyclistes poilus qui nous font très vite comprendre que nous avons découvert un repaire de nudistes.

— Je ne mangerai jamais plus de couteaux, observe Cricket.

Je ne cherche pas à m'étendre avec elle sur le sujet.

En dehors des cyclistes nus et velus, c'est paradisiaque, ici. La Costa Brava a la réputation d'attirer des milliers de vacanciers, mais ce petit village de pêcheurs est un joyau préservé du tourisme de masse. Cricket me dit que ça n'a pas beaucoup changé depuis qu'elle est venue ici pour la première fois, il y a plus de trente ans. Elle a passé ces derniers jours à me montrer leurs endroits favoris et à me régaler d'anecdotes, soulagée de constater qu'elle n'avait finalement aucune raison d'appréhender son retour sur ces lieux. Au début, elle avait peur que ses souvenirs l'attristent mais, au contraire, ils lui ont redonné de l'énergie.

— Il faut balayer les fantômes et les ombres, déclare-t-elle. Braquer les projecteurs sur eux pour les faire disparaître. Ne pas vivre dans le passé.

Elle s'est également occupée d'organiser la dispersion des cendres de Monty et, pour ce faire, a loué un petit voilier et son skipper pour l'emmener en mer demain. Aussi, en guise d'adieux, nous décidons de nous rendre ce soir au phare pour admirer le coucher de soleil et porter un toast à Monty. Nous ne sommes pas déçues. Du sommet de la falaise, la vue est incroyable. Dans le petit bar-restaurant perché sur le site, nous achetons de la bière et allons nous asseoir dehors. Là, nous découvrons qu'un groupe de musiciens armés de guitares espagnoles donne un concert.

Des sièges ont été taillés dans le flanc de la colline. Nous nous y installons et, tout en sirotant nos bières, nous écoutons la musique. La brise tiède du soir nous caresse le visage, et le coucher de soleil offre un arrière-plan idéal. C'est le genre de moment qui vous tombe dessus par hasard et qu'on a envie de garder précieusement à l'intérieur d'une bouteille pour les jours où il fait froid et où la nuit tombe à quatre heures de l'après-midi.

Je voudrais remplir toute une armoire de ces bouteilles de moments fortuits, comme le faisait ma grand-mère avec ses confitures, ses *pickles* et ses conserves.

— Je suis allée le voir, tu sais, murmure soudain Cricket. Quand on était à Barcelone.

Elle tourne la tête vers moi, et je n'ai pas besoin de lui demander de qui elle parle. Depuis qu'elle m'a annoncé qu'elle allait en Espagne, je n'ai cessé de penser à la lettre de Pablo.

— Comment tu savais où il habitait ? Il n'y avait pas d'adresse.

— Grâce à Google, répond-elle sur le ton de l'évidence.

Cricket ne cesse de me surprendre.

— Il est peintre, et apparemment plutôt célèbre, à présent, reprend-elle. J'ai trouvé la galerie où il expose et j'y suis allée pendant que tu dormais…

— C'est moi qui dormais ?

Voilà pourquoi elle n'a pas répondu quand j'ai frappé à sa porte… Je m'empresse de la questionner :

— Alors, comment ça s'est passé ?

— Il n'était pas là. J'ai laissé un message avec mon nom et le numéro de l'hôtel en disant que j'étais là pour disperser les cendres de Monty. Je l'ai invité à se joindre à moi.

— Tu as fait ça ?

— Oui, acquiesce-t-elle. Je ne suis pas sûre que ce soit une bonne idée, mais j'avais l'impression de devoir ça à Monty.

Elle détourne le regard vers l'horizon où le soleil se couche lentement.

— Est-ce que Monty m'a amenée ici parce que Pablo lui avait montré cet endroit ? Parce qu'il voulait partager quelque chose de beau avec moi ?

Elle marque une pause, hausse les épaules.

— Je l'ignore, poursuit-elle, mais ce que je sais, c'est que l'amour reste l'amour et, en fin de compte, je voulais que ceux que Monty a aimés et qui l'ont aimé aient une chance de lui dire adieu... Et puis, pour être honnête, j'avais envie de le rencontrer.

Elle pivote pour me faire face. Le soleil de ces derniers jours a bruni sa peau, et ses yeux semblent plus bleus.

— Après toutes ces années, j'avais envie de mettre un visage sur ce nom. De voir qui était cette autre personne que Monty a tant aimée, cette facette de lui que je n'ai jamais connue... J'ai toujours eu le sentiment que le dossier n'était pas clos. Je sais qu'il ne voulait pas que je connaisse l'existence de Pablo, mais je n'aime pas les secrets. On croit toujours garder un secret mais, en réalité, c'est lui qui vous garde.

L'entendre parler de Monty et Pablo réveille en moi un écho inattendu.

— Je peux te montrer quelque chose ? je lui demande sans réfléchir.

Tout aussi impulsivement, je fouille dans mon sac et en retire mon portefeuille. Sous une photo de mes parents se trouve un petit bout de papier que je ne sors jamais. Je le déplie et le tends à Cricket.

— On l'appelait Crevette, je murmure tandis qu'elle contemple l'image en noir et blanc de l'échographie. Parce qu'il était trop tôt pour savoir si c'était une fille ou un garçon, et qu'Ethan disait qu'il ressemblait à une crevette.

Elle plonge son regard dans le mien, y cherchant la vérité. Peu à peu, elle comprend ce que je suis en train de lui montrer.

— Nell, tu n'es pas obligée de…

— Si, je coupe en lui mettant le papier entre les mains. J'en ai envie. Tu as partagé toutes ces choses avec moi, tu as toujours été si franche sur… sur tout. À présent, c'est mon tour. Je voudrais…

J'ai conservé si longtemps ce secret. Je n'ai jamais confié à personne ce qui m'était arrivé. Je me suis contentée d'enfermer ce drame, de faire comme s'il ne s'était pas produit. Sans me quitter des yeux, elle hoche la tête en silence. Mieux que toute autre, elle sait que, dans la vie, on a toujours besoin de quelqu'un qui vous écoute.

Je commence à parler.

— Lors de notre premier rendez-vous, Ethan m'a dit, sur le ton de la blague, qu'il voulait assez d'enfants pour constituer une équipe de football.

Tout en me remémorant ce souvenir, je me surprends à sourire.

— Il vient d'une grande famille d'Italiens – chez les DeLuca, faire des enfants est une seconde nature. Mais au début, nous étions tellement amoureux que nous ne pensions que l'un à l'autre. Ensuite, nous avons emménagé ensemble et fondé notre entreprise. Nous n'avions de temps pour rien… Plus le temps passait, plus je trouvais des raisons de ne pas fonder de famille – après tout, nous étions très heureux comme ça, alors pourquoi tout bousculer ?

Je détourne le regard du soleil qui s'enfonce lentement dans la mer et reporte mon attention sur Cricket.

— Tu as déjà voulu des enfants ?

— Pas assez fort, répond-elle simplement. J'y ai pensé quand j'étais jeune – à l'époque, c'était ce qu'on attendait de moi – mais il y avait tant d'autres choses qui me faisaient davantage envie. Je me suis sentie soulagée en découvrant que Monty partageait ce sentiment. De toute façon, à ce moment-là, j'étais beaucoup plus âgée, et le problème ne se posait plus. J'ai eu beaucoup de chance.

J'acquiesce tandis que mon esprit retourne dans le passé. J'avale une gorgée de bière et reprends mon récit :

— J'avais des doutes mais je les ai chassés... Alors on a remis la question sur le tapis. J'ai arrêté la pilule et on a attendu. Rien n'est venu. C'est marrant, on passe sa vie à essayer de ne pas tomber enceinte, on se dit juste que ça viendra tout seul quand il sera temps... Alors on a réuni le peu d'économies qu'on avait et tenté la FIV. Ça n'a pas marché non plus.

Je contemple la mer, avec ses vagues ourlées de rose, et le ciel qui vire à l'orangé.

— À l'époque, je trouvais que je supportais plutôt bien les injections, les visites à l'hôpital et les regards pleins de compassion des infirmières, mais ça n'a pas duré. Ethan était terriblement déçu que ça ne fonctionne pas, et j'avais l'impression que c'était de ma faute. Les médecins disaient que mon corps ne réagissait pas aux traitements...

Je souris tristement.

— On n'avait pas les moyens de recommencer mais on était bien décidés à ne pas pleurer sur notre sort. Alors on s'est lancés à corps perdu dans nos activités professionnelles... En surface, tout roulait. L'été est arrivé et reparti. Le café marchait pas mal... mais avec le recul, je pense qu'on ne s'en sortait pas aussi bien qu'on voulait le croire. On avait tous les deux refoulé pas mal de choses.

Je m'interromps pour replonger dans mes souvenirs. J'ai enfoui cette histoire pendant tellement longtemps... Mais maintenant que j'en parle, tout remonte d'un coup.

— Pour le Nouvel An, nous sommes allés camper quelques jours dans le parc de Yosemite. Tu connais ? C'est magnifique.

— Je n'y suis jamais allée.

— Je pense que c'est là que je suis tombée enceinte. Quand je m'en suis aperçue, ça nous a fait un de ces chocs ! On n'arrivait pas à y croire, même après avoir fait cette échographie à l'hôpital. J'étais enceinte de seulement huit semaines, mais elle était là, sur l'écran. Notre petite crevette.

Je marque une pause. J'ai ressassé mille fois cette histoire mais, chaque fois que je me la raconte, une partie de moi espère qu'elle finira autrement.

— Une semaine plus tard, j'ai eu des saignements.

— Ma pauvre chérie..., murmure Cricket.

Elle passe son bras autour de mes épaules et m'attire contre elle. En me laissant aller à son étreinte, j'éprouve un sentiment de soulagement.

— Je me souviens du visage de l'infirmière quand elle s'est aperçue qu'elle n'entendait plus le cœur. Elle était désolée, mais j'ai fait comme si tout allait bien. Comme si mon boulot, c'était de faire en sorte que tout le monde aille bien.

J'essuie une larme fugace d'un geste rageur en me rappelant les blagues idiotes que je lançais à l'époque pour dérider mon entourage alors que mon cœur venait de se briser.

— Après, on n'en a jamais vraiment reparlé, Ethan et moi. On était tous les deux trop tristes, même si on le cachait. Je pense qu'on essayait de se protéger mutuellement mais, avec le recul, tout ce qu'on a réussi à faire, c'est à nous refermer sur nous-mêmes.

À présent, mes joues sont inondées de larmes, mais je les laisse couler.

— Et puis, quelques mois plus tard, nous avons perdu un gros contrat avec un traiteur, et les choses ont commencé à se déliter. Notre entreprise... Notre couple...

Le ciel est maintenant orange vif, presque rouge.

— Quand j'ai découvert le texto sur son téléphone, Ethan n'a pas essayé de nier. J'étais allée voir ma copine Liza et, pendant que j'étais partie, il est sorti et il a picolé. Il m'a juré que ça n'avait pas d'importance... Sauf que ça en avait pour moi.

Je regarde le soleil disparaître enfin sous les vagues.

— Je suis partie une semaine plus tard.

Pendant quelques instants, nous ne disons plus rien. Je suis infiniment reconnaissante à Cricket de son silence. Elle ne pose pas de questions, elle m'écoute juste parler. Ça fait tellement longtemps que j'ai besoin de ça.

— Parfois, je me demande si ce n'était pas mieux ainsi : j'ai essayé et j'ai échoué. Peut-être qu'au fond mon envie n'était pas assez forte. Comme tu l'as dit, être mère n'est pas une priorité pour tout le monde.

— C'est vrai, finit-elle par répondre. Mais c'est vraiment toi qui parles, ou ton chagrin ?

— Je ne sais pas.

— Et ce n'est pas grave, dit-elle d'une voix légère.

Je lève les yeux vers elle.

— J'ai quatre-vingt-un ans et j'ai appris que, s'il existe un cadeau, dans la vie, qu'on peut se faire à soi-même, c'est d'avoir la liberté et le courage de dire « Je ne sais pas ». Je vais te confier un secret : tu n'es pas obligée de savoir. Tu n'es pas obligée de savoir comment tu te sens, ce que tu veux, si tu es contente ou triste. La vie est pleine de choix, et on nous pousse tellement à faire les bons… Mais si ce n'est pas le cas ? Si nous avons des doutes et des appréhensions ? Si nous commettons des erreurs et que nous nous contredisons ?

Elle me dévisage, les yeux brillants.

— Si nous faisons de notre mieux et échouons quand même ?

Tout en l'écoutant, je pense à moi, à tout ce qui m'est arrivé.

— Qu'est-ce qui se passe, alors ? Devons-nous nous en vouloir ? Pourquoi ne pas simplement accepter de ne pas savoir ? Parce que si tu acceptes ça, ma chérie, ça te donnera une liberté immense. Ça te permettra de changer d'avis, d'emprunter un chemin différent, de saisir les opportunités qui se présentent et auxquelles tu n'aurais jamais pensé… d'être spontanée plutôt que rigide, de cesser de te sentir coupable…

Cricket me regarde, presque implorante.

— Peut-être aussi d'arrêter d'avoir peur.

Je ne sais pas.

Je renifle et essuie les larmes qui inondent mes joues, tout en retournant ce nouveau concept dans ma tête, en l'examinant. Et en l'acceptant.

Comment je me sens ? Qu'est-ce que je veux ?

Je ne sais pas, je ne sais pas, je ne sais pas.

Doucement, Cricket repose la feuille de papier dans ma main, et je contemple l'image. Celle de l'avenir que je m'étais imaginé. J'ai longtemps gardé ce secret mais, aujourd'hui, je comprends que c'est lui qui me gardait. Il me gardait prisonnière. Il m'empêchait de transformer une histoire centrée sur la peur et l'échec.

Je contemple l'horizon, cet espace immense et ouvert à l'infini, et je me sens toute petite. Dans ma main, je perçois le papier qui frissonne dans la brise. Il renferme toute la tristesse que j'ai enfouie, toutes les cendres de mon passé qui attendent d'être emportées par le vent.

Alors, je lâche prise.

Un amour

— Il ne faut pas que je sois en retard.
— Tu ne seras pas en retard.
— Je n'aurais jamais dû mettre de talons. Avec ces pavés, c'est stupide.
— Le bateau ne partira pas sans toi.
— Je voulais juste me faire belle. Monty aimait quand je portais une robe et des talons. C'était son côté vieux jeu.
— Tu es très belle.
— J'aurais dû mettre mes tennis.
— On est presque arrivées.
— Tu es sûre pour la robe ?
— Tu es superbe.

C'est la première fois que je vois Cricket dans cet état. Elle est tendue, presque nerveuse. Nous sommes parties de l'hôtel pour rejoindre le port. Il est un peu plus de dix heures du matin et j'ai proposé de l'accompagner jusqu'au bateau. Je me suis dit qu'elle voudrait être seule pour ce moment intime, mais elle semblait contente, presque soulagée, et elle s'est empressée d'accepter mon offre.

Le petit bateau de pêche rouge nous attend. Andreas, le capitaine, un homme un peu bourru, est planté sur le quai et nous salue d'un signe de tête respectueux. Il a décoré la coque de bouquets de bougainvillées rouge cerise et fuchsia. Leurs pétales frémissent et chatoient dans la brise comme de minuscules papillons. Touchée par ce geste plein d'attention, Cricket se détend et sourit. J'éprouve une bouffée de gratitude envers le capitaine.

Il offre son bras à Cricket pour l'aider à monter à bord du voilier.

C'est alors qu'une voix retentit :

— Catherine...

Nous nous retournons en direction d'un homme qui court vers nous. À l'exception de ses espadrilles et de son chapeau de paille, il est vêtu très élégamment. À mesure qu'il s'approche, je découvre un visage ridé dont le bronzage intense est rehaussé par une barbe et une longue chevelure blanches. Je n'ai pas besoin qu'on me dise qui c'est. Même soixante ans plus tard, il ressemble encore à l'homme de la photo.

Pablo.

Il ralentit en s'approchant de nous et, pendant un bref instant, je les regarde se dévisager, Cricket et lui. Alors, mon amie avance d'un pas, et ils se tombent dans les bras. J'en profite pour m'éclipser.

Quelques minutes plus tard, je suis assise sur un banc non loin du port, et je contemple le bateau prendre la direction du cap. Les vagues scintillent et dansent, et l'embarcation s'amenuise à mesure qu'elle s'éloigne avec son précieux chargement : deux personnes, un amour. Elles ont tellement à se dire, tellement à partager pour réconcilier leurs fantômes et célébrer l'homme qu'elles ont aimé toutes les deux.

Le soleil brille avec ardeur et le vent s'est levé. On ne pouvait rêver mieux.

Ce qui m'inspire de la reconnaissance :

1. *Pablo, qui n'a eu le message de Cricket que ce matin et qui a conduit aussi vite qu'il pouvait pour la rejoindre à temps afin de disperser les cendres de Monty.*
2. *Toutes les questions auxquelles Cricket a enfin obtenu une réponse.*
3. *La paix qu'elle a trouvée quand Pablo lui a dit : « Maintenant que je t'ai rencontrée, je comprends pourquoi il a pu me quitter. »*
4. *La fin des secrets.*

Le carnaval de Notting Hill

Nous atterrissons à Londres au beau milieu d'un week-end prolongé et, de retour de l'aéroport, nous nous apercevons que c'est le carnaval : impossible de nous approcher de la maison de Cricket, toutes les routes sont bloquées.

Comment ai-je pu oublier le carnaval de Notting Hill ? je me demande. Nous descendons du taxi et poussons nos valises à roulettes à travers les hordes de fêtards. *C'est l'événement de l'année !*

Parce que maintenant, la foule te rend claustrophobe et que tu trouves la musique trop forte, me répond ma quadra intérieure alors que nous nous réfugions chez Cricket. *La preuve, tu rêves d'une tasse de thé.*

Le voyage a été long. J'ordonne à Cricket de s'asseoir et je mets l'eau à bouillir. En attendant, j'ouvre les fenêtres pour aérer un peu. La maison se trouve sur le chemin du défilé et, d'ici, j'ai une vue imprenable sur les chars qui passent dans la rue, avec leurs occupants en costumes chamarrés qui se trémoussent au rythme des tambours d'acier. C'est une fête familiale et mon regard se pose machinalement sur le visage surexcité des enfants et de leurs parents tandis que mes pensées retournent en Espagne.

Il s'est passé tellement de choses, en une semaine ; j'ai l'impression d'être partie beaucoup plus longtemps que ça. Là-bas, j'ai laissé beaucoup de choses derrière moi et, maintenant que je suis rentrée, tout me semble différent. Je me sens plus légère, plus libre. Oserais-je le dire ? J'ai presque hâte de l'avenir... Mes yeux s'arrêtent sur une petite fille de l'autre côté de la rue. À cheval sur les épaules de son père, elle brandit un ballon et salue la foule de la main. Tout à coup, ça me rappelle le jour de mon anniversaire, quand je promenais Arthur devant toutes ces maisons et que j'observais ce qui se passait derrière les fenêtres. Moi dehors, spectatrice de la vie des autres.

— Tiens, prends ça !

La voix de Cricket me tire brusquement de ma rêverie. Elle me tend un verre plein de glace et de citron.

— Laisse tomber le thé, me dit-elle avec un grand sourire. Je me suis dit qu'on méritait un gin tonic.

Elle fait tinter son verre contre le mien.

— *Salud !*

— *Salud !*

Si seulement, à l'époque, j'avais compris à quel point la vie peut être belle, vue de l'extérieur.

Septembre

#jomo[1]

1. Acronyme de *Joy of missing out*, la joie de manquer quelque chose *(N.d.T.)*.

Invitation

À l'enterrement de vie de jeune fille de Nathalie !

Viens faire la fête avec nous autour de la future mariée

Les 8 & 9 septembre

Un week-end dans un spa de luxe !

Ça va coûter un fric monstre ! L'hôtel ne propose que des chambres individuelles, et c'est à Manchester, à des centaines de kilomètres de chez toi ! Mais la future mariée tient absolument à ta présence, ainsi qu'à celle de toutes ses amies qui ont au minimum dix ans de moins que toi !

Et toi, petite veinarde, tu vas sauter dans un tortillard pour venir profiter de tout un tas de massages super chers que tu n'as pas les moyens de t'offrir, et de soins rajeunissants pendant lesquels une équipe d'esthéticiennes va tartiner plein de crèmes sur ta face, puis enlever plein de crèmes de ta face sur fond de musique feutrée et de gargouillis d'estomac, et tu te demanderas si ta carte bancaire ne va pas être refusée et s'il y a autre chose à manger que du raisin.

RSVP dès que tu auras fini de googler « Comment échapper à un enterrement de vie de jeune fille ? » et que tu auras compris que c'est impossible.

Le dilemme

Il y a de graves, très graves problèmes dans le monde en ce moment. Des problèmes ÉNORMES. Alors, dans le grand ordre des choses, être invitée à un week-end d'enterrement de vie de jeune fille dans un spa n'est pas aussi alarmant que, par exemple, la destruction de notre planète ou l'état de la politique mondiale. Mais dans le Monde selon Nell, c'est une véritable cause d'insomnie.

Quand l'e-mail d'invitation m'est parvenu, il y a deux semaines, je l'ai mis de côté sur le bureau de mon ordinateur en essayant de ne pas y penser. Comme si ça pouvait éliminer le problème alors qu'on sait tous très bien que ce n'est pas le cas. Au contraire, ça l'a aggravé.

Au fil des jours, l'invitation est restée là, me suppliant de RSVP. Pendant ce temps, les autres invitées confirmaient leur présence en faisant « Répondre à tous ». Je n'arrête pas de recevoir ces e-mails matin, midi et soir, envoyés par des gens que je ne connais pas et qui me disent « J'ai trop hâte ! » et « Ça va être génial » ou « Youhou – on va faire la fête ! ».

Je sais qu'il faut que j'y aille, ce n'est pas possible autrement. Il s'agit de la fiancée de mon frère, de ma future belle-sœur, de la mère de mon premier neveu ou de ma première nièce. Si je ne venais pas, ce serait affreux ! Mais je sais aussi que je n'en ai pas les moyens. Un mariage coûte cher, même quand ce n'est pas le vôtre, et j'ai déjà acheté une nouvelle tenue, un cadeau de mariage, des billets de train et deux nuits d'hôtel à Liverpool pour les noces elles-mêmes. J'ai atteint le plafond de ma carte de crédit et mon compte courant est pratiquement vide. Comment vais-je pouvoir payer un week-end au spa par-dessus le marché ?

Certes, j'ai envisagé d'avouer la vérité à Nathalie, mais j'ai honte. En plus, elle a été vraiment gentille de m'inviter. Cela dit, toutes ses amies sont beaucoup plus jeunes que moi. Ai-je vraiment envie de débarquer comme le Fantôme des enterrements de vie de jeunes filles à venir ? Célibataire, sans enfants, fauchée et quadra... avec des *manches longues*, en plus ! Je suis l'incarnation de ce qui les attend si elles ne rencontrent pas le prince charmant. Ma seule présence suffira probablement à leur coller la trouille de leur vie.

Bon sang, quel dilemme ! Rien que d'y penser, j'en ai mal à la tête. D'ailleurs, je commence aussi à avoir mal à la gorge... Et je rêve ou il gèle, ici ? Je vais peut-être m'allonger un moment sous la couette. Seigneur, je suis épuisée. Je crois que je vais fermer les yeux quelques minutes.

Ce qui m'inspire de la reconnaissance :

1. *La grippe.*
2. *Nathalie, qui a été adorable et m'a laissé un message pour me dire que ce n'était pas grave si je ne venais pas au week-end spa, que je devais me reposer, et merci pour le massage de grossesse que je lui ai offert.*
3. *Mon lit, que je n'ai pas quitté pendant une semaine.*
4. *Edward, qui imite très bien Florence Nightingale*[1].
5. *Je n'ai plus peur des fantômes – passés, futurs ou autres.*

---

1. Infirmière britannique morte en 1910, pionnière des soins infirmiers modernes *(N.d.T.)*.

Fiona

Nous sommes jeudi et, pour la première fois en sept jours, je m'habille. Pour être honnête, ça n'a rien de très inhabituel quand on travaille chez soi. Mais la raison est autre. Je suis enfin sortie de mon lit, j'ai pris une douche, je me suis lavé les cheveux et tout et tout. Je me sens TELLEMENT mieux. Presque humaine de nouveau. Après une semaine de monodiète à base de paracétamol, j'ai même retrouvé mon appétit.

Je suis dans la cuisine, en train de me faire chauffer de la soupe à la tomate, quand je reçois le texto de Fiona qui m'invite à son anniversaire. Il a lieu samedi prochain. Le même jour que le mariage de Richard et Nathalie. Depuis que j'ai ramené Izzy de sa fête, nous n'avons eu aucun contact, à part quelques « likes » qu'elle a mis sur mes photos Instagram d'Espagne. C'est plutôt tendu, entre nous.

Je commence à taper ma réponse pour lui dire que je ne pourrai pas venir, mais je n'arrive pas à trouver la bonne formule, même en l'assortissant d'un smiley. Et puis *fuck* : je n'y arriverai pas par texto. J'efface tout et je compose le numéro de Fiona. Elle ne décroche jamais mais, au moins, ça passera mieux à l'oral.

Elle décroche.

— Oh… euh, salut, Fiona ! je bafouille, prise de court.

— Tu m'as appelée avec tes fesses, ou quoi ? demande-t-elle.

Comme reprise de contact, on pouvait rêver mieux.

— Non… Bien sûr que non.

— Ah, d'accord. C'est juste que tu semblais surprise.

— J'allais te laisser un message… au sujet de ton anniversaire.

Comme échange, on ne fait pas plus guindé et maladroit…

— Je suis désolée, mais je ne pourrai pas venir…

— Ce n'est pas grave, me coupe-t-elle sur un ton qui dit tout le contraire. Je m'y suis prise à la dernière minute.

— Non, mais j'aurais adoré être là. Je n'ai jamais manqué un de tes anniversaires, à part quand j'étais aux États-Unis, mais là, c'est le mariage de Richard…

— *Ton frère se marie ?*

— Oui, je ne te l'ai pas dit ?

— Non !

Fiona connaît Rich depuis notre première année de fac : elle est venue passer quelques jours à la maison pour les vacances de Pâques et elle est devenue un objet de désir ardent pour mon boutonneux de petit frère. Il l'a harcelée pendant tout le week-end, posté derrière la porte de la salle de bains quand elle se douchait en espérant l'apercevoir en serviette à sa sortie. J'étais morte de honte.

— Désolée, je pensais le faire à la *baby shower* de Michelle... Mais tout le monde était tellement occupé que je n'ai pas eu l'occasion de discuter vraiment avec toi...

Il y a un long silence à l'autre bout de la ligne.

— Oui, c'était un peu le bazar, finit-elle par dire d'une voix un peu coupable.

— Il va avoir un bébé.

— Qui ? Le p'tit Rich ?

— Oui, le p'tit Rich.

Je souris en l'entendant utiliser ce vieux sobriquet – je me sens soudain plus proche d'elle.

— Lui qui disait toujours qu'il ne se caserait jamais !

— Jusqu'à ce qu'il rencontre Nathalie...

— Dis donc, ça doit être une sacrée bonne femme ! Je parie que ta mère est aux anges.

— C'est un euphémisme.

Je suis frappée par le plaisir que j'ai à pouvoir enfin parler de tout ça avec Fiona. Si quelqu'un comprend le fonctionnement de ma famille, c'est bien elle. Elle nous a pratiqués pendant des années.

— On devrait aller prendre un verre quand tu rentreras, reprend-elle, histoire de fêter mon grand âge.

— Avec plaisir, j'acquiesce, heureuse de sentir de nouveau entre nous ce lien que je croyais perdu. Alors, vous faites quoi pour ton anniversaire ? Vous allez chez O'Leary, comme d'habitude ?

Le O'Leary est une tradition chez Fiona. C'est un pub irlandais qui sert de la Guinness, un délicieux ragoût de poisson et des petits pains maison.

Chaque année, elle y invite toute la bande pour son anniversaire. C'est lié à ses racines irlandaises, je crois. Ou aux petits pains.

— En fait, je me suis dit que, cette année, j'allais faire quelque chose de différent. J'ai réservé une table dans un club privé de Soho.

— Très chic, dis-moi ! Je ne savais pas que tu étais membre d'un club privé.

— Ce n'est pas moi, c'est Annabel...

J'aurais dû m'en douter.

— Mais tu as toujours adoré le O'Leary ! C'est ton pub préféré.

— Je sais, mais j'ai pensé qu'il était temps de changer, d'essayer quelque chose de nouveau.

— Qui a pensé ça : toi ou Annabel ?

C'est sorti tout seul.

— Nell..., lance Fiona sur le ton de l'avertissement.

— Quoi ? je demande, feignant l'innocence.

— Écoute, je sais que tu n'aimes pas Annabel..., enchaîne-t-elle, sur la défensive.

— Ce n'est pas que je n'aime pas Annabel (*OK, c'est un bobard*), c'est plutôt elle qui ne m'aime pas.

— Elle a été très patiente avec toi, mais toi, tu n'as pas fait d'efforts...

— Quoi ? *Moi*, je n'ai pas fait d'efforts ? je m'écrie, indignée.

— Écoute, Nell, je n'ai pas envie de me disputer avec toi.

— On ne se dispute pas, je proteste.

Pourtant, je sens notre complicité retrouvée se dissiper d'un coup. Le silence s'installe, et je change de sujet avant qu'on pète les plombs :

— Bon, comment vont les enfants ?

— Très bien, merci, répond-elle, l'air soulagée que je n'insiste pas. À part Izzy, en fait. Elle est un peu trop calme, ces derniers temps.

— Calme ?

— Oui... Tu as remarqué quelque chose quand tu l'as amenée à cette fête, il y a quelques semaines ?

— Non, elle allait bien...

Je prends quelques instants pour réfléchir.

— À vrai dire, maintenant que tu en parles, elle a été bavarde comme une pie pendant tout le trajet mais, quand on est arrivées, elle s'est fermée d'un coup. J'ai cru que c'était à cause du clown. Pour être honnête, moi aussi, je le trouvais flippant, et je n'ai plus cinq ans depuis longtemps...

— Tu l'as dit...

— Pourquoi ? Tu penses qu'il se passe quelque chose de grave ?

— Oh... Non, je suis sûre que ce n'est rien... Elle s'est sans doute encore chamaillée avec son frère.

— Ah, les bonnes vieilles disputes entre frère et sœur, je soupire en souriant. Je me souviens, avec Rich, ma mère était désespérée. Et regarde, maintenant : je vais à son mariage !

— Alors amuse-toi bien, dit Fiona. Et embrasse-le pour moi.

— Je n'y manquerai pas. Et bon anniversaire.

Ce qui m'inspire de la reconnaissance :

1. *Notre conversation : je suis contente d'avoir parlé avec Fiona, même si ça n'a pas tourné comme je l'aurais voulu et que je suis embêtée de louper son anniversaire.*

2. *Le bon côté des choses : je n'aurai pas à passer une soirée avec Annabel.*
3. *La soupe de tomates Heinz. Au diable les toasts à la purée d'avocat : après une grippe, il n'y a rien de meilleur que la soupe.*

Frida *Friday*

Les réseaux sociaux sont détestables sous bien des aspects, mais ils ont aussi leur lot de bons côtés. Comme le #granddéballagedujeudi et le #vendredinostalgie, de merveilleuses occasions de poster de vieilles photos qui montrent au monde entier qu'un jour on a tous été jeunes et minces.

Peut-être qu'on devrait rebaptiser aussi tous les autres jours ? Imaginez, on pourrait les intervertir selon nos humeurs. Par exemple, la semaine dernière, pour moi, ça ressemblait à ça :

#putaindelundi

Pas trop #motivée, plutôt #entraindemourirdelagrippe.

#mardisansfiltre

J'ai enregistré le podcast de cette semaine depuis mon lit, entourée de mouchoirs trempés et sans le moindre rayon de soleil. Ça me fait penser qu'on devrait créer un mouvement pour dire les choses telles qu'elles sont un jour par semaine. Je propose le mardi. Imaginez que tous les mardis, on fasse un point sur la réalité. Qu'on arrête de se sentir obligée de se montrer sous un certain angle et qu'on crie haut et fort qu'on en a marre de ces conneries. Une journée consacrée à célébrer notre vie bordélique et imparfaite[1].

#mercredionyestpresque

Quand j'étais gamine, j'adorais le cours de chimie du mercredi après-midi parce que je savais qu'on était arrivés au milieu de la semaine de cours. Ici, l'idée est la même, sauf que c'est pour dire qu'on a enfin une vision claire des choses qu'il fallait faire dans la semaine – on est plus dans l'esprit « Je maîtrise » que « Je voudrais déjà être en week-end ».

#jeudisiseulementjétaisencorejeuneetmince

En gros, c'est ce que j'ai pensé après avoir épluché tous mes vieux albums de photos pour en poster une à l'occasion du #granddéballagedujeudi.

#vendredidesfemmesquiassurent

Parce qu'il y a tellement de femmes géniales qui nous inspirent et nous motivent. Des femmes

---

1. Croyez-moi, ça va beaucoup, beaucoup plus loin qu'un selfie sans maquillage. Par ailleurs, j'emploie ce « nous » au sens royal du terme parce que, si ça se trouve, je suis la seule à avoir une vie bordélique et imparfaite. À l'exception, peut-être, de mes vingt-sept (il y en avait trente-deux, mais on dirait que j'en ai perdu cinq) auditeurs *(N.d.A.)*.

incroyables, pleines d'assurance, des pionnières comme Emmeline Pankhurst, Rosa Parks, Malala Yousafzai, Jane Goodall, Dolly Parton ou Jane Austen. La liste est sans fin. Sans compter des femmes comme Cricket ou ma mère, plus les milliers de femmes ordinaires qui avancent sans bruit mais n'en sont pas moins extraordinaires. Je veux leur rendre hommage chaque putain de semaine, pas juste pendant la journée internationale des femmes. Elles sont géniales, et elles me motivent davantage que n'importe quelle vidéo de yoga.

Cette semaine, ce sera Frida Kahlo.

#encoreunsamedisoiràlamaison

Sans commentaire.

#etpuisfuckcestdimanche

Le meilleur jour de tous. Quand tout va bien sous le soleil.

Hésitations

Une semaine plus tard, je prends le train d'Euston à Liverpool pour le mariage. La personne qui m'y accompagne est assise à côté de moi dans le wagon presque désert : Cricket.

— Je n'arrive pas à me rappeler la dernière fois que je suis allée à un mariage, s'écrie-t-elle, surexcitée. Si ça se trouve, c'était le mien.

Je lève les yeux de mon livre, un exemplaire du *Mrs Dalloway* de Virginia Woolf que j'ai emprunté dans la boîte à lire pour le voyage. Je l'avais lu pendant mes études, et il est encore meilleur que dans mon souvenir.

— C'était comment ? je demande en posant mon roman sur la tablette pliante devant moi.

— Étrangement, c'était fantastique.

— Pourquoi « étrangement » ?

— Parce que ni moi ni Monty n'avions particulièrement envie de nous marier, déclare-t-elle avec candeur. Ce n'est que sous la menace des impôts et de la mort, ces deux choses inévitables, que nous avons décidé d'officialiser notre union. Quand nous étions plus jeunes, ça ne paraissait pas nécessaire ni réaliste. Comment s'engager aussi solennellement quand on n'a aucune idée de ce que nous réservent les trente prochaines années ?

— C'est peut-être mieux si tu gardes ça pour toi, ce week-end, je commente avec un sourire.

Elle éclate de rire et plaque sa main sur sa bouche.

Toute la famille séjourne dans le même hôtel. Mes parents descendent à la réception pour nous accueillir. En voyant Cricket, ma mère a du mal à masquer sa surprise. Jusqu'à la semaine dernière, elle s'imaginait que j'allais venir accompagnée d'un nouveau petit ami – j'ai été bête de lui avouer, cet été, que j'avais rencontré quelqu'un. Elle a dû se faire une joie à l'idée de le rencontrer. Quand je lui ai avoué qu'à la place, je viendrais avec une copine, elle n'a rien dit, à part « Peut-être qu'il y aura de beaux célibataires pour vous deux ».

— Je suis enchantée de vous connaître, déclare Cricket avec sa grâce coutumière en tendant la main à ma mère. Nell m'a tellement parlé de vous.

— En bien, j'espère !

Ma mère émet un petit rire embarrassé, et je l'imagine en train de passer mentalement les plans de tables en revue en se demandant s'il est encore temps de déplacer Cricket de celle des célibataires à celle des parents âgés.

À mon avis, de son côté, Cricket croise les doigts pour qu'il soit trop tard.

Quant à mon père, il paraît soulagé de me voir. Il est engoncé dans une élégante chemise et un pantalon qui semblent un peu étroits pour lui.

— Elle m'a même obligé à porter une foutue cravate, se plaint-il à mi-voix.

— Elle te va bien, lui dis-je pour le consoler.

— Elle m'étrangle, surtout.

— Où est Rich ?

— Dans sa chambre. Il n'en est pas sorti depuis notre arrivée. Je pense qu'il a la gueule de bois. Il était de la couleur de ce tapis, explique-t-il en désignant la carpette couleur moutarde sous nos pieds.

— Nathalie a dormi chez ses parents ? je m'enquiers.

— Apparemment. Mais ça me semble un peu idiot, comme tradition, vu son état.

— Elle veut sans doute profiter de sa dernière nuit de liberté, je plaisante.

Mon père éclate de rire tout en tirant sur sa cravate.

— Je te jure que je vais finir par m'asphyxier, avec ce truc, grogne-t-il.

— Philip Arthur Stevens, cette cravate ne va pas t'étrangler ! siffle ma mère qui vient de surgir à côté de lui.

Elle n'utilise son nom complet que quand il se conduit particulièrement mal, et une lueur sévère brille dans son regard.

— Mais si tu continues à me casser les pieds avec tes jérémiades, reprend-elle, ta femme s'en chargera.

Une fois que nous nous sommes installées dans notre chambre double, je laisse Cricket faire sa sieste.

— Je préfère dire que je recharge mes batteries, si ça ne t'ennuie pas, souligne-t-elle alors que je m'apprête à aller rejoindre mon frère.

Mon père a raison : le teint de Rich oscille entre le jaune et le vert.

— Tu as la gueule de bois ? je lance en ouvrant la porte. Tu as une mine affreuse.

— Parce que je me sens affreusement mal.

Au cas où vous ne l'auriez pas remarqué, mon frère et moi n'échangeons guère de politesses, de bisous ou de câlins. On préfère passer directement aux insultes.

— Tu as bu combien de bières ?

— Je n'ai pas bu.

— Laisse-moi deviner… Un kebab louche ?

— Rien à voir… C'est juste que… Je ne suis pas sûr, Nell.

— Oh, non, ce n'est pas la grippe, j'espère ? Je l'ai eue la semaine dernière, ça m'a rétamée.

Je referme la porte et m'approche de lui, l'observant avec inquiétude tandis qu'il s'assoit sur le bord du lit et enfouit sa tête dans ses mains.

— Non, c'est le mariage, marmonne-t-il d'une voix étouffée entre ses doigts. Je ne sais pas si je vais y arriver.

Ah ah, très drôle. Encore une des blagues hilarantes de mon frère. Je joue le jeu.

— Trop tard, ton portrait est déjà brodé sur les serviettes à thé.

— Hein ?

— Lady Di. Apparemment, c'est ce que lui ont dit ses sœurs juste avant qu'elle épouse le prince Charles.

Mon frère relève la tête et me dévisage comme si j'avais perdu l'esprit.

— Nell, comment peux-tu parler de Lady Di dans un moment pareil ?

Il me décoche un regard plein d'angoisse avant de replonger sa tête dans ses mains en se griffant le crâne comme s'il voulait littéralement s'arracher les cheveux.

Ce qui n'est probablement pas une bonne idée, vu qu'il commence déjà à les perdre.

— Bon, Rich, arrête de faire l'imbécile.

Je suis fatiguée. Moi aussi, j'aimerais bien recharger mes batteries.

— Je ne plaisante pas ! C'est sérieux ! explose-t-il.

Se levant d'un bond, il se met à faire les cent pas dans la chambre.

Oh, merde. Je sens une boule se former au creux de mon estomac. Quand il dit que c'est sérieux, il est *vraiment* sérieux ?

— Ce sont les nerfs, c'est tout, dis-je pour l'apaiser. Tu as des doutes, c'est normal.

— Mais si ce n'est pas ça ? Et si je commettais une énorme erreur ?

Putain, je n'y crois pas.

— Me marier, avoir un bébé..., poursuit-il. Je suis juste le p'tit Rich, je ne suis pas équipé pour ça.

Je le fixe, abasourdie par ce retournement de situation.

— Mais bien sûr que tu vas y arriver, je lance d'une voix ferme.

Pas question qu'il se défile au dernier moment. Je ne le laisserai pas faire.

— Mais je vais m'engager pour le reste de ma vie !

— Comme tu l'as fait en décidant de soutenir l'équipe de foot de Carlisle, et tu n'as pas fait une crise pour autant !

— Ne te mets pas en colère contre moi, Nell.

Soudain, il redevient le gosse de dix ans qui m'avait piqué mes rollers et s'était cassé la cheville en essayant de dévaler le terril des ardoisières du coin. Je sens ma colère s'évanouir aussi vite qu'elle est apparue.

— Et si tu n'épouses pas Nathalie demain, tu comptes faire quoi à la place ? je demande d'une voix plus douce.

— Avant ou après que le père de Nathalie m'aura trucidé ? interroge Rich en esquissant un sourire.

— Je ne plaisante pas.

Il s'adosse à la commode et hausse les épaules.

— Je sais pas. Je partirai peut-être en voyage.

— Quoi ? En abandonnant ta boîte ?

Cette incursion dans la réalité semble le faire hésiter.

— Tu n'y as pas vraiment pensé, Rich.

— Peut-être, mais laisse-moi tranquille avec ça, d'accord ?

— Non, je ne suis pas là pour te laisser tranquille, je rétorque en faisant valoir mon rôle de grande sœur. Je suis là pour t'obliger à réfléchir à ce que tu gagnerais en laissant tomber maintenant tout ce que tu as acquis.

— J'aime Nathalie et le bébé, c'est juste que…

Il secoue la tête, incapable de trouver ses mots.

— Tu as peur.

Il me fixe un instant avant d'opiner lentement.

— Ouais, tu as raison. J'ai peur.

— Tu sais, quand tu étais petit, tu avais peur d'aller te coucher à cause des monstres qui habitaient sous ton lit. Chaque soir, je venais inspecter ta chambre avec ma lampe de poche. « Rien à signaler ! » je disais. Alors, seulement, tu acceptais que j'éteigne la lumière.

— Tu vas me dire que je n'ai pas besoin d'avoir peur parce qu'il n'y a pas de monstres sous le lit ? demande-t-il en souriant.

— Non. La vie est terrifiante. Mais elle le sera encore plus si tu fuis la personne que tu aimes.

Le mariage de mon frère

Il pleut. Mon frère est nerveux. La mariée est belle. Maman pleure. Papa se tortille dans son costume. J'ai l'air d'une idiote avec mon petit chapeau. J'aimerais être à la place de la mariée. Cricket, en Dior vintage, m'étreint la main. J'ai les larmes aux yeux. Je tache ma nouvelle tenue avec les petits fours. J'essaie de la nettoyer dans les toilettes. C'est un échec. Je manque le discours du témoin. Je m'éclate avec mon père sur la piste de danse. Je me sens heureuse. Je regrette d'avoir mis ces chaussures. Sur les photos, j'essaie de masquer la tache de graisse en croisant les mains sur ma poitrine. On dirait Toutânkhamon. Je mange trop de gâteau. Je bois trop de bière artisanale. Ethan me manque. Je me sens paumée. Le témoin essaie de me rouler une pelle. Pendant au moins une seconde, je songe à le laisser faire. Cricket et le grand-oncle de Nathalie épatent tout le monde en dansant le fox-trot. Je serre mon frère dans mes bras. Je fais la *Danse des canards*. Je connais toute la chorégraphie. Je me sens à ma place. J'aime ma famille. J'aime Cricket. J'aime le serveur. Je suis une midinette. Je bois encore de la bière. Je souris beaucoup. Je pense à boire beaucoup d'eau. C'est une journée parfaite.

Séparation

C'est marrant comme les choses changent. En janvier, quand j'ai emménagé chez Edward, l'idée de faire salle de bains commune sept jours sur sept m'aurait été insupportable. À tel point, d'ailleurs, que j'aurais sans doute renoncé à cette colocation.

Aujourd'hui, bien que le partage des toilettes ne soit pas idéal en soi, nous avons déclaré un cessez-le-feu dans la Guerre des rouleaux. Nous avons aussi déclaré un cessez-le-feu concernant la Bataille du thermostat : comme les jours sont encore relativement longs et chauds, le chauffage est éteint. Pour le moment.

Pour autant, le lave-vaisselle et les lumières demeurent une source de querelles permanente. Comme en politique, les camps opposés ne sont jamais d'accord, et il faut faire avec. Cela dit, maintenant qu'Edward et sa femme se séparent officiellement, je ne sais pas combien de temps durera encore notre cohabitation.

— Le divorce devrait être prononcé avant la fin de l'année, m'annonce-t-il alors que nous passons le portail du parc voisin.

Nous sommes jeudi, et c'est l'heure de la sortie du soir d'Arthur. Depuis mon retour du mariage, nous avons commencé à le promener ensemble, et c'est un changement assez agréable. Promener un chien est une activité très solitaire, surtout quand le chien en question préfère chasser les écureuils et les canards plutôt que trottiner docilement à côté de vous comme la plupart des autres cabots que je croise.

— Dis donc, c'est allé vite !

— Oui et non, répond-il. On aurait dû le faire depuis longtemps. Des années, en fait.

Nous entamons la montée de la colline, en direction des bois. Arthur galope juste près de nous. Il m'en a fait voir de toutes les couleurs pendant des mois, et je n'en reviens pas de le voir aussi obéissant avec Edward. D'un simple mot, il arrive à le faire asseoir, attendre et venir au pied.

— Alors, raconte-moi : c'était comment, le mariage de ton frère ?

— Tu ne trouves pas ça un peu bizarre de parler d'un mariage et d'un divorce en même temps ?

— Pas du tout. La vie est éclectique, commente-t-il avec un sourire.

Il s'arrête pour admirer la vue. La lumière du soir est magnifique : chaude et dorée, elle éclaire les arbres et nos visages.

— Allez, insiste-t-il, dis-moi tout.

— C'était un très beau mariage, ils avaient l'air vraiment heureux, tous les deux.

Je lève les yeux vers l'un de mes arbres préférés, un grand chêne déployant sa ramure à l'entrée de la forêt. Pour la première fois, je remarque que ses feuilles commencent à prendre une teinte ambrée. Les saisons changent.

— Mais je pense que la plus heureuse, c'était ma mère.

Edward émet un petit rire embarrassé.

— L'avantage en ce qui me concerne, c'est que, comme ma mère ne m'a pas vu me marier, elle ne me verra pas non plus divorcer.

— Désolée, je ne pensais pas..., je balbutie, honteuse de ma maladresse.

— Quoi ? Oh... Non, ce n'est rien, lance-t-il avec un geste évasif. C'était il y a longtemps.

Enfonçant ses mains dans ses poches, Edward se remet en marche et je l'imite. Ensemble, nous continuons d'avancer vers les bois.

— Bon, et qu'est-ce qui va se passer, maintenant ? je reprends.

— Il ne nous reste plus qu'à partager certains biens et à vendre les autres. On a décidé que Sophie garderait la maison. Je ne veux pas perturber davantage les garçons.

— Je comprends.

— Tant qu'ils sont encore à l'école, ils continueront à vivre avec elle, mais nous nous sommes mis d'accord pour qu'ils passent le week-end avec moi.

— Très bien.

— Jusque-là, tout s'est fait à l'amiable.

Je repense à ma question : qu'est-ce qui va se passer, maintenant ? Edward croyait que je lui parlais de son divorce, et c'était en effet le cas, mais maintenant, j'ai envie de lui demander quelles conséquences sa nouvelle situation va avoir sur notre arrangement en matière de logement. Si les garçons viennent le week-end à Londres, il leur faudra deux chambres. Actuellement, j'en occupe une.

En outre, a-t-il l'intention de garder cet appartement ? Il n'a pas parlé de le vendre, mais ça fait sûrement partie des biens qu'il évoquait tout à l'heure. Pourtant, je ne lui pose pas la question et, tout en progressant dans le bois, je sens un nœud se former dans mon estomac. Je n'aime pas l'incertitude, ça m'angoisse.

Quoi qu'il en soit, une chose est certaine : à un moment donné, je vais devoir déménager.

Le paquet

Au cours du week-end, je saute dans le bus pour Notting Hill afin de rendre visite à Cricket. Il y a quelques jours, elle m'a laissé un message en me disant qu'elle avait un truc à m'annoncer et qu'elle m'invitait à déjeuner dimanche. Quand je l'ai rappelée, elle ne s'est pas montrée plus explicite : « Je préfère en discuter autour d'un bon plat de moules-frites », s'est-elle contentée de répondre. Bien entendu, ça a fait travailler mon imagination hyperactive et, avec mon obsession des Grandes Décisions, j'en ai conclu qu'elle partait habiter une ferme dans le sud de la France.

— Pour faire quoi ? Élever des poules et avoir la nostalgie de Londres ? s'esclaffe-t-elle en servant le repas alors que je lui raconte mes divagations.

Tout en extrayant de grosses louchées de moules fumantes d'une grande marmite posée sur la cuisinière, elle fait mine de réprimer un frisson d'horreur.

— Mmmh, ça sent bon, je murmure.

Elle me tend un bol et je m'emplis les narines du parfum de l'ail, du vin blanc et des échalotes.

— Oh, j'ai oublié le persil.

À peine s'est-elle assise qu'elle se relève d'un bond pour aller en hacher une grosse botte avant de revenir à table et d'en parsemer une poignée sur les coquillages noirs et luisants.

— Oh, et les frites…

— Reste assise, j'ordonne. Je vais les chercher.

— Elles sont dans le four. Et si je peux te donner un conseil, c'est de ne jamais faire tes frites toi-même. Achète-les surgelées. La vie est trop courte pour peler des patates.

Je souris et pose le plateau de frites entre nous. Nous piochons dedans allègrement, bien qu'elles nous brûlent les doigts et la bouche. Cricket nous sert un verre du vin que j'ai apporté, nous trinquons puis ouvrons nos moules et avalons le savoureux bouillon à l'ail.

— Elles sont délicieuses.

— C'est vrai, confirme-t-elle sans fausse modestie. Ça fait un moment que je n'en avais pas mangé. Je ne voyais pas l'intérêt d'en cuisiner rien que pour moi.

Je hoche la tête, compréhensive. Depuis ma rupture avec Ethan, j'ai perdu le compte des plats tout préparés que j'ai consommés. La cuisine n'a jamais été mon fort, et ça ne s'est pas arrangé.

Pourtant, depuis qu'Edward vit à plein temps chez lui, nous avons cuisiné plusieurs fois l'un pour l'autre. Ça semble plus logique – pour moi, du moins, vu qu'il est meilleur cuisinier. Malgré tous mes bouquins de recettes, je ne sais faire que deux plats : les légumes sautés et l'omelette. Cela dit, je fais une *très bonne* omelette.

— Bon, qu'est-ce que tu voulais me dire ?

Vingt minutes plus tard, il ne reste plus qu'une pile de coquilles vides. Je débarrasse les bols et Cricket remplit nos verres.

Se penchant au-dessus de la chaise voisine, elle attrape une enveloppe kraft format A4. Elle l'ouvre et en pose le contenu au milieu de la table. C'est une liasse de feuillets rassemblés par un bout de ficelle.

— On dirait un manuscrit. Un vieux, j'observe en remarquant les bordures jaunies. J'en ai vu pas mal à l'époque où j'étais éditrice.

— C'est bien ça. Un manuscrit inachevé.

Je me tais, attendant ses explications.

— Il est arrivé cette semaine par la poste. De Barcelone.

— Pablo ? je demande, sourcils froncés.

Elle hoche la tête.

— Dans sa lettre, il dit qu'il voulait me le donner quand on s'est vus en Espagne mais qu'il n'a pas eu le temps de passer le chercher chez lui. Quand il a eu mon message, il est venu directement de la galerie.

Elle considère un instant le manuscrit avant de reprendre :

— Il l'a depuis des années. C'est une pièce que Monty a écrite quand ils étaient ensemble.

J'écoute, absorbant chacune de ses paroles.

— Apparemment, il a travaillé dessus pendant plus d'un an quand il vivait à Paris mais, lorsqu'il en est parti, il l'a jetée. Pablo l'a retrouvée dans la poubelle et l'a récupérée.

— Et il n'a jamais révélé à Monty qu'il l'avait gardée ?

— Si, beaucoup plus tard, quand ils ont repris contact, mais Monty a ri et lui a dit qu'il pouvait s'en servir pour allumer le feu. Il était extrêmement critique vis-à-vis de lui-même.

— Tu l'as lue ?

— Oui.

Elle marque une longue pause, et je retiens mon souffle.

— Je pense que c'est sa meilleure pièce.

En silence, nous contemplons les feuillets tapés à la machine qui reposent sur la table. D'une certaine façon, j'ai l'impression d'être face à un monument. Une pièce inédite du célèbre dramaturge Monty Williamson. Depuis que j'ai rencontré Cricket, j'ai lu plusieurs des œuvres de Monty. Pas étonnant qu'il ait remporté tant de distinctions. C'était un auteur de talent.

— Je peux ? dis-je en désignant le manuscrit.

— Bien sûr.

Avec précaution, je le fais glisser sur le bois poli pour le rapprocher de moi puis, dénouant la ficelle, je m'empare de la page de titre. Je distingue les indentations qu'y ont creusées les touches de la machine à écrire. Je les effleure de l'index, repose la page et prends la suivante. « Acte I ». Mes yeux parcourent le texte couvert d'annotations au crayon. Je remarque une tache de vin à l'endroit où Monty a dû poser son verre ; une bavure d'encre ailleurs. Je l'imagine jeune homme à Paris, penché sur sa machine, fumant des Gauloises et buvant du vin rouge dans le cliquetis des touches, laissant libre cours à son imagination… Je vais à la dernière page. Le texte n'y est plus dactylographié mais griffonné à la main.

— J'ai besoin que quelqu'un l'achève.

La voix de Cricket me ramène des années 1950 au temps présent. Je lève les yeux. Son regard est fixé sur moi.

— Eh bien, ça fait quelques années que je ne travaille plus dans l'édition, mais je peux essayer de te trouver quelqu'un… Je pourrais contacter quelques anciens collègues, demander des recommandations. Je suis sûre qu'ils connaissent de bons écrivains…

— Je connais déjà un bon écrivain.

D'un coup, je comprends.

— Seigneur, non ! je m'exclame en réprimant un éclat de rire tant l'idée me semble ridicule. Tu n'es quand même pas en train de suggérer que…

— Je ne suggère pas, je demande.

— Non, c'est complètement fou !

Je recule sur ma chaise en secouant la tête. Cette idée est grotesque.

— J'écris des notices nécrologiques, Cricket, je ne suis pas une vraie auteure.

— Si. Tu as écrit un article magnifique sur Monty.

En y repensant, je me tais. Nos regards se croisent. Elle m'observe sans ciller.

— Écoute, je suis avant tout une éditrice.

— Eh bien, tant mieux, parce qu'il y a aussi un gros boulot d'édition. En fait, le travail se résume essentiellement à ça, en dehors de la fin qu'il faut réécrire.

Je suis soudain oppressée, et je me mordille les lèvres. J'ai envie de protester mais, au fond de moi, je sens naître un picotement. Comme un pouls qui se remettrait à battre.

— Personne ne connaît Monty aussi bien que toi, reprend Cricket.

— Et toi, alors ?

C'est à son tour de rire.

— Si j'essayais, Monty se retournerait dans sa tombe ! De son vivant, j'étais déjà une catastrophe quand je tentais de l'aider à finaliser ses manuscrits. En plus, je suis beaucoup trop proche du récit et des personnages.

J'ai le cerveau en ébullition. Pendant une longue minute, nous nous dévisageons sans parler.

— Je te paierai.

— Non, certainement pas !

— Bien sûr que si. Je ne te demande pas ça par bonté de cœur, Nell. Je pense que tu es la mieux placée pour cette tâche. Tu es l'unique personne en qui j'ai assez confiance pour lui confier les mots de mon mari.

Les mâchoires serrées et une expression déterminée sur le visage, elle continue de me fixer, dans l'expectative.

— Tu veux bien y réfléchir ? murmure-t-elle au bout d'un moment.

Je sens un frémissement d'excitation me parcourir.

— Oui. Je vais y réfléchir.

Mais, alors même que je prononce ces mots, nous savons toutes les deux que je n'ai pas besoin d'y réfléchir. Parce que la réponse, bien sûr, sera oui.

Ce qui m'inspire de la reconnaissance :

1. *Le duo moules-frites.*
2. *Cricket n'a pas l'intention de s'installer dans une ferme du sud de la France.*
3. *Quelqu'un croit en moi.*

Péripéties

La semaine file à toute allure. On est déjà vendredi, je n'en reviens pas !

Dimanche soir, en rentrant de Notting Hill, j'ai veillé jusque tard dans la nuit pour lire la pièce de Monty. Cricket avait raison : c'est brillant. Bien entendu, je l'ai appelée dès le lendemain afin de lui expliquer que je n'étais absolument pas à la hauteur pour en achever l'écriture. Même avec les notes détaillées de Monty, il fallait quelqu'un de beaucoup plus doué que moi. Impossible que j'y arrive.

Elle m'a dit d'arrêter mes conneries – de toute façon, elle avait déjà posté mon chèque.

Alors je m'y suis mise. Terrifiée, mais impatiente. Plus motivée que je ne l'avais été depuis une éternité. Assise à mon bureau, les doigts en lévitation au-dessus du clavier, j'en avais presque le vertige. Je crois que je suis restée dans cette posture pendant dix bonnes minutes avant de faire le grand saut et de me mettre à taper.

Une bonne partie du manuscrit est annotée. Des pattes de mouche décorent les marges et dansent entre les lignes du texte dactylographié : des notes concernant l'intrigue et les personnages, des mots barrés, des insertions de dialogues, des idées de thèmes... En les lisant, j'entends presque les pensées de Monty crépiter comme une mitraillette dans ma tête. Je commence par procéder à une relecture minutieuse pour corriger les coquilles et la ponctuation avant de me concentrer sur le rythme et la construction, le développement des personnages et l'arc narratif.

Les premier et deuxième actes sont presque intégralement écrits, mais le troisième est inachevé et pourrait prendre plusieurs directions.

Comme ma vie.

Comment cette histoire va-t-elle finir ? C'est une question que je me suis beaucoup posée au cours de l'année écoulée. Souvent, alors que j'étais étendue sur mon lit, mon esprit tournait en rond, tentant de deviner l'avenir, exigeant de connaître la suite des événements. Comment *mon* histoire va-t-elle s'achever ? Comment ma vie va-t-elle se dérouler ? Avant, je croyais le savoir. J'avais tout prévu, et puis paf. C'est terrifiant de sauter dans le vide. Ça vous submerge, on se noie dans la panique et la peur.

Mais en regardant ces pages inachevées couvertes d'idées griffonnées et de suggestions de rebondissements, je commence à comprendre quelque chose : ne pas connaître la fin de l'histoire, c'est sacrément excitant.

Mon téléphone sonne alors que je suis en pleine concentration. Pendant la journée, je l'ai gardé éteint pour travailler mais, tout à l'heure, je l'ai rallumé afin d'appeler ma banque. Après ma discussion avec Edward, l'autre jour, je me suis inscrite dans quelques agences immobilières pour trouver un appartement mais, au lieu de m'aiguiller vers les offres de locations, elles m'ont orientée sur « Rupert du service des ventes ».

Quand je lui ai dit qu'il y avait erreur et que je n'avais pas les moyens d'acheter, il m'a demandé si je pouvais envisager une propriété partagée, beaucoup moins coûteuse puisqu'elle ne nécessitait qu'un apport de cinq pour cent. Mon premier réflexe a été de refuser – c'était ridicule : moi, acheter un appartement à Londres ? Ah ah, hilarant. Pratiquement au même moment, le chèque très conséquent de Cricket est arrivé, et ça m'a fait réfléchir : il pourrait constituer mon apport.

J'ai entrevu une toute petite ouverture, juste assez grande pour que je rappelle ma banque, presque certaine qu'on allait me rire au nez. Ça n'a pas été le cas. En fait, cette idée ne leur a absolument pas paru ridicule et, après m'avoir demandé certaines informations personnelles, ils m'ont informée qu'un employé du service des prêts immobiliers allait me recontacter.

C'est sans doute lui.

— Bonjour, Pénélope Stevens à l'appareil.

J'essaie d'adopter le ton d'une personne éligible à un gros emprunt.

— Nell, ça va ? C'est David, le mari de Fiona.

— Oh, David, salut...

Je suis un peu gênée qu'il m'ait entendue prendre cette voix. Je connais David depuis des années mais il m'a toujours intimidée. Il est très intelligent et très sérieux, et il gère des opérations de fusions et d'acquisitions qui valent des millions. Je me souviens qu'un jour Max lui a demandé comment il arrivait à garder la tête froide en jonglant avec autant d'argent. Il s'est contenté de répondre : « Il faut avoir des couilles d'acier. » Max a frémi et croisé les jambes.

— Écoute, je n'arrive pas à joindre Fiona. Son téléphone est éteint et Francisca, la nounou, vient de m'appeler pour me dire qu'elle vomit…

— Beurk. Je veux dire, zut.

— Il faut aller chercher Izzy à l'école mais, même si j'annule mon prochain rendez-vous, je suis à l'autre bout de la ville, et je n'y serai jamais à temps.

— Ne t'inquiète pas, j'y vais, je réponds sans hésiter.

— Tu es sûre ? Je pourrais demander à d'autres parents, mais c'est Fiona qui gère ça, d'habitude, et je n'ai pas leur numéro…

— Ne t'en fais pas, je pars tout de suite.

— OK, merci. Je vais appeler l'école pour les prévenir.

Pour être honnête, tout prétexte est bon pour voir ma filleule. Mais c'est quand même étrange pour Fiona : souvent, elle ne répond pas au téléphone, mais jamais quand il s'agit de ses enfants. Je saute dans le bus en me posant des questions à son sujet. Peut-être a-t-elle un rendez-vous médical ou une autre obligation dans le genre. Sauf qu'elle ne m'en a pas parlé… Cela dit, elle ne me parle plus beaucoup, ces derniers temps. Avant, on s'envoyait plusieurs messages par jour, pour parler de tout et n'importe quoi mais, à présent, il peut s'écouler une semaine sans qu'elle me fasse signe. À vrai dire, je ne lui donne pas de nouvelles non plus.

Comme d'habitude, devant l'entrée de l'école, il y a une horde de voitures garées en double file et moteur allumé. Alors que je me faufile vivement entre elles, je reconnais la Range Rover blanche d'Annabel. Elle est assise sur le siège conducteur, penchée sur son téléphone et tapotant le volant d'une main parfaitement manucurée.

Je baisse la tête et presse encore le pas. Nous ne nous sommes pas vues depuis la journée sportive dont je garde encore un souvenir douloureux, et je n'ai pas envie d'échanger des politesses avec elle.

Izzy est en train de s'amuser dans l'aire de jeux. Elle semble enchantée de me voir. Je la serre dans mes bras, attrape son sac à dos, et nous nous dirigeons vers la sortie. La cour est pleine de parents et de nounous et, trop occupée à écouter Izzy me raconter une histoire rigolote au sujet du hamster de sa classe, je repère Annabel trop tard pour l'éviter.

— Nell ?

Je lève les yeux. Elle me regarde, sourcils froncés. Enfin, façon de parler : je ne suis pas sûre qu'elle *puisse* froncer les sourcils. Comme à l'accoutumée, elle est sur son trente-et-un. Quant à moi, je porte exactement la même tenue qu'hier – à une tache d'œuf près.

— Bonjour, Annabel.

— Où est Fiona ?

— Elle est occupée.

Pas question que je lui avoue que je n'en sais rien.

— David m'a demandé d'aller chercher Izzy, j'explique.

— Ah bon ? Mais il aurait dû m'appeler ! lance-t-elle d'un air agacé. Inutile que tu te tapes tout ce trajet.

Izzy peut rentrer à la maison avec Clémentine, et j'irai la déposer chez elle plus tard.

Clémentine est en train de secouer un jouet en plastique devant la truffe de Mabel, leur bouledogue français. Je sens Izzy m'attraper la main.

— Elles pourront jouer ensemble dans la piscine, ajoute Annabel.

— Et Mabel, elle pourra jouer avec nous dans la piscine ? glousse Clémentine tandis que la chienne s'empêtre dans sa laisse.

— Pas aujourd'hui, ma chérie, minaude sa mère. Ce sera rien que vous deux.

Elle reporte son attention sur Izzy et lui décoche un grand sourire.

— Tu pourras emprunter un maillot de bain à Clémentine.

Je sens Izzy serrer plus fort ma main.

— Merci, mais je crois qu'Izzy est fatiguée, je rétorque. Je vais la ramener chez elle.

Le sourire d'Annabel se fige.

— Je ne suis pas sûre que Fiona apprécierait que tu empêches sa fille de s'amuser. Les petites adorent nager.

— Je pense que je la laisserai en juger, je réponds gaiement.

Puis, avant que Mabel s'étrangle, je prends rapidement congé et nous nous échappons vers la sortie.

Ce n'est qu'en arrivant à l'arrêt de bus que je m'aperçois qu'Izzy n'a pas prononcé un mot. Nous nous asseyons sur les sièges en plastique rouge, je sors des mandarines de mon sac et entreprends d'en éplucher une.

— Tu n'avais pas envie d'aller nager avec Clémentine, pas vrai ? je demande en lui donnant une moitié de fruit.

Tout en examinant chaque quartier, elle secoue la tête – sans me regarder. Malgré mon étonnement, je ne relève pas. Je l'observe tandis qu'elle retire soigneusement les minuscules filaments puis, satisfaite, fourre un quartier dans sa bouche. Elle aime bien les sucer comme des bonbons.

— Tu serais fâchée si on t'appelait Madame Caca ? dit-elle enfin en se tournant à demi vers moi.

— On m'a donné des noms bien pires, je réponds avec un sourire. Pourquoi, quelqu'un t'a appelée Madame Caca ?

Izzy détourne le regard et choisit avec soin un nouveau quartier.

— C'est juste une insulte idiote. N'écoute pas.

Elle hoche la tête puis, au bout d'un moment :

— Tu serais fâchée si on te tapait ?

Je me tends d'un coup.

— Izzy, quelqu'un t'a tapée à l'école ?

Elle ne répond pas, et son regard continue de fuir le mien. Je me lève de mon siège et viens m'accroupir devant elle pour voir son visage. Elle dépiaute ses morceaux de mandarine comme si sa vie en dépendait.

— Tu sais que tu peux tout me dire, n'est-ce pas ?

Cette fois, elle lève la tête. Son expression est sérieuse.

— Je n'ai pas le droit de le dire. Sinon, je vais avoir des problèmes, murmure-t-elle d'une voix que le bruit des voitures rend à peine audible.

— Bien sûr que non... Pourquoi tu aurais des problèmes ?

— Maman va être fâchée contre moi.

— Maman t'aime, elle ne serait jamais fâchée contre toi. Pourquoi tu crois ça ?

Nouveau silence, qui me semble durer une éternité.

— Parce qu'on pourra plus aller nager chez elle.

Tout à coup, je comprends ce qu'elle est en train de me dire.

— Parce que sa maman, c'est l'amie de ma maman, ajoute-t-elle, confirmant mes soupçons.

— Je t'assure que tu n'auras pas de problème, lui dis-je en levant mon petit doigt. Promis, juré.

Elle consent enfin à me regarder. Nous entrecroisons nos petits doigts et, seulement alors, elle m'explique qui la maltraite. Sauf que, bien sûr, j'ai déjà compris.

Clémentine.

Le lendemain

Zizanie.

Octobre
#carossesetcitrouilles

Une semaine plus tard

On dit qu'en politique, une semaine, c'est très long. En revanche, en matière de harcèlement, il est étonnant de voir la vitesse à laquelle les choses peuvent monter en puissance, se dégrader et se transformer en l'espace de sept jours (est-ce qu'à cinq ans, on peut vraiment appeler ça du « harcèlement » ? Surtout quand le bourreau est affublé d'un tutu et d'ailes de fées ?).

Quand Fiona est rentrée et que je lui ai exposé la situation, elle est aussitôt passée à l'action en appelant Annabel. Je pense qu'elle avait l'intention de régler ça calmement et d'étouffer le scandale dans l'œuf, mais le harcèlement est un sujet hautement sensible pour toutes les personnes impliquées et, en définitive, elle a obtenu le même résultat que ces gens qui versent de l'essence sur le barbecue pour démarrer le feu : une explosion.

Bien entendu, Annabel était choquée et bouleversée mais, en même temps, furieuse. Refusant que Clémentine soit capable d'un tel comportement, elle l'a défendue bec et ongles en accusant Izzy de mentir. Annabel et Fiona se sont balancé des accusations à la tête. Pour finir, Fiona, que je n'avais jamais entendue élever la voix, s'est mise à rugir comme une maman ours protégeant son petit et a menacé d'alerter la directrice. Quant à Annabel, elle a renchéri en jurant qu'elle allait appeler la police.

Heureusement, aucune n'a mis sa menace à exécution. Au cours de la semaine suivante, Fiona et Annabel ont réussi à se calmer suffisamment pour aller voir ensemble la maîtresse des fillettes. L'école applique une tolérance zéro envers ce type d'incidents, et l'affaire a été prise très au sérieux. Tout a été géré correctement et dans le calme. Les allégations d'Izzy se sont révélées exactes, et Clémentine a reconnu l'avoir insultée et frappée à de multiples occasions.

Voilà pourquoi Izzy était si renfermée lors de cet anniversaire : ce n'était pas du clown qu'elle avait peur, mais de Clémentine. En revanche, tout cela n'expliquait pas pourquoi Clémentine agissait ainsi.

— Et là, Annabel a craqué et m'a avoué qu'elle et Clive vont divorcer.

Nous sommes dans un bar, Fiona est assise en face de moi et je la dévisage, interloquée. Ce matin, elle m'a envoyé un texto pour m'inviter à prendre le café une fois qu'elle aurait déposé les enfants à l'école.

— Oh, non ! je m'exclame. C'est affreux, je ne m'en serais jamais doutée.

— Moi non plus, renchérit Fiona en secouant la tête. Personne ne s'en doutait.

Je pense à toutes les photos et tous les statuts postés par Annabel, où elle exhibe son bonheur.

À partir de maintenant, je me méfierai de tant de perfection.

Fiona touille son double *latte*. Elle est venue en voiture jusque dans mon quartier. À son arrivée, je suis allée commander mon habituelle tisane, mais elle a dit qu'après la semaine qu'elle avait passée il lui fallait quelque chose de plus fort.

— Pauvre Annabel.

Je me surprends moi-même à éprouver de la compassion. Ce n'est pas – loin de là – une amie, mais je sais combien les ruptures peuvent être douloureuses, et je ne souhaiterais pas ça à ma pire ennemie. Je me sens presque en solidarité avec elle.

— Apparemment, ils se disputent beaucoup. Ils essaient de ne pas le montrer à Clémentine, mais...

— Les enfants ne sont pas bêtes, je complète.

— Ce qui explique sans doute l'attitude de la petite, reprend-elle. Le psychologue a dit que les enfants adoptent souvent des comportements brutaux quand il y a des problèmes à la maison. C'est leur manière d'exprimer leur colère vis-à-vis de la situation.

— Tu as vu un psy ?

— Il y en a un à l'école. Il est très efficace et d'un grand soutien.

— Et comment va Izzy, maintenant ?

Fiona semble se détendre d'un coup.

— Étonnamment, elle a l'air de s'en sortir sans séquelle. Selon la maîtresse, Clémentine et elle ont l'air d'avoir oublié tout ça, et ce sont de nouveau les meilleures amies du monde.

— C'est super !

— Je sais, dit-elle avec un sourire. Bizarrement, ce sont les adultes qui ont le plus de mal à gérer leurs amitiés. Je n'adresse toujours pas la parole à Annabel.

C'est marrant : à une époque, j'aurais été ravie d'entendre cette phrase mais aujourd'hui, c'est tout le contraire.

— Je suppose que le principal, c'est qu'Izzy aille bien et Clémentine aussi – enfin, j'espère.

Quand je pense à elle, mon cœur se serre. En dépit de tout ce qui s'est passé, ce n'est qu'une petite fille – une petite fille dont les parents se séparent et dont l'univers va changer à jamais. C'est sacrément triste.

— Oui, c'est le principal, confirme Fiona.

Son café entre les mains, elle se tourne un instant vers la fenêtre avant de pousser un long soupir et de reposer à grand bruit sa tasse sur la soucoupe.

— Ça me bouleverse encore qu'Izzy ne m'en ait pas parlé en premier, lâche-t-elle, les yeux brillants de larmes. Qu'elle ait eu l'impression qu'elle ne pouvait rien me dire. Je m'en veux.

— Eh, arrête de raconter n'importe quoi, je rétorque. Ce n'était pas de ta faute.

— Mais si elle m'en avait parlé, j'aurais pu agir plus tôt. Quand j'étais avec Annabel, je croyais que les filles jouaient et, pendant tout ce temps… Rien que d'y penser…

Elle s'interrompt et renifle un grand coup.

— Et je suis sûre que, la plupart du temps, elles étaient bien en train de jouer, je la rassure. On ne sait pas vraiment à quel moment tout ça a commencé. Ce qui compte, c'est qu'elle en ait parlé, et que l'affaire soit réglée.

Tendant le bras, je lui étreins l'épaule et conclus :

— Arrête de te flageller.

Elle sourit tristement.

— Ça fait partie du boulot de mère, non ?

— Je ne saurais pas te dire. Je crois que c'est surtout un boulot de femme, en fait.

Elle me dévisage et, pendant un moment, nous restons là sans rien dire, comme deux vieilles copines. Il y avait bien longtemps que je ne m'étais pas sentie aussi proche d'elle.

— Je suis contente qu'elle t'en ait parlé, murmure-t-elle enfin.

— Moi aussi.

— Écoute, pour l'autre fois… Je suis désolée que les choses aient dégénéré entre nous.

— Oui, moi aussi.

— Je ne sais pas ce qui s'est passé.

— Annabel ? je suggère.

— Non, ce n'est pas de sa faute, répond-elle avec un sourire amer. C'est de la mienne. Je n'aurais pas dû la laisser organiser l'anniversaire de Max ou la *baby shower*… Je pensais qu'elle le faisait par gentillesse, mais avec le recul, je pense qu'elle voulait contrôler la vie des autres pour oublier que la sienne partait à vau-l'eau.

— Je pense que c'était aussi par gentillesse, j'ajoute généreusement.

Fiona acquiesce.

— Elle n'a rien fait de mal, reprend-elle. C'était moi. J'ai mélangé mes priorités. Je crois que, quand je l'ai rencontrée à l'école et qu'elle a tenu à se lier d'amitié avec moi, j'étais un peu flattée. Je l'admirais tellement, elle avait l'air d'avoir tout compris à la vie… Une femme belle, brillante et sophistiquée, qui veut être mon amie !

— Pas comme moi, je plaisante.

Cela ne fait pas rire Fiona. Au contraire, elle semble chagrinée.

— Non, mais toi, tu es authentique, Nell. Rien dans l'univers d'Annabel ne l'est réellement, non ?

— Il y a la maison, quand même.

— Oui, la maison, c'est vrai.

Nous échangeons un sourire.

— Mais franchement, tous ces coussins à retaper, tu imagines le boulot…

— Elle emploie peut-être un retapeur de coussins.

— Ça existe, comme métier ?

— Je sais pas. Sûrement, non ?

Nous éclatons de rire, emportées par un même sens de l'humour débile et une complicité issue de plusieurs décennies d'amitié.

— C'est sympa, ici, commente Fiona qui semble remarquer le décor pour la première fois. Ça te plaît de vivre dans le coin ? Je ne te l'ai jamais demandé, non ?

— Oui, ça me plaît. Il m'a fallu un peu de temps pour m'habituer mais oui, j'aime bien ce quartier.

— L'Amérique ne te manque pas ?

Je prends un instant pour y réfléchir, et je m'aperçois alors que je ne me suis pas posé la question depuis un bon moment. Jusqu'alors, la réponse était toujours oui, mais à présent…

— Non, elle ne me manque pas. À part le soleil de Californie, en février.

— Et ce type que tu voyais, Johnny ? Bon sang, je suis nulle, comme amie, je ne t'ai jamais interrogée à son sujet. Comment ça se passe, avec lui ?

— On est juste sortis deux ou trois fois ensemble, je réponds avec un haussement d'épaules. C'était fini avant de commencer, à vrai dire.

— Oh, je suis désolée.

— Ce n'est pas la peine. Moi, je ne regrette pas.

— On a tellement de choses à se raconter.

— Je sais. Tu m'as manqué.

— Ouais, toi aussi, rétorque-t-elle en souriant.

— Au fait, je voulais te demander : tout va bien pour toi ?

Avec toutes ces histoires de harcèlement et de divorce, j'ai oublié de lui parler du coup de fil de David.

Fiona semble se tendre d'un coup.

— Oui, pourquoi ?

— C'est juste que, quand David a dit qu'il n'arrivait pas à te joindre, la semaine dernière, et que je suis allée chercher Izzy…

Je laisse ma phrase en suspens, un peu anxieuse.

— J'étais en entretien d'embauche.

Je ne m'attendais pas du tout à ça. Je suis soulagée – et surprise :

— Je ne savais pas que tu voulais reprendre le travail.

— Moi non plus, avoue-t-elle avec un sourire penaud. Jusqu'à ce que je m'aperçoive que j'avais refait la cuisine trois fois en cinq ans, et que ce n'était pas parce que le carrelage était usé – juste parce que je m'ennuyais comme un rat mort.

Elle pose les coudes sur la table et enfouit sa tête entre ses mains.

— Nell, tu n'imagines pas à quel point j'ai besoin de me servir de mon cerveau, me confie-t-elle en soupirant. J'ai passé trois ans à étudier l'archéologie. J'ai un master en études byzantines et en paléographie grecque. Avant d'avoir les enfants, j'étais membre d'une équipe qui travaillait sur des sites européens. Ensuite, il y a eu l'apothéose de ma carrière avec ce poste de conservatrice de musée. Et maintenant…

Elle s'interrompt. Sa frustration est presque palpable.

— Maintenant, je choisis des tissus pour les rideaux, j'ai vu dix mille fois *La Reine des neiges*, et ma seule stimulation intellectuelle, c'est quand j'essaie de trouver le bon créneau pour faire livrer les courses.

Elle rit, mais je perçois une pointe d'hystérie dans sa voix.

— Ma carrière me manque. J'ai besoin d'un boulot. Je veux utiliser mes neurones. J'ai un peu tâté le terrain et envoyé quelques e-mails. Mon ancien chef m'a contactée… Il a dit qu'il y avait un emploi à pourvoir au musée. Ce n'est pas un poste à responsabilités comme celui que j'avais avant mais… Alors je suis allée le voir.

— Et ?

— Et j'ai décroché le boulot !

— C'est génial !

— Tu crois ? demande-t-elle, l'air soucieux. Je ne l'ai pas encore dit à David. Quand on a eu les enfants, on s'est mis d'accord pour que l'un de nous deux reste à la maison pour s'en occuper. Bien sûr, vu le salaire de David, c'était forcément moi. Ensuite, quand Izzy est née et que j'ai fait cette affreuse dépression post-partum, on a eu de la chance de trouver Francisca pour nous aider à mi-temps. Je ne sais pas ce que j'aurais fait sans elle, mais je ne me vois toujours pas laisser les gosses…

— Tu ne m'as jamais dit que tu avais fait une dépression ? je la coupe, inquiète.

— Je ne l'ai dit à personne, répond-elle avec un geste évasif. J'avais trop honte. Comme si quelque chose clochait chez moi. Comme si j'étais une mauvaise mère.

En écoutant mon amie, je me rends compte que je ne suis pas la seule à avoir gardé des choses pour moi.

— Mais maintenant, ils sont plus grands et ils n'ont plus autant besoin de moi, reprend-elle. Et on a toujours Francisca – à présent, elle fait partie de la famille et les enfants l'adorent. C'est juste que…

— Tu te sens coupable, je complète.

— Comment tu le sais ? demande-t-elle, surprise.

— Parce que, quand on ne se flagelle pas, on culpabilise.

Elle éclate de rire avant d'enchaîner :

— En plus, après ce qui est arrivé à Izzy, je me demande si c'est une bonne idée que je travaille à plein temps… J'ai peur que ça l'affecte. Je pourrais encore les déposer à l'école le matin, alors dans les faits, ça ne changerait pas tellement…

— Et donc, où est le problème ?

Elle secoue la tête.

— Oh, je ne sais pas, Nell. Est-ce que je suis égoïste ? Ce n'est pas comme si on avait besoin d'argent. C'est une chance que David gagne si bien sa vie mais, du coup, je ne peux même pas prendre ça comme prétexte. Je veux le faire juste pour moi.

Elle semble tellement indécise que je décide d'intervenir :

— Écoute, je ne suis pas une experte, mais à ta place, je foncerais. Ce sera sûrement mieux pour Lucas et Izzy d'avoir une maman heureuse et motivée, tu ne crois pas ? Et je suis certaine que David penserait la même chose. Parle-lui-en, tu risques d'être surprise.

— D'accord, acquiesce-t-elle en se déridant.

— Et bravo.

— Merci. Bon, et toi ? Tu écris toujours des nécrologies ?

— Oui, mais je travaille aussi sur un ou deux autres trucs...

En voyant l'heure sur ma montre, j'ajoute :

— Il faut que j'y aille, désolée, je te raconterai une autre fois.

— Je suis contente qu'on ait passé du temps ensemble.

— Moi aussi. Et quand on remettra ça, tu pourrais peut-être inviter Annabel ?

— Pour enterrer la hache de guerre ?

— Oui, je confirme en souriant.

Ce qui m'inspire de la reconnaissance :

1. *Ma réconciliation avec Fiona, parce que nous nous entendons encore mieux qu'avant.*
2. *La réaction de David quand elle lui a parlé de son boulot : non seulement il était sincèrement content pour elle, mais il l'était aussi pour lui : finies les rénovations et les soirées passées à faire semblant de s'intéresser à des échantillons de rideaux !*
3. *Izzy et Clémentine sont redevenues les meilleures amies du monde.*

Un truc étrange

Il s'est passé un truc très étrange, aujourd'hui.

J'étais en train d'enregistrer mon dernier épisode de podcast, et je déblatérais dans mon micro comme toutes les semaines. Au milieu de ma session, je me suis vaguement demandé si les vingt-sept personnes qui l'avaient téléchargé m'écoutaient encore. Ou bien si je les avais perdues elles aussi, et que je parlais littéralement toute seule.

J'ai réalisé qu'il y avait une éternité que je n'avais pas consulté mes statistiques de fréquentation – un terme compliqué qui, en gros, vous permet de savoir si quelqu'un a téléchargé votre podcast ou, dans mon cas, est tombé par hasard sur mes divagations et, par miracle, s'est dit qu'il allait les écouter. Mon enthousiasme initial (et obsessionnel) à vérifier les chiffres et découvrir que j'avais quatorze auditeurs, dix-huit puis trente-deux (trente-deux auditeurs rien qu'à moi !) a légèrement faibli quand je suis restée bloquée à trente-deux pendant des semaines avant d'en perdre cinq. Comme si je m'étais fait larguer au royaume des podcasts.

Alors j'ai arrêté de regarder. C'était trop décourageant. Se sentir rejeté n'a jamais fait de bien à quiconque. En outre, c'est uniquement pour moi que je m'étais lancée dans ce podcast : qu'est-ce que ça pouvait faire si personne ne l'écoutait ?

Ensuite, la vie a repris le dessus, et ça m'est complètement sorti de l'esprit. Jusqu'à aujourd'hui.

Je me suis connectée en me préparant au pire : j'avais perdu tous mes auditeurs et j'étais la seule quadra au monde complètement *fucked-up*...

2 437.

Le nombre sur mon écran m'a sauté à la figure.

Je l'ai regardé, puis je me suis rapprochée en me demandant s'il n'y avait pas une virgule qui m'avait échappé. Et soudain, j'ai percuté.

DEUX MILLE QUATRE CENT TRENTE-SEPT TÉLÉCHARGEMENTS.

Pardon ?

Pour le dernier épisode de mon podcast ? Non, c'est impossible.

Où est l'erreur ?

Car il y a une erreur, c'est sûr.

Est-ce si sûr ?

Ce qui m'inspire de la reconnaissance :

1. *Cette nouvelle aussi géniale qu'incroyable.*
2. *Mes merveilleux auditeurs qui m'ont téléchargée, qui ont cru en moi et qui me donnent le sentiment de faire partie d'une fantastique tribu. Merci mille fois, je me sens beaucoup moins seule. Je suis TELLEMENT contente, je n'aurais rien pu faire sans vous. Je vous dédie ces mots.*
3. *Je n'ai jamais remporté d'Oscar.*

L'amour, c'est tout

Quelques jours plus tard, alors que j'en suis toujours à m'émerveiller qu'il y ait de « vrais » gens qui écoutent mon podcast, Liza m'appelle sur FaceTime. Il y a un moment que nous ne nous sommes pas donné de nouvelles : entre mon voyage en Espagne, le mariage de mon frère, la pièce de Monty d'un côté, et les cours de yoga et les diverses occupations de Liza de l'autre – sans compter le fait non négligeable que nous sommes chacune d'un côté de l'Atlantique et qu'il y a huit heures de décalage horaire –, ce n'est pas évident d'être synchrones.

Heureusement, par miracle, nos univers finissent par se rencontrer : l'un de ses cours est annulé, ma batterie est chargée, et voilà, nous pouvons discuter.

— Ça fait une éternité !

— La dernière fois, tu voulais acheter un bikini. Tu en as trouvé un ?

— Oui, il est adorable, je te le montrerai...

— Et ce connard t'a envoyé un texto.

— Johnny, je confirme avec un grognement.

— Il t'a recontactée depuis ?

— Non, je réponds en riant (*oui, j'en ris maintenant*). Et je ne m'attends pas à ce qu'il le fasse.

— Très bien. Bon, raconte-moi ton voyage !

— Toi d'abord. Je veux tout savoir : comment vas-tu ?

— Super bien, dit-elle, tout sourire.

Aussitôt, je comprends : ce n'est pas le sourire de celle qui a obtenu sa promotion au boulot, perdu deux kilos ou acheté une nouvelle robe. Ce sourire-là veut dire : j'ai rencontré quelqu'un.

— C'est qui ? je demande.

Liza n'essaie même pas de nier.

— Comment tu as deviné ? questionne-t-elle en piquant un fard.

Je me contente de lever un sourcil, et elle éclate de rire.

— C'est mon élève du cours de yoga, explique-t-elle. Tu sais, je t'en ai parlé.

— C'est génial ! Mais dis-moi, comment tu as fait pour contourner tous tes problèmes d'éthique ?

— Elle n'est plus mon élève.

Voilà, ça s'est glissé dans la conversation, tout simplement. Et moi, tout aussi simplement, j'embraie :

— Allez, raconte-moi tout sur elle !

— Tu n'es pas choquée ?

— Pourquoi je le serais ? Parce que tu es tombée amoureuse d'une femme ?

— Oui.

— Est-ce que tu es choquée, *toi* ?

Elle réfléchit un instant puis secoue la tête.

— C'est ça qui est bizarre... Non, je ne suis pas du tout choquée. C'est vrai que, jusqu'alors, je n'avais jamais été attirée par une femme. Et puis j'ai rencontré Tia, et c'est sa personne qui m'a attirée, pas le fait qu'elle soit une femme. C'était bizarre et, en même temps, ce n'était pas bizarre du tout. C'est pour ça que c'est aussi bizarre… Je raconte n'importe quoi, non ?

— Pas du tout, je vois très bien ce que tu veux dire.

— Bon, c'est vrai qu'au début, mes sentiments me faisaient un peu peur. Je l'ai d'abord repoussée, et je m'en veux pour ça.

En contemplant son visage sur mon écran, je ne peux m'empêcher de penser que nous nions souvent ce que nos émotions tentent de nous dire, tout ça parce que nous croyons bêtement que nous n'avons pas le droit de ressentir certaines choses.

— Sauf qu'après, je n'arrêtais pas de penser à elle, reprend Liza.

— C'est comme ça qu'on sait.

— Oui, acquiesce-t-elle. Alors, après m'être sentie très malheureuse pendant un bon moment, je me suis dit : « Pourquoi je m'inflige ça ? Pourquoi ne suis-je pas avec la personne avec qui j'ai envie d'être ? » Alors je l'ai appelée et j'ai eu de la chance qu'elle ne m'envoie pas promener parce que, crois-moi, je m'étais conduite comme une conne… Heureusement, elle ne m'en a pas tenu rigueur. Nous sommes sorties ensemble, ensuite elle est venue chez moi et, en gros, elle n'en est plus repartie depuis.

— Je vois que je ne suis pas la seule à avoir été occupée, je plaisante.

Elle éclate de rire.

— Oh, Nell, je suis tellement contente ! J'avais peur d'en parler parce que je ne pensais pas m'engager dans cette voie – sur le plan amoureux, je veux dire. En tout cas, ce n'est pas comme ça que mes parents l'imaginaient… Mais je dois faire ce qui me semble bon pour moi, et on s'en fout de ce que font et pensent les autres, pas vrai ?

Tout en l'écoutant se confier courageusement, je la félicite en mon for intérieur, et je lève un verre imaginaire à son bonheur.

— On s'en fout, je confirme.

Ce qui m'inspire de la reconnaissance :

1. *Liza, qui a trouvé le courage de renoncer à de fausses convictions pour pouvoir tomber amoureuse d'une personne qui la rend vraiment heureuse.*
2. *Vivre dans une partie du monde où nous sommes libres de suivre les élans de notre cœur, indépendamment des genres et des races.*
3. *Elle n'est plus avec ce con de Brad.*

Independence Day

— Désolé, j'ai dû mélanger ton courrier avec le mien.

Je rentre tout juste du supermarché, et Edward me fourre une grosse enveloppe sous le nez.

— Edward, tu pourrais juste…

Exaspérée, je secoue mes sacs de course pour lui montrer que je n'ai pas les mains libres.

— Oui, bien sûr.

Dans une maison normale, il y a toujours une période de grâce quand on entre – un temps de pause pendant lequel enlever son manteau, poser ses sacs, dire bonjour et, éventuellement, échanger quelques politesses ; pour sortir, c'est un peu la même chose : on met son manteau et on prend congé d'un mot, en l'assortissant parfois d'une indication sur notre heure de retour. Ce sont des crêtes et des creux naturels dans la conversation.

Edward n'est pas un adepte des temps de pause. Ni des périodes de grâce. Ni des crêtes et des creux dans la conversation. Quand il a quelque chose en tête, il me l'assène dès que j'ai passé la porte. Et c'est pareil quand je m'en vais. Si je lance « Salut, à plus tard », il répond souvent par un « Salut ». Mais ça peut tout aussi bien être « Je crois qu'il y a un rat sous le plancher » ou « C'est vraiment une honte ! » (sans faire référence à quoi que ce soit de particulier).

Je n'ai toujours pas compris s'il est juste tellement concentré sur ce qui se passe dans son cerveau qu'il n'a pas conscience de son entourage, ou si c'est une tentative délibérée de me rendre folle.

— Attends, donne-moi tes sacs, je vais t'aider.

D'un autre côté, il peut aussi se montrer incroyablement gentil et utile. Et moi, je suis d'une humeur de dogue parce que je viens d'arpenter les rayons du supermarché un vendredi après-midi, moment où tous les autres clients sont pris d'une véritable frénésie, comme si l'apocalypse était sur le point de se déclencher au sud-est de Londres. Alors qu'en fait c'est juste le week-end.

— Tu sais, tu devrais vraiment arrêter d'utiliser du plastique, observe-t-il en remarquant un unique sac plastique au milieu de tous mes cabas écologiques.

— C'est un sac pour la vie, je proteste.

— Pour la vie de la planète, oui, grommelle-t-il. Tu sais qu'ils sont encore pires que les jetables ? Il va falloir que tu t'en serves au moins douze fois à cause du plastique supplémentaire nécessaire à leur fabrication.

— J'ai été prise de court à la caisse, je rétorque.

Il a raison, bien sûr, et ça m'énerve encore plus.

— Quand tu es à la campagne, tu conduis bien un énorme 4 × 4 qui doit consommer des tonnes d'essence, je reprends. C'est quoi ton excuse ?

C'est un coup bas, je l'admets, d'autant plus qu'avec le divorce, il ne vit plus à la campagne, et ce n'est pas très gentil de ma part de le lui rappeler. Mais je suis vraiment de très mauvaise humeur. Franchement, vous auriez vu le rayon salades…

— En fait, c'est un véhicule électrique, répond-il d'un ton égal.

— Ben voyons !

Déposant mes sacs sur le plan de travail, je lui arrache l'enveloppe des mains et l'ouvre d'un coup sec.

C'est une lettre de la banque. En la parcourant rapidement, je constate qu'il s'est produit un miracle. Je la contemple, incrédule.

— Bonne nouvelle ?

— Je suis éligible à un crédit immobilier !

— Oh… Je vois. Eh bien, félicitations.

— Je n'en reviens pas !

Je lève les yeux de ma lettre pour regarder Edward, planté de l'autre côté du comptoir.

— On dirait que tu n'en as plus pour longtemps à nous supporter, mes sacs et moi, je lance avec un petit rire.

Manifestement, il ne trouve pas ça drôle : il n'esquisse même pas un sourire.

— C'était une plaisanterie, j'explique.

Son visage demeure impassible. Ce sac l'a vraiment mis en colère, on dirait. Je me sens soudain honteuse.

— Je suis désolée. Je ne voulais pas te crier dessus… C'est juste qu'au supermarché, c'était la folie, j'étais de mauvaise humeur et…

— Mais non, je ne t'en veux pas pour ça, arrête de dire des bêtises, coupe-t-il.

— Qu'est-ce qu'il y a, alors ?

— Je ne me doutais pas que tu voulais déménager, reprend-il, l'air sincèrement peiné. Tu ne m'en as jamais rien dit.

— J'ai supposé que je devrais... Enfin, avec le divorce et tout ça... Je me souviens qu'on en a discuté, quand on promenait Arthur. Tu devais vendre tes biens, tout ça... Il te fallait des chambres pour les garçons... Et il n'y a que trois chambres, ici.

Edward me dévisage avec une expression indéchiffrable.

— J'imagine qu'ils sont trop grands pour dormir dans des lits superposés, je poursuis.

Enfin, il sourit, et le soulagement m'envahit d'un coup.

— Je suis sûr qu'on pourrait s'arranger, dit-il. Tu n'es pas obligée de déménager...

— Merci. C'est vraiment gentil de ta part.

— Je ne suis pas gentil, j'aime juste que tu vives ici.

— Et moi aussi, j'aime vivre ici, je renchéris.

Pendant un bref instant, je suis frappée par les changements qui se sont opérés depuis mon arrivée chez lui.

— Cela dit, je poursuis avec fermeté en agitant la lettre de la banque, il faut que je prenne mon propre appartement. Avant, je n'avais pas les moyens mais maintenant... Franchement, ça fait un bail que j'aurais dû le faire. Regarde-moi : j'ai plus de quarante ans et je loue une chambre...

— Et alors ? J'ai plus de quarante ans et je divorce.

Nous sourions tous les deux, et je sens toute trace de tension disparaître. Au même moment, Arthur fait son apparition dans la cuisine en reniflant les plinthes.

— Et Arthur ? je lance.

Nous le regardons un instant jouer les aspirateurs. Il va me manquer plus que je l'imaginais.

— C'est quoi, mes droits de visite ? je demande en croisant le regard d'Edward.

— Et si on partait sur une garde alternée ?

Ce qui m'inspire de la reconnaissance :

1. *Un ami comme Edward.*
2. *Fiona, qui m'a forcée à le contacter au sujet de sa chambre à louer, et sans qui je ne l'aurais jamais rencontré.*
3. *Mon sac pour la vie que j'ai bien l'intention d'utiliser toute ma vie, et pas seulement les douze fois recommandées.*
4. *Cricket, qui m'a fait rire en me racontant qu'à plus de quatre-vingts ans, le terme « sac pour la vie » était plutôt mal choisi.*
5. *La personne, dans cette banque, qui me juge suffisamment responsable pour me prêter tout cet argent.*
6. *J'ai les moyens d'envisager d'acheter un appartement – qui l'aurait cru ?*

La vie continue

Cricket a accepté une offre pour sa maison, et elle déménage. Juste au coin de la rue. Elle a trouvé un T2 au premier étage, avec de grandes fenêtres et un petit toit-terrasse qui donne sur l'église.

— Comme ça, Dieu pourra garder un œil sur moi.

— Je pensais que tu ne croyais pas en Dieu.

— C'est vrai, mais j'aime bien couvrir mes arrières, réplique-t-elle. À mon âge, je suis de plus en plus proche du grand rappel…

— Cricket ! je la tance.

— Quoi ? Ce n'est pas parce que je parle de la mort que je vais partir plus vite !

Nous revenons de visiter son nouvel appartement, et nous portons de gros manteaux et des bottes. Le temps s'est rafraîchi et les pendules ont reculé. Les feuilles s'amoncellent le long des trottoirs. De grosses feuilles rouges dentelées et de petites feuilles biscornues jaune citron. En les regardant, je me dis que je devrais apprendre de quels arbres elles proviennent.

Encore un changement qui vient avec l'âge mûr : quand j'étais plus jeune, je ne remarquais jamais ce genre de détails. Peut-être qu'apprendre à apprécier les merveilles de la nature est un cadeau qu'on reçoit en compensation de notre vieillissement. Vu sous cet angle, porter des manches n'est pas bien cher payé, non ?

— J'adore quand ils font de gros tas avec.

En levant les yeux, je vois Cricket désigner quelques grosses piles de feuilles devant nous.

— Ça me rappelle quand j'étais gamine, ajoute-t-elle. J'adorais sauter dedans, pas toi ?

— Je ne sais pas. Comme ma mère me disait que c'était plein d'araignées, je gardais mes distances.

— Oh, je suis sûre qu'il y en a, confirme-t-elle gaiement. Mais il y a bien plus effrayant que les araignées...

Lâchant mon bras, elle bondit dans un tas de feuilles puis se met à sauter sur place et à lancer des coups de pied, les envoyant valser dans toutes les directions. Elle a l'air de s'amuser follement.

Jusqu'à ce qu'un balayeur se mette à lui crier dessus. Je lui adresse un geste d'excuse et m'empresse d'éloigner Cricket.

Elle est toujours en train de sourire quand nous arrivons devant sa maison où une jeune fille repose un livre dans la boîte à lire et en prend un autre en échange.

— Ça m'a permis de comprendre à quel point la lecture me manquait, nous confie-t-elle avec un grand sourire quand nous nous arrêtons pour la saluer. C'est vraiment une très belle idée. J'espère que vous allez continuer.

— En fait, je déménage, dit Cricket, mais les nouveaux propriétaires m'ont promis de remplir la boîte.

— J'espère, répond l'adolescente avec une moue déçue.

— Tu crois qu'ils le feront ? je demande à mon amie quelques minutes plus tard.

Nous retirons nos manteaux, et je remplis la bouilloire pendant que Cricket va dans le salon pour allumer la cheminée. Je n'arrive pas à croire que ce soit déjà l'époque des feux de cheminée.

— Je l'espère, fit-elle en s'agenouillant pour empiler du petit bois. Mais qui sait ?

Je l'observe bâtir soigneusement un tipi de bois. Je ne lui propose pas mon aide : Cricket peut être bornée, mais elle ne l'est jamais autant que quand il s'agit de faire du feu selon certaines règles.

— J'aimerais qu'on en construise d'autres, je murmure.

— Ça tombe bien, je voulais t'en parler, répond-elle sans me regarder, toujours penchée sur l'âtre. J'ai discuté avec la commission culture de la mairie pour installer des boîtes à lire dans le quartier, et peut-être même au-delà. Je me disais que je pourrais investir l'argent de la vente de ma maison dans ce projet.

Elle enflamme un tortillon de papier et l'insère sous le petit bois.

— Ce serait génial ! je m'exclame. C'est tellement généreux de ta part.

Cette fois, elle se retourne puis se redresse en s'essuyant les mains sur sa jupe. Elle semble ravie.

— Et apparemment, ils ont accepté, reprend-elle.

— Super !

— Je voudrais faire ça en mémoire de Monty. Ses livres sont à l'origine de tout ça. Et toi, bien sûr.

— Je t'ai juste donné l'idée, je proteste.

— Non, tu m'as donné bien plus que ça. Tu m'as redonné une raison de me lever le matin. Construire cette petite bibliothèque, ça m'a insufflé une énergie que je croyais perdue depuis la mort de Monty. J'ai eu l'impression de revenir à la vie.

Elle croise mon regard et sourit.

— Tout le reste – les cours de dessin, la peinture – je le faisais, mais c'étaient juste des gestes... Ensuite, tu m'as proposé ça, et...

Elle s'interrompt pour s'asseoir dans un fauteuil.

— On a tous besoin d'un but dans la vie. Avant sa mort, Monty était le mien. C'est peut-être démodé de dire ça, de nos jours, mais c'est vrai.

— Je suis mal placée pour te reprocher d'être démodée, je plaisante en désignant ma tenue – je ne me suis pas changée depuis que j'ai promené Arthur ce matin.

— Mais je suis toujours en deuil, avoue-t-elle.

— C'est encore tout récent, je lui rappelle.

— Oui, je sais...

Elle contemple le feu. Le petit bois s'est enflammé et projette des étincelles en produisant de petits crépitements.

— C'est une autre sorte de deuil, reprend-elle. Pas seulement parce que Monty me manque, mais parce que ma vie continue alors que la sienne s'est arrêtée. Regarde-moi : je fais des nouvelles expériences, je me suis trouvé de nouveaux intérêts..., de nouveaux amis. Et je me sens coupable d'apprécier de nouveau la vie. Je me dis que je devrais me sentir plus triste.

Son sourire s'efface, laissant place à une expression inquiète.

— Qu'est-ce que tu m'as dit, un jour ? Que le chagrin n'était pas linéaire ?

En m'entendant lui rappeler ses propres mots, elle se détend d'un coup.

— Merci, Nell.

— Si j'ai bien compris, tu peux pleurer une personne et le passé, mais il faut aussi continuer de vivre, je poursuis fermement.

Sur ces paroles, je m'en vais faire du thé puis nous nous asseyons près du feu et passons la soirée à parler des nouveaux projets de Cricket. Ce n'est que plus tard, alors que je suis au lit, que je m'aperçois que je ne parlais pas seulement de Cricket et de Monty, mais aussi de ma propre vie.

Ce qui m'inspire de la reconnaissance :

1. *Cricket m'a demandé de m'impliquer dans son nouveau projet et j'ai promis de le faire. Enfin, autant que possible. Ces temps-ci, le travail m'accapare vraiment, entre les nécrologies, mon podcast et, maintenant, la pièce de théâtre. C'est peut-être ce qui arrive quand on parvient au milieu de sa vie. On n'a plus seulement un travail, mais des tas d'occupations. Certaines rapportent de l'argent, d'autres pas mais, réunies, elles nous permettent de nous épanouir.*
2. *Le balayeur, qui n'a pas arrêté Cricket.*
3. *Le passant qui m'a enlevé une énorme araignée après que j'ai sauté dans un tas de feuilles en rentrant chez moi, puis poussé des hurlements à faire trembler toute la rue*[1].

---

1. Je vous jure qu'elle faisait la taille d'une tarentule. Ce qui prouve, bien entendu, que ma mère a toujours raison *(N.d.A.)*.

Un bon coup de ciseau

— Quelle élégance !

Le lendemain soir, en descendant, je trouve Edward sur son trente-et-un. Il n'est ni en tenue de yoga ni habillé pour le travail, mais vêtu d'une très belle chemise assortie à sa veste, et d'un jean qui a l'air tout droit sorti d'une marque de créateur !

Mon compliment semble le gêner, et il évite mon regard, ce qui me pousse à l'observer plus attentivement encore.

— Tu as un rendez-vous romantique ?

— Ce n'est pas un rendez-vous romantique ! proteste-t-il. Juste un dîner. Avec des amis.

Depuis que je vis ici, je n'ai jamais vu Edward aller dîner avec des amis. Quand il sort, c'est pour aller au yoga, ou alors il boit un verre après le travail avec les gens du bureau. Il y a eu un ou deux dimanches après-midi qu'il a passés à picoler devant des matchs de foot avec un dénommé Pazza que je n'ai jamais rencontré – apparemment, c'est un vieux pote de Bristol qui va faire l'ascension du Kilimandjaro l'année prochaine dans le cadre d'une action caritative.

Je ne résiste pas à l'envie de le taquiner :

— Il n'y aurait pas une femme célibataire, dans tes amis ?

— OK, OK ! lâche-t-il en levant les mains en signe de reddition. Un de mes collègues essaie de me caser depuis que je lui ai parlé de mes problèmes avec Sophie, mais dans la mesure où mon divorce n'a pas encore été prononcé, on ne peut pas appeler ça un rendez-vous romantique.

— Bien sûr que si, je réplique en me rappelant mes récentes incursions dans le monde des rencontres amoureuses. Je suis sûre que tu vas passer un bon moment.

Mon enthousiasme semble le soulager.

— Par contre, pour les cheveux, je n'en dirais pas autant.

— Qu'est-ce qu'ils ont, mes cheveux ? s'enquiert-il en passant une main dans sa tignasse.

— Rien, si ça ne te dérange pas d'avoir la tête d'un type qui vient d'enfoncer les doigts dans une prise, je plaisante. Si tu veux, je te fais une petite coupe vite fait.

— Tu sais couper les cheveux ? me demande-t-il d'un air hébété, un peu comme si je venais de lui annoncer que je pars en randonnée sur la lune.

— Je ne suis pas Jean-Marc Maniatis, mais comme ma mère était coiffeuse à domicile, elle m'a appris quelques trucs.

Avant qu'il change d'avis, j'attrape une serviette et poursuis :

— Allez, enlève ta veste et pose ça sur tes épaules.

Il obtempère en silence tandis que j'attrape un tabouret et le règle à la bonne hauteur.

— Assieds-toi.

Une fois de plus, il s'exécute, ce qui me laisse sans voix.

— Bon, des ciseaux maintenant.

— Attends, je peux attraper ceux-là...

Il se penche et tend le bras vers les ciseaux de cuisine collés sur le tableau magnétique de la crédence. Ceux qui servent à tout : couper les tiges des fleurs et retirer la couenne du bacon, entre autres.

— Non, pas ceux-là ! je m'écrie.

Il sursaute comme si je venais de lui tirer dessus à bout portant.

— Pourquoi ? Qu'est-ce qu'ils ont ?

Je grimace. Inutile d'essayer de lui expliquer la différence entre de bons et de mauvais ciseaux. Bien sûr, s'il s'agissait de papier et de plastique...

— Attends, je vais chercher les miens. Je dois en avoir une paire quelque part que m'a donnée ma mère.

Quelques minutes plus tard, je reviens avec mes ciseaux et le vaporisateur dont nous nous servons pour le repassage. Je lui humidifie les cheveux et les démêle. Ils ont vraiment beaucoup poussé. Il n'a pas dû aller chez le coiffeur de toute l'année.

— Baisse la tête, je lui demande en calant la serviette dans le col de sa chemise.

Il s'exécute. J'avoue que cette prise de contrôle n'est pas pour me déplaire. À cette distance, je m'aperçois que ses cheveux bruns virent au gris, mais ils sont toujours épais et souples. Je lisse ses boucles sur sa nuque et entreprends de raccourcir soigneusement l'arrière, en gardant à l'esprit tout ce que ma mère m'enseignait lorsque, petite, je l'accompagnais chez ses clients. Assise sur une chaise, je l'admirais tandis qu'elle œuvrait avec dextérité.

Tout à coup, ma mère me manque. Depuis que j'ai rompu mes fiançailles et que je suis rentrée au Royaume-Uni, nous n'avons pas beaucoup parlé. Pas comme il faut, en tout cas.

— Tu ne me fais pas une coupe en brosse, hein ? s'inquiète Edward.

— Pourquoi, c'est pas ça que tu voulais ?

Il éclate de rire, et je poursuis mon travail, lissant soigneusement ses cheveux à la base de son cou. Il ne bouge pas d'un millimètre tandis que je progresse vers les côtés, repoussant ses mèches vers l'avant à l'aide de mes doigts pour en tailler les pointes avec délicatesse. C'est la première fois que je me trouve physiquement aussi proche d'Edward. Il sent bon, il doit sortir de la douche. C'est sûrement le gel aux agrumes que je vois toujours sur l'étagère. Je remarque pour la première fois qu'il a un semis de taches de rousseur sur les ailes de son nez. Je vois son pouls battre dans son cou. Quelques poils qui ont échappé au rasoir.

— Et voilà !

Un dernier coup de ciseaux et je retire la serviette avant de la secouer. Des cheveux tombent par terre.

— Ne t'inquiète pas, je balaierai.

Il se lève, passe ses doigts dans ses cheveux et disparaît dans le couloir pour se regarder dans le miroir.

— Dis donc, tu es drôlement douée, en fait ! s'exclame-t-il, surpris.

— J'ai quelques talents, tu sais, je rétorque alors qu'il revient dans la cuisine. Maintenant, il te faut un peu de produit.

— Du produit ? répète-t-il, l'air perplexe.

— Tu en sais peut-être un rayon sur la sauvegarde de la planète, mais tu n'y connais rien au niveau capillaire, non ?

Je ramène du gel de ma chambre et j'en mets une noisette dans la paume de ma main.

— Tu vois, ça texture et ça maintient la coiffure en place, j'explique en en appliquant sur le devant de ses cheveux, un peu ébouriffés.

Edward me dévisage comme si je parlais une langue inconnue.

— Tu peux faire ressortir des mèches, comme ça, je poursuis en jouant avec sa frange, oubliant complètement que ce ne sont pas les cheveux d'un vieux pote, que je suis en train de tripoter, mais ceux de mon proprio.

Quand ça me revient, j'ai un mouvement de recul.

— Enfin, voilà, je conclus maladroitement.

Je ne m'étais pas aperçue que couper les cheveux de quelqu'un pouvait être une activité aussi intime.

Edward ne semble avoir rien remarqué. Il est trop occupé à se contempler de nouveau dans le miroir, se tournant en tous sens, comme surpris par son reflet.

Il faut dire que j'ai fait du bon boulot.

— Je crois que c'est la plus belle coupe qu'on m'ait faite, annonce-t-il enfin.

— La boîte à pourboires est par là, je plaisante.

— Merci beaucoup, dit-il en se retournant avec un large sourire.

— Pas de quoi.

Il enfile sa veste, agite la main pour me dire au revoir puis claque la porte derrière lui. De la fenêtre, je le vois s'éloigner dans la rue avec sa nouvelle coupe de cheveux pour aller retrouver son rancard. Je l'observe quelques instants, jusqu'à ce qu'il soit hors de vue.

Les mains encore poisseuses de gel, je me retourne pour attraper la serviette.

Halloween

Dans les années 1970, Halloween n'est pas vraiment arrivé jusqu'au Lake District. Pendant toute notre enfance, on nous a seriné, à mon frère et à moi, de ne jamais accepter de bonbons d'un inconnu, et notre unique tentative pour aller en récolter s'est soldée par un tir de chevrotines de la part du propriétaire de la ferme où nous étions entrés. En plus, il pleuvait tout le temps. Essayez d'allumer une bougie dans une citrouille par un vent de force 10 et empêtré dans un vieux drap.

Mais les choses ont changé : quelques décennies plus tard, nous avons adopté les coutumes américaines. Aujourd'hui, tout le monde se déguise, sculpte des citrouilles et décore sa maison pendant que des hordes de gamins quêtent des tonnes de bonbons dans le quartier.

Cette année, je fête Halloween chez Fiona. La façade de sa demeure victorienne ressemble à celle d'une Maison des horreurs, et elle a loué un canon à neige. Mon rôle consiste à distribuer les bonbons et à faire peur aux gamins quand ils sonnent à la porte (j'ai décidé de ne pas me demander pourquoi elle a pensé que je serais douée pour ça). Max, Michelle, Holly, Adam et tous leurs enfants sont là aussi.

Ainsi qu'Annabel.

— D'habitude, elle organise une énorme fête mais cette année, comme Clive déménage… Elle viendra avec Clémentine, m'explique Fiona lorsqu'elle m'appelle pour m'inviter. Je me suis dit que ce serait une bonne occasion d'enterrer la hache de guerre.

— Au sens figuré, j'espère. Vu que c'est Halloween…

Ce qui a fait éclater Fiona de rire et m'a donné une idée pour mon costume.

J'ai trouvé la hache dans l'abri de jardin. Halloween est censé faire peur, et personnellement, je ne vois rien de plus terrifiant que Jack Nicholson dans *Shining*. Surtout quand il essaie de défoncer la porte avec sa hache (il l'y *enterre* littéralement). J'ai trouvé une chemise à carreaux à la friperie et j'ai emprunté une veste à Edward (j'ai pensé à l'inviter, mais il s'est avéré qu'il avait un deuxième rendez-vous !). J'étais vraiment contente de mon costume. Surtout la fausse porte en carton par laquelle je passe la tête. Quand je me suis regardée dans la glace en agitant ma hache, je me suis fait peur toute seule.

En arrivant, je trouve Fiona vêtue d'un fabuleux costume de sorcière, et Holly, semblable à elle-même dans son éternelle tenue de sport, sauf qu'elle porte un masque de squelette acheté dans une station-service sur le trajet, et Michelle qui s'excuse abondamment de n'être pas déguisée, mais qui nous dit qu'après avoir passé tout l'après-midi, armée d'un pistolet à colle, à fabriquer trois costumes pour les enfants – tout en allaitant le petit dernier –, nous avons de la chance qu'elle soit habillée tout court.

Quant à Annabel, elle est venue en infirmière sexy.

— Mais c'est pas un costume, ça ! je siffle en la voyant débarquer.

Sanglée dans son uniforme ultracourt et son soutien-gorge push-up, elle entreprend aussitôt de distribuer des friandises sans sucre et sans gluten aux gamins venus quémander. Elle a fait l'effort d'ajouter un peu de faux sang sur son tablier, mais quand même.

— Elle n'a pas reçu le mémo ? je poursuis. Halloween, c'est censé faire peur.

— Par pitié, dites-moi que ce sont de faux seins, gémit Michelle.

Les hommes, en revanche, semblent apprécier le spectacle. Les yeux de Max lui sortent quasiment des orbites (ce qui ajoute une touche réaliste à son déguisement de zombie) et Adam, déguisé en Dracula, est tellement subjugué qu'il trébuche sur son cercueil en polystyrène et finit allongé dedans. Pendant ce temps, David le loup-garou ne cesse de se racler la gorge en déplorant l'état lamentable du système de santé.

— N'oublie pas qu'on enterre la hache de guerre, me souffle Fiona avant de disparaître dans les toilettes, me laissant seule face à Annabel.

— Salut.

— Salut.

Je suis coincée contre le congélo. Tout en échangeant maladroitement quelques banalités avec elle, je réfléchis à un plan de fuite quand…

— Je te dois des excuses.

Je ne m'y attendais pas du tout.

— Oh... Non, ne dis pas n'importe quoi, je balbutie, aussi gênée que si elle venait de m'adresser un compliment.

— Je n'aurais jamais dû te balancer ce coup de coude pendant la course amicale.

Je le savais !

— Ni te faire ce croche-pied. C'était parfaitement déplacé. Je suis désolée.

Annabel me dévisage, dans l'expectative. Ses yeux sont d'un bleu parfait, et ses cils sont épais et longs. Je suis plantée là, en train de l'admirer avec ma fausse porte en carton autour de ma tête et, d'un seul coup, tous mes griefs s'évanouissent. Je ne vois plus que l'aspect amusant des choses.

— Moi aussi, je suis désolée, je lance. Mais au moins, ma culbute a fait rire les spectateurs.

Je lui adresse un sourire qu'elle me rend avant de se rembrunir.

— J'étais jalouse, reprend-elle. De ton amitié avec Fiona. Je me sentais menacée. Je n'avais jamais eu de meilleure amie comme elle.

— Et moi, j'étais jalouse de toi, je lui avoue. De ta perfection.

— D'accord, dit-elle d'un air entendu. Je peux comprendre.

Ah.

— Copines ?

— Quand même pas, je plaisante.

Sauf que j'ai oublié qu'Annabel n'a pas le sens de l'humour : elle me regarde fixement, un sourire crispé au coin des lèvres.

— Désolée, je corrige précipitamment. Bien sûr qu'on est copines.

C'est alors qu'elle demande :

— Dans ce cas, Nell, tu veux bien poser cette hache ?

Je m'aperçois alors que, côté humour, elle me bat à plate couture.

Vers dix-neuf heures, la sonnette a enfin cessé de retentir : tous les chasseurs de bonbons sont rentrés chez eux. Chez Fiona, hommes et femmes se sont séparés. Dans le salon, en compagnie des enfants qui, maintenant que les effets du sucre sont retombés, regardent *Ghostbusters* dans un état semi-comateux, nous avons le clan des papas. Bière en main, ils « aident » les gamins à finir leurs bonbons et sont plus absorbés qu'eux par le film.

Dans la cuisine, nous avons le club des mamans et moi. Affalées autour de la table, nous buvons du vin en mangeant ce qui reste des friandises d'Halloween. Nous en sommes à la deuxième bouteille. C'est la première fois que nous nous retrouvons toutes ensemble depuis la fête prénatale, et nous profitons de l'occasion pour échanger de vraies nouvelles. L'iPod de Max est branché sur la chaîne stéréo et diffuse en boucle la playlist d'Halloween. Au moment où Fiona tend le bras pour l'arrêter retentissent les premières notes d'une reprise de *People Are Strange*, d'Echo & the Bunnymen.

— Oh, je l'adorais, celle-là ! s'exclame Michelle qui, après avoir allaité Tom, le berce dans son siège auto pour l'endormir. C'était dans ce film, comment il s'appelle, déjà ? Celui où ils se transforment tous en vampires ?

— *Génération perdue*.

— Le meilleur film de l'histoire du cinéma, commente Holly. J'ai dû le regarder une bonne centaine de fois. J'étais amoureuse de cet acteur, comment il s'appelle...

— Kiefer Sutherland ? propose quelqu'un.

— Non ! Mais il était génial, lui aussi.

— Jason Patric ? je lance, extrayant ce nom du plus profond de mes souvenirs d'adolescente.

— Oui, c'est ça ! s'écrie Holly. J'étais carrément folle de lui. Je rêvais de l'épouser, plus tard, et de faire le tour du monde à moto avec lui... Et maintenant, je suis mariée à Adam et on se déplace en Volvo.

— Les priorités évoluent dans la vie, j'ironise.

— J'aime bien les Volvo, intervient Michelle. J'aimerais bien en avoir une à la place de notre vieille bagnole.

— Je crois qu'il me faut un verre, déclare Holly en se levant.

Mais Fiona, en parfaite hôtesse, est déjà sur le coup :

— Plate ou pétillante ?

— Non, je te parle d'alcool, là.

— Je pensais qu'en période d'entraînement, tu ne buvais pas, dis-je en me tournant vers Holly qui tourne à l'eau depuis le début de la soirée.

Pendant ce temps, Fiona est en train de retourner le contenu du frigo.

— On a encore du vin, je vais l'ouvrir !

Triomphante, elle émerge en brandissant une bouteille comme une torche olympique.

— Un soir de semaine ?

La voix provient du bout de la table. C'est celle d'Annabel. Sa remarque est accueillie par des regards unanimement noirs, et elle n'insiste pas.

— Ressers-la ! ordonne Holly à Fiona.

— Annabel ?

— Bon, d'accord, mais juste un peu…

Fiona lui remplit son verre à ras bord avant de servir le reste de la tablée.

— C'est vraiment mauvais pour la santé, ça ? demande Michelle en mastiquant un tortillon de réglisse rouge.

— Pas si tu le manges avec un avocat, je réponds.

Des éclats de rire fusent.

— Merde aux avocats ! assène Holly qui rattrape son retard en avalant de grandes gorgées de vin.

— On devrait imprimer ça sur un tee-shirt, s'esclaffe Fiona en agitant sa bouteille.

À la teinte cramoisie de ses joues, je devine qu'elle est déjà passablement saoule.

— Je vais reprendre une peau pétillante, soupire Michelle en attrapant la bouteille de San Pellegrino.

Nous lui décochons des regards pleins de compassion.

— Il est superbe, lance Annabel. Tu dois être comblée.

— Ouais, acquiesce-t-elle en sirotant son eau. Et épuisée.

— Comment te sens-tu ? je demande en croisant son regard.

Nous avons échangé quelques textos, mais je ne l'avais pas revue depuis la naissance de Tom.

— Franchement ?

Tout en berçant Tom d'une main, elle pose son verre puis remet en place une mèche de cheveux échappée de sa queue-de-cheval.

— Dépassée. Vieille. J'ai du mal à reconnaître ma vie…

Nous lui offrons une salve de commentaires réconfortants qui lui arrachent un sourire triste.

— Ne vous méprenez pas, j'aime Tom à la folie, reprend-elle en se penchant d'un air adorateur sur le bébé endormi dans son siège auto, ses petits poings serrés autour de son visage. Mais ce n'est pas comme ça que je m'étais projetée à quarante ans. Je pensais qu'à cet âge on serait sortis d'affaire. Les enfants seraient tous à l'école, la maison serait presque payée…

C'est vers moi qu'elle se tourne, mais elle a l'attention de toute la tablée.

— J'avais hâte de retrouver ma vie, de pouvoir me servir de nouveau de mon cerveau. J'avais même retiré les formulaires de candidature pour une formation de psychologue… Je n'avais jamais envisagé de retomber enceinte, et encore moins que Max perde son boulot.

Sur son siège, Tom laisse échapper un petit cri dans son sommeil, et elle lui caresse la tête.

— Maintenant, c'est retour à la case départ : les couches, les nuits blanches, la maison qui n'est pas assez grande et jamais assez bien rangée… Je tuerais pour une cuisine comme ça, avec des plans de travail *visibles*…

Elle lance un coup d'œil à Fiona qui semble soudain se sentir coupable d'avoir des plans de travail propres.

— En plus, poursuit Michelle, on a été obligés de réhypothéquer la maison, alors à ce rythme, on sera centenaires avant qu'elle soit payée…

À mesure qu'elle parle, son ton de voix monte et son débit se précipite, comme si elle ne pouvait plus s'arrêter.

— Le pire, c'est que, chaque fois que je fais quelque chose, j'ai l'impression de rater tout le reste, parce que de toute façon, je n'arrive jamais au bout de ma liste de choses à faire… C'est comme si je courais sur place en essayant de rattraper le temps perdu. Je suis de retour à la case départ alors qu'autour de moi tout le monde a réussi sa vie.

D'un geste grandiloquent, elle balaie la pièce.

— Franchement, vous êtes toutes belles et minces, vous avez votre vie bien en main… Et regardez-moi !

À présent, ses yeux sont remplis de larmes.

— Mon mari est au chômage, mes gosses sont des sauvageons, ma maison est un dépotoir, j'aurai soixante ans quand Tom quittera l'école… Et je ne peux même pas rire de tout ça, sinon je me fais pipi dessus !

Sur le moment, son discours nous réduit toutes au silence. Et soudain…

— Tu es sûre que tu ne veux pas un verre de vin ? demande Fiona.

Aussitôt, les larmes de Michelle laissent place à un accès d'hilarité.

— Tu es vache ! Arrête de me faire rire, gémit-elle avant de faire une grimace horrifiée. Vous voyez ! Qu'est-ce que je vous avais dit ?

— Viens là.

Je me penche pour la serrer dans mes bras pendant qu'Annabel lui tend un mouchoir. Nous nous rassemblons toutes autour d'elle en lui prodiguant des paroles réconfortantes et en lui frottant le dos.

— Il faut que tu écoutes ce podcast, déclare Holly. Une fille du bureau m'a bassinée avec ça…

— Merci, nasille Michelle en se mouchant, mais en ce moment, j'ai vraiment pas besoin qu'on me culpabilise en m'expliquant une fois de plus combien je devrais me sentir reconnaissante, comblée et heureuse. L'autre jour, j'ai lu un truc qui me disait que je devais être pleine de béatitude, et j'ai pensé, c'est ça, ouais, va-t'en trouver de la béatitude avec un bébé qui hurle, une maison crasseuse, et alors que tu viens d'avoir la dispute du siècle avec ton mari à propos du lave-vaisselle...

En voyant l'expression inquiète de Fiona, elle s'interrompt pour lui adresser un sourire rassurant avant de reprendre :

— Ne t'en fais pas, on s'est réconciliés – il m'a promis de rincer les assiettes d'abord.

— Justement, c'est pour ça que ce podcast te plaira, insiste Holly. Il parle de tous ces trucs.

Nous nous retournons vers elle.

— Il dit que la vie, ce n'est jamais ce qu'on avait imaginé, et qu'on nous met en permanence la pression pour atteindre une perfection qui n'existe pas... Je veux dire, on voit ça sur les réseaux sociaux, mais jamais dans la réalité, explique-t-elle en secouant la tête. C'est tellement drôle et réaliste qu'il m'arrive d'éclater de rire en l'écoutant. Franchement, c'est tellement ça !

Elle fouille dans son sac pour en extraire son portable.

— En fait, je crois que des filles en ont parlé à mon cours de Pilates, intervient Fiona. La nana y parle du fait d'avoir quarante ans passés et de s'apercevoir qu'il est temps de porter des manches...

— Ça, c'est moi, glousse Michelle en secouant ses bras comme pour illustrer ses propos.

De l'autre côté de la table, je me fige. Non. Ce n'est pas possible. Elles ne sont pas en train de parler de mon podcast. C'est sûrement une coïncidence.

— Attendez, je l'ai téléchargé pour l'écouter sur le tapis de course, mais comme je n'avais plus de batterie, je n'ai entendu que le début…

Holly compose son code puis lance l'enregistrement.

Bonjour à toutes ! Vous vous demandez comment vous en êtes arrivée là ? Pourquoi votre vie ne ressemble pas du tout à ce que vous aviez imaginé au départ ?

Mon Dieu. Je n'en reviens pas. C'est bien mon podcast.

Holly monte le volume, et j'écoute avec un mélange d'incrédulité et de gêne – c'est vraiment moi, ça ? C'est quoi, cet accent bizarre que je prends ? C'est affreux. Ça ne me ressemble pas du tout ! J'écoute ma voix résonner dans la cuisine tout en dévisageant mes amies. Je me dis qu'elles ne vont pas tarder à se rendre compte que c'est moi, mais elles sont concentrées sur le téléphone de Holly. Cette scène est complètement surréaliste.

Si vous en êtes encore à vous démener comme une tarée pour essayer de mettre de l'ordre dans votre vie, alors qu'autour de vous toutes vos copines préparent des brownies sans gluten…

— Oui, tu as raison, ça, c'est moi ! s'écrie Michelle d'un air enchanté.

— Des brownies sans gluten ! s'esclaffe Fiona, une main sur la bouche.

Ce n'est pas seulement le fait d'entendre mon podcast qui est surréaliste : c'est de voir les réactions de Holly, Fiona et Michelle. Elles ne savent pas que c'est moi qui parle, que c'est ma voix. Et elles ne se contentent pas d'écouter.

Elles s'identifient.

Je suis juste une pauvre quadra égarée dans une vie qui ne ressemble en rien au beautiful world *lissé d'Instagram. #fandemavie ? #jobderêve ? Mon style actuel, c'est plutôt #cestquoiceplandemerde…*

— J'ai fait une recherche Google pour retrouver les clés de la maison, hier !

— Je suis pareille ! Moi aussi, je suis complètement paumée !

— On est toutes comme ça, non ?

— Ça veut dire que j'ai raté ma vie ?

— Personne n'a raté sa vie, clame Holly en élevant la voix pour se faire entendre dans le brouhaha. Écoutez bien ce qu'elle dit : c'est plutôt que, parfois, on nous en donne *l'impression…*

— Je suis une looseuse, lance Annabel avant d'avaler une lampée de vin.

… les péripéties et tribulations quotidiennes de ma vie bien foireuse depuis le jour où tout a dérapé et où j'ai dû repartir de zéro alors même que je pensais avoir touché le jackpot…

— Là encore, c'est exactement moi ! s'exclame Michelle avec un hochement de tête approbateur. J'étais persuadée qu'à mon âge j'aurais répondu à toutes les questions que je me posais, mais c'est tout le contraire. Maintenant, je me retourne dans mon lit, incapable de dormir, à m'inquiéter de tout…

— Mais est-ce que quelqu'un détient vraiment les réponses ? observe Fiona, l'air remonté. Quand j'étais gamine, je pensais que mes parents savaient tout. Vers vingt ans, j'étais certaine que, *moi,* je savais tout. Aujourd'hui, plus je vieillis, plus je m'aperçois que personne ne sait rien. Les gens font semblant d'avoir les réponses, c'est tout ! Personne ne sait ce qu'il fait. Regardez les politiciens...

— Merde, grogne Holly. On est vraiment obligées ?

Et croyez-moi, ce n'est pas un livre de recettes concocté par une star ou une purée d'avocat qui m'ont sauvée du précipice.

— Sérieux, je pense qu'on devrait vraiment imprimer ce tee-shirt ! s'extasie Holly en remplissant son verre.

— Les vidéos de gym, c'est encore pire que les avocats, maugrée Fiona. Au lieu de me motiver, elles me donnent l'impression d'être fainéante parce que je ne fais pas la planche tous les matins.

— Mais tu fais du Pilates ! oppose Michelle.

— Seulement une fois par semaine. Tous les jours, j'enfile mon leggings pour y aller mais, la plupart du temps, j'échoue au Pilote, le salon de thé du coin.

... la panique à l'idée de devoir cocher toutes les bonnes cases, et remplir les critères d'une existence réussie... et la crainte du jugement si l'on se retrouve du mauvais côté de la barrière. Parce que c'est tellement facile d'avoir l'impression de tout foirer quand, autour de soi, tout le monde semble réussir.

— À la crèche, les autres mamans me terrifient ! s'écrie Holly. Vous savez, il y en a une qui a peint toutes ses cartes de vœux à la main, et elle est P.-D.G. d'une grosse boîte.

— Mais tu es une vraie Wonder Woman...

— Pas du tout ! L'année dernière, je n'ai même pas envoyé de cartes de vœux.

— Et moi, je suis une fille indigne, avoue Michelle. Ma sœur va toujours voir mes parents, surtout depuis que mon père a de l'arthrite, mais je ne leur ai pas rendu visite depuis une éternité.

— Moi, j'ai été invitée à une réunion d'anciens étudiants de ma fac, révèle Fiona, mais quand j'ai regardé sur Facebook, j'ai vu que tous les autres dirigeaient leur propre département à l'université ou travaillaient sur d'importants projets de recherches... Une fille que je connaissais avait même publié plusieurs best-sellers sur la mythologie grecque !

— Et tu y es allée ?

— Non, rétorque Fiona en secouant la tête. Ils avaient tous tellement réussi que j'étais mortifiée.

— Et toutes ces vedettes qui posent en bikini trois semaines après leur accouchement, reconnaît Michelle. Et qui croient que c'est inspirant. Pfff...

— Le pire, c'est les selfies sans maquillage, grommelle Holly. Ceux où elles viennent de se réveiller et où elles sont encore au lit. J'aimerais bien avoir cette tête quand je me réveille.

— Personne ne ressemble à ça au réveil, lance une voix forte à l'autre bout de la table.

Nous nous tournons vers Annabel qui agite son verre de vin.

— Croyez-moi, je suis bien placée pour le savoir. Ça s'appelle des « filtres », les filles.

Pendant tout ce temps je n'ai fait qu'écouter sans intervenir, plongée dans une sorte de stupeur. Jusqu'alors, il ne m'avait jamais traversé l'esprit que mes amies pouvaient partager mes interrogations. Leur vie n'a rien de catastrophique, elles n'ont loupé aucun coche, elles ont un mari merveilleux, des enfants adorables et de superbes maisons avec chauffage au sol. Ça ne m'était pas venu à l'idée qu'elles puissent avoir peur, qu'elles soient paumées et qu'elles aient l'impression d'être en échec, comme si leur vie ne correspondait pas à ce qu'elles s'étaient imaginé et qu'elles n'avaient aucune idée de ce qu'elles faisaient la plupart du temps.

— Elle a la même voix que toi, Nell.

J'émerge de mes pensées. Annabel me regarde fixement. Honnêtement, je suis étonnée que ça leur ait pris aussi longtemps.

— Non, Nell a un accent plus prononcé, oppose Holly en secouant la tête.

Le podcast continue de défiler, mais ma bouche s'est complètement asséchée et mon cœur bat fort dans ma poitrine. Soudain, je me sens ridiculement nerveuse. J'avale une bonne gorgée de vin.

— Eh bien, en fait…

Je croise le regard de Fiona. Elle se fige, et je compte les secondes qu'il lui faut pour comprendre tandis qu'une expression stupéfaite se peint peu à peu sur son visage.

— Oh mon Dieu, c'est toi !

Holly fronce les sourcils, perplexe et un peu ivre.

— Qui ? *Nell ?*

D'un même mouvement, elles pivotent toutes dans ma direction, verre en main : Fiona, Michelle, Holly, Annabel – quatre paires d'yeux me dévisagent. Cinq, si on compte le chien d'Annabel, Mabel, qui me considère d'un air défiant.

— Oui, c'est moi, je concède avec un rire nerveux.

Un long silence s'ensuit, puis…

— Mon Dieu ! Nell ! Tu as créé un podcast ? Quand ? Comment ? Tu es trop forte ! Pourquoi tu ne nous as rien dit ? Je peux participer ?

Leurs réactions mêlent étonnement, excitation et enthousiasme. Comme si une digue s'était rompue, mes amies me bombardent de questions.

— C'était il y a quelques mois..., je commence.

En esprit, je reviens à ce moment difficile chez mes parents, dans mon ancienne chambre d'enfant, et je me remémore toutes les frustrations et le désespoir que j'éprouvais alors. Je me sentais si peu à ma place et tellement seule.

Sauf que ce n'était pas réel.

— Je pensais être la seule à me sentir merdique, j'avoue.

— *Toi ?* s'écrie Michelle en ouvrant de grands yeux. Mais comment peux-tu te sentir merdique ? Tu es géniale, Nell ! Quand je te regarde, je vois une personne bourrée d'intelligence, de talent et de gentillesse.

Elle me sourit, et j'ai l'impression que je vais fondre en larmes.

— En plus, tu es partie vivre à New York, poursuit-elle. J'ai toujours voulu vivre à New York ! Et tu as voyagé partout dans le monde... Je me souviens de l'époque où j'étais coincée à la maison parce que j'allaitais Freddy pendant que tu étais en Indonésie. J'étais tellement jalouse...

— Oui, mais je n'ai pas tout ce que tu as, je proteste en désignant le petit Tom, profondément endormi.

— Au moins, tu as encore un plancher pelvien, rétorque-t-elle, déclenchant mon hilarité. Et de la liberté ! Ne sous-estime pas tout ça. Moi, je vais encore me taper quatre ans de *Peppa Pig*, peut-être trois pour bonne conduite.

— Et tu n'as jamais été obligée d'aller dans les aires de motricité pour les tout-petits, grimace Holly.

— Qu'est-ce que c'est ?

— Il vaut mieux que tu ne le saches pas, lâche Fiona avec un frisson de dégoût. Ce sont de vrais nids à microbes.

Je commence à me dire que je ne suis pas la seule à m'être fait des idées sur la vie des autres.

— Tu as même monté ta propre boîte !

— Qui a fait faillite, je leur rappelle. J'y ai laissé tout mon argent.

— Et alors ? contre Michelle. Des tas de boîtes font faillite.

— L'argent, ce n'est pas tout, renchérit Fiona. Je connais des tas de gens riches et, crois-moi, beaucoup sont malheureux.

— Et tu n'as pas choisi le mauvais homme, s'écrie Holly qui agite son verre, projetant des gouttelettes de vin à la ronde. Côté relations, tu n'as pas fait de compromis qui ont abouti à un mariage pourri où vous ne faites plus que vous disputer.

Nous nous retournons vers elle d'un bloc.

— *Adam* est le mauvais homme ? demande Michelle au milieu du silence général.

Comme si elle prenait conscience d'avoir exprimé ses pensées à tue-tête, Holly hésite un instant, puis…

— Ça fait un moment que ça se passe mal entre nous, confie-t-elle. Je ne me souviens même pas à quand remonte la dernière fois qu'on a fait l'amour…

— Oh, mais qui se souvient de ça ? lance Fiona. Quand David rentre du boulot, il est crevé et moi, en général, je dors.

— Non, mais il n'y a pas que ça. Je ne suis même plus certaine qu'on s'*apprécie*, explique Holly, l'air abattu. Si je fais ce triathlon, c'est uniquement pour avoir l'impression de contrôler un peu ma vie… et pour fuir l'ambiance affreuse qui règne à la maison.

— Mais vous étiez tellement bien ensemble, tous les deux, murmure Michelle.

— Je sais, mais les choses ont changé, et on s'est éloignés, je ne sais pas trop quand… Adam dit qu'il veut un autre bébé pour qu'Olivia ne soit pas fille unique, mais ça ne ferait que rendre une séparation encore plus difficile, non ?

Elle s'interrompt, le temps de nous dévisager tour à tour.

— Je sais que c'est ignoble de ma part de raisonner comme ça, et je sais que c'est égoïste vis-à-vis de ma fille, mais…

Elle secoue la tête et engloutit le reste de son vin avant de reprendre :

— J'ai peur et je suis paumée. Je ne sais pas comment je me suis fourrée dans ce pétrin ni comment m'en sortir…

Je me penche pour lui étreindre la main.

— Tu n'es pas ignoble, tu es juste normale.

Elle essuie une larme sur sa joue, sourit bravement et acquiesce, mais je vois qu'elle n'est pas convaincue.

— Parfois, quand je vais nourrir les canards avec Clémentine, je les regarde nager dans l'étang, et je me dis qu'on leur ressemble.

C'est au tour d'Annabel qui n'a pas dit grand-chose depuis le début :

— On glisse élégamment à la surface mais, en dessous, on pédale de toutes nos forces pour ne pas couler.

Je n'ai pas besoin de regarder les autres pour savoir que cette image nous parle à toutes. Sérieux : je suis un putain de canard.

— Vous savez combien de photos j'ai dû prendre de moi en maillot de bain avant de pouvoir poster celle que vous avez vue en ligne ? continue Annabel en triturant le gros diamant qui étincelle comme une boule à facettes autour de son doigt. Vingt-huit. Je les ai comptées. C'était épuisant. Je voulais que tout soit parfait. Je pensais que, si je donnais cette image au monde entier, ce serait pareil à la maison. Je regardais le fil de ma vie se dérouler sur les réseaux sociaux, et j'arrivais à me persuader que c'était vraiment la mienne.

Elle marque une pause, hausse ses minces épaules.

— Quelles conneries, tout ça ! poursuit-elle avec un petit rire désabusé. Toutes ces jolies photos de famille, toute cette perfection... Clive couchait avec sa secrétaire. Ma fille avait tellement soif d'attention qu'elle maltraitait ses copines. Et moi, je suis sous antidépresseurs et j'enchaîne les régimes. Je vous jure, les filles, j'ai faim depuis 1998.

En entendant Annabel se dévoiler ainsi, je réalise que cette soirée est exceptionnelle. En termes de révélations, je ne pensais pas qu'on puisse surpasser Holly, mais je m'étais trompée. Aucune d'entre nous n'a la vie facile, apparemment. Je sais maintenant que ce n'est pas parce que notre vie ne se déroule pas comme on l'avait prévu qu'on est une looseuse. La *vraie* vie, c'est le bordel et c'est compliqué. Des fois, ça merde. Nous ne sommes pas toutes faites sur le même modèle. Retirez les filtres, les hashtags et les messages inspirés, et nous sommes toutes aussi terrifiées et paumées les unes que les autres.

— Et ces cupcakes au quinoa étaient dégoûtants, non ? lance Annabel à la cantonade.

Nous échangeons des regards avant de hocher gravement la tête.

— Et même carrément dégueus, avoue Fiona, exprimant notre pensée à toutes.

— Attends, goûte-moi ça, lance Michelle en fouillant dans son sac pour en sortir un paquet de ses friandises préférées – des marshmallows au chocolat. Je les gardais pour plus tard, mais je crois que tu en as encore plus besoin que moi.

Elle déchire le sachet et le fait tourner.

Annabel hésite un instant avant de se servir. Nous la regardons ouvrir l'emballage argenté et mordre dans la base biscuit et le marshmallow nappé de chocolat. Alors, elle nous regarde, et elle nous décoche un immense sourire.

Elle a du chocolat partout sur les dents.

— Prends-en deux, conseille Michelle.

Les choses dont je suis reconnaissante :

1. *Avoir quarante ans ++ : cette période de la vie est marquée du sceau du changement et de la réinvention, elle est empreinte d'achèvements et de commencements qui ne sont pas tous les bienvenus,*

mais qui nous mènent sur de nouveaux chemins aussi merveilleux qu'effrayants[1].

2. *Avoir découvert que nous sommes toutes ensemble dans cette galère.*
3. *Fiona, qui m'a assuré, un peu plus tard, que j'avais de jolis bras et que je pouvais continuer de porter des débardeurs à bretelles – ce qui est adorable de sa part mais, comme je l'ai déjà dit, elle a la vue qui baisse.*
4. *Avoir trouvé ma tribu.*

---

1. Du moins, je l'espère *(N.d.A.)*.

Novembre

#naîtreetrenaître

Mes confessions

J'ai été estomaquée par la façon dont mes amies ont réagi à mon podcast. Quelques jours se sont écoulés depuis que nous en avons écouté le premier épisode autour de la table chez Fiona. Elles ont toutes téléchargé les suivants, et elles ne cessent de m'envoyer des textos, des messages et des smileys pour me dire qu'elles adorent, ainsi que quelques photos « look du jour » particulièrement drôles.

Il s'avère que je ne suis pas la seule à posséder un superpouvoir. Fiona sait « lire dans les pensées », Michelle est capable de « se trouver à deux endroits à la fois ». Quant à Holly, elle peut « rire de tout » et, à mon avis, c'est le plus cool de tous les superpouvoirs.

Par ailleurs, je viens de consulter le nombre de téléchargements de mon dernier épisode, et il s'est produit quelque chose d'incroyable : j'en ai douze mille de plus ! Autrement dit, j'ai actuellement presque *quinze mille* auditeurs. Pincez-moi, je rêve.

Mais la meilleure réaction de toutes, c'est celle de Cricket.

— C'est merveilleux, Nell, je suis tellement fière de toi.

Je suis venue l'aider à finir ses cartons pour le déménagement, et nous sommes au milieu du salon, dans le papier bulle jusqu'au cou.

— Merci, dis-je, sincèrement émue. Tu sais, c'est grâce à toi, tout ça. J'ai écouté le podcast que tu m'avais conseillé et c'est comme ça que j'ai eu l'idée de lancer le mien.

— En tout cas, il a l'air fantastique ! s'exclame-t-elle joyeusement en enveloppant un vase. Est-ce que j'ai le droit d'adhérer, même si j'ai quatre-vingts et des bananes ? Mari décédé. Pas de petits-enfants. *Persona non grata* au club de bridge…

— Tu peux être membre honoraire, je plaisante. Et si je t'interviewais ?

— La gloire, enfin ! clame-t-elle. Je crois que ça va se transformer en virus.

— En virus ?

— Oui, quand ça se propage partout dans le monde.

Je fronce les sourcils en me demandant de quoi elle parle, puis souris.

— Oh, tu veux dire que ça va devenir *viral*.

— Aussi, oui.

Ce qui m'inspire de la reconnaissance :

1. *Tous mes gentils nouveaux auditeurs qui me font comprendre chaque jour un peu plus que je ne suis pas seule.*
2. *Les retours enthousiastes que je reçois.*
3. *Être dans le top 10 des podcasts de la semaine.*
4. *Mon interview de Cricket, qui a déclenché plus de téléchargements que n'importe quel autre épisode,*

et dans lequel elle révèle que son superpouvoir, c'est d'être « vieille mais toujours emballée par la vie », ce qu'elle attribue au fait de tout accepter – sauf les mises en plis.

Feu d'artifice

Nous sommes le 5 novembre, et j'en veux beaucoup à Guy Fawkes[1]. Et, non, je ne parle pas de son complot pour faire sauter la Chambre des lords en 1605, mais du fait qu'il a condamné tous les propriétaires d'animaux de compagnie du pays à vivre chaque année une nuit d'enfer. S'il existe un mot qui suscite instantanément la peur chez les chats, les chiens et leur propriétaire, c'est bien « feux d'artifice ».

Ne vous méprenez pas : j'adore les feux d'artifice, comme tout le monde. Mais, là où vous voyez des fusées exploser et des roues de Catherine cascader, nous autres propriétaires de bestioles voyons des animaux terrifiés planqués sous le canapé.

Ou, dans le cas d'Arthur, recroquevillé sous mon bureau couvert d'une serviette de plage.

Edward est de nouveau sorti « avec des amis ». Je crois que c'est un nom de code pour dire qu'il en est à son troisième rendez-vous. Même si je ne

1. Membre d'un groupe provincial catholique anglais qui a planifié la conspiration des Poudres de 1605 *(N.d.T.)*.

lui ai pas posé la question. Quand il m'a demandé par texto si je serais là pour garder Arthur, je me voyais mal répondre : « Oui – tu vas coucher, ce soir ? » Pour être honnête, je ne suis pas certaine d'avoir envie de le savoir.

Aussi, j'éteins toutes les lumières et je regarde les feux d'artifice depuis la fenêtre de l'étage. Par-dessus les toits, je contemple les explosions de couleurs étincelantes et les étoiles filantes qui bondissent et tournoient dans le ciel obscur, et j'ai l'impression d'assister à un ballet. C'est vraiment magique. Ça fait partie de ces choses qu'on a envie de partager avec quelqu'un.

Et puis *fuck*.

J'attrape mon téléphone. Au moins, je peux partager ça avec Instagram.

Je passe les minutes suivantes à prendre une flopée de photos floues avant de renoncer, de poser mon appareil et de me contenter de regarder.

Je ne sais pas combien de temps j'ai passé là, seule dans le noir.

Ce qui m'inspire de la reconnaissance :

Les photos floues des autres sur Insta, ce dont je tire une leçon précieuse : il n'y a rien de plus mortellement ennuyeux que de faire défiler les photos de feux d'artifice prises par d'autres.

L'appel

Mardi soir. Mon téléphone sonne. Je suis au lit et je viens d'éteindre la lumière. C'est sans doute Liza. Ça se passe bien avec Tia, et elle veut sûrement papoter. Je la rappellerai demain. Je me penche pour mettre l'appareil sur silencieux. Et là, je vois que le numéro affiché sur l'écran n'est pas celui de Liza – c'est celui du portable de ma mère.

Il est 23 h 04.

Elle n'appelle jamais à cette heure. Je sens l'inquiétude m'envahir.

— Maman ?

— Nell…

En entendant ma voix, elle éclate en sanglots hystériques.

— Maman, ça va ? Qu'est-ce qui se passe ? je demande d'une voix étranglée par la peur.

— C'est ton père… Il a eu un terrible accident de voiture…

En fond, j'entends des voix aux accents alarmés.

— Maman ?

— La police est là, il a été transporté par hélicoptère à l'hôpital, m'explique-t-elle entre deux sanglots. Ils disent que c'est très grave.

Encore des voix. Un sentiment de panique m'étreint.

— Maman, je ne t'entends pas...

— Nell, il faut que j'y aille. Je t'appellerai de l'hôpital.

Sans garantie

Papa est mort dans l'ambulance qui le transportait à l'hôpital. Il a fait un arrêt cardiaque – son cœur s'est arrêté de battre pendant six minutes avant qu'on parvienne à le ranimer. Six interminables minutes durant lesquelles, recroquevillée sur mon lit à cinq cents kilomètres de là, j'attendais désespérément que ma mère me rappelle. Oui, pendant six minutes, mon père a été officiellement mort.

De quoi dégriser instantanément.

Je saute dans le premier train. Mon père a été transféré à l'Infirmerie générale de Leeds pour y être opéré en urgence. Les scanners ont révélé l'étendue des dégâts : fracture de la jambe, côtes cassées, poumon perforé, rate éclatée, hémorragie interne et grave commotion cérébrale.

J'explique à ma mère que je serai là dès que possible et que tout ira bien. Je le dis autant pour moi que pour elle, mais je sens qu'elle se raccroche à mes paroles de réconfort comme une enfant terrorisée à sa mère. J'appelle mon frère, mais son téléphone est éteint et je tombe sur sa messagerie. J'essaie de joindre Nathalie. Même chose. J'insiste. La passagère assise en face de moi me fusille du regard. Je m'aperçois alors que je suis montée dans un compartiment où les appels téléphoniques sont interdits.

Je me souviens vaguement d'avoir appelé Edward pour lui raconter ce qui s'était passé. Il me demande s'il peut faire quelque chose, je lui dis que non et je me mets à pleurer. La femme qui me lançait des regards noirs m'offre un mouchoir et tente de me consoler. Je remarque que les gens dans le compartiment me dévisagent.

Je m'en fiche. Je m'en fiche, parce que j'ai peur.

Jamais un voyage en train ne m'a paru aussi long. Nous traversons des villes grises et des campagnes moroses, je contemple d'un air absent les arbres qui ont perdu leurs feuilles et dont les branches squelettiques s'élancent vers un ciel de plomb. La pluie éclabousse les vitres. Je regarde tout cela sans le voir. Mon esprit est ailleurs, foisonnant de questions et de craintes, jusqu'à planter comme un ordinateur où on aurait ouvert trop de programmes à la fois.

Enfin, je monte dans un taxi à la gare, j'arrive à l'hôpital et je parcours un dédale de couloirs en courant pour rejoindre ma mère. Elle est assise dans une salle d'attente, petite silhouette tassée dans son manteau d'hiver. Elle se tord les mains, ses yeux sont rouges et gonflés d'avoir pleuré. En me voyant, elle bondit.

— Oh, Nell, Nell..., répète-t-elle sans fin en s'accrochant à moi de toutes ses forces.

— Ça va aller, maman, je lui dis fermement. Ça va aller.

Je ne l'ai jamais vue aussi effrayée et désemparée. Elle qui s'est toujours montrée d'un stoïcisme sans faille, la voilà qui s'écroule contre moi. Je la serre fort. Je n'ai pas été aussi physiquement proche d'elle depuis que j'étais gamine mais, maintenant, les rôles sont inversés et je sais que c'est à moi d'être forte. Elle a besoin de moi. Je ne peux pas craquer.

Mon père rentrait du club de rugby quand cet accident s'est produit. Il était à l'anniversaire d'un ami.

— John, tu te souviens de lui ? Ils travaillaient ensemble à la mairie.

Ma mère était censée l'accompagner, mais elle était un peu enrhumée.

— J'ai insisté pour qu'il s'y rende sans moi. Je lui ai dit d'y aller, m'explique-t-elle entre deux sanglots. C'est de ma faute. S'il était resté à la maison, ce ne serait pas arrivé.

Il pleuvait fort. Selon le rapport de police, la visibilité était réduite. Sur la quatre-voies, un conducteur de camion a perdu le contrôle de son véhicule qui s'est déporté sur le terre-plein central, provoquant un carambolage. Mon père, coincé dans sa Land Rover, a dû être désincarcéré par les pompiers. Les ambulanciers présents sur le site de l'accident ont réalisé une opération de premiers secours sur le bord de la route afin d'enrayer son hémorragie. Sans cela, il serait décédé sur place. Tout le monde n'a pas eu cette chance. Il y a eu plusieurs morts. Mon père fait partie des veinards qui s'en sont sortis.

Une infirmière nous accompagne dans un petit bureau où nous rencontrons le Dr Reynolds, le chirurgien traumatologue qui a sauvé la vie de mon père. Il nous informe que celui-ci vient de sortir de la salle d'opération, que tout s'est bien passé mais que son état reste critique. Ma mère se remet à pleurer. J'ignore si c'est de soulagement, de peur, ou des deux. Le chirurgien nous explique les blessures de mon père à l'aide de divers scanners et radios.

L'impact de la collision a provoqué des hémorragies internes, et il a reçu deux transfusions sanguines. Sa rate éclatée et son poumon perforé ont été réparés lors de l'opération. Comme la Land Rover n'était pas équipée d'airbags, il a été projeté dans le pare-brise, ce qui a provoqué sa blessure à la tête. On l'a plongé dans un coma artificiel afin de réduire l'œdème et de minimiser d'éventuels dommages cérébraux irréversibles. La fracture de sa jambe droite, probablement due au fait qu'il a écrasé le frein, a été réduite jusqu'à ce qu'il soit en état d'être transféré en orthopédie. On lui insérera alors une plaque de métal et des vis. Du moins, s'il survit dans les jours à venir.

Voilà beaucoup de choses à digérer à la fois. Le Dr Reynolds est grave, mais calme et plein d'assurance. Il s'exprime dans un langage clair, ponctué de termes médicaux comme on peut en entendre à la télé – pas dans la vraie vie, et pas quand ça concerne mon père. Il a dû se trouver dans cette situation des centaines de fois, avec des centaines de proches qui plaçaient tous leurs espoirs en lui. J'écoute et j'acquiesce. Tout en m'efforçant d'absorber ce flot d'informations, je me sens étrangement détachée. Je crois que je suis encore sous le choc.

Ma mère ne parle pas, se contentant de chercher mon regard de temps à autre, comme si elle voulait se rassurer. Elle semble perdue, et son corps est tassé sous son manteau. Alors que le chirurgien évoque les risques et les complications, je lui pose toutes les questions qui me traversent l'esprit sans cesser d'étreindre la main de ma mère.

Quand il a fini, nous nous levons et échangeons des poignées de main.

— Quand pourrons-nous le voir ? l'interroge ma mère.

— Bientôt. Il est en train d'être transféré en soins intensifs où on l'installera aussi bien que possible. Allez vous asseoir dans la salle d'attente, je vais demander à une infirmière de s'occuper de vous.

Nous sortons de son bureau et j'informe ma mère que je dois passer aux toilettes ; je la rejoindrai dans la salle d'attente. À peine a-t-elle disparu derrière la double porte du couloir que je fais demi-tour.

Quand je frappe, le Dr Reynolds est toujours là.

— J'avais besoin de vous parler seule à seul, dis-je en refermant derrière moi.

Je marque une pause, me demandant comment formuler la question, puis je lance simplement :

— Est-ce qu'il va s'en sortir ? Vous pouvez me dire la vérité.

Il est assis à son bureau. Je note le moindre détail : le store à la fenêtre derrière lui n'est pas droit ; une plante en pot (est-elle vraie ou en plastique ? Je ne saurais le dire) ; une photographie de deux jeunes enfants dans un cadre argenté. Lui aussi, c'est un papa.

— L'état de votre père est critique mais stable. Les prochaines quarante-huit heures sont cruciales. À ce moment-là, nous en saurons plus.

— Est-ce qu'il peut mourir ?

J'ai prononcé ces mots à haute voix. Exprimé la peur qui me ronge le cerveau depuis que ma mère m'a appelée hier soir.

Il ne répond pas tout de suite.

— Nous faisons tout ce qui est en notre pouvoir pour les patients, dit-il enfin sans chercher à éviter mon regard. Mais en présence de blessures aussi graves, je ne peux rien vous garantir.

Ce qui m'inspire de la reconnaissance :
Il est vivant, il est vivant, il est vivant.

Evie Rose

À l'hôpital, le temps ralentit. Dehors, la vie semble suivre un cours frénétique, les aiguilles des pendules sautent d'une heure à l'autre sans qu'on s'en aperçoive mais ici, entre ces murs, le temps s'effondre sur lui-même et s'arrête. Cinq minutes paraissent durer des heures. C'est comme dans *Matrix*, sauf que c'est loin d'être aussi drôle.

La vie telle que je la connaissais a cessé d'exister. Au lieu des millions de distractions qu'elle offrait dehors, elle se résume ici à une salle d'attente éclairée au néon, petite et étouffante. Je n'échappe à cette insupportable attente que grâce à de rares escapades dans une cafétéria lugubre.

On nous autorise à aller voir mon père quelques minutes au service de soins intensifs. Je pensais être prête, mais rien ne vous prépare à un tel spectacle : la personne que vous aimez est attachée à des machines et des écrans, le corps brisé et contusionné. Mon père, qui a toujours été une force de la nature, est pâle et immobile dans sa blouse d'hôpital. C'est ce qui me frappe le plus :

son immobilité. Son silence. Le seul son audible est celui des machines qui bipent et pompent.

Son corps est relié à des kilomètres de tubes et de drains, et son visage couvert d'un masque à oxygène. Je regarde ma mère. Elle s'est assise au bord du lit et lui tient la main. De mon côté, je l'imite, mais je suis gênée par la perfusion et les clips qui emprisonnent plusieurs de ses doigts. J'ai peur de le toucher. De faire quelque chose de mal. Alors je me contente de rester près de lui et de regarder sa poitrine se soulever en écoutant ma mère murmurer dans son oreille. J'essaie de ravaler la boule qui m'obstrue la gorge.

De me répéter en boucle qu'il faut que je sois forte, qu'il va survivre, que rien de tout ça n'est vrai.

Sauf que, si, c'est vrai.

Enfin, Rich appelle et nous comprenons pourquoi il ne répondait pas au téléphone. Nathalie a commencé à avoir des contractions hier soir, mais ils ont laissé tomber leur idée, soigneusement mûrie, d'accoucher à la maison, et elle a fini à l'hôpital. Leur fille est née cet après-midi, « 3,3 kg, la perfection même ». Dans sa précipitation, Rich avait oublié son téléphone chez eux.

Il a emprunté celui de Nathalie pour joindre mes parents à la maison afin de leur annoncer l'heureuse nouvelle – ils ont une petite-fille ! Bien sûr, personne n'a décroché, et il ne connaissait pas leur numéro de portable par cœur. Sur le moment, il ne s'est pas inquiété, et c'est seulement quand, rentré chez lui prendre une douche, il a récupéré son téléphone qu'il a pu écouter tous nos messages.

— J'arrive tout de suite, dit-il à présent, encore sous le choc de la nouvelle de l'accident.

— Non, reste avec Nathalie et le bébé, réplique ma mère avec fermeté. Elles ont besoin de toi.

— Mais il faut que je sois là…

— Tu ne peux rien faire, mon chéri.

J'ignore ce qu'il lui répond mais, peu après, ma mère me tend l'appareil.

— Il veut te parler.

— Nell, lance-t-il d'une voix affolée. Dis-moi ce qui se passe.

Je déglutis avec peine.

— Ses blessures sont graves, j'articule, répétant les mots du médecin. Ils l'ont plongé dans un coma artificiel. Il faut qu'on attende.

Silence. Je fais quelques pas pour m'éloigner de ma mère.

— Rich ? Rich, ça va ?

Je l'entends renifler et, quand il reprend la parole, sa voix est étranglée.

— Il va s'en sortir ? demande-t-il d'un ton où l'espoir le dispute à la peur, comme quand il était gamin.

Je suis la grande sœur qui veille sur son petit frère. Comme toujours. J'hésite. Il ne doit pas venir. Sa priorité, c'est Nathalie et le bébé. Il doit les protéger, tout comme je dois le protéger, ainsi que je l'ai toujours fait.

— Oui, je réponds en tâchant de chasser ma propre peur. Oui, il va s'en sortir.

Ce qui m'inspire de la reconnaissance :

1. *Evie Rose Stevens, née le 7 novembre, 17 h 10, 3,3 kg.*
2. *Tant qu'il y a de la vie, il y a de l'espoir.*

La nuit obscure de l'âme

Il est tard. Cela fait des heures que les visites réglementaires sont terminées, mais nous avons été autorisées à rester plus longtemps. « Circonstances exceptionnelles », a dit l'infirmière. Enfin, je crois. Tout se brouille dans ma tête et, en même temps, tout est parfaitement clair. Un peu comme dans un rêve.

On nous a installées dans la salle de repos contiguë à la chambre de mon père. Ma mère est endormie sur un fauteuil mais, moi, je suis bien réveillée. Je contemple la pièce mal éclairée, même s'il n'y a rien à voir. Dans un coin, la télé est allumée avec le son coupé. Elle diffuse un vieux film en noir et blanc que je ne reconnais pas. Affaissée sur le canapé, je laisse mon regard se poser sur l'écran. Tout est bon pour me distraire des pensées qui circulent dans ma tête.

Maman bouge dans son sommeil. J'observe son visage, calé sur son manteau qu'elle a roulé pour en faire un oreiller. Elle semble épuisée. Après avoir vu mon père, elle n'a pas évoqué ses blessures. À la place, elle s'est inquiétée d'avoir raté le technicien qui devait faire l'entretien de la chaudière aujourd'hui, et d'avoir oublié d'annuler un rendez-vous chez le dentiste pour mon père.

Je lui ai dit que ce n'était pas grave, qu'elle ne devait pas se soucier de tout ça, que c'était sans importance, jusqu'à ce que je comprenne que c'était sa façon d'affronter ce drame. Cela l'empêchait de se morfondre au sujet de mon père.

La porte s'ouvre et une patiente vêtue de rose entre dans la pièce. Je la regarde se diriger lentement vers moi en poussant sa bouteille d'oxygène. Avec son visage livide et ses yeux cernés, elle ressemble à une goule. Sous sa blouse, je devine son extrême maigreur.

Je lui adresse un sourire chaleureux.

— Bonsoir !

Après un instant d'hésitation, elle me rend mon sourire.

— C'est la première fois que je vous vois, dit-elle d'une voix assourdie par son respirateur.

— Oui… C'est mon père. Il a eu un accident de voiture, il a été admis ce matin.

— Oh, je suis désolée, murmure-t-elle en s'asseyant près de moi.

À cette distance, je distingue ses pommettes saillantes et ses cornées jaunies.

— Les gens conduisent trop vite, de nos jours, ajoute-t-elle. Mais je ne dis pas que votre père…

— Non, je coupe en secouant la tête.

Je marque une pause avant de demander :

— Vous êtes là depuis longtemps ?

Je ne maîtrise pas les codes sociaux de l'hôpital. Nous sommes deux étrangères, mais tout semble si intime.

— Six semaines, répond-elle. À cause de mes poumons.

— Je suis désolée, dis-je à mon tour.

— Ce n'est rien, ma chérie, souffle-t-elle avec un sourire rassurant, comme si elle essayait de me ménager. Ce n'est pas la première fois que je suis hospitalisée, mais là…

Elle hausse ses épaules squelettiques puis reporte son attention sur la télévision.

— Oh, j'adorais ces vieux films de Busby Berkeley ! s'exclame-t-elle, une expression enfantine sur le visage, en désignant les filles qui dansent à l'écran. Je les regardais avec ma grand-mère.

Nous contemplons l'écran où les actrices forment des motifs de kaléidoscope. Les jambes et les bras s'agitent dans un ensemble parfait. Les visages sont radieux. Pendant un instant, le temps semble s'arrêter, et nos pensées se détachent de la dure réalité, absorbées par la magie d'Hollywood.

— Bon, je vais y aller, ma chérie, finit-elle par dire en se levant du canapé. J'espère que ton père va se remettre.

— Et vous aussi, je réponds avec un sourire forcé.

Resserrant son peignoir autour de sa taille trop mince, elle m'adresse un regard sombre – nous savons toutes les deux qu'elle ne s'en sortira pas.

Juste après, je vais aux toilettes. Je me lave les mains puis m'asperge le visage d'eau. Je me regarde dans le miroir. J'ai pris cent ans d'un coup. J'attrape mon téléphone. Je ne l'ai pas consulté de toute la journée. Dans un accès d'humour noir, je me dis qu'avoir un proche en soins intensifs est un bon moyen de se sevrer des écrans.

J'ai quelques appels manqués d'Edward, mais il n'a pas laissé de message. Je regarde ma montre – il est trop tard pour le rappeler : à cette heure, il doit dormir.

J'éprouve un besoin soudain de parler à quelqu'un. Avec ma mère, ce n'est pas possible. Je ne peux pas non plus discuter avec Rich. Tout le monde se repose sur moi, mais moi, à qui puis-je me raccrocher ? Je voudrais juste que quelqu'un me serre dans ses bras, en me disant « Ça va aller ».

Seigneur, Ethan me manque.

J'ai l'impression qu'une vague me submerge. Je n'ai pas pensé à lui depuis des mois – au début, volontairement, ensuite, de manière fugace. Mais soudain, j'ai un besoin désespéré d'entendre sa voix.

Sans réfléchir, je compose son numéro. Je le connais par cœur.

Ça sonne. Mon cœur bat à tout rompre. Je suis sur le point de raccrocher.

— Nell ?

Sa voix si familière résonne dans l'ombre.

— Oui, c'est moi.

L'effet est immédiat. Je ferme les yeux en serrant fort les paupières, mais les larmes coulent déjà sur mes joues.

— Salut… Quelque chose ne va pas ?

— C'est mon père. Il a eu un grave accident de voiture. Je suis à l'hôpital.

J'ai l'impression d'avoir ouvert une soupape.

— Oh, Ethan, j'ai tellement peur…

— Ça va aller, lance-t-il aussitôt d'un ton rassurant.

— Mais comment tu le sais ?

Depuis l'appel de ma mère hier soir, mon corps est tendu à craquer, comme pour mieux encaisser le choc, mais je m'aperçois maintenant que je tremble comme une feuille.

— Parce que, quoi qu'il arrive, tout ira bien. Tu iras bien.

Mes dents se mettent à claquer. Pas de froid, mais de peur.

— Je ne vais pas tenir le coup, je bégaie avant de serrer les mâchoires pour les empêcher de s'entrechoquer.

— Ton frère est là ? demande Ethan, sans doute pour chasser ma panique.

— Non…

Je marque une pause. Je ne veux pas lui parler du bébé. Pas maintenant.

— Je suis désolée, je reprends. Je n'aurais jamais dû appeler.

— Je suis content que tu l'aies fait.

— C'est juste que…

Je ne finis pas ma phrase. Je ne sais même pas ce que je voulais dire.

— Il va s'en sortir, tu sais. Ton père est un battant. Tu te souviens de la première fois que je l'ai rencontré ? J'étais terrifié.

À travers mon affolement, je sens un souvenir se frayer un chemin. Mes parents avaient pris l'avion pour venir me voir, et nous sommes allés dîner tous les quatre. Mon père a harcelé Ethan de questions. Ça ressemblait davantage à un interrogatoire qu'à une sortie amicale au restaurant japonais.

— En plus, tu es là, avec lui, et ce n'est pas rien, poursuit Ethan.

Je l'écoute sans piper mot, le téléphone pressé contre mon oreille, le suppliant silencieusement de me dire ce que j'ai envie d'entendre.

— J'ai pensé à toi, tu sais… Tu m'as manqué…

J'essuie une larme qui me dégringole sur la joue. Je repense à ce qui nous a éloignés, à la fille que Liza a vue avec lui, à toutes ces choses que je trouvais cruciales auparavant et qui, désormais, me semblent si futiles.

— Quand tu es partie, j'ai déménagé à San Francisco. Je suis chef dans un nouveau restaurant. C'est moi qui élabore tout le menu – j'y ai mis ma puttanesca aux olives, aux câpres et au persil, celle que tu adores.

J'ai soudain l'impression d'être revenue loin en arrière, à l'époque où il n'y avait que nous deux.

— C'est super, je murmure.

— Mais peu importe, coupe-t-il. Ne parlons pas de moi. Comment va ta mère, elle tient le coup ?

Pendant quelques secondes, j'étais ailleurs, bien loin de tout ça.

— Ça va…

J'ai tellement de choses à lui dire. Je ne sais pas par où commencer.

— Ethan, je…

— Pardon, Nell, attends une seconde…

À l'autre bout de la ligne, je perçois des voix étouffées.

— C'était une livraison, reprend Ethan un instant plus tard. Je suis au restaurant. Il est tôt mais il y a un grand repas de groupe prévu pour midi. Qu'est-ce que tu disais ?

Le moment de grâce est passé. Je n'ai plus la moindre idée de ce que je m'apprêtais à lui dire.

— Oh, rien…

— Écoute, je suis vraiment désolé, mais je vais devoir y aller.

— Oui, moi aussi. Ma mère va s'inquiéter.

— Embrasse-la pour moi, s'il te plaît, dis-lui que je pense à elle… Et pour ton père…

— Oui, je sais.

Je suis revenue en pilotage automatique.

— Sois forte, Nell. Je t'appelle dans quelques jours.

Je sais qu'il ne le fera pas, mais je m'en fiche.

— Au revoir, Ethan.

— Au revoir, Nell.

Je raccroche.

Je sors dans le couloir. Il faut que je retourne dans la salle de repos. Ma mère s'est peut-être réveillée, et elle va se demander où je suis passée. Mais d'abord, j'ai besoin de prendre quelques minutes pour moi. Je ne sais pas ce que j'espérais en appelant Ethan mais, à présent, je me sens plus seule que jamais.

Je me mets à marcher, je pousse des portes coupe-feu au hasard, jusqu'à apercevoir un panneau annonçant la chapelle de l'hôpital. La porte est ouverte, je m'arrête. Pour la première fois de ma vie, je regrette de n'être pas croyante : si seulement je pouvais tomber à genoux et trouver le réconfort en priant Dieu. Du fond de ma mémoire, j'extrais les paroles du *Notre Père* apprises à l'école. Je revois aussi la réaction de mon père lorsque je lui ai dit que je devais les réciter. « Elle pourra décider de croire en ce qu'elle veut quand elle sera grande, avait-il grommelé au directeur. Ce n'est pas vous qui décidez pour elle. »

Je ravale mes larmes avec un sourire. Ma mère était horrifiée : qu'allaient dire les gens lors de la réunion de parents ? Mais mon père faisait confiance à mes capacités de réflexion. Il croyait en moi. Il a toujours cru en moi, même quand j'avais baissé les bras.

Je me détourne de la porte et m'appuie contre le mur, épuisée. Mon père… Depuis que je suis née, c'est le seul homme dans ma vie à ne m'avoir jamais laissée tomber et à m'avoir aimée sans conditions, même quand j'étais adolescente, que je râlais, criais et claquais les portes pour un oui ou pour un non.

Les petits copains ont défilé, ils sont partis comme ils sont venus. Les fiancés aussi. Mais pas mon père. Il a toujours été là pour me protéger, même de loin. Rien de mal ne peut m'arriver tant qu'il est en vie, parce qu'il est mon filet de sécurité. Je ne peux m'imaginer le monde sans lui.

Je m'accroupis et enfouis ma tête dans mes mains. Un cri animal retentit dans le couloir silencieux – je prends alors conscience que quelqu'un est en train de hurler de chagrin.

Et puis je m'aperçois que c'est moi.

Le lendemain matin

Au milieu de la nuit, nous avons enfin quitté l'hôpital. Ma mère y était depuis vingt-quatre heures et les médecins m'ont conseillée de la ramener en taxi pour qu'elle se repose un peu. Partir sans mon père a été difficile, mais rentrer dans une maison marquée par son absence l'a été encore plus. Comme si elle avait été amputée d'une partie d'elle-même. *S'il ne revient pas, ce sera comme ça pour toujours*, ai-je pensé tandis que nous nous couchions, épuisées toutes les deux.

Le jour n'est pas encore levé quand nous repartons pour l'hôpital. On vient de nous appeler pour nous annoncer que l'état de mon père a empiré dans la nuit. Nous devons venir au plus vite. Cette fois, je conduis la voiture de ma mère. Les phares font briller les balises sur la route, nous roulons en silence. Les médecins nous ont dit de nous préparer au pire. Comment fait-on cela ?

Assise à côté de moi sur le siège passager, ma mère triture son alliance, les mains sur les genoux. Lorsque nous entrons sur le parking, un étau me comprime la poitrine. Comme il est tôt, les lieux sont presque déserts, et je dirige la voiture près de l'entrée du bâtiment. J'essaie d'être forte mais, en réalité, jamais je n'ai eu si peur. Je n'ai qu'une envie : m'enfuir en courant. Mais je ne peux pas. Il faut que je sorte de cette voiture, que j'entre dans cet hôpital et que j'affronte ce qui nous attend.

Les mains crispées sur le volant, je me gare sur un emplacement. Ils sont tous vides, sauf un.

— Voilà, on est arrivées, dis-je à ma mère en coupant le moteur.

C'est le moment de vérité. Le cœur battant, j'ouvre ma portière. Une bourrasque s'engouffre dans l'habitacle.

— Nell !

En entendant mon nom, je tourne vivement la tête. C'est alors que je le vois, qui s'avance vers moi.

— Edward ?

Je le dévisage d'un air incrédule dans la lumière pâlotte du petit matin.

— Qu'est-ce que tu fais ici ?

Il est hirsute, comme s'il avait dormi dans sa voiture.

— Je suis venu aussi vite que j'ai pu.

J'en pleurerais presque de soulagement. Jamais je n'ai éprouvé une telle reconnaissance envers qui que ce soit.

— Mais... Comment ?

— J'ai roulé toute la nuit. Je n'avais pas de nouvelles de toi, j'étais inquiet.

— Mais comment as-tu su où nous étions ? je demande, perplexe.

— Tu m'as donné le nom de l'hôpital dans le train, tu ne te rappelles pas ?

Non, je ne me rappelle pas. Je n'ai plus aucun souvenir de ce voyage en train.

— Et tu es venu, comme ça ?

— Oui, confirme-t-il sobrement. Comme ça.

À cet instant précis, je sais que je l'aimerai éternellement pour ce qu'il vient de faire. Je ne parle pas d'amour dans le sens romantique du terme, mais d'un amour véritable et profond. Sans que je lui aie rien demandé, il a roulé toute la nuit afin d'être là pour moi, pour que j'aie quelqu'un sur qui m'appuyer au moment où j'en ai le plus besoin. Dans ce moment désespéré, où je croyais être seule, il était là, il m'attendait.

Et si ça, ce n'est pas de l'amour véritable, je ne sais pas ce que c'est.

À l'intérieur, nous sommes accueillis par le Dr Reynolds qui nous annonce qu'une lésion passée inaperçue a déclenché une nouvelle hémorragie interne et que mon père doit être opéré d'urgence. Ma mère signe le formulaire de consentement et nous passons les trois heures suivantes à faire les cent pas dans le couloir en buvant du mauvais café. Mais cette fois, c'est différent : Edward est là, et il est le roc contre lequel maman et moi pouvons nous appuyer. Il ne dit pas grand-chose, il n'en a pas besoin : il suffit qu'il soit là.

Après l'opération, mon père repart en soins intensifs. Le Dr Reynolds nous révèle qu'il est « prudent mais optimiste ». Pour la première fois depuis que les ténèbres se sont abattues sur nous il y a deux jours, je distingue une petite étincelle de lumière. On nous autorise à voir mon père. Edward attend dehors pendant qu'avec ma mère nous caressons les cheveux de papa en lui disant qu'il va se remettre.

J'ignore s'il m'entend mais, au cas où, je lui raconte aussi sa blague préférée, celle de l'homme dans le bar et des cacahuètes parlantes. Il adore cette blague : dès qu'on se voit, il m'oblige à la raconter, même s'il l'a écoutée un million de fois. Sauf qu'aujourd'hui, au moment où j'arrive à la chute, il n'y a pas d'éclats de rire, juste le bip des machines. Pendant un instant, je le regarde, réprimant les larmes qui menacent de couler. Et puis, me penchant davantage, je murmure dans son oreille :

— Il faut que tu guérisses, papa. Sinon, qui va rire à mes blagues ?

Thé et biscuits

— Tenez.

Nous sommes de retour à la maison et je suis assise avec Edward dans le salon quand ma mère apparaît avec un plateau chargé de thé et de biscuits. Tout à l'heure, quand je lui ai présenté Edward, elle a eu l'air perplexe – mon propriétaire ? Il avait fait tout ce chemin pour me voir ? Je crois qu'elle a eu peur que je sois en retard dans le paiement de mon loyer, ou un truc dans le genre. Mais quand je lui ai expliqué que nous étions amis et qu'il était venu nous offrir son soutien, elle a insisté pour qu'il vienne avec nous à la maison.

De toute façon, Edward ne s'est pas fait prier. Mal rasé et les yeux cernés, il ne rêvait que d'une chose : s'écrouler sur le canapé de ma mère.

— Alors vous restez tout le week-end ? lui demande-t-elle en lui tendant du thé.

Je remarque qu'elle a apporté de vraies tasses avec les soucoupes assorties au lieu des mugs imprimés de slogans rigolos que nous utilisons habituellement.

— Je suis sûre qu'il va devoir rentrer, je coupe vivement.

— En fait, non, dit-il.

Il s'interrompt pour remercier ma mère qui lui propose un biscuit – un KitKat, rien que ça.

— J'ai laissé Arthur chez Sophie et les garçons en allant récupérer la voiture... Sophie est mon ex-femme, explique-t-il à l'attention de ma mère. Enfin, elle le sera bientôt.

Ma mère me lance un regard appuyé, et je m'agite sur mon fauteuil, mal à l'aise. La subtilité n'a jamais été son fort. Edward fait semblant de ne rien remarquer. Maintenant, je sais ce que Lizzy Bennet a dû ressentir.

— Et ses allergies, alors ? je demande.

— Je pense qu'elle pourra supporter quelques éternuements le temps d'un week-end, répond-il avant de se tourner vers ma mère. Pour être honnête, je pense que c'est surtout à moi qu'elle est allergique.

Maman rit à sa blague. C'est la première fois que je la vois sourire en deux jours.

— Eh bien, vous êtes le bienvenu ici. Je peux préparer la chambre de Richard. Ils ne seront pas là avant lundi...

Mon frère a appelé tout à l'heure pour dire qu'il prendrait la route avec Nathalie et le bébé en fin de week-end. Je l'ai tenu au courant de tout ce qui se passait, et il a été aussi soulagé que moi d'apprendre les dernières nouvelles au sujet de papa.

— J'avoue que ça fait pas mal de route, depuis Londres, et c'est la première fois que je viens dans le Lake District, lance Edward en me regardant.

Je prends un autre biscuit au chocolat.
— Dans ce cas, marché conclu.

Ce qui m'inspire de la reconnaissance :
Presque tout. Mais s'il y a une chose qu'on apprend dans les moments tragiques, c'est à se foutre royalement du nombre de KitKat qu'on avale[1].

1. Au cas où vous vous poseriez la question, j'en ai mangé quatre *(N.d.A.)*.

Le week-end

C'est étrange de jouer les touristes dans sa propre ville. J'emmène Edward se promener dans le coin et je lui montre tous les endroits célèbres. Le cottage de Wordsworth, la maison de Beatrix Potter, la célèbre boutique de pain d'épice de Grasmere...

— Ce truc est délicieux ! déclare-t-il en avalant le dernier morceau.

Lui qui s'était d'abord moqué de moi parce que je lui vantais le meilleur pain d'épice du monde, le voilà conquis.

— Qui l'aurait cru ? demande-t-il en retournant en acheter dans le magasin.

Qui l'aurait cru, en effet ?

Qui aurait cru qu'en descendant dans la matinée pour faire du café, j'aurais trouvé Edward sur un tabouret de bar, rasé de frais grâce à l'un de mes rasoirs jetables, en train de déguster des toasts tout en bavardant avec « Carol », ma mère, comme s'ils étaient les plus vieux amis du monde ?

Qui aurait cru que les bottes en caoutchouc de mon père lui iraient comme un gant, que nous ferions l'ascension de Scafell Pike sous une pluie battante avant de partager un thermos de thé brûlant au sommet, et que je me demanderais pourquoi je ne m'étais jamais aperçue qu'être trempée jusqu'aux os pouvait être amusant ?

Qui aurait cru que le berceau natal dont je rêvais de m'échapper paraîtrait soudain si différent et que je hocherais fièrement la tête en écoutant Edward me confier que j'avais de la chance d'avoir grandi dans un endroit aussi beau ?

Qui aurait cru que tant de choses pouvaient changer en quelques jours ?

Alors que nous nous apprêtons à retourner à l'hôpital, Edward insiste pour prendre le volant. Ma féministe intérieure m'enjoint de résister mais, comme ma mère semble rassurée à l'idée qu'Edward conduise, je renonce à lui tenir tête. En outre, pour être honnête, sa voiture est bien plus confortable que la vieille Ford Fiesta de maman, surtout quand je découvre qu'elle a des sièges chauffants ! Face à ça, quand il fait deux degrés dehors, mes principes féministes ne valent pas bien cher.

Lors de notre deuxième visite, le Dr Reynolds nous invite dans son bureau pour nous apprendre qu'ils sont parvenus à sortir mon père de son coma artificiel et que son état est encourageant. Il a été transféré dans la division commune de l'hôpital, et nous pouvons lui rendre visite.

Je laisse ma mère y aller la première. Ce sont peut-être mes parents, mais ils ont d'abord été un couple d'adolescents amoureux, et ils ont besoin d'être un peu seuls. Lorsque je les rejoins, elle lui caresse la main, les joues empourprées d'une joie peu commune, celle que provoque la peur très palpable d'avoir failli perdre ce qu'on a de plus précieux au monde. Proche de la béatitude qu'on éprouve après avoir contemplé l'abysse et en être revenu.

Je ne souhaite à personne d'en passer par là, mais rien de tel pour revoir ses priorités.

— Salut, papa.

Je me penche pour l'embrasser sur le front. Il est cerné de cartes de bon rétablissement et d'un gros panier de fruits envoyé par Ethan.

— Nell, ma chérie…

Dès qu'il me voit, ses yeux se remplissent de larmes, et je me mets moi aussi à pleurer.

— Comment te sens-tu ?

— Comme après un combat de boxe, dit-il avec un sourire forcé. Je racontais juste à ta mère que je n'ai aucun souvenir de l'accident…

— Tant mieux. Tu nous as fait une de ces peurs…

— Vous ne vous êtes quand même pas inquiétées pour moi ? grogne-t-il.

— À peine, je réponds avec un sourire.

Je lui étreins la main. Jamais je n'ai été aussi heureuse de le sentir serrer la mienne en retour.

— Au moins, ça change, je poursuis. D'habitude, c'est toi qui t'inquiètes pour moi.

Ses yeux rencontrent les miens et nous échangeons un regard d'une telle intensité que je ne l'oublierai jamais.

— Et toi, Carol ? demande-t-il alors à ma mère.

— Oh, je vais très bien, le rassure-t-elle vivement. Nell s'est bien occupée de moi. Je n'y serais jamais arrivée sans elle.

— On forme une bonne équipe, je plaisante.

À cet instant, je prends conscience que les barrières que j'avais érigées entre nous ont disparu.

Mon père a l'air ravi.

— Mes deux petites femmes, murmure-t-il.

— Trois, maintenant, corrige ma mère qui lui a annoncé la naissance d'Evie.

— Alors, quand est-ce que je vais voir ma petite-fille ? s'enquiert-il.

— Ils seront là lundi, après le départ d'Edward.

— Edward ?

Franchement, je suis étonnée que ma mère ait attendu si longtemps pour parler de lui. Pourtant, au lieu d'être agacée, je souris.

— C'est mon coloc, j'explique à mon père.

— Il nous a amenées ici. Il a une très belle voiture, Philip. Avec des sièges chauffants et tout le tralala.

— Et alors, où est-il ?

— Il nous attend dehors.

Mon père semble consterné.

— Ce pauvre type a fait tout le chemin depuis Londres, et vous le faites attendre dehors ? Invitez-le à entrer !

Je trouve Edward assis sur une chaise en plastique, en train de lire une brochure sur les infarctus.

— Papa voudrait faire ta connaissance… Ça ne t'embête pas ? Tu n'es pas obligé de rester longtemps. Je pense qu'il est juste curieux de te rencontrer…

C'est marrant de voir Edward et mon père ensemble, surtout dans de telles circonstances. Edward est poli et charmant, à la manière naturelle des personnes qui ont grandi dans un milieu aisé ; mon père est bourru et un peu brut de fonderie, et il lui sort une blague sur les sièges chauffants que je ne répéterai pas. À ma surprise, pourtant, ils ont l'air de vraiment bien s'entendre.

Plus tard, sur le chemin du retour, je laisse ma mère s'asseoir à l'avant. Depuis la banquette arrière, mon regard glisse sur le paysage derrière la vitre. Maintenant que j'y repense, pourquoi ai-je cru qu'ils ne s'entendraient pas ? De l'extérieur, Edward et mon père paraissent très différents mais, en réalité, ils se ressemblent beaucoup. Quand j'ai eu vraiment besoin d'eux, ils ne m'ont laissée tomber ni l'un ni l'autre.

Maintenant que mon père va mieux, je me sens un peu embarrassée par ma réaction quand Edward a débarqué dans le parking ce matin-là. C'est comme si j'étais gênée de m'être montrée vulnérable et de m'être dévoilée.

Le dimanche après-midi, je m'en excuse auprès de lui :

— Désolée, j'étais un peu hyperémotive.

Il rentre à Londres dans deux heures, et nous sommes dans la chambre de mon frère pendant qu'il change les draps. Je lui ai dit que je m'en occuperais après son départ, mais il a tenu à le faire lui-même.

— Ne sois pas bête, grommelle-t-il sourcils froncés, en retirant un oreiller de sa taie pendant que je m'assois sur l'ancien bureau de mon frère. C'est bien, d'être émotif.

— Ah bon ?

Il reporte son attention sur la housse de couette qu'il entreprend de secouer.

— En tout cas, c'est mieux que d'être un bourgeois complètement névrosé comme moi, dit-il.

Quand il relève la tête, je m'aperçois qu'il sourit, et je comprends qu'il plaisante.

— Il m'arrive de réprimer des sentiments, je murmure.

Il me dévisage d'un air intrigué, comme s'il ne me croyait pas capable de refouler quoi que ce soit, puis il acquiesce lentement.

— Peut-être qu'à partir de maintenant on devrait toujours se dire ce qu'on a sur le cœur, quel que soit le sujet.

— Même quand les histoires de thermostat me donnent des envies de meurtre ?

— Même si les histoires de thermostat te donnent des envies de meurtre, confirme-t-il.

— D'accord, c'est vendu.

— Parfait.

Plongé jusqu'aux coudes dans les draps aux motifs fleuris, il croise mon regard et nous échangeons un sourire.

— Bon, tu vas rester assise là sans rien faire, ou tu vas me donner un coup de main avec cette housse ?

Tatie Nell

Aujourd'hui, j'ai fait la connaissance de ma nièce. Pour être honnête, je ne savais pas du tout comment j'allais réagir. J'étais heureuse pour Rich et Nathalie, mais je craignais d'être triste pour moi. Alors, quand Nathalie m'a tendu cette toute petite chose, je m'attendais à toutes sortes d'émotions.

Mais quand Evie m'a regardée sans ciller, j'ai pris conscience qu'il y en avait une à laquelle je ne m'étais pas préparée.

— Alors, ça fait quoi de prendre ta nièce dans tes bras pour la première fois ? m'a demandé mon frère.

Je n'arrivais pas à la quitter du regard.

— Ça fait de l'amour, ai-je répondu. Rien que de l'amour.

Espace vital

Il y a maintenant plus de trois semaines que mon père a eu son accident, et il va de mieux en mieux chaque jour. Dès qu'il a été assez stable pour quitter les soins intensifs, il a été opéré pour qu'on répare son péroné et son tibia fracturés. Aujourd'hui, il sort de l'hôpital. Franchement, c'est un miracle. Quand je repense aux trois jours qui ont suivi le drame, je croyais ne jamais voir arriver ce jour.

Tante Verity, la sœur de ma mère, est venue s'installer quelque temps à la maison. Avant de prendre sa retraite et d'aller habiter en Espagne, elle était infirmière, et elle a aidé maman à s'occuper de mon père.

— Et à me faire tourner en bourrique, grogne-t-il quand nous venons le chercher à l'hôpital.

— Verity va m'être d'une aide précieuse, rétorque ma mère tandis que je pousse le fauteuil roulant dans le parking. Elle sait changer les pansements, par exemple.

— Pas question qu'elle change mes pansements…

— Philip ! le coupe ma mère d'un ton qui n'admet pas de contradiction.

Les médecins nous ont averties qu'après un traumatisme crânien, il n'est pas rare que les patients souffrent de dépression et de sautes d'humeur, et qu'il faudrait sans doute un peu de temps à mon père avant qu'il redevienne lui-même.

— Papa, si tu prends ces béquilles, je vais t'aider à monter dans la voiture, j'interviens.

— Ta sœur est une véritable despote – c'est toi-même qui le dis, Carol, poursuit-il en se glissant sur le siège passager que j'ai suffisamment reculé pour qu'il puisse étendre sa jambe plâtrée. Une semaine en sa compagnie, et je crèverai d'envie de retomber dans le coma.

Ma mère, qui est en train de monter à l'arrière, laisse échapper un petit cri horrifié.

— Philip ! Je t'interdis de plaisanter avec ça ! Ça ne me fait pas rire du tout !

Elle claque la portière et, tandis que je recule pour sortir la voiture de sa place de parking, j'entends mon père glousser. En jetant un coup d'œil dans le rétroviseur, je surprends ma mère à sourire. Je crois qu'on n'a pas trop de soucis à se faire pour la suite…

Avec tous ces événements, j'ai perdu le compte des jours, et je suis surprise de m'apercevoir que nous sommes déjà fin novembre. Il reste moins de quatre semaines avant Noël, soit, comme Internet me le rappelle constamment : « Plus que vingt-cinq jours pour acheter tes cadeaux ! »

Hier, quand je suis allée faire des courses pour ma mère, j'ai remarqué que tous les magasins étaient déjà décorés. Et dans la voiture, sur le chemin du retour, Mariah Carey s'est mise à me hurler dans les oreilles à la radio. « Trop tôt, trop tôt ! » ai-je crié à mon tour avant de lui couper le sifflet.

J'adore Noël et j'aime vraiment cette chanson mais, franchement, on ne pourrait pas attendre le 1er décembre ?

Mais peut-être que je suis la seule à ne pas être prête. Les décorations de Noël sont toutes en place à Londres, et je les verrai demain puisque j'ai acheté mon billet de retour. Je crois que c'est le moment. Mes amis m'ont envoyé des tas de messages de soutien mais ils me manquent et je suis prête à rentrer. J'ai l'impression d'être partie depuis une éternité.

L'aspect positif de cette escapade impromptue dans un coin aussi paumé que le Cumbria, c'est que j'ai eu beaucoup de temps et d'espace pour finir la pièce de Monty. Il n'y a pas grand-chose d'autre à faire en novembre, quand il gèle dehors et qu'il fait nuit à trois heures de l'après-midi – et, croyez-moi, mon père n'est pas le seul que tante Verity fait tourner en bourrique. Ça m'a donné une bonne excuse pour m'enfermer dans ma chambre et abattre une tonne de corrections.

Cricket est impatiente de lire la pièce. Elle m'a envoyé plein de messages adorables pendant mon séjour ici, et elle n'arrête pas de me dire qu'elle a hâte que je rentre – « Pas seulement parce que j'ai envie de lire la pièce et de te donner des nouvelles de mes projets de boîtes à lire, mais aussi pour que tu voies comment j'ai agencé mon nouvel appartement ».

J'ai aussi eu des nouvelles d'Ethan. Quelques jours après mon appel depuis l'hôpital, il m'a envoyé un e-mail pour me demander comment allait mon père. Il était bref mais amical, le genre de message qu'on écrit quand on ne veut pas que son destinataire y trouve un sens caché. Quelques lignes seulement, mais qui prennent vingt minutes à écrire. Pourtant, j'ai apprécié qu'il me contacte, alors je lui ai répondu – sur le même ton, pour lui dire que papa remontait la pente, et le remercier pour le panier de fruits.

Un échange fugace. Je n'ai pas eu de signe de sa part depuis.

Mais ça ne me dérange pas. Ce mois-ci, j'en ai vu de toutes les couleurs. Nous avons failli perdre mon père. Je suis tombée amoureuse de ma nièce. Après tout ce qui s'est passé, j'ai envie que tout revienne à la normale. Plus de questions de vie ou de mort. Plus de chocs. Plus de drames.

Ce qui m'inspire de la reconnaissance :

1. *Le système de santé publique, et tous les fabuleux médecins et infirmières qui ont sauvé la vie de papa, et avec elle toute une famille.*
2. *Maman qui, lorsque je lui ai enfin raconté ce qui s'était passé avec Ethan, m'a simplement dit qu'elle n'avait jamais été aussi fière de moi, et que le meilleur restait à venir.*
3. *Les vidéos de chats rigolotes que Liza n'arrête pas de m'envoyer, avec le gros matou roux qu'elle et Tia ont adopté au refuge voisin.*
4. *Mon casque à réduction de bruit, parce que mon père a raison : la voix de tante Verity est encore plus stridente qu'une corne de brume.*
5. *Je suis plus forte que ce que je pensais.*
6. *L'ennui. Un sentiment trop négligé.*

À : Pénélope Stevens
Objet : Ton père

Salut Nell,

Je suis vraiment content d'apprendre que ton père est sorti de l'hôpital. C'est fantastique ! Tu dois être tellement soulagée. Je t'avais dit que c'était un battant !
J'ai quelque chose à t'annoncer : apparemment, je viens à Londres la semaine prochaine. Les propriétaires de mon restaurant y ouvrent un établissement et ils m'y envoient quelques jours pour que je supervise les cuisines et le menu. Je serai logé dans un hôtel de Soho. Ça te dit qu'on se retrouve un de ces soirs ? J'aimerais bien te voir.

Ethan

Décembre

#toutsemmêleetpasseulement lesguirlandesdeNoël

Verre de Noël

Bip bip bip bip…

La station de métro de Covent Garden est bondée. Les portes de l'ascenseur s'ouvrent sur une foule de gens. Touristes, employés de bureau, fêtards… On dirait que le monde entier s'est rassemblé ici.

Je m'immerge dans le flot, propulsée par les gens derrière moi. Je passe les tourniquets et retrouve l'air glacial de la nuit. Un steel band joue *Jingle Bells*, donnant une note caribéenne à l'atmosphère festive. Je suis tentée de m'arrêter un peu pour les écouter mais, en consultant ma montre, je poursuis mon chemin. Je ne veux pas être en retard.

Je me fraie un chemin sur les pavés, entre les mimes et les noceurs ivres. De nouveau, je consulte l'adresse que j'ai inscrite dans Google Maps. Si je prends la prochaine à gauche, ce devrait être un peu plus loin sur la droite…

J'avance sur le trottoir en soufflant de petits nuages de condensation. J'aime marcher vite mais, ce soir, je porte des talons hauts, et ça ne me réussit pas. Fiona pourrait courir le cent mètres sur des talons de douze centimètres. Pas moi. Je trébuche, je vacille – à chaque instant, mes chevilles menacent de céder. Pourtant, c'est le prix à payer pour paraître plus grande et plus mince – et ce soir, il est essentiel que je paraisse plus grande et plus mince.

Ça ne me fait pas paraître plus jeune, mais bon, on ne peut pas tout avoir.

J'aperçois l'hôtel en face de moi. Arrivée devant l'entrée, je m'arrête pour vérifier mon reflet dans les grandes portes vitrées. Je lisse mes cheveux, enlève mon gros manteau, ajuste mon chemisier, applique un peu de gloss que je retire aussitôt.

Je suis venue retrouver Ethan.

Je ne sais pas pourquoi j'ai accepté son invitation. J'ai dit à Fiona que c'était par curiosité, à Liza que je voulais tourner la page, à Cricket que c'était juste pour boire un verre.

Ce que je n'ai dit à personne, c'est que je voulais aussi voir si je l'aimais toujours.

Oh, Nell.

Oups. Je sais.

Il est déjà assis au bar. Je le vois en premier et, pendant une fraction de seconde, je peux l'observer. Ses cheveux bruns sont coupés court et il porte une chemise blanche. Il est d'une élégance inhabituelle – à la maison, il était tout le temps en tee-shirt. Il est aussi incroyablement bronzé par rapport à nous autres Londoniens blafards. Une bière à la main, il regarde son téléphone tout en se frottant le menton, comme toujours quand il est concentré.

C'est tellement étrange de le revoir. Il était prévu que je passe le reste de ma vie avec cet homme. Il m'est tellement familier. Pourtant, j'ai l'impression de contempler un inconnu.

Il lève la tête et sourit.

— Salut, me lance-t-il.

C'est un vrai sourire, qui lui monte jusqu'aux yeux. Des yeux sombres, presque noirs. À une époque je me disais que je pourrais y rester plongée pendant des heures. Je sens mon estomac se nouer.

— Salut.

— Je suis content que tu sois venue.

— Eh bien, je pouvais difficilement… Alors qu'on est dans la même ville…

— Tu as bonne mine.

— Merci, toi aussi. Très élégant, cette chemise.

— Oh, je sors juste d'une réunion. Viens, assieds-toi.

Il rapproche un tabouret et j'y prends place.

— Comment va la vie ?

— Très bien.

Ah, les joies des petites conversations polies entre ex… La dernière fois que je l'ai vu, j'avais les yeux gonflés de larmes, le nez qui coulait et le cœur brisé. J'ai l'impression d'exécuter une danse rituelle autour des bords tranchants de notre rupture – à distance respectueuse pour ne pas risquer de m'empaler sur un éclat acéré et de saigner à mort.

— Et toi ?

— Super… Merci.

Mais ça se passe comme ça quand on est adulte, non ? On fait des pas de côté, on esquive, on maîtrise ses sentiments. Nous ne sommes plus des adolescents à la merci de leurs hormones (même si, dans mon cas, celles-ci me jouent encore des tours). À présent, nous sommes assez grands pour nous comporter correctement, ne pas dire ce qui nous passe par la tête, et savoir qu'il n'est pas raisonnable de commander un troisième martini.

Certes, savoir et agir sont deux choses différentes.

— La même chose ?

— Pourquoi pas ?

Une heure s'est écoulée ; nous nous sommes installés sur une banquette. Je lui ai tout raconté de l'accident de mon père, il m'a tout dit sur son nouveau travail, nous nous sommes enquis de la santé de nos familles et avons échangé des nouvelles de nos amis respectifs. Nous avons fait le tour de tout ce qui pouvait se dire et, normalement, je devrais me lever, enfiler mon manteau et prendre congé d'Ethan. Je pourrais être chez moi à neuf heures et demie.

— Tu te rappelles ces martinis au litchi qu'on buvait au Gillespie ?

— Oh, oui, les meilleurs martinis du monde !

Je devrais être redescendue dans le métro, et voilà qu'à la place, nous replongeons ensemble dans nos vieux souvenirs. Et j'ai bu trois verres. Je réclame un peu d'eau au serveur.

— J'y suis allée il y a deux semaines quand je suis repassé en ville. Billy, le proprio, m'a demandé de tes nouvelles.

— Qu'est-ce que tu lui as dit ?

— Que tu m'avais quitté.

Je lève les yeux, croise son regard.

— Que j'avais merdé, ajoute Ethan. Que j'avais perdu ce qui m'était arrivé de mieux dans la vie...

Je laisse passer quelques secondes avant de répondre :

— À mon avis, « Elle va bien » aurait suffi.

Ethan sourit, je souris, nous sourions comme deux idiots. *Voilà*. C'était « ça », entre nous. Et c'est « ça » qui m'a incitée à le rappeler après notre première rencontre au bar.

— Je suis désolé, Nell.

— Moi aussi.

D'un coup, toute la rage que j'éprouvais envers lui, le chagrin, la douleur, l'animosité qui nous emprisonnait comme du fil barbelé, tout cela disparaît. Il ne reste plus que nous.

Son regard n'a pas quitté le mien et, quand il parle, je sais ce qu'il va dire.

— Reviens à la maison, Nell.

Viral

Il est arrivé un truc de fou : mon podcast est devenu viral. Ou, comme dirait Cricket, s'est transformé en virus.

La vérité, c'est qu'on est en décembre, et que si je suis devenue virale, j'ai *aussi* attrapé un méchant virus qui me métamorphose en une masse bouillonnante de germes et de morve.

J'attrape un autre Kleenex et me mouche en essayant de ne pas abîmer mon maquillage.

— Ça fait une bonne semaine, alors je ne devrais plus être contagieuse, dis-je d'un air d'excuse à la maquilleuse qui pointe sur moi une bombe de laque.

Je vais apparaître dans un magazine. Moi ! Dans un magazine ! Je sais, moi non plus, je n'y crois pas. Mais voilà : je suis dans un studio de l'East End, pour prendre les photos qui accompagneront l'interview. Coiffure, maquillage, la totale. Il y a de la musique, et un photographe, bien sûr. La styliste du magazine qui va m'interviewer a même apporté toute une panoplie de robes haute couture hors de prix que nous passons en revue pour que j'en essaie quelques-unes.

Vous croyez que je blague ?

En fait, tout cela est vrai, et je devrais probablement essayer d'avoir l'air plus relax au lieu d'être excitée comme une puce et de sourire bêtement à tout le monde. Et puis *fuck* : je suis comme je suis.

— Alors, comment vous est venue cette idée ? m'a demandé d'un air enjoué la journaliste de vingt ans et quelques qui m'a interrogée tout à l'heure.

— Je crois que c'est au moment où je me suis retrouvée fauchée, célibataire et quadra, à dormir dans mon ancienne chambre chez mes parents, ai-je répondu.

Je l'ai vue pâlir.

Plus ça va, plus je pense que la perspective de tomber aussi bas continue d'effrayer la plupart des gens. Alors qu'en fait, ça n'a rien de terrifiant. Ce n'est pas la fin. Ça peut même être un commencement.

Après l'accident qui a failli coûter la vie à mon père, quand je suis retournée à la vie normale comme au sortir d'un rêve, j'ai découvert que ma messagerie débordait d'e-mails. Lorsque j'en suis venue à bout, je me suis aperçue qu'en dehors des messages d'agents immobiliers et de LinkedIn, j'avais plusieurs demandes d'interviews émanant de divers magazines. Au début, j'ai cru que j'avais affaire à un nouveau genre de spams, jusqu'à ce que je consulte les statistiques de mon podcast et constate que j'avais des dizaines de milliers de téléchargements.

C'était surréaliste. Les gens échangeaient des tweets au sujet de mes podcasts. Les *Confessions* étaient mentionnées jusque dans des blogs. On m'a attribué mon propre hashtag #quadracomplètementf**ked-up. Même ma mère m'a écoutée (pour info, elle a dit que ça lui plaisait, même s'il y avait trop de gros mots) ! Quand j'ai commencé à répondre à tous ces e-mails, les choses se sont emballées et, depuis mon retour à Londres, j'ai donné deux interviews, on m'a demandé de passer à la radio, et j'ai même été approchée par une grande marque de cosmétiques qui offrait de me sponsoriser. Apparemment, ils croient pouvoir m'aider à lutter contre mes rides et le relâchement de ma peau.

Personnellement, je ne suis pas certaine qu'il y ait un remède à ces problèmes, et je ne compte pas accepter de partenariat avec une ligne de produits à laquelle je n'adhère pas. Bien sûr, si la proposition émanait d'un producteur de café, ce serait peut-être différent ; la plupart du temps, le café constitue mon unique motivation du matin. Ou, mieux encore, pourquoi pas un partenariat avec les fabricants de ces petites canettes de gin tonic ? Après tout, il n'y a pas si longtemps, j'étais persuadée de leur devoir la vie. Voilà un produit auquel je peux complètement m'identifier.

Mais je m'emporte. Quoi qu'il en soit, il serait fabuleux qu'un jour je sois payée pour faire ce que j'aime. Parce que j'aime réaliser ce podcast, et j'aime tous mes auditeurs, et j'adorerais pouvoir continuer, mais mieux et à plus grande échelle. Quand je me suis lancée dans cette aventure, je voulais juste être franche et dire les choses comme elles sont. Si mes paroles ont trouvé un écho chez certaines personnes qui se sentent aussi imparfaites et paumées que moi – et si cela a permis, d'une façon ou d'une autre, de leur montrer qu'elles ne sont pas seules, que je suis là et que je les entends –, alors c'est la cerise sur le gâteau.

J'observe mon reflet dans le miroir, entouré d'ampoules comme ceux qu'on voit à Hollywood. C'est marrant, avec ce brushing et cette couche de maquillage, je me reconnais à peine. Comme si on m'avait mis de la poudre aux yeux. Plus profondément, en ce moment, c'est carrément ma vie que j'ai du mal à reconnaître. Je continue de penser qu'à tout instant, quelqu'un va me dire qu'il y a eu erreur, qu'ils se sont trompés de personne.

— OK, j'ai fini, annonce la maquilleuse.

— Merci beaucoup !

Mais comme personne n'a l'air de s'en rendre compte, je profite du voyage.

— Un dernier petit coup de laque…

Espérons juste que je ne meure pas étouffée dans un nuage de spray.

Ce qui m'inspire de la reconnaissance :

1. *Toutes les quadra complètement* f**ked-up *(mais aussi les trentenaires, les quinqua, les sexa, les septa, les octo) qui continuent de télécharger et d'écouter et de bloguer et de tweeter et de poster.*
2. *Les bons résultats obtenus par mon père lors de son dernier check-up à l'hôpital.*

3. *La proposition de Sadiq, qui m'offre un espace de chronique hebdomadaire à la quadra émérite que je suis.*
4. *Cette vie, qui ne ressemble pas à ce que j'attendais.*
5. *Tout.*

Nouveaux départs

— Alors, tu en penses quoi ?

— Ça n'a plus rien à voir.

— Tu n'aimes pas.

— Non, j'aime beaucoup, c'est juste que...

Je cherche le bon terme, mais aucun mot ne semble adapté.

— C'est un peu... *extravagant*.

— Merci, Nell, c'est tellement gentil de ta part ! s'exclame Cricket dont le visage s'illumine comme un sapin de Noël.

On dirait que je viens de lui adresser le compliment du siècle.

Nous sommes mercredi soir et, plantées sur le seuil de son salon, nous admirons la décoration de son nouvel appartement. Le mur du fond et le manteau de la cheminée sont peints dans une teinte très sombre qui fait ressortir l'âtre en marbre blanc et le canapé de cuir rouge vif. Quant au plafond, il est couleur cuivre poli.

Ce n'est pas vraiment ainsi qu'on imagine l'intérieur d'une octogénaire, mais Cricket est tout sauf classique.

— Je voulais que ce soit radicalement différent de mon ancienne maison.

— Eh bien, c'est réussi.

— Je te ressers ?

— Oui, merci.

Elle attrape la bouteille de champagne que j'ai apportée pour fêter sa pendaison de crémaillère et remplit nos verres. J'ai failli prendre du prosecco parce que, même avec l'argent de la pièce de théâtre, je n'ai pas réellement les moyens d'acheter du champagne, mais certaines occasions, dans la vie, ne peuvent se satisfaire de moins, et celle-ci en faisait partie. Je suis très fière de mon amie et du courage dont elle a fait preuve en abordant ce nouveau chapitre de son existence. Pour fêter ça dignement, il fallait bien du Veuve Clicquot.

— Je crois que Monty aurait aimé, lui aussi, déclare-t-elle alors que nous nous mettons à l'aise sur le canapé.

— La déco ou le champagne ?

— Les deux, s'exclame-t-elle en riant entre deux gorgées du nectar pétillant. Je t'ai dit que Christopher mourait d'impatience de mettre cette pièce en scène ?

— Au moins une demi-douzaine de fois, je plaisante.

Christopher est un metteur en scène de théâtre renommé, et il était aussi l'un des plus vieux amis et collègues de Monty. Il y a quelques jours, Cricket lui a envoyé le manuscrit que j'avais achevé de remanier et, quelques heures plus tard, il l'appelait pour la supplier de le laisser monter la pièce. Je pense que le mot « supplier » est une exagération de la part de Cricket mais, quoi qu'il en soit, c'est une excellente nouvelle. Sans compter que, de mon côté, je ressens un certain soulagement.

Depuis que Cricket m'a demandé de corriger cette pièce, je me suis fait un sang d'encre à l'idée de ne pas être à la hauteur de ce travail. L'essentiel du troisième acte consistait en un amas de notes griffonnées, et je craignais que l'entreprise ne vire au désastre. Décevoir Cricket m'aurait fait mal au cœur, d'autant plus qu'elle me faisait une confiance aveugle. De surcroît, je ne voulais pas ternir la réputation d'auteur de Monty en ne rendant pas justice à sa création ni me ridiculiser par la même occasion.

Mais, en dehors de quelques suggestions de modifications, Christopher a été enchanté du résultat. Cela m'a fait prendre conscience du fait que je me sous-estime, et que je ne suis pas la seule. Quand mon père a frôlé la mort, je me suis aperçue que j'étais beaucoup plus forte que je le pensais. Dommage qu'il m'ait fallu si longtemps pour le découvrir.

— Il veut rassembler des financements pour commencer les auditions dès janvier, m'explique Cricket.

— C'est fantastique !

— N'est-ce pas ? approuve-t-elle, radieuse.

Et puis, d'un coup, elle semble se perdre dans ses pensées et son sourire s'efface.

— J'aurais tellement aimé que Monty soit là pour assister à tout ça, finit-elle par murmurer.

C'est probablement le champagne qui exacerbe sa tristesse, mais je suis sûre que ce type de pensées la traverse au moins dix fois par jour. La plupart du temps, elle ne l'exprime pas. Depuis que j'ai failli perdre mon père, son chagrin me touche encore plus.

— Tu sais, j'avais un peu peur de quitter notre ancienne maison, avoue-t-elle en levant les yeux vers moi. Quand le camion de déménagement est parti, j'ai arpenté toutes les pièces vides, et ça m'a rappelé le jour de notre emménagement avec Monty... J'avais l'impression que c'était hier.

Je vois ses doigts se crisper sur le pied de son verre. La lumière fait étinceler les bulles qui filent vers la surface.

— L'agent immobilier patientait dehors. Je lui ai donné les clés, je suis montée dans un taxi... et à mesure qu'il s'éloignait, j'ai commencé à me sentir bien. Et ça s'est confirmé, même lors de ma première nuit dans cet appartement. Je m'attendais à être ravagée de chagrin mais... non, rien.

Elle marque une pause, hausse les épaules.

— Il faut dire que je suis bien occupée : entre mes réunions avec la mairie pour le projet de boîtes à lire, la décoration de l'appartement et la pièce de Monty, je n'ai pas eu le temps d'être triste...

Pendant quelques instants, ses mots restent en suspens.

— Et puis, quelques jours plus tard, je suis allée acheter un sapin de Noël. Je comptais d'abord m'en passer : après tout, je suis toute seule, et ça me semblait beaucoup d'emmerdements pour rien... Mais Monty adorait Noël, et en particulier choisir et décorer le sapin.

À présent, elle arbore un sourire vague où se mêlent affection et amusement.

— Il passait une matinée entière à agencer les boules et les guirlandes une à une, reprend-elle.

Chaque fois, il reculait d'un pas pour admirer son travail...

— Tu ne l'aidais pas ?

Cricket m'adresse une grimace faussement horrifiée.

— Seigneur, non ! Il ne m'autorisait même pas à approcher du sapin ! Une fois, j'ai commis l'erreur fatale d'y ajouter une touche personnelle...

J'éclate de rire en la voyant imiter Monty en pleine crise de panique.

— Enfin bref : comme je le disais, j'ai acheté un sapin.

Nous tournons la tête vers l'arbre en question : deux mètres de haut, chargé de décorations et brillant de tous ses feux.

— Il est très beau, dis-je avec enthousiasme.

Cricket incline légèrement la tête, comme pour jauger son œuvre.

— J'étais décidée à en faire le plus beau sapin de Noël du monde. Je voulais que Monty soit fier...

Elle s'interrompt, et je remarque que ses yeux brillent de larmes.

— Alors j'ai commencé par les guirlandes lumineuses, comme il me l'avait montré, mais elles étaient toutes entortillées... et plus je m'escrimais, plus elles s'emberlificotaient... Je n'arrivais pas à m'en dépêtrer, reprend-elle, la voix brisée. Alors je me suis mise en colère contre lui, parce qu'il m'avait laissée seule avec ces fichues guirlandes de Noël tout emmêlées...

Une larme s'échappe et roule sur sa joue.

— J'en pleurais de frustration, et je n'arrivais plus à m'arrêter... Pas à cause de ces sacrées guirlandes, mais parce qu'il est parti et que moi, je suis toujours là, et que ce n'était pas comme ça que c'était prévu, ce n'est pas ce qu'on avait dit…

Elle renifle et se frotte les joues. Je suis terriblement tentée de lui offrir des paroles de réconfort bien intentionnées, mais ce serait l'offenser. Rien ne la consolera ou n'arrangera la situation. Je n'insulterai pas Cricket en le prétendant.

— Putain, c'est nul, je soupire.

Parce que c'est ça, la vérité : Cricket a besoin qu'on reconnaisse son chagrin. En tant qu'amie, c'est le mieux que je puisse lui offrir.

— C'est nul, putain, acquiesce-t-elle.

Je n'ai peut-être pas perdu mon mari, mais faire son deuil et devoir repartir de zéro, je sais ce que c'est.

— Ça fera un an en janvier.

Un an… S'est-il vraiment écoulé toute une année depuis que j'ai emménagé chez Edward, et que je me suis assise sur mon lit, entourée de valises, en me jurant que, dans un an, ma vie aurait pris un nouveau tournant ?

— C'est vrai ce qu'on dit : la vie continue, la joie revient, souvent là où on l'attendait le moins, poursuit Cricket. Mais on ne se remet jamais de la perte de quelqu'un, on devient juste plus doué pour accepter son chagrin.

D'un geste, je désigne le sapin.

— Pour finir, tu les as démêlées, ces guirlandes, dis-je en songeant combien ce simple geste est symbolique.

— Tu rigoles ? s'esclaffe-t-elle. J'ai jeté ces saletés et j'en ai racheté des neuves.

Ce qui m'inspire de la reconnaissance :

1. *La réaction de Christopher à la pièce remaniée par mes soins, et cette super-nouvelle : il a trouvé les financements pour la produire, et le premier rôle sera assuré par un comédien célèbre.*
2. *La joie authentique que me procure mon amitié avec Cricket.*
3. *Elle ne m'a pas demandé comment s'était passé mon rendez-vous avec Ethan.*

Les choses que Cricket m'a apprises

- Le mieux est l'ennemi du bien.
- Prends des risques.
- La plupart des gens sont gentils ; c'est juste que ce sont les méchants qui font la une des journaux.
- Si ces chaussures ne sont pas confortables dans le magasin, elles ne le seront jamais.
- En termes d'argent, ne fais de projections que sur six mois : au-delà, tu paniques ; en deçà, tu vas acheter cette robe que tu ne porteras jamais.
- La réaction d'une personne quand elle se prend une contravention, marche dans une crotte de chien, constate que son train a du retard ou voit une abeille mourir, en dit long sur elle. De même que ce qu'elle met dans son caddie de supermarché.
- Avec des gants en caoutchouc et un peu de volonté, on peut tout faire[1].
- Sois ce que tu veux, mais sois extravagante.
- Trouve ta tribu.

1. Avec de la tequila, ça marche aussi *(N.d.A.)*.

- Ne rallie jamais la Brigade des mises en plis.
- Il y a des choses qu'on ne peut pas démêler.
- Ne t'inquiète pas de savoir si les gens t'aiment ; l'important, c'est que toi, tu t'aimes.
- On n'a jamais trop de chapeaux.
- Bois cette bouteille de rouge.
- L'amitié est une famille.
- Comme on ne sait jamais ce qu'on fait, autant le faire.
- Le meilleur secret anti-âge, c'est d'arrêter de se regarder dans le miroir.
- Filme les gens que tu aimes.
- Personne n'est jamais mort d'avoir de la cellulite ou des rides.
- On ne possède jamais un livre : on se contente d'en prendre soin jusqu'à le transmettre à quelqu'un d'autre.
- Dis oui à tout, sauf s'il faut faire un one-man-show.
- La vieillesse, ce n'est pas pour les mauviettes.
- Respecte chaque personne, de la caissière au chauffeur du bus en passant par le serveur qui t'apporte ton café.
- Ce qui ne te tue pas te rend plus fort.
- La vue est belle depuis l'extérieur.
- Prends cinq minutes de plus (surtout quand il s'agit de ranger les guirlandes de Noël).
- De deux tailles, achète toujours la plus grande.
- Il y a plein de façons de vivre sa vie.
- Aucune de ces crèmes ne marche (achète plutôt un chapeau).
- Il n'y a pas d'âge limite pour l'aventure.
- Tu n'es pas trop vieille, il n'est pas trop tard.
- *Yes, you can.*

Cartes de Noël

J'ai quitté les États-Unis pour le Royaume-Uni parce que mon couple tombait en lambeaux. Parce que je voulais repartir du bon pied. Parce que mon visa avait expiré et que mon entreprise s'était cassé la figure. Parce que j'avais le portefeuille vide et le cœur brisé. Parce qu'avec tout ce gris en moi, le ciel bleu et le soleil me rendaient malade. Parce que je ne supportais plus que tout, là-bas, me rappelle ce que j'avais perdu.

Et parce que je ne savais pas quoi faire d'autre, et que le thé est meilleur ici.

Tout ceci est vrai. Mais je pourrais ajouter une autre raison : *à cause des cartes de Noël.*

Noël n'est pas une période facile, surtout pour les célibataires. Pire encore, pour les *célibataires de plus de quarante piges*. On vous serine que Noël, c'est une histoire de famille, alors, quand vous n'avez toujours pas réussi à fonder la vôtre, avec la belle maison qui va avec (et un sapin superbement décoré dans le salon), il y a des chances pour que vous ayez l'impression d'être une ratée.

Mais, pour que vous en soyez bien convaincue, vos amis vont vous envoyer des cartes de Noël.

Contrairement aux Britanniques qui utilisent des cartes toutes faites achetées à l'Unicef ou à la Croix-Rouge, les Américains ont pour tradition d'adresser des cartes personnalisées ornées d'un portrait de famille. Un peu comme notre famille royale à nous, mais avec de plus jolies dents.

Et ces photos sont adorables, vraiment, qu'il s'agisse de clichés professionnels en noir et blanc ou d'images prises avec un téléphone, sur la plage, où tout le monde est affublé d'un bonnet de père Noël. Les enfants sont toujours mignons, les amis ont toujours l'air radieux et, quand vous lisez le petit mot à l'intérieur avec la liste de tout ce qu'ils ont fait cette année ou des notes obtenues par les enfants à l'école, vous vous dites qu'ils doivent être fiers de leur famille et de tous leurs succès.

Ensuite, vous posez la carte sur le manteau de la cheminée, et vous allez vous resservir un gin.

Non, mais sérieusement.

D'ailleurs, je suis sérieuse.

Parce qu'en décembre dernier, quand ma vie s'est écroulée, c'était trop douloureux. Quand la première carte est arrivée, j'ai compris que je serais incapable d'ouvrir les suivantes, et je suis allée me réfugier chez Liza. J'ai adoré voir mes amis heureux, mais leurs photos de famille ne faisaient qu'exacerber ma peine. En regardant ces images, je voyais le spectre d'un avenir que je pensais autrefois être le mien mais que j'avais perdu.

Bref : étant de retour au Royaume-Uni, je n'ai pas à m'en faire cette année. Pas de photos de famille : je suis envahie de cartes arborant des rennes à paillettes et des dessins humoristiques douteux avec des bonshommes de neige et des carottes. J'en ramasse quelques-unes sur le paillasson et je vais les lire dans la cuisine. Celle-ci doit provenir de Holly et Adam, je reconnais leur humour. Je l'ouvre. C'est l'écriture de Holly, mais elle a aussi signé pour Adam. Apparemment, ils ont entamé une thérapie de couple. La semaine dernière, elle m'a envoyé un texto où elle m'avouait que c'était la première fois qu'ils parlaient vraiment depuis des années. J'espère qu'ils s'en sortiront.

Je l'accroche sur l'étagère, à côté de celle de mes parents, qui représente un paysage enneigé ; comme d'habitude, c'est une carte de la National Trust – certaines choses sont immuables. Cette année, j'en suis heureuse comme jamais.

Pourtant, on dirait qu'il va falloir davantage qu'un vol transatlantique pour décourager certaines cartes d'arriver jusqu'à moi. En regardant l'une des enveloppes, je reconnais l'écriture : des amis de Houston. Pour être honnête, c'étaient plutôt des amis d'Ethan. Il est allé en fac avec le mari et je ne les ai rencontrés qu'une fois lors d'un dîner de Thanksgiving, mais ils envoient toujours des cartes avec des photomontages de leur famille au grand complet et quatre pages de nouvelles de leurs enfants.

Il y a quelques mois, la femme m'a réclamé ma nouvelle adresse postale par e-mail afin de pouvoir m'envoyer une carte. Je lui ai gentiment répondu que ce n'était pas la peine, qu'elle n'avait pas besoin de gâcher un timbre pour ça, mais elle a insisté. De nouveau, j'ai tenté de la décourager en lui disant que je ne savais pas si je passerais Noël à Londres ou chez mes parents. Du coup, elle m'a demandé les deux adresses. « Comme ça, je suis sûre que tu la recevras ! »

JE NE VEUX PAS DE TA FOUTUE CARTE DE NOËL ! Voilà ce que j'avais envie de lui répondre en lettres majuscules. Sauf que ça n'aurait pas été très sympathique de ma part. En me pourchassant avec ses réjouissantes nouvelles, elle essayait seulement d'être gentille. Après tout, c'est Noël. Paix aux hommes de bonne volonté.

Alors, bien sûr, je lui ai donné mes deux adresses en lui disant que j'avais hâte de recevoir sa carte, et joyeuses fêtes !

Sur la photo, ils sont tous affublés de pulls de Noël identiques. Même le chien. Et ça, c'est un lapin ? Je souris avant de glisser la carte derrière le grand vase qui appartenait à la grand-tante d'Edward.

— Il y a du courrier pour moi ?

La porte d'entrée vient de claquer. Edward apparaît dans la cuisine, emmitouflé dans une écharpe et un bonnet, un tapis de yoga dans une main et une gourde dans l'autre. Il a une expression qu'on ne voit que chez les gens qui se sont levés à six heures du matin pour suivre un cours de bikram.

— Des cartes de Noël. Tiens, il y en a une pour toi, je réponds en lui tendant une enveloppe.

— Merci.

Je reporte mon attention sur le moulin à café.

— J'ai connu mieux, comme carte…

— Ça ne peut pas être pire que celle où ils portent tous le même pull, je plaisante.

— Mouais… Enfin là, c'est plutôt « Bon divorce » que « Joyeux Noël »…

— Hein ?

En me retournant, je m'aperçois que ce n'est pas une carte, qu'il tient à la main, mais une feuille de papier.

— C'est le jugement irrévocable.

— Oh, merde… Je veux dire, ah, génial.

Je n'ai aucune idée de ce qu'il convient de dire quand quelqu'un reçoit son jugement de divorce. J'essaie encore :

— C'est mieux que les pulls assortis, alors.

Non, ce n'est sûrement pas ça non plus.

— Oui, murmure-t-il avec une expression indéchiffrable.

— Ça va ? C'est plutôt une bonne nouvelle… Non ?

— Je ne suis pas sûr qu'un divorce puisse être une bonne nouvelle, surtout quand des enfants sont impliqués.

— Désolée, ce n'est pas ce que je voulais dire.

J'ai manqué de tact. Je me sens rabrouée et stupide.

— Non, tu as raison, lance-t-il vivement en voyant mon air déconfit. C'est mieux comme ça. Je suis content pour nous deux.

Il sourit, mais ça ressemble plus à une grimace.

— Nous sommes libres de refaire notre vie, maintenant, ajoute-t-il. De tourner vraiment la page.

J'acquiesce en me demandant s'il fait référence à la femme qu'il voit depuis quelque temps. J'ai envie de lui poser la question, mais quelque chose m'arrête.

— Alors, c'est quoi, tes plans pour Noël ?

De toute façon, il a changé de sujet.

— Mes parents..., je commence.

— Bien sûr, coupe-t-il.

— Mon frère et sa femme viennent avec le bébé. La maison va être pleine. J'ai aussi invité mon amie Cricket.

— Il va falloir que je fasse sa connaissance, un de ces jours, commente Edward en versant du porridge bio et du lait d'avoine dans une casserole.

C'est vraiment dommage qu'il ne soit pas sur Instagram.

— Absolument, dis-je en souriant.

Je me demande si je ne devrais pas aussi inviter Edward. Je ne veux pas qu'il soit seul pour Noël.

— Moi, j'emmène les garçons skier, m'informe-t-il alors.

— Oh, ça va être sympa ! Et c'est bien que tu puisses passer du temps avec tes fils.

— Oui, et avec leur iPhone, réplique-t-il en souriant.

Heureusement que je ne l'ai pas invité. Je me serais sentie super gênée de lui proposer de dormir sur le canapé chez mes parents alors qu'il a sûrement réservé dans un hôtel cinq étoiles.

— Sophie part avec son nouveau copain.

— Dis donc, elle n'a pas perdu de temps !

— Ça fait longtemps qu'on avait rompu, tu sais, dit-il sans lever les yeux de sa casserole. On a perdu trop de temps, tous les deux. La vie est courte.

Cette fois, nous échangeons un long regard. Depuis notre retour à Londres, nous n'avons pas reparlé de ce qui s'est passé à l'hôpital. Je l'ai à peine croisé. J'ai été très occupée et, de son côté, il était accaparé par une flopée de projets pour Noël. Mais avec ce regard échangé, je comprends que nous n'avons pas besoin d'en parler. *Il était là*. C'est comme si j'avais une marque inscrite au feutre indélébile sur une partie cachée de mon corps et qu'il était le seul à pouvoir la voir.

Je pense à Ethan. Je pense au moment où, dans l'ancienne chambre de mon frère, Edward a dit que, désormais, nous devrions toujours dire ce que nous pensons. Je le dévisage. Il est juste à côté de moi, à quelques centimètres seulement, et je pense à toutes les choses dont j'ai envie de lui parler. Aux choses que j'ai besoin de lui dire.

— Ton café bout.

— Oh, oui, merci…

Sauf que je ne dis rien.

Ce qui m'inspire de la reconnaissance :

1. *La boutique de reprographie près de chez moi, où j'ai imprimé mes propres cartes de Noël ornées d'un selfie de Cricket et moi : celui que j'ai pris cet été en Espagne sur la plage ; on s'était déjà enfilé plusieurs negronis, et je souris comme une bécasse en bikini. À l'intérieur de la carte, je raconte un peu ce que j'ai fait cette année – mon podcast, la pièce, ma disqualification de la course amicale à l'école d'Izzy. J'ai ajouté quelques photos d'Arthur, et je conclus par un message qui dit : « Joyeux Noël et une nouvelle année superbement foutraque et absolument sans filtre. »*
2. *Les nouvelles de ces amis de Houston : tout le monde est heureux et en bonne santé, y compris le lapin. Je ne suis pas certaine qu'il était indispensable de me tenir au courant des progrès du*

petit Jimmy côté propreté, mais c'est toujours bon de savoir qu'il a franchi ce cap. Bravo, Jimmy, et joyeuses fêtes !

3. *Edward.*

Le sang et la myrrhe

Quand on n'a pas d'enfants, à Noël, on a facilement l'impression de louper quelque chose, alors je saute de joie lorsque Fiona m'invite à venir voir Izzy jouer dans le spectacle de Noël de son école. Apparemment, la directrice a adopté une nouvelle politique en termes de fluidité des genres, et cette pièce est censée la refléter. Par conséquent, Izzy joue l'un des rois mages et Lucas un ange.

Ça change de tout ce que j'ai pu vivre de politiquement incorrect quand j'étais à l'école dans les années 1970 : seules les filles blondes aux yeux bleus pouvaient être des anges et, avec ma copine Sameena, nous étions reléguées au rang de « pèlerins ». Je ne me souviens pas de grand-chose, sauf que les costumes grattaient et que, selon ma mère, je me suis curé le nez pendant toute la pièce.

J'entre dans la grande salle, décorée pour l'occasion par les enfants de l'école. Tout y respire Noël : les guirlandes de papier coloré suspendues aux plafonds voûtés, les figurines fabriquées par les élèves, et l'immense sapin couvert d'étoiles qui occupe la place d'honneur près du piano.

— Tu es superbe, j'adore cette robe !

Fiona fond sur moi, bras grands ouverts.

— eBay, seulement dix livres, je rétorque. Toi aussi, tu es très belle !

Franchement, je n'exagère pas : elle est magnifique. Et en plus, elle semble… revigorée. Voilà, c'est le mot.

— J'ai surtout l'air d'une femme qui n'a pas dormi depuis des semaines parce que, depuis qu'elle s'est remise à travailler, elle ne pense plus qu'à son nouveau boulot.

— Tu as commencé ! Alors, ça se passe comment ?

— Carrément génial, déclare Fiona en souriant d'une oreille à l'autre. J'aurais dû faire ça il y a des années.

— C'est incroyable, je suis tellement contente pour toi !

— J'étais super inquiète, mais tout se passe très bien. Et pas seulement pour moi : depuis que je bosse, David fait moins d'heures et, quand il rentre à la maison, les enfants ne sont pas encore couchés et il peut passer plus de temps avec eux.

— Tu vois ? Je savais que ça marcherait.

— Tu n'en savais rien du tout, s'esclaffe-t-elle, mais merci de m'avoir dit de foncer.

— De rien !

En allant rejoindre nos places, nous tombons sur Annabel.

— Salut ! lance-t-elle, souriante.

Elle porte un tailleur-pantalon blanc et, comme d'habitude, elle est parfaite. Il n'y a qu'Annabel pour s'habiller comme ça. À sa place, je serais déjà couverte de taches de café et de poils de chiens.

— Salut, je réponds.

Nous nous faisons la bise à la française – une sur chaque joue – et Annabel nous raconte les dernières nouvelles de l'école : la décision d'interdire le plastique à la cantine, le drone qui va permettre de filmer certaines scènes de la Nativité, Clémentine qui joue le rôle de Marie (ou « le rôle principal » selon les termes insistants d'Annabel). Clive est également évoqué : il a déménagé pour louer dans le voisinage, il a laissé la maison à Annabel et il a déjà une nouvelle petite amie. Mais au lieu d'être en colère, Annabel semble surtout soulagée. Apparemment, pour elle, les affaires ont repris.

Elle est impeccablement coiffée, ses lèvres et ses ongles sont peints du même rouge très festif et pourtant, j'ai l'impression que, dans l'ensemble, son vernis s'est un peu craquelé.

— Tu sais, j'ai écouté ton podcast, me confie-t-elle après que Fiona s'est éclipsée aux toilettes.

Mentalement, je me prépare à l'affrontement.

— Putain de lundi.

Je sursaute.

— Pardon ?

— Ton podcast ! Je voulais te dire que, pour ma part, je suis Putain de lundi à fond.

— Ça me va, dis-je avec un grand sourire.

— À moi aussi !

Radieuse, elle fait volte-face pour aller s'installer au premier rang.

Le spectacle a largement tenu ses promesses : la tête de l'enfant Jésus s'est détachée et a roulé hors de la scène ; l'un des anges s'est fait pipi dessus ; Clémentine s'est révélée une excellente Marie, et je suis certaine que sa performance fera parler pendant de nombreuses années. De plus, elle m'a fait concurrence en décidant de se curer le nez pendant toute la pièce. Le final était très réussi lui aussi : le drone s'est crashé dans les rideaux de velours, et il a fallu qu'un des papas de l'assemblée aille le récupérer – un jeune divorcé, semble-t-il, qui a fini empêtré dans les rideaux susmentionnés en compagnie de la directrice, laquelle a piqué un fard de toute beauté.

Et, en tant que marraine, je peux affirmer avec une fierté légitime qu'Izzy et Lucas ont tous les deux été parfaits. Évidemment. J'ai adoré le fait qu'Izzy ait eu un peu de mal à prononcer « l'encens » et qu'elle ait offert « le sang » à l'enfant Jésus.

Et puis, bien sûr, j'ai versé quelques larmes quand elle a chanté *Douce nuit*.

Ce qui m'inspire de la reconnaissance :

1. *Ma merveilleuse filleule Izzy qui m'a fait sourire, rire, et exploser de fierté et de tendresse quand elle a chanté son solo.*
2. *Ma nouvelle coupe de cheveux, mes mèches et cette nouvelle robe très seyante, parce que je suis tombée sur Johnny qui était venu voir son neveu Oliver jouer dans la pièce.*
3. *Ma repartie très spirituelle quand il m'a dit que j'étais superbe et qu'il m'a demandé comment j'allais*[1, 2].

---

1. Sauf qu'en fait, aucune repartie spirituelle ne m'est venue. D'ailleurs, je n'ai pensé à aucune repartie tout court, nous avons juste échangé des banalités avant que je m'excuse pour aller aux toilettes. Et là, bien entendu, je me suis repassé notre conversation en faisant la liste de tous les traits d'esprit que j'aurais pu sortir, mais il était trop tard *(N.d.A.)*.
2. Bon, on s'en fiche. Le plus important, c'est qu'en le voyant, je n'ai rien ressenti du tout. Un peu d'agacement, peut-être. En plus, il portait un jean mom *(N.d.A.)*.

4. *Ma capacité à rejouer les conversations dans ma tête et à les améliorer.*
5. *Annabel qui, un peu plus tard au stand de vin chaud, m'a révélé qu'en fait, c'était Johnny qui l'avait draguée, et non l'inverse. Comme quoi il m'a rendu un immense service en me ghostant. #libérée #onsenfout*

Cauchemar en boutique

Autrement dit, la course aux cadeaux de Noël.

Déterminée à soutenir le commerce local, je décide de ne pas acheter mes cadeaux en ligne et de braver la foule. C'est le chaos. Les magasins brillant de mille feux sont assaillis de clients à bout de nerfs, et il y règne une chaleur tropicale qui m'oblige à retirer mon manteau. J'entre et sors des boutiques, tentant frénétiquement d'y dénicher au moins un des cadeaux inscrits sur ma liste.

Je dois reconnaître que cette méthode a des avantages : impossible de profiter de cette ambiance festive quand on reste chez soi pour passer commande sur Internet, n'est-ce pas ? Sauf que, pour être honnête, le mot « festif » n'est pas forcément celui qui vient à l'esprit en arpentant les rayons des grands magasins. En revanche, je croise pas mal d'hommes dont la mine s'assombrit quand une vendeuse leur confie à mi-voix que les stocks de bougies parfumées sont épuisés.

Je compatis. Ce n'est pas facile pour moi mais, manifestement, les courses de Noël, c'est encore plus rude pour les maris et les fiancés. À l'étage, je vois l'un de ces maris en train d'examiner une batterie de casseroles et je me dis que, quelque part, une épouse va être drôlement déçue. Aucune femme, aussi pragmatique soit-elle, n'a envie de déballer une poêle à frire le matin de Noël. Je crois que c'est Liza qui disait tout le temps qu'un cadeau, ça doit tenir dans un petit paquet.

Je me faufile jusqu'à lui et le guide vers la marque Le Creuset. Tant qu'à offrir des ustensiles de cuisine, autant qu'ils soient chers.

Chaque année, j'essaie de faire preuve d'originalité, contrairement à Rich qui s'en tire toujours à bon compte en offrant des bons d'achat. Je suis peut-être la seule, mais je suis convaincue qu'on ne devrait y recourir qu'en dernier ressort. L'année dernière, j'ai offert des tests ADN à toute la famille ; je trouvais que c'était un super-cadeau, jusqu'à ce que je lise un article expliquant que des tas de gens n'étaient pas forcément ravis des résultats obtenus. Le côté « péninsule Ibérique, 10 % », ça passait, mais « Ma mère a couché avec le facteur, et mon vrai père, c'est lui », c'était un peu trop pour eux.

Ça m'a mise dans tous mes états. J'en ai parlé à mon frère qui a éclaté de rire en pointant son index sur mon nez, puis le sien : « Sérieux ? Nell, je crois qu'on n'a pas trop à s'inquiéter de l'origine de notre ADN ! » Nous avons indéniablement hérité tous les deux de ce que, dans la famille, on appelle « le nez Stevens ». Selon Rich, pas besoin d'un test pour le prouver.

On l'a quand même fait, avec les résultats escomptés – plus le fait que ma mère possède un pour cent de gènes néandertaliens, ce que mon père ne perd pas une occasion de lui rappeler.

Cela dit, cette année, la tâche est encore plus complexe que d'habitude. Dès qu'ils ont besoin de quelque chose, mes parents se l'achètent ; et j'ai beau me creuser la cervelle, je ne sais pas quoi offrir à Freddy, mon filleul. Ils aiment quoi, de nos jours, les garçons de dix ans ? À part terroriser les baby-sitters, mais je ne suis pas sûre de pouvoir dénicher ça en taille S. En plus, je ne trouve rien de tous les autres trucs que j'ai mis sur ma liste.

Je me demande s'ils vendent des bons d'achat dans ce magasin...

Ce qui m'inspire de la reconnaissance :

1. *Amazon Prime.*
2. *Être célibataire : ça fait toujours un cadeau de moins à acheter.*

La veille de Noël

J'ai loué une voiture pour me rendre chez mes parents. Cricket est à côté de moi à l'avant et Arthur à l'arrière. Ça me semblait plus facile (et moins cher) que de prendre le train. Nous chantons en chœur sur les airs de Noël qui passent à la radio, nous rencontrons quelques embouteillages, et nous mangeons trop de machins emballés dans des tonnes de plastique que nous achetons dans les stations-service. S'il voyait ça, Edward me tuerait.

Enfin, nous quittons l'autoroute. Au crépuscule, nous empruntons la route qui traverse ma partie préférée du Lake District, juste à temps pour profiter des reflets du soleil couchant sur le lac Windermere et des couleurs orangées des collines. D'un virage à l'autre, nous progressons dans un patchwork de fougères et de mousse. Il est censé neiger mais, pour le moment, il fait juste froid et humide, et des rubans de fumée s'élèvent des cheminées d'ardoise.

En Californie, Noël ne ressemblait pas du tout à cela. Au début, ça me plaisait, c'était nouveau. Passer Noël sur la plage, lézarder au soleil sur des serviettes rayées et manger des sushis pour le réveillon. Mais, très vite, je me suis lassée de tout ça et, chaque année, j'ai dépensé des fortunes pour revenir passer les vacances d'hiver chez moi.

La première fois, Ethan m'a accompagnée. Il disait qu'il voulait qu'on soit ensemble, et qu'on allait bien s'amuser. Ma mère ne se tenait plus de joie. Mon père l'a amené au pub. Rich lui a pris un billet pour qu'ils aillent voir un match ensemble. Ethan a paru ravi – quand il n'était pas secoué de frissons, en train de se démener pour capter la 4G (en rase campagne, le réseau est une denrée rare) ou dénicher un *chai latte* au soja.

Ce n'était pas de sa faute. On parle peut-être la même langue (même s'il a eu beaucoup de mal à comprendre les gens du cru), mais essayez d'expliquer à un Américain perplexe la très anglaise tradition des spectacles de Noël, et vous verrez à quel point nous sommes différents. Je crois qu'Ethan s'est lassé assez vite du côté pittoresque.

Quoi qu'il en soit, cette première fois a aussi été la dernière. Ethan n'est jamais revenu : après cela, nous avons passé Noël séparément, lui dans sa famille en Californie, et moi ici. À part l'année dernière, où je suis restée seule dans notre appartement pour faire mes derniers cartons. Cette année, pour le Nouvel An, nous serons tous deux du même côté de l'Atlantique. Son restaurant de Londres organise une grande soirée, et il donne un coup de main pour les préparatifs. Il prend l'avion d'ici quelques jours…

— Mais c'est absolument charmant ! s'exclame Cricket au moment où je m'engage dans l'allée.

La maison est décorée de guirlandes lumineuses clignotantes. Depuis la fenêtre, ma mère nous adresse de grands signes. Je donne un petit coup de klaxon et Arthur se met à aboyer. Appuyé sur ses béquilles, mon père apparaît et ouvre la fenêtre. J'entends la télé hurler et ma mère crier de ne pas laisser entrer le froid.

C'est Noël ! Nous sommes à la maison.

Ce qui m'inspire de la reconnaissance :

1. Les tourtes à la viande de ma mère.

2. Le Baileys.

3. À Noël, on ne compte pas les calories.

Le jour de Noël

Le Baileys et le stilton coulent à flots. Comme d'habitude, ma mère refuse de s'asseoir et passe l'essentiel de la journée en cuisine, à diriger un orchestre de casseroles frémissantes pendant que nous allons et venons en proposant notre aide, tout en nous servant des rasades de Baileys. Mon père, quant à lui, reste la plupart du temps assis sur le canapé, la jambe posée sur la table basse. Chaque fois que quelqu'un veut passer, il la lève et l'abaisse comme le Tower Bridge.

Bien entendu, Evie est la vedette de la maisonnée. Elle n'a encore que quelques semaines, et elle monopolise l'attention des six adultes qui l'entourent. Je ne pensais pas être à ce point fascinée par ses doigts minuscules ou les innombrables expressions qui passent sur son visage – immanquablement, nous nous interrompons pour aller nous rassembler autour d'elle et lancer des exclamations ravies – et je n'aurais pas imaginé pouvoir passer des heures à me demander tout haut de qui elle tient ses oreilles ou ses cheveux roux.

— Ça doit venir du côté de Nathalie, déclare Rich avec conviction, jusqu'à ce que ma mère lui montre une photo de notre grand-mère adolescente, parée d'une longue chevelure auburn.

— Mais dans mon souvenir, elle a toujours eu les cheveux blonds et bouclés ! lance-t-il, dérouté.

— Oh, c'était une perruque ! s'exclame mon père. Elle disait qu'elle s'était toujours préférée en blonde.

— Bravo, grand-mère, approuve Nathalie avant d'embrasser Evie qu'elle vient d'allaiter, et de la donner à Rich pour qu'il change sa couche.

Je n'ai jamais vu mon frère aussi enthousiaste à l'idée de changer une couche sale. Au moment où il prend sa fille dans ses bras, elle lui vomit sur l'épaule, tachant sa nouvelle chemise. Il éclate de rire. J'adore cette version inédite de mon frère.

Comme la tradition l'exige chez mes parents, nous échangeons nos cadeaux dans la matinée, nous nous gavons de chocolats à la liqueur à midi, et nous prenons place à table juste à temps pour voir le discours de la reine à la télé. Cette année, nous sommes un peu serrés, même avec les rallonges. Tante Verity est repartie en Espagne, mais il y a deux invités de plus : Cricket et Nathalie. Et la petite Evie, bien sûr. Plus Arthur, qui se met dans nos jambes sous la table mais refuse d'en sortir au cas où un morceau de dinde viendrait à atterrir entre ses pattes.

Ma mère consent enfin à s'asseoir pendant que mon père découpe la volaille. Rich porte un toast aux familles, les anciennes et les nouvelles, et je vois Cricket disparaître un instant dans ses pensées avant qu'il lève également son verre à Monty. Ici, on n'est pas du genre à faire de grands discours larmoyants, mais nous sommes tous conscients du deuil de Cricket. Ma mère lui donne le plat de pommes de terre sautées, et Cricket lui adresse un sourire reconnaissant. Que peut-on faire d'autre qu'offrir des pommes de terre sautées à quelqu'un qui passe son premier Noël sans l'amour de sa vie ?

Plus tard, après le repas, nous ouvrons une Terry's chocolate orange[1] et je contacte Liza sur FaceTime. Elle passe Noël en famille à Austin, au Texas, et Tia l'a accompagnée. Je sais que Liza appréhendait de présenter sa nouvelle petite amie, mais ses craintes étaient manifestement sans fondement.

— Elle passe des heures avec ma mère dans la cuisine, me dit-elle, radieuse. Et l'oncle Frank est fou amoureux d'elle… Je le comprends.

Je suis enchantée de voir mon amie détendue et heureuse. Depuis qu'on se connaît, nos relations amoureuses ne sont qu'une série de problèmes et de malentendus. Mais avec l'arrivée de Tia, tout a changé pour Liza.

— Je n'ai rien à raconter, tout est juste… simple, me confie-t-elle chaque fois que nous échangeons sur WhatsApp. Nous sommes d'un ennui mortel, toutes les deux !

Alors, elle éclate de rire, et je sais qu'elle plaisante mais, franchement, je me dis qu'elle a mis le doigt sur une vraie question : nous avons tort de croire qu'une relation simple est une relation ennuyeuse, que seuls le drame et la tragédie sont excitants. En fait, c'est tout le contraire.

---

1. Friandise au chocolat créée en 1932 par l'entreprise Terry's *(N.d.T.)*.

Ma mère somnole dans son fauteuil. Je charge le lave-vaisselle. Alors que je rince les assiettes, je prends conscience qu'Edward n'est pas là pour me dire comment ranger les couteaux. Je suis libre de les empiler où je veux. Mais c'est marrant, je m'aperçois que j'ai envie de le faire à sa manière, finalement. Je me demande s'il n'a pas déteint sur moi, et pas seulement en ce qui concerne les couteaux.

Au même moment, mon père pousse un cri :

— Regardez dehors !

Il commence à neiger. De gros flocons dodus qui tourbillonnent et dansent autour des réverbères, le long des cheminées et dans la vallée en contrebas.

— Regarde, Evie, c'est ta première neige, chuchote Rich.

Nous nous rassemblons autour de la fenêtre, et je me dis que ça, c'est un moment vrai, qu'aucun selfie ou like ne sauraient reproduire.

Le genre de moment magique qu'on aimerait conserver en bouteille toute sa vie.

Ce qui m'inspire de la reconnaissance :

1. *Les chaussettes. Jamais je n'aurais dit ça plus jeune, mais j'arrive à un âge où les chaussettes ne sont plus un cadeau barbant. Comme quoi la vieillesse a ses bons côtés. On n'a jamais trop de chaussettes.*
2. *Ma mère, parce que, franchement, l'esprit de Noël, c'est elle.*
3. *Evie, qui est passée par tous les bras et a remporté un franc succès auprès de Cricket. Plus tard, celle-ci m'a confié que, même si elle n'a jamais*

voulu d'enfants, elle aurait bien aimé être grand-mère, « parce qu'on peut les rendre ».

4. *Le cadeau de Fiona : à Michelle, Holly et moi, elle a offert un tee-shirt qui porte cette inscription : « Quadra complètement* f**ked-up *».*
5. *Les grands esprits qui se rencontrent : Fiona m'a envoyé une photo d'elle vêtue du tee-shirt que je lui ai offert, avec « Merde aux avocats » écrit en travers de la poitrine.*
6. *La famille, qu'on devrait redéfinir en ces termes : « Les gens qu'on aime ».*
7. *Il reste 365 jours pour faire les courses avant Noël.*

Le lendemain de Noël

Pareil mais avec plus de cheddar.

Entre-deux

Le 28 décembre, je rentre à Londres avec Cricket et Arthur. Après la magie enneigée du Lake District, Londres me paraît un peu gris, humide et morne. Mais ça va, j'ai de quoi m'occuper.

Edward étant toujours au ski, je décide d'entreprendre un grand ménage. C'est incroyable tout ce qu'on peut amasser en un an. Quand j'ai emménagé dans cet appartement, je n'avais que deux valises et quelques bouquins mais, à ce rythme, je vais avoir besoin d'un camion pour déménager.

Je retrouve quelques vieilles photos. De vrais tirages papier d'Ethan et moi à l'époque de notre rencontre. Son avion atterrit demain. Nous avons prévu de dîner ensemble.

Mes pensées se projettent vers ce moment, mais je les ramène à l'instant présent. Comme je l'ai dit, j'ai beaucoup de choses à faire ici. Nouvel An, nouveau départ.

À : Ethan DeLuca
Objet : Nous

Cher Ethan,

Tu m'as dit de prendre un peu de temps pour réfléchir à ta proposition, alors j'y ai réfléchi. Pour être honnête, je n'ai pas pensé à grand-chose d'autre depuis que nous nous sommes revus, il y a quelques semaines. Quand tu m'as annoncé que tu m'aimais toujours et que tu voulais qu'on essaie encore, tous les deux, je me suis d'abord dit que la réponse était évidente. Pendant si longtemps, tout ce dont je rêvais, c'était toi, moi, et notre avenir commun. Et cette année, tu m'as tellement manqué que, par moments, j'aurais donné n'importe quoi pour t'entendre dire ça.

Mais les choses ont changé. J'ai changé, et je ne peux pas revenir en arrière. Je ne suis plus celle que j'étais, et je n'ai plus envie de l'être. Je suis contente que nous ayons enfin pu parler des sujets sensibles – nous aurions dû le faire il y a une éternité – mais, soyons honnêtes, ça ne se passait pas très bien entre nous, même avant de perdre le bébé. Cette fausse couche, c'était juste l'élément déclencheur.

J'ai pris mon temps pour t'écrire parce que je voulais être certaine de prendre la bonne décision. En vérité, il n'y a jamais eu qu'une décision. Je ne reviendrai pas, Ethan. Là-bas, ce n'est plus chez moi. Ma vie est ici. Mais ne doute jamais que je t'ai énormément aimé et que je n'oublierai jamais les bons moments passés ensemble ni ta puttanesca ☺

Je suis désolée de te faire faux bond pour ce dîner, mais je ne voyais pas l'intérêt. Je pense que nous nous sommes déjà tout dit.

Je ne te souhaite que du bien. Prends soin de toi.

Nell

Et puis, pour la première fois de ma vie, je ne relis pas ce que j'ai écrit avant de cliquer sur « Envoi ».

À : Pénélope Stevens
Objet : Offre pour l'appartement du 2, Princeton avenue

Chère madame Stevens,

J'ai le plaisir de vous informer que votre offre pour l'appartement du 2, Princeton avenue vient d'être acceptée ! Les propriétaires sont absents jusqu'au 1er janvier mais je tenais à vous transmettre leurs félicitations et leur souhait de procéder à la vente au plus vite. Notre agence est fermée jusqu'au 2 janvier, cependant je voulais vous communiquer cette bonne nouvelle avant de vous envoyer le compromis officiel de vente à partir duquel votre notaire pourra entamer les démarches nécessaires.

Je vous souhaite une excellente nouvelle année !

Bien cordialement,

Marcus Brampton

Responsable des ventes, agence immobilière Brampton & Proctor

Soirée du Nouvel An

Je n'en reviens pas. Comment le temps a-t-il pu passer aussi vite ?

Nous sommes le 31 décembre. Être quadra présente pas mal d'inconvénients mais, aujourd'hui, c'est plutôt un avantage. Quand j'étais plus jeune, j'éprouvais toujours le besoin de sortir pour trouver la meilleure fête et m'amuser le plus possible. J'avais la FOMO[1] puissance dix. Maintenant, j'ai la JOMO[2], et ça ne me dérange pas de rester chez moi devant un bon film, en compagnie d'une bouteille de vin. Le pied !

Sauf que non : cette année, je suis invitée à une soirée !

— Bon, ce n'est pas vraiment une soirée, j'explique à Cricket tandis que nous scrutons l'étal de fromages de son épicerie de quartier. Juste mes amis Max et Michelle qui ont fait un curry et invité du monde.

---

1. Acronyme de *Fear of missing out*, la peur de manquer quelque chose *(N.d.T.)*.
2. Acronyme de *Joy of missing out*, la joie de manquer quelque chose *(N.d.T.)*.

— C'est parfait pour un réveillon, approuve Cricket en se penchant sur un brie bien coulant avant de s'adresser au vendeur. Est-ce que je pourrais le goûter ?

— C'est un triple crème de la vallée de la Loire, dit-il en lui en tendant un morceau.

Cricket semble entrer en transe :

— Merveilleux. Je vais en prendre un, s'il vous plaît.

— Alors, qui est cette femme qui t'a invitée ce soir ? je lui demande.

En chemin, Cricket m'a parlé d'une soirée de réveillon à laquelle on l'a conviée. Comme les gens amènent toujours quelque chose de sucré à manger, elle s'est dit qu'elle allait apporter un bon fromage bien odorant pour montrer clairement à qui les gens avaient affaire.

— C'est ma voisine du dessus, répond-elle. Une veuve, comme moi.

— C'est super ! Enfin, tu vois ce que je veux dire.

Ma maladresse la fait rire.

— Apparemment, nous sommes de plus en plus nombreuses, commente-t-elle avant de se retourner vers le vendeur. Vous pourriez me mettre un peu de cette délicieuse pâte de coing ?

— Qui d'autre y aura-t-il ?

— Je ne sais pas. Je crois qu'elle a pas mal d'amis. Elle est un peu plus jeune que moi, explique-t-elle en tendant sa carte bancaire. Elle m'a dit qu'elle avait invité un homme qui a perdu sa femme l'année dernière. Elle pense que nous avons beaucoup en commun. C'est un ancien acteur.

Nous échangeons un regard.

— Ça ne m'intéresse pas, ajoute-t-elle. J'aime bien être célibataire.

— On ne sait jamais…

— Je n'ai aucune envie de voir un vieux en caleçon, grimace Cricket.

Le vendeur lui tend ses achats et son reçu.

— Parfait, merci.

— Monty était un vieux en caleçon, je souligne alors que nous sortons de la boutique.

— C'est vrai, acquiesce-t-elle avec un sourire. Mais c'était mon vieux à moi.

J'ai invité Edward au réveillon. Il est rentré du ski cet après-midi, et il n'avait rien de prévu.

— Je pense rester ici et me préparer un curry, m'a-t-il annoncé, sans préciser si la fille avec laquelle il sortait serait là.

— Parfait, c'est exactement ce que nous mangerons là-bas ! ai-je rétorqué avant de l'envoyer se doucher.

Nous emmenons Arthur. Avec les feux d'artifice, impossible de le laisser trop longtemps à la maison, et la fête serait moins réussie sans lui. Michelle a promis d'enfermer le chat dans sa chambre.

— On va bien s'amuser, m'a-t-elle assuré. Et on va enfin pouvoir rencontrer ton mystérieux propriétaire !

— Pas de pression, alors, commente Edward quand je lui rapporte les propos de mon amie.

Il a préparé des olives farcies, l'une de ses spécialités, et il a l'air inhabituellement emprunté.

— Aucune pression ! je confirme gaiement en frappant à la porte.

Max vient nous ouvrir, paré d'un tablier et d'une toque de chef.

— Salut ! Entrez, entrez, je ne voudrais pas que vous mouriez de froid ! s'exclame-t-il en s'effaçant pour nous laisser passer. Pas comme certains, hein ?

Il adresse un clin d'œil à Edward pendant que je me mords les doigts de lui avoir raconté la Bataille du thermostat.

Le reste de la bande est déjà arrivé. Fiona et David ont confié les enfants à Francisca, leur nounou ; quant à Holly et Adam, ils ont trouvé une baby-sitter.

— Une soirée entre nous, m'informe Holly en m'embrassant. D'après notre psy, il est essentiel qu'on essaie de retrouver ce qu'on appréciait tant chez l'autre au début.

— Et ça marche ?

Elle jette un regard en coin à Adam. Il est avec Freddy qui lui montre quelque chose sur son téléphone.

— Je crois, murmure-t-elle en observant son mari avec tendresse. Je crois que je n'ai plus envie de le tuer.

Nous sommes interrompues par Max qui vient remplir nos verres.

— Super-nouvelle, Nell ! s'exclame-t-il avant de se retourner vers la cuisinière où mijotent deux plats qui dégagent une délicieuse odeur. Pour l'appartement… Michelle m'a dit. Bravo !

— Oh, merci.

— Alors, ça te fait quoi de perdre ta locataire ? demande David en décochant un coup d'œil à Edward, en grande conversation avec Michelle au sujet des nouvelles couches écologiques.

Tout à l'heure, je lui ai annoncé que mon offre avait été acceptée, et il a semblé sincèrement ravi pour moi.

— En tout cas, les factures d'électricité ne vont pas me manquer, déclare-t-il en m'adressant un grand sourire que je lui rends.

— Ces hommes, tous les mêmes ! lance Fiona qui revient des toilettes. Franchement, David est pareil. Ils n'ont qu'à habiter tous ensemble, ils grelotteront en chœur.

— Je parie que Nell va te manquer, ajoute-t-elle à l'adresse d'Edward.

— Oui, confirme-t-il. Et à Arthur aussi.

— L'appartement n'est qu'à quelques arrêts de bus, je réponds vivement. Je pourrai venir le promener et m'occuper de lui quand tu seras au travail.

— Je pense qu'Adam et moi, on pourrait s'inspirer de vous, lâche Holly.

Adam lève la tête :

— Oh, je ne sais pas, on ne s'en sort pas si mal, non ?

Ils échangent un sourire.

— En tout cas, c'est génial, intervient Michelle. Tu as intérêt de faire une grosse crémaillère et de nous inviter !

— Je ne suis pas sûre d'arriver à tous vous caser…

— Quand on veut, on peut. Qui aurait cru qu'on tiendrait à six dans cette minuscule maison ?

— Petite maison, grande vie ! s'écrie Max en agitant une cuillère en bois couverte de dhal. Bien sûr, si je décroche le boulot pour lequel j'ai postulé, on pourrait espérer une maison légèrement *moins* petite.

— Tu as passé combien d'entretiens pour ce job ? demande David.

— Six. Il ne m'en reste plus qu'un.

— Je me suis fiancé après deux rendez-vous, intervient Edward en fronçant les sourcils. Mais ce n'est peut-être pas une bonne comparaison, vu que je suis divorcé.

— Et tu vois quelqu'un, en ce moment ? l'interroge Fiona qui ne rate pas une occasion de mettre les pieds dans le plat.

J'essaie de croiser son regard, mais elle l'évite soigneusement. Quand je suis arrivée avec Edward, elle m'a adressé une moue éloquente puis, lorsque nous nous sommes retrouvées seules, elle m'a demandé pourquoi je n'avais pas précisé qu'il était aussi beau.

Edward secoue la tête.

— Non, répond-il. Personne.

Je réprime une exclamation de surprise. Personne ? Fiona me décoche alors ce fameux Regard dont elle a le secret, celui qu'elle croit subtil et discret, et qui ne passe jamais inaperçu.

— Nell m'avait pourtant dit que tu voyais quelqu'un…

D'un coup, je sens que Max a besoin d'aide pour préparer le riz.

— Oh, je suis juste sorti avec quelques amis, répond Edward. Ils ont essayé de me présenter une femme…

À son ton, je sais qu'il a envie de changer de sujet, mais Fiona ne compte pas lâcher le morceau :

— Et alors, qu'est-ce qui s'est passé ?

Des bols. Il nous faut des bols.

— Elle était tout à fait charmante, mais pas faite pour moi… Ni moi pour elle, je suppose.

Alors c'est vrai : il n'a personne.

— Ça m'étonne, tu es pas mal dans ton genre, assène Fiona.

— C'est prêt ! je lance à tue-tête. Qui veut un papadum ?

Ce repas indien est fabuleux. Max est un excellent cuisinier. Nous dégustons du chana masala, un délicieux dhal épicé et un poulet tikka masala pour les amateurs de viande, ainsi que de savoureux chutneys, des citrons marinés et du raita qu'on sauce avec le reste des papadums, même si on a l'impression de ne plus rien pouvoir avaler.

Ensuite, nous débarrassons la table, Adam met sa playlist du Nouvel An et nous dansons sur Prince en déplorant pour la millionième fois que quelqu'un d'aussi talentueux soit mort. Nous répétons la même scène pour David Bowie, Tom Petty et George Michael, pendant que les enfants nous demandent de qui nous parlons et nous dévisagent comme s'ils avaient affaire à une bande de vieux schnoques.

Ce que nous sommes, j'imagine : une bande de vieux schnoques.

Ensuite, nous nous tassons dans le salon et allumons la télé pour regarder le *Hootenanny* de Jools Holland[1] en attendant la diffusion des feux d'artifice au-dessus du Parlement. Le compte à rebours

1. Émission de télévision anglaise présentée par l'animateur Jools Holland, traditionnellement diffusée pendant le réveillon du Nouvel An, et faisant intervenir des artistes de tous horizons *(N.d.T.)*.

a commencé : vingt, dix-neuf, dix-huit… Sauf qu'Adam s'est trompé d'heure et qu'en fait nous en sommes déjà à trois, deux, un.

Nous nous embrassons, nous étreignons, nous souhaitons mutuellement une bonne année. Sur l'écran, les feux d'artifice explosent au-dessus de Big Ben. Adam serre Holly dans ses bras, Fiona s'écroule sur le canapé avec David en renversant son verre, Max disparaît dans la cuisine pour aller chercher un torchon et ouvrir une bouteille pendant que Michelle se sert une autre tequila.

Quant à Edward, il m'embrasse, et je me demande pourquoi nous avons attendu si longtemps.

Premier janvier

Au petit matin.

Je ne me souviens plus à quelle heure nous sommes partis, mais nous n'avons même pas essayé de prendre un taxi.

Encore saouls, un peu étourdis, nous marchons le long du fleuve avec Arthur en bavardant. À un moment donné, nous nous taisons et Edward me prend la main, comme si c'était le geste le plus naturel du monde. Nous continuons d'avancer, les doigts entrelacés, dans le silence que seuls perturbent le bruit de nos pas sur le chemin de halage et le clapotement des vagues contre la berge.

Il est rare de partager de tels silences avec quelqu'un sans se sentir mal à l'aise, et cela me fait penser à mon père. Je l'ai appelé dans la nuit pour leur souhaiter une bonne année, à lui et à ma mère. Il n'y a pas si longtemps j'ai craint de ne plus jamais pouvoir le faire. La nuit où je me suis effondrée devant la chapelle de l'hôpital, j'ai cru que j'allais le perdre. Je ne l'oublierai jamais. Alors que j'étais au fond du gouffre, la lumière est enfin apparue. Et elle m'a montré ce qui avait vraiment de l'importance, dans la vie. L'amour, le vrai, celui qui nous fait déplacer des montagnes pour quelqu'un, une personne qu'on ne laissera jamais tomber.

C'est tout. Rien d'autre ne compte.

Le lendemain de l'accident de mon père, quand j'ai vu Edward dans le parking, j'ai eu l'impression qu'un interrupteur venait d'être actionné. Quelque chose a changé.

Ou bien était-ce moi ?

Parce qu'au lieu de voir Edward mon coloc-proprio, j'ai découvert cet homme merveilleux, généreux, d'une gentillesse absolue, et j'ai su que je ne pourrais plus jamais me passer de lui. J'ai vraiment réalisé à cet instant que, juste au moment où on croit avoir tout compris et tout vu, l'aventure ne fait que commencer.

Il s'est passé tant de choses au cours de ces douze derniers mois. J'ai tant appris, notamment que, quand on n'a pas la réponse à tout, ce n'est pas grave. J'ai trouvé l'amitié et l'amour là où je m'y attendais le moins. J'ai découvert en moi une force que j'ignorais posséder, et un sens de l'humour qui, j'en suis persuadée, ne me fera jamais défaut. J'ai compris que je n'étais pas seule, je n'ai toujours aucune idée de ce que je fais de ma vie, et devinez quoi ? Les autres non plus.

Et je suis tombée amoureuse.

— Edward, tu te souviens quand on s'est promis de toujours se dire ce qu'on pense ?

Je m'arrête de marcher et lâche sa main. Nous pivotons pour nous regarder en face.

— Je le savais. Tu détestes mes olives farcies.

— Non, je proteste, avant de comprendre qu'il plaisante, et d'éclater de rire. En fait, si, elles sont carrément infectes. Je veux dire, j'adore les olives, mais avec du *beurre de cacahuète* ?

— C'est une spécialité.

— Ça, pour être spécial…

Il s'esclaffe à son tour.

— Bon, si ce ne sont pas les olives, de quoi tu voulais me parler ? demande-t-il en levant un sourcil.

Je ne sais pas si c'est la fraîcheur de l'air ou ce que je m'apprête à dire, mais j'ai l'impression de dessaouler d'un coup. J'enfonce mes ongles dans la paume de mes mains et j'ai la sensation que ma poitrine va exploser sous la pression de tout ce que j'y renferme depuis quelques semaines.

— Je crois que je t'aime.

Voilà. Je l'ai dit. Parce que j'ai aussi découvert que cet amour profond que je ressens est la forme d'amour la plus romantique qui puisse exister.

Edward me dévisage, le regard indéchiffrable. J'attends sa réaction. *Se dire tout ce qu'on pense*. Mon Dieu, lequel de nous deux a eu cette idée stupide ?

— Ça tombe bien, lâche-t-il enfin. Parce que moi, je t'ai aimée à l'instant où tu as débarqué dans ma cuisine.

Choc. Soulagement. Béatitude. Puis indignation.

— Je croyais qu'on devait être honnêtes l'un avec l'autre ! je m'écrie.

— Ç'aurait eu l'air un peu bizarre, non ? Si je te l'avais avoué à ce moment-là, je ne suis pas sûr que tu aurais loué la chambre.

— Pas faux.

— Alors…
— Alors…
Nous échangeons un regard.
— On fait quoi, maintenant ? demande-t-il à mi-voix.
— Je ne sais pas, finis-je par avouer.
Il sourit et m'attire à lui.
Puis il m'embrasse de nouveau.

Ma liste de remerciements de l'année (mise à jour)

Ce qui m'inspire de la reconnaissance :

1. *Mon merveilleux mari qui me montre chaque jour combien il m'aime avec des fleurs et de fabuleuses parties de jambes en l'air.*
   Mes merveilleux amis, pouvoir m'acheter des fleurs, et les belles parties de jambes en l'air avec Edward quand nous ne sommes pas trop crevés et que le thermostat est sur vingt.
2. *Les câlins avec notre petit miracle qui a prouvé à ses grands-parents comblés que maman n'était pas une quadra complètement* f**ked-up *que l'AF avait fini par rattraper.*
   Les câlins avec ma nièce, qui a montré à sa tatie Nell que le chagrin est partie prenante de la vie, que l'amour est infini et que personne ne sait de quoi est fait l'avenir mais que, quoi qu'il arrive, tout ira bien.
3. *Une carrière brillante qui m'offre à la fois l'épanouissement et un salaire à six chiffres que je*

dépense en magnifiques vêtements repérés dans des magazines au lieu de passer des heures à farfouiller sur eBay pour dénicher des versions bon marché.
Tous les merveilleux auditeurs de mon podcast, la pièce de Monty qui sera jouée pour la première fois à la fin de l'été dans le West End, mon rôle dans le projet de boîtes à lire que dirige Cricket, et ma chronique dans le journal. Ce n'est pas comme ça que j'imaginais ma carrière, mais toutes ces petites parcelles de ma vie me donnent un sentiment d'accomplissement, qui financent mon emprunt immobilier et me permettent de passer du temps à fouiner sur eBay parce que, franchement, qui a envie de payer des fortunes pour des fringues ?

4. *Une maison digne de figurer sur Pinterest, dans laquelle j'organise de fabuleuses soirées avec tous mes amis qui sont éblouis par mon talent pour la décoration et ma capacité à concocter de délicieux plats équilibrés, et qui me taquinent en m'appelant la Déesse d'intérieur.*
Mon petit appartement dans lequel j'ai l'intention d'entasser tous mes amis lors de la crémaillère, quand j'aurai enfin récupéré les clés ; là, ils s'extasieront devant mon talent pour marier vieux meubles d'occasion et mobilier IKEA tout en dégustant des plats à emporter sur leurs genoux, parce que je ne serai jamais une Déesse d'intérieur et que c'est pour ça que Dieu a inventé Deliveroo.
5. *Ce sentiment de force et de calme qui m'envahit quand je fais du yoga dans ma nouvelle tenue de chez Lululemon ou quand je me dis qu'enfin, je*

sais où est ma place, et que je ne mourrai pas seule, les pieds chaussés de papier journal.

Ce sentiment de force et de calme qui m'envahit en comprenant qu'on ne sait jamais très bien ce qu'on fait de sa putain de vie, mais qu'il n'est jamais trop tard pour repartir de zéro. Parce que c'est seulement au moment où on est prêt à renoncer à la vie qu'on s'était fixée qu'on obtient enfin celle qu'on était censé vivre depuis toujours[1,2].

---

1. Et dans cette vie, le yoga n'est pas obligatoire *(N.d.A.)*.
2. En revanche, Edward m'a dit que je n'avais pas besoin de m'en faire, pour les chaussures en papier journal, parce que je peux toujours lui emprunter ses bottes en caoutchouc *(N.d.A.)*.

Avis de décès d'une quadra à la ramasse

Nell Stevens, qui s'est longuement et courageusement battue contre le sentiment d'avoir raté sa vie, vient de décéder à quarante ans et des cacahuètes. Stevens, qui n'a jamais mâché ses mots, était accro au gin tonic et aux chips au fromage. Malgré son âge mûr, elle n'a jamais vraiment su quoi faire de sa vie ni compris comment elle était tombée aussi bas.

Dans sa jeunesse, l'existence lui paraissait être un monde rempli de promesses. Après avoir obtenu à l'université de Manchester une licence de littérature anglaise avec mention, Stevens a trouvé un emploi dans une maison d'édition reconnue où on l'a rapidement promue au poste de responsable des publications du secteur jeunesse, un rôle qui lui a valu de s'envoler vers New York.

Pourtant, malgré une vie professionnelle prometteuse, l'amour semblait décidé à la fuir, jusqu'à une rencontre de hasard avec Ethan DeLuca, chef cuisinier brillant, au moment où elle voyait arriver la fin de la trentaine avec panique. Il s'ensuivit des fiançailles et un déménagement en Californie. Tout concourait à une fin heureuse mais, hélas, une entreprise en faillite, un monstrueux découvert bancaire et une rupture eurent raison de cette belle histoire, obligeant Stevens à rentrer au Royaume-Uni. Là, incapable d'obtenir un prêt immobilier, de tenir une posture de yoga et de retirer du plaisir à démêler le fouillis qu'était devenue sa vie, elle se vit obligée de louer une chambre chez l'habitant, de porter des manches longues et de pleurer dans son iPhone.

Pour elle, la vie se résumait alors en trois mots : Manger. Scroller. Pleurer.

Vieille fille et sans enfants, et dénuée du bon sens qui aurait consisté à investir dans la pierre dans les années 1990, Nell Stevens semblait avant tout se laisser malmener par la vie. Contrairement à toutes ses amies, épouses et mères comblées, elle a enchaîné diverses relations et un certain nombre de rencontres en ligne catastrophiques qui lui ont fourni du grain à moudre pour son podcast mais lui ont laissé un sentiment d'échec.

Bien que paumée, la quadra avait du caractère et un solide sens de l'humour. Ainsi, au cours de sa dernière année, elle s'est fait de nouveaux amis et a découvert de nouveaux chemins qui l'ont menée à des moments de joie inattendus. Divers constats – rien ne se déroulait jamais comme elle l'avait prévu, le temps passait de plus en plus vite, sa vie ne ressemblait à aucune de celle de ses amies (ni à celles qu'on voit sur les réseaux sociaux), jamais elle ne reverrait le corps de ses vingt ans – l'ont alors poussée à lancer un podcast qui ne tarda pas à connaître le succès.

Par ailleurs, la récente production d'une pièce encensée de Monty Williamson, qu'elle avait corrigée, ainsi que la réussite du projet de boîtes à lire gratuites, qu'elle avait contribué à monter, ont prouvé que cette pauvre femme n'était, en fait, pas si minable. Alors qu'elle s'apprêtait avec joie à devenir enfin propriétaire, et qu'elle choisissait des coussins assortis pour son nouvel appartement, elle a fait une autre découverte fortuite : l'amour vrai, avec Edward Lewis, propriétaire d'une entreprise informatique écologique en vogue, qui décrivait Nell comme « Une lumière – au sens propre, car elle laisse toujours les lumières allumées ».

Pourtant, malgré cette lutte de longue haleine pour faire quelque chose de sa vie, ce n'est pas l'échec qui a précipité sa fin, mais le fait qu'elle soit tombée amoureuse de sa vie. Une vie, expliqua-t-elle sur son lit de mort, qu'elle découvrit au moment où elle était assez courageuse pour l'apprécier.

En outre, même si ses nombreuses interviews dans les magazines qui s'en sont ensuivies ont pu laisser penser que sa vie s'était améliorée, Stevens a continué à se montrer bordélique, imparfaite et confuse. Dans ses derniers épisodes de podcast, elle a avoué qu'elle aurait, sans nul doute, encore de multiples occasions de paniquer – quand elle rencontrerait la Peur au détour d'une rue, ou lorsqu'elle se regarderait dans le miroir. Parce que la vie, c'est ça, a-t-elle déclaré.

À son chevet, sa très chère amie Cricket a prononcé les mots suivants : « La quadra à la ramasse est morte. Vive la quadra à la ramasse. »

Nell Stevens laisse derrière elle des parents comblés, Carol et Philip ; un agaçant petit frère, Richard ; une sublime nièce, Evie ; et son sens de l'ironie vis-à-vis de cette chose dingue qu'on appelle la vie[1].

1. Correctif : au moment où nous imprimons, nous apprenons qu'en réalité la quadra n'est pas morte comme nous l'avions annoncé, mais qu'en plus sa vie est toujours aussi absurde. Nos plus sincères excuses aux personnes concernées *(N.d.A.)*.

13484

Composition
NORD COMPO

Achevé d'imprimer à Barcelone
par CPI BLACKPRINT
le 4 avril 2022

Dépôt légal avril 2022
EAN 9782290366479
OTP L21EPLN003212N001

Éditions J'ai lu
87, quai Panhard-et-Levassor, 75013 Paris

Diffusion France et étranger : Flammarion